普通高等教育机械类"十二五"规划系列教材

# 机械设计课程设计

毛炳秋　主编

曹晓明　高江红　涂在友　副主编

电子工业出版社
**Publishing House of Electronics Industry**
北京·BEIJING

## 内 容 简 介

本书以减速器设计为例,着重介绍减速器设计的内容、方法和步骤,其篇幅适当,实用为主,并将机械设计课程设计指导与相关标准、规范有机地融合在一起,便于使用者查找。本书还注意加强结构设计及现场设计计算方法的训练,注重培养设计者机械设计的整体观念。全书共 10 章,包括概论、传动系统的总体设计、轴系零件的设计计算、减速器箱体及附件设计、减速器装配图的设计、零件工作图的设计、机械设计课程设计参考图例、设计计算说明书的编写、设计总结和答辩、机械设计课程设计题目,以及附录中机械设计课程设计常用标准和规范。

本书可作为高等工科院校机械类或近机类专业"机械设计(基础)"课程理论教学的配套教材及课程设计的教材,也可以作为相关专业成人教育或远程教育用书,还可供有关工程技术人员参考。

**图书在版编目(CIP)数据**

机械设计课程设计 / 毛炳秋主编. —北京:电子工业出版社,2011.4

(普通高等教育机械类"十二五"规划系列教材)

ISBN 978-7-121-13053-3

Ⅰ. ①机… Ⅱ. ①毛… Ⅲ. ①机械设计-课程设计-高等学校-教材 Ⅳ. ①TH122-41

中国版本图书馆 CIP 数据核字(2011)第 038806 号

策划编辑:余 义
责任编辑:余 义
印　　刷:北京市顺义兴华印刷厂
装　　订:三河市双峰印刷装订有限公司
出版发行:电子工业出版社
　　　　　北京市海淀区万寿路 173 信箱　邮编　100036
开　　本:787×1092　1/16　印张:14　字数:376 千字
印　　次:2011 年 4 月第 1 次印刷
印　　数:4000 册　定价:29.00 元

# 前　　言

本书作为普通高等教育机械类"十二五"规划系列教材之一，是根据教育部批准实行的"机械设计教学基本要求"，并结合编者多年来高等工科院校应用型人才培养的教学改革实践经验编写而成的。本书是一本理论与实际相结合的实践性教学环节的教材，可作为本科机械类、近机类专业机械设计（基础）课程理论教学的配套教材，也是该课程的课程设计教学用书，适合1~3周的课程设计使用（可根据教学计划选择相应内容）。

本书以减速器设计为主线，着重介绍减速器设计的内容、方法和步骤，编写中注重创新意识和创新能力的培养，从传动方案拟订入手，逐步向各种相关零件的选择、设计延伸，最终以灵活掌握常用零件的设计方法为目的，注重应用性和工程化。

本书按照课程设计的总体思路和顺序，循序渐进、由浅入深地介绍了课程设计中的各个设计环节，便于尚无设计经验的学生参考使用；本书将课程设计指导与相关标准、规范有机地融合在一起，打破了以往指导书与标准分列的格局，便于使用者查找。编写中力争做到篇幅适当，以满足课程的需要。

本书采用了最新的国家标准。

参加本书编写工作的有：南京工程学院毛炳秋（第1、2、7章及附录A），上海应用技术学院曹晓明（第3章），上海应用技术学院刘莹（第4章），南京工程学院高江红（第5、8、9、10章及附录B），宿迁学院涂在友（第6章）。本书由毛炳秋担任主编，并负责全书的统稿；曹晓明、高江红、涂在友担任副主编。

由于编者水平有限，缺点和错误在所难免，敬请广大读者批评指正。

编　者

前　言

# 目　　录

# 第1章

## 概 论

## 1.1 课程设计的意义和目的

机械设计（机械设计基础）课程是培养学生机械设计能力的技术基础课，而课程设计则是机械设计课程重要的实践环节，是对本课程所学理论知识的一次较为全面的综合训练。在教学过程中，学生除了要系统地学习必要的设计理论，进行相关的实验训练，完成足够数量的习题之外，还必须注意设计技能的锻炼，因此课程设计无疑是最佳途径。通过课程设计可以达到以下目的。

（1）通过课程设计，使学生综合运用机械设计课程及相关先修课程的知识，起到巩固、深化和扩展有关机械设计方面知识的作用，并加以融会贯通。在课程设计过程中，使学生建立正确的设计理念，掌握进行设计的一般规律。

（2）通过课程设计，培养学生运用所学理论知识解决与本课程有关的实际问题的能力，使学生学会从机械设备的功能要求出发，合理选择传动装置的类型，制订传动方案。

（3）通过课程设计，使学生掌握有关标准、规范、手册、图表等资料的查阅方法，合理选择标准件的类型和规格；正确地根据零件的工作能力要求设计计算零件，确定其材料、结构、形状、尺寸等参数，并综合考虑零件的加工工艺、运行、维护、经济性与安全性；能设计简单的机械装置，并能绘制零件工作图及简单机械的装配图。

随着计算机技术在机械设计中的应用及不断深化，计算机辅助设计与计算机辅助绘图也逐渐成为机械设计课程设计的发展方向，相关软件应用能力也应该作为设计能力培养的重要方面。

## 1.2 课程设计的内容

机械设计课程设计一般以齿轮减速器为主要设计对象，在 1～2 周的时间内完成一套简单的整体机械装置的设计，包括原动机（电动机）、传动装置和执行机构。给定每位同学不同的原始参数，不同的传动类型，以增加设计课题的多样性。

设计内容主要包括以下几个方面：

（1）拟订传动方案，选择传动类型；

（2）选择电动机的类型和参数，计算传动装置的运动参数和动力参数；

（3）设计计算齿轮等传动件；

（4）设计计算或选择校核轴、轴承、键、联轴器等零件；

（5）齿轮箱箱体及其附件的设计或选择，绘制减速器装配图；

（6）绘制零件工作图，可根据指导老师安排，选择齿轮、轴、机箱等绘制零件图；

（7）编写设计计算说明书。

课程设计结束后，每位同学需要提交以下设计成果：

（1）减速器装配图，用 0 号图纸（或根据指导老师要求选择幅面）绘制草图及正式装配图各 1 张；

（2）零件工作图若干张；

（3）设计计算说明书一份，5～10 千字。

# 1.3 课程设计的一般步骤

课程设计是一项综合性的设计过程，每一个零件的设计都必须考虑它与相关的其他零件之间在结构、尺寸、定位、运动等方面的关系，因此，设计过程经常需要交叉反复地进行。

现以两周时间设计二级齿轮减速器为例，分析设计计算的大致步骤和时间安排，如表1-1 所示。

表 1-1 机械设计课程设计步骤和时间安排

| 序号 | 步骤 | 设计内容 | 时间安排/天 |
|---|---|---|---|
| 1 | 设计准备 | （1）阅读设计任务书，明确设计要求和设计内容 | 0.5 |
| | | （2）阅读设计指导书等有关参考资料 | |
| | | （3）通过减速器实物或模型拆装、图像演示等途径，了解设计对象的结构、工作原理、制造安装的工艺过程 | |
| 2 | 设计传动方案 | （1）选定传动类型，绘制传动装置布置示意图 | 0.5 |
| | | （2）计算电动机所需输出功率、转速，选择电动机型号 | |
| | | （3）分配传动比 | |
| | | （4）计算传动装置中各轴的运动参数与动力参数 | |
| 3 | 设计计算传动零件 | （1）齿轮传动（或蜗杆传动）、带传动、链传动设计，主要参数及几何尺寸计算 | 0.5 |
| | | （2）传动零件受力分析，为后续的零件强度计算提供数据 | |
| 4 | 装配体草图绘制 | （1）确定减速器的结构方案 | 2.5 |
| | | （2）绘制装配草图，进行轴、轴承和轴上其他零件的结构设计 | |
| | | （3）校核键的强度、轴的强度和轴承的寿命 | |
| | | （4）设计或选择减速器附件 | |
| | | （5）绘制箱体结构草图 | |
| 5 | 绘制正式装配图 | （1）选择绘图比例，图面布局 | 3 |
| | | （2）画主要中心线、底线和剖面线 | |
| | | （3）标注尺寸与配合 | |
| | | （4）编写零件序号，填写标题栏与零件明细表 | |
| | | （5）加深图线 | |
| | | （6）书写技术要求，整理、清洁图面 | |
| 6 | 绘制零件工作图 | （1）选择绘图比例、图面布局 | 1 |
| | | （2）画主要中心线、底线和剖面线 | |
| | | （3）标注尺寸、公差、粗糙度等 | |
| | | （4）填写齿轮基本参数表、标题栏与技术要求 | |
| | | （5）加深图线，整理、清洁图面 | |

（续表）

| 序号 | 步骤 | 设计内容 | 时间安排/天 |
|---|---|---|---|
| 7 | 整理设计计算说明书 | （1）说明书章节设置<br>（2）编写设计任务书、正文（所有设计计算过程及必要的简图）<br>（3）编制参考文献、目录和设计总结 | 1.5 |
| 8 | 答辩 | （1）答辩准备：图纸折叠、说明书装订等<br>（2）参加答辩 | 0.5 |

## 1.4　课程设计中应注意的问题

课程设计中应注意下列问题。

（1）设计时要有整体观念，考虑问题应全面。注意掌握设计进度，每一阶段的设计完成后要进行认真细致的检查，避免出现重大错误。只有这样，才能少出错误，减少返工，提高设计效率。

（2）设计中应正确使用标准和规范，这是衡量设计成果质量的重要指标。对于国家标准或行业标准中的有关规定，都必须严格遵守。设计计算得到的一些尺寸往往需要圆整为标准数值或优先选用值。

（3）工程设计必须在借鉴他人现有成果的基础上有所创新，有所突破。借鉴与创新要相结合。机械设计是从工程实际出发进行的一项艰苦细致的工作。设计经验的积累是影响设计质量的重要因素。任何设计都不可能是设计人员凭空想象、闭门造车设计出来的，熟悉并利用现有的设计资料，借鉴他人设计成果，既可以减少重复性的工作，又可以加快设计进度，还可以在继承现有设计成果的基础上，根据特定的设计要求和条件，进行创新性设计，提高设计质量。因此，借鉴与创新必须相辅相成，有机结合，避免盲目抄袭，这样才能真正提高设计质量。

（4）课程设计是在教师指导下进行的大型综合性训练，为了更好地培养自己的设计能力，必须提倡独立思考、精益求精、严肃认真的精神，反对容忍错误的设计态度。

（5）设计过程中很多零件不能撇开其他零件单独进行设计，它们在结构、尺寸及其他参数上都互相关联。设计初期，很多同学有一团乱麻的感觉。只有在零件与零件之间、计算与绘图之间交叉地进行，边绘图，边计算，边修改，才能顺利完成设计任务。

# 第 2 章

## 传动系统的总体设计

机械传动系统是从原动机输出轴到工作机输入轴之间，通过机械传动方式传递运动与动力的系统。机械传动系统的总体设计包括确定传动方案、选择电动机型号、传动比计算与分配、传动装置运动与动力参数计算等。其中，传动方案的确定会直接影响传动装置乃至整个设备的功能、特性和成本，必须慎重对待。本章介绍以齿轮传动为主要传动方式的传动系统。

## 2.1 传动系统的组成和传动方案的拟订

### 2.1.1 传动系统的组成

图 2-1(a)所示的是常用的带式运输机传动装置。它由电动机 1、联轴器 2、齿轮减速器 3、联轴器 4、滚筒 5 等组成，其传动原理如图 2-1(b)所示。

工作时动力由电动机 1 的轴输出，经联轴器 2 等速传递到齿轮减速器 3，经减速器 3 减速后，再由联轴器 4 等速传递到运输机的滚筒 5，滚筒 5 通过摩擦力驱动运输带产生移动，将物料从一处运送到另一处。

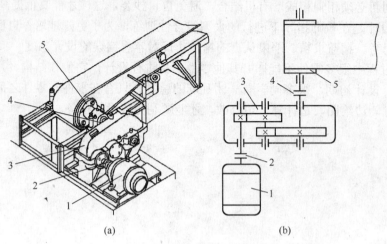

图 2-1　带式运输机传动装置

### 2.1.2 齿轮减速器的类型

齿轮减速器的类型很多，常用的齿轮减速器类型及特点如表 2-1 所示。

表 2-1 齿轮减速器的类型与特点

| 类型 | 简图 | 特点 |
|------|------|------|
| 一级圆柱齿轮减速器 | 水平轴<br>立轴 | 一般用于传动比小于 5 的场合；齿轮轴线可作水平或铅垂布置；可使用直齿、斜齿或人字齿轮传动；传递功率可达数万千瓦；工艺简单，应用广泛 |
| 一级圆锥齿轮减速器 | 水平轴　立轴 | 一般用于传动比小于 3 的场合；可使用直齿、斜齿或弧形齿轮传动；通常两齿轮轴线正交 |
| 一级蜗杆减速器 | 蜗杆下置式　蜗杆上置式<br>立轴式 | 传动比可达 8～2500，一般用于传动比 15～50 的场合；结构紧凑，效率低；可采用上置蜗杆（$v \geqslant 4 \sim 5$ m/s）或下置蜗杆（$v \leqslant 4 \sim 5$ m/s）；也可采用立轴式布置，但对密封要求较高 |
| 二级圆柱齿轮减速器 | 展开式　分流式 | 一般用于传动比 8～40 的场合；可采用展开式、分流式或同轴式布置；使用直齿、斜齿或人字齿轮传动；齿轮轴线可作水平、上下或铅垂布置；结构简单，应用广泛<br>（1）展开式布置：齿轮相对于轴承不对称，造成载荷沿齿向分布不均，对轴的刚度要求较高<br>（2）分流式布置：齿轮相对于轴承对称，载荷沿齿向分布均匀，对轴的刚度要求较低，常用于大功率、变载荷场合 |

（续表）

| 类型 | 简图 | 特点 |
|---|---|---|
| 二级圆柱齿轮减速器 | 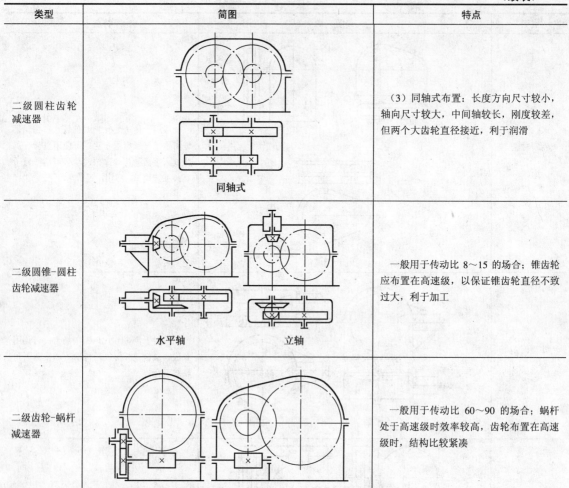同轴式 | （3）同轴式布置：长度方向尺寸较小，轴向尺寸较大，中间轴较长，刚度较差，但两个大齿轮直径接近，利于润滑 |
| 二级圆锥-圆柱齿轮减速器 | 水平轴　立轴 | 一般用于传动比 8～15 的场合；锥齿轮应布置在高速级，以保证锥齿轮直径不致过大，利于加工 |
| 二级齿轮-蜗杆减速器 | | 一般用于传动比 60～90 的场合；蜗杆处于高速级时效率较高，齿轮布置在高速级时，结构比较紧凑 |

根据各种类型齿轮减速器的特点，在选用时应综合考虑下列因素：①传动比适用范围；②输入轴与输出轴之间的位置关系；③承载能力；④结构与成本等。

### 2.1.3　传动方案的拟订

合理的传动方案不仅要满足机械功能要求，还要考虑工作条件、可靠性、结构与尺寸、传动效率、使用维护、工艺性、经济性等要求。

图 2-2 所示的是卷扬机传动路线图。动力和运动由原动机（电动机）输出，经齿轮减速器减速后传递到工作机（卷扬机）上。

电动机 → 齿轮减速器 → 卷扬机

图 2-2　卷扬机传动路线图

图 2-3 所示的是卷扬机几种传动方案的简图。图 2-3(a)中采用二级圆柱齿轮减速器，适用于重载及长期在恶劣条件下工作，使用维护方便。缺点是结构尺寸较大。图 2-3(b)中采用蜗杆减速器，传动比大，结构紧凑。缺点是效率低，功率损耗大，长期使用就很不经济。图 2-3(c)中采用一级圆柱齿轮与一级开式齿轮传动，成本较低。缺点是开式齿轮使用寿命短。虽然三种方案都能满足卷扬机的工作要求，但性能、结构、占用空间、造价及运行成本均有所不同，应根据工作要求进行综合比较，选择较好的方案。

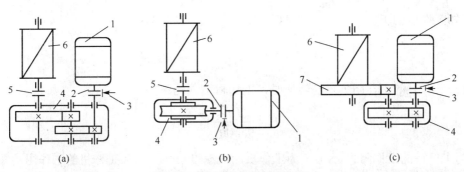

图 2-3　卷扬机传动方案简图

1—电动机；2，5—联轴器；3—制动器；4—齿轮减速器；6—卷筒；7—开式齿轮

# 2.2　电动机的选择

电动机已经标准化，应根据确定的传动方案，选择电动机的类型、结构形式、容量和转速，最终选定电动机的型号与规格。

## 2.2.1　选择电动机的类型与结构形式

电动机分为直流电动机和交流电动机，一般场所都采用交流电源，因而多采用交流电动机。交流电动机又分为异步电动机和同步电动机两种类型，通常采用异步电动机。其中 Y 系列三相异步电动机结构简单，启动性能好，工作可靠，价格低廉，维护方便，应用最为广泛。在频繁启动、制动或正反向转动的场合，应选用转动惯量小、过载能力大的 YZ 型或 YZR 型起重冶金用三相异步电动机。

为了满足不同的输出轴要求和安装需要，同一种类型的电动机分为几种不同的安装结构形式，用机座号加以区分，应根据安装条件进行选择。

根据不同的防护要求，可选择开启式、封闭式、防护式、防爆式等结构形式的电动机。

## 2.2.2　选择电动机的容量

在连续运转的条件下，电动机发热不超过许可温升的最大功率称为额定功率，又称为电动机的容量，在电动机的铭牌上标有该参数。

电动机功率的选择直接影响电动机的工作性能和经济指标。如果所选电动机的功率过大，则会增大成本；而且，电动机不能满载运行，效率和功率因数较低，因而增加电能消耗，造成浪费。如果所选电动机的功率偏小，则电动机经常处于过载状态而缩短寿命，工作机构也不能正常工作。

在静载或微小波动的载荷作用下，长期连续运行的机械，其电动机的额定功率 $P_e$ 不小于电动机所需的输出功率即可。电动机输出功率为

$$P_d = \frac{P_r}{\eta} \tag{2-1}$$

式中，$P_d$ 为电动机输出功率（kW）；$P_r$ 为工作机输入功率（kW）；$\eta$ 为工作机至电动机之间传动装置的总效率。

当已知工作机的工作阻力与线速度时，工作机输入功率为

$$P_r = \frac{Fv}{1000\eta_w} \tag{2-2}$$

当已知工作机的工作阻力矩与转速时，工作机输入功率为

$$P_r = \frac{Tn_r}{9550\eta_w} \tag{2-3}$$

式中，$F$ 为工作机的工作阻力（N）；$v$ 为工作机的线速度（m/s）；$T$ 为工作机的工作阻力矩（N·m）；$n_r$ 为工作机的输入转速（r/min）；$\eta_w$ 为工作机的效率。

工作机至电动机之间传动装置的总效率为

$$\eta = \eta_1 \eta_2 \eta_3 \cdots \eta_n \tag{2-4}$$

式中，$\eta_1$、$\eta_2$、$\eta_3 \cdots \eta_n$ 为传动装置中各个环节的效率，其数值可参见表 2-2。

表 2-2　机械传动和摩擦副的效率参考值

| 种类 | | 效率 $\eta$ | 种类 | | 效率 $\eta$ |
|---|---|---|---|---|---|
| 圆柱齿轮传动 | 闭式传动（6级、7级精度） | 0.98～0.99 | 摩擦传动 | 平摩擦轮 | 0.85～0.92 |
| | 闭式传动（8级、9级精度） | 0.96～0.97 | | 槽摩擦轮 | 0.88～0.90 |
| | 切削齿开式传动（脂润滑） | 0.94～0.96 | | 卷绳轮 | 0.95～0.96 |
| | 铸造齿开式传动 | 0.90～0.93 | 联轴器 | 万向联轴器 | 0.95～0.98 |
| 圆锥齿轮传动 | 闭式传动（6级、7级精度） | 0.97～0.98 | | 凸缘联轴器、弹性联轴器、齿式联轴器 | 0.99 |
| | 闭式传动（8级、9级精度） | 0.94～0.97 | | 滑块联轴器 | 0.97～0.99 |
| | 切削齿开式传动（脂润滑） | 0.92～0.95 | 滑动轴承 | 液体润滑 | 0.99/对 |
| | 铸造齿开式传动 | 0.88～0.92 | | 压力润滑 | 0.98/对 |
| 蜗杆传动 | 自锁蜗杆（油润滑） | 0.40～0.45 | | 正常润滑 | 0.97/对 |
| | 单头蜗杆（油润滑） | 0.70～0.75 | | 不良润滑 | 0.94/对 |
| | 双头蜗杆（油润滑） | 0.75～0.82 | 滚动轴承 | 球轴承（油润滑） | 0.99/对 |
| | 三头与四头蜗杆（油润滑） | 0.80～0.92 | | 滚子轴承（油润滑） | 0.98/对 |
| 带传动 | 平带开式传动 | 0.97～0.98 | 滑轮组 | 采用滚动轴承（$i = 2\sim6$） | 0.95～0.99 |
| | 平带交叉传动 | 0.90 | | 采用滑动轴承（$i = 2\sim6$） | 0.90～0.98 |
| | V 带传动 | 0.96 | 丝杠传动 | 滚珠丝杠 | 0.85～0.95 |
| 链传动 | 片式关节链 | 0.95 | | 滑动丝杠 | 0.30～0.60 |
| | 滚子链 | 0.96 | 滚筒 | | 0.96 |
| | 齿形链 | 0.97 | | | |

在从表中选择效率数值前，应先初选联轴器、轴承类型及齿轮精度等级，待设计后再进行修正；若表中所列效率值为某一范围，一般取其中间值；如果有多对同类的传动副或摩擦副，应重复计入总效率。

### 2.2.3　确定电动机的转速

三相异步电动机的转速分为同步转速与满载转速。同步转速是指电动机工作时三相交流电形成的内部磁场的旋转转速，该转速与电源频率及电动机的电磁极对数有关。国内三相交流电源的频率为 $f = 50\,\text{Hz}$，如电动机电磁极对数为 $p = 1$ 对（N 极、S 极各一个），则同步转速 $n_0$ 为

$$n_0 = \frac{60f}{p} = 3000 \ \text{r/min}$$

对于电磁极对数为 $p = 2$ 对、$3$ 对、$4$ 对的电动机，同步转速分别为 $n_0 = 1500 \text{r/min}$、$1000 \text{r/min}$、$750 \text{r/min}$。同步转速只是电动机的内部参数，并不向外输出，向外输出的是满载转速。当电动机的负荷达到额定功率时，其转速称为满载转速。满载转速与同步转速有一定的联系，比同步转速略低。

同一类型、相同额定功率的电动机有多种不同的转速，因而具有不同的特性指标。低转速的电动机电磁极数多，外廓尺寸大，铜材等有色金属用量多，价格贵；但总传动比小，可使传动装置尺寸减小，高转速的电动机特性刚好相反。因此，设计时应综合考虑各种因素，选择合适的电动机转速。一般多选用 $n_0 = 1500 \text{r/min}$ 和 $1000 \text{r/min}$ 的电动机，如无特殊要求，不选用 $n_0 = 750 \text{r/min}$ 及以下的电动机。

### 2.2.4 电动机的标准与技术特性

#### 1. Y 系列电动机

Y 系列电动机为全封闭自扇冷式笼型三相异步电动机，是根据国际电工委员会（IEC）制订的标准而设计的，具有国际互换性特点；能防止灰尘、铁屑及其他杂物侵入其内部，但要求工作场所无易燃、易爆及腐蚀性气体；适用于无特殊要求的机械上，如机床、运输机、水泵、风机、压缩机、农机、建筑机械等场合。Y 系列电动机的型号、技术参数、外形尺寸及安装方式等，可参见表 2-3～表 2-7。

表 2-3 Y 系列（IP44）电动机的技术参数（摘自 JB/T10391—2008）

| 型号 | 额定功率 /kW | 满载转速 /(r/min) | 堵转转矩/额定转矩 | 最大转矩/额定转矩 | 外形尺寸（长×宽×高）/mm | 质量 /kg |
|---|---|---|---|---|---|---|
| 磁极数为 2，同步转速为 3000 r/min | | | | | | |
| Y801—2 | 0.75 | 2 830 | 2.2 | 2.3 | 285 × 233 × 170 | 16 |
| Y802—2 | 1.1 | 2 830 | 2.2 | 2.3 | 285 × 233 × 170 | 17 |
| Y90S—2 | 1.5 | 2 840 | 2.2 | 2.3 | 310 × 245 × 190 | 22 |
| Y90L—2 | 2.2 | 2 840 | 2.2 | 2.3 | 335 × 245 × 190 | 25 |
| Y100L—2 | 3 | 2 870 | 2.2 | 2.3 | 380 × 283 × 245 | 33 |
| Y112M—2 | 4 | 2 890 | 2.2 | 2.3 | 400 × 313 × 265 | 45 |
| Y132S1—2 | 5.5 | 2 900 | 2 | 2.3 | 475 × 350 × 315 | 64 |
| Y132S2—2 | 7.5 | 2 900 | 2 | 2.3 | 475 × 350 × 315 | 70 |
| Y160M1—2 | 11 | 2 930 | 2 | 2.3 | 600 × 420 × 385 | 117 |
| Y160M2—2 | 15 | 2 930 | 2 | 2.3 | 600 × 420 × 385 | 125 |
| Y160L—2 | 18.5 | 2 930 | 2 | 2.2 | 645 × 420 × 385 | 147 |
| Y180M—2 | 22 | 2 940 | 2 | 2.2 | 670 × 465 × 430 | 180 |
| Y200L1—2 | 30 | 2 950 | 2 | 2.2 | 775 × 510 × 475 | 240 |
| Y200L2—2 | 37 | 2 950 | 2 | 2.2 | 775 × 510 × 475 | 255 |
| Y225M—2 | 45 | 2 970 | 2 | 2.2 | 815 × 570 × 530 | 309 |
| Y250M—2 | 55 | 2 970 | 2 | 2.2 | 930 × 633 × 575 | 403 |
| Y280S—2 | 75 | 2 970 | 2 | 2.2 | 1 000 × 688 × 640 | 544 |

（续表）

| 型号 | 额定功率<br>/kW | 满载转速<br>/(r/min) | 堵转转矩/<br>额定转矩 | 最大转矩/<br>额定转矩 | 外形尺寸<br>（长×宽×高）/mm | 质量<br>/kg |
|---|---|---|---|---|---|---|
| Y280M—2 | 90 | 2 970 | 2 | 2.2 | 1 050 × 688 × 640 | 620 |
| Y315S—2 | 110 | 2 980 | 1.8 | 2.2 | 1 190 × 899 × 865 | 980 |
| Y315M—2 | 132 | 2 980 | 1.8 | 2.2 | 1 240 × 899 × 865 | 1 080 |
| Y315L1—2 | 160 | 2 980 | 1.8 | 2.2 | 1 310 × 899 × 865 | 1 160 |
| Y315L2—2 | 200 | 2 980 | 1.8 | 2.2 | 1 310 × 899 × 865 | 1 190 |
| 磁极数为4，同步转速为1500 r/min | | | | | | |
| Y801—4 | 0.55 | 1 390 | 2.4 | 2.3 | 285 × 233 × 170 | 17 |
| Y802—4 | 0.75 | 1 390 | 2.3 | 2.3 | 285 × 233 × 170 | 18 |
| Y90S—4 | 1.1 | 1 400 | 2.3 | 2.3 | 310 × 245 × 190 | 22 |
| Y90L—4 | 1.5 | 1 400 | 2.3 | 2.3 | 335 × 245 × 190 | 27 |
| Y100L1—4 | 2.2 | 1 430 | 2.2 | 2.3 | 385 × 283 × 245 | 34 |
| Y100L2—4 | 3 | 1 430 | 2.2 | 2.3 | 385 × 283 × 245 | 38 |
| Y112M—4 | 4 | 1 440 | 2.2 | 2.3 | 400 × 313 × 265 | 43 |
| Y132S—4 | 5.5 | 1 440 | 2.2 | 2.3 | 475 × 350 × 315 | 68 |
| Y132M—4 | 7.5 | 1 440 | 2.2 | 2.3 | 515 × 350 × 315 | 81 |
| Y160M—4 | 11 | 1 460 | 2.2 | 2.3 | 600 × 420 × 385 | 123 |
| Y160L—4 | 15 | 1 460 | 2.2 | 2.3 | 645 × 420 × 385 | 144 |
| Y180M—4 | 18.5 | 1 470 | 2 | 2.2 | 670 × 465 × 430 | 182 |
| Y180L—4 | 22 | 1 470 | 2 | 2.2 | 710 × 465 × 430 | 190 |
| Y200L—4 | 30 | 1 470 | 2 | 2.2 | 775 × 510 × 475 | 270 |
| Y225S—4 | 37 | 1 480 | 1.9 | 2.2 | 820 × 570 × 530 | 284 |
| Y225M—4 | 45 | 1 480 | 1.9 | 2.2 | 845 × 570 × 530 | 320 |
| Y250M—4 | 55 | 1 480 | 2 | 2.2 | 930 × 633 × 575 | 427 |
| Y280S—4 | 75 | 1 480 | 1.9 | 2.2 | 1 000 × 688 × 640 | 562 |
| Y280M—4 | 90 | 1 490 | 1.9 | 2.2 | 1 050 × 688 × 640 | 667 |
| Y315S—4 | 110 | 1 490 | 1.8 | 2.2 | 1 220 × 899 × 865 | 1 000 |
| Y315M—4 | 132 | 1 490 | 1.8 | 2.2 | 1 270 × 899 × 865 | 1 100 |
| Y315L—4 | 160 | 1 490 | 1.8 | 2.2 | 1 340 × 899 × 865 | 1 160 |
| Y315L2—4 | 200 | 1 490 | 1.8 | 2.2 | 1 340 × 899 × 865 | 1 270 |
| 磁极数为6，同步转速为1000 r/min | | | | | | |
| Y90S—6 | 0.75 | 910 | 2 | 2.2 | 310 × 245 × 190 | 23 |
| Y90L—6 | 1.1 | 910 | 2 | 2.2 | 335 × 245 × 190 | 25 |
| Y100L—6 | 1.5 | 940 | 2 | 2.2 | 380 × 283 × 245 | 33 |
| Y112M—6 | 2.2 | 940 | 2 | 2.2 | 400 × 313 × 265 | 45 |
| Y132S—6 | 3 | 960 | 2 | 2.2 | 475 × 350 × 315 | 63 |
| Y132M1—6 | 4 | 960 | 2 | 2.2 | 515 × 350 × 315 | 73 |
| Y132M2—6 | 5.5 | 960 | 2 | 2.2 | 515 × 350 × 315 | 84 |
| Y160M—6 | 7.5 | 970 | 2 | 2 | 600 × 420 × 385 | 119 |

（续表）

| 型号 | 额定功率 /kW | 满载转速 /(r/min) | 堵转转矩/ 额定转矩 | 最大转矩/ 额定转矩 | 外形尺寸 （长×宽×高）/mm | 质量 /kg |
|---|---|---|---|---|---|---|
| 磁极数为 6，同步转速为 1000 r/min | | | | | | |
| Y160L—6 | 11 | 970 | 2 | 2 | 645 × 420 × 385 | 147 |
| Y180L—6 | 15 | 970 | 1.8 | 2 | 710 × 465 × 430 | 195 |
| Y200L1—6 | 18.5 | 970 | 1.8 | 2 | 775 × 510 × 475 | 220 |
| Y200L2—6 | 22 | 970 | 1.8 | 2 | 775 × 510 × 475 | 250 |
| Y225M—6 | 30 | 980 | 1.7 | 2 | 845 × 570 × 530 | 292 |
| Y250M—6 | 37 | 980 | 1.8 | 2 | 930 × 633 × 575 | 408 |
| Y280S—6 | 45 | 980 | 1.8 | 2 | 1 000 × 688 × 640 | 536 |
| Y280M—6 | 55 | 980 | 1.8 | 2 | 1 050 × 688 × 640 | 595 |
| Y315S—6 | 75 | 990 | 1.6 | 2 | 1 220 × 899 × 865 | 990 |
| Y315M—6 | 90 | 990 | 1.6 | 2 | 1 270 × 899 × 865 | 1 080 |
| Y315L1—6 | 110 | 990 | 1.6 | 2 | 1 340 × 899 × 865 | 1 150 |
| Y315L2—6 | 132 | 990 | 1.6 | 2 | 1 340 × 899 × 865 | 1 210 |
| 磁极数为 8，同步转速为 750 r/min | | | | | | |
| Y132S—8 | 2.2 | 710 | 2 | 2 | 475 × 350 × 315 | 63 |
| Y132M—8 | 3 | 710 | 2 | 2 | 475 × 350 × 315 | 79 |
| Y160M1—8 | 4 | 720 | 2 | 2 | 600 × 420 × 385 | 118 |
| Y160M2—8 | 5.5 | 720 | 2 | 2 | 600 × 420 × 385 | 119 |
| Y160L—8 | 7.5 | 720 | 2 | 2 | 645 × 420 × 385 | 145 |
| Y180L—8 | 11 | 730 | 1.7 | 2 | 710 × 465 × 430 | 184 |
| Y200L—8 | 15 | 730 | 1.8 | 2 | 775 × 510 × 475 | 250 |
| Y225S—8 | 18.5 | 730 | 1.7 | 2 | 820 × 570 × 530 | 266 |
| Y225M—8 | 22 | 740 | 1.8 | 2 | 840 × 570 × 530 | 292 |
| Y250M—8 | 30 | 740 | 1.8 | 2 | 930 × 633 × 575 | 405 |
| Y280S—8 | 37 | 740 | 1.8 | 2 | 1 000 × 688 × 640 | 520 |
| Y280M—8 | 45 | 740 | 1.8 | 2 | 1 050 × 688 × 640 | 592 |
| Y315S—8 | 55 | 740 | 1.6 | 2 | 1 220 × 899 × 865 | 1 000 |
| Y315M—8 | 75 | 740 | 1.6 | 2 | 1 270 × 899 × 865 | 1 100 |
| Y315L1—8 | 90 | 740 | 1.6 | 2 | 1 340 × 899 × 865 | 1 160 |
| Y315L2—8 | 110 | 740 | 1.6 | 2 | 1 340 × 899 × 865 | 1 230 |
| 磁极数为 10，同步转速为 600 r/min | | | | | | |
| Y315S—10 | 45 | 590 | 1.4 | 2 | 1 220 × 899 × 865 | 990 |
| Y315M—10 | 55 | 590 | 1.4 | 2 | 1 270 × 899 × 865 | 1 150 |
| Y315L2—10 | 75 | 590 | 1.4 | 2 | 1 340 × 899 × 865 | 1 220 |

注：电动机型号的意义，如 Y160M2—8—B5，其中 Y 表示 Y 系列电动机；160M 表示机座号，160 表示机座中心高度，
M 表示中等长度机座（短机座用 S 表示，长机座用 L 表示）；2 表示第二种铁心长度；8 表示磁极数；B5 表示电动
机安装形式（参见表 2-4）。

表2-4　Y系列电动机安装形式及轴心高度（摘自 JB/T10391—2008）　　　mm

| 安装形式 | 示意图 | 轴心高度 | 安装形式 | 示意图 | 轴心高度 |
|---|---|---|---|---|---|
| B3 |  | 80～355 | V1 |  | 80～355 |
| B5 |  | 80～225 | V3 |  | 80～160 |
| B6 |  | 80～160 | V5 |  | 80～160 |
| B7 |  | 80～160 | V6 |  | 80～160 |
| B8 |  | 80～160 | V15 |  | 80～160 |
| B35 |  | 80～355 | V36 |  | 80～160 |

表2-5　机座带底脚、端盖无凸缘的电动机安装与外形尺寸（摘自 JB/T10391—2008）　　　mm

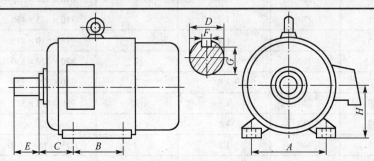

（B3、B6、B7、B8、V5、V6 型）

| 机座号 | 极数 | A | B | C | D | E | F | G | H |
|---|---|---|---|---|---|---|---|---|---|
| 80 | 2,4 | 125 | 100 | 50 | 19 | 40 | 6 | 15.5 | 80 |
| 90S |  | 140 | 100 | 56 | 24 | 50 | 8 | 20 | 90 |
| 90L | 2,4,6 | 140 | 125 | 56 | 24 | 50 | 8 | 20 | 90 |
| 100L |  | 160 | 140 | 63 | 28 | 60 | 8 | 24 | 100 |
| 112M |  | 190 | 140 | 70 | 28 | 60 | 8 | 24 | 112 |
| 132S | 2,4,6,8 | 216 | 140 | 89 | 38 +0.018 +0.002 | 80 | 10 | 33 | 132 |
| 132M | 2,4,6,8 | 216 | 178 | 89 | 38 | 80 | 10 | 33 | 132 |
| 160M | 2,4,6,8 | 254 | 210 | 108 | 42 +0.018 +0.002 | 100 | 12 | 37 | 160 |
| 160L | 2,4,6,8 | 254 | 254 | 108 | 42 | 100 | 12 | 37 | 160 |
| 180M | 2,4,6,8 | 279 | 241 | 121 | 48 +0.018 +0.002 | 100 | 14 | 42.5 | 180 |
| 180L | 2,4,6,8 | 279 | 279 | 121 | 48 | 100 | 14 | 42.5 | 180 |

（续表）

| 机座号 | 极数 | A | B | C | D | E | F | G | H |
|---|---|---|---|---|---|---|---|---|---|
| 200L | 2,4,6,8 | 318 | 305 | 133 | 55 | 100 | 16 | 49 | 200 |
| 225S | 4,8 | 356 | 286 | 149 | 60 | 140 | 18 | 53 | 225 |
| 225M | 2 | 356 | 311 | 149 | 55 | 110 | 16 | 49 | 225 |
| | 4,6,8 | 356 | 311 | 149 | 60 +0.030 +0.011 | 140 | 18 | 53 | 225 |
| 250M | 2 | 406 | 349 | 168 | 60 | 140 | 18 | 53 | 250 |
| | 4,6,8 | 406 | 349 | 168 | 65 | 140 | 18 | 58 | 250 |
| 280S | 2 | 457 | 368 | 190 | 65 | 140 | 18 | 58 | 280 |
| | 4,6,8 | 457 | 368 | 190 | 75 +0.030 +0.011 | 140 | 20 | 67.5 | 280 |
| 280M | 2 | 457 | 419 | 190 | 65 | 140 | 18 | 58 | 280 |
| | 4,6,8 | 457 | 419 | 190 | 75 | 140 | 20 | 67.5 | 280 |

表 2-6　机座带底脚、端盖有凸缘的电动机安装与外形尺寸（摘自 JB/T10391—2008）　　mm

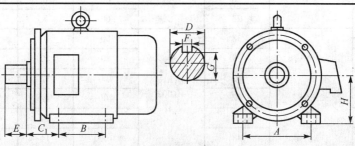

（B35、V15、V36 型）

| 机座号 | 极数 | A | B | C₁ | D | E | F | G | H | 凸缘孔数 |
|---|---|---|---|---|---|---|---|---|---|---|
| 80 | 2,4 | 125 | 100 | 50 | 19 | 40 | 6 | 15.5 | 80 | 4 |
| 90S | | 140 | 100 | 56 | 24 | 50 | 8 | 20 | 90 | 4 |
| 90L | 2,4,6 | 140 | 125 | 56 | 24 +0.009 −0.004 | 50 | 8 | 20 | 90 | 4 |
| 100L | | 160 | 140 | 63 | 28 | 60 | 8 | 24 | 100 | 4 |
| 112M | | 190 | 140 | 70 | 28 | 60 | 8 | 24 | 112 | 4 |
| 132S | | 216 | 140 | 89 | 38 | 80 | 10 | 33 | 132 | 4 |
| 132M | | 216 | 178 | 89 | 38 | 80 | 10 | 33 | 132 | 4 |
| 160M | | 254 | 210 | 108 | 42 | 100 | 12 | 37 | 160 | 4 |
| 160L | 2,4,6,8 | 254 | 254 | 108 | 42 +0.018 +0.002 | 100 | 12 | 37 | 160 | 4 |
| 180M | | 279 | 241 | 121 | 48 | 100 | 14 | 42.5 | 180 | 4 |
| 180L | | 279 | 279 | 121 | 48 | 100 | 14 | 42.5 | 180 | 4 |
| 200L | | 318 | 305 | 133 | 55 | 100 | 16 | 49 | 200 | 4 |
| 225S | 4,8 | 356 | 286 | 149 | 60 | 140 | 18 | 53 | 225 | 8 |
| 225M | 2 | 356 | 311 | 149 | 55 | 110 | 16 | 49 | 225 | 8 |
| | 4,6,8 | 356 | 311 | 149 | 60 | 140 | 18 | 53 | 225 | 8 |
| 250M | 2 | 406 | 349 | 168 | 60 | 140 | 18 | 53 | 250 | 8 |
| | 4,6,8 | 406 | 349 | 168 | 65 +0.030 +0.011 | 140 | 18 | 58 | 250 | 8 |
| 280S | 2 | 457 | 368 | 190 | 65 | 140 | 18 | 58 | 280 | 8 |
| | 4,6,8 | 457 | 368 | 190 | 75 | 140 | 20 | 67.5 | 280 | 8 |
| 280M | 2 | 457 | 419 | 190 | 65 | 140 | 18 | 58 | 280 | 8 |
| | 4,6,8 | 457 | 419 | 190 | 75 | 140 | 20 | 67.5 | 280 | 8 |

表 2-7　机座不带底脚、端盖有凸缘的电动机的安装与外形尺寸（摘自 JB/T10391—2008）　　mm

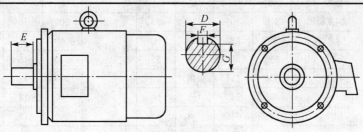

（B5、V3 型）

| 机座号 | 极数 | | D | E | F | G | 凸缘孔数 |
|---|---|---|---|---|---|---|---|
| 80 | 2,4 | 19 | | 40 | 6 | 15.5 | 4 |
| 90S | | 24 | | 50 | 8 | 20 | 4 |
| 90L | | 24 | +0.009 −0.004 | 50 | 8 | 20 | 4 |
| 100L | 2,4,6 | 28 | | 60 | 8 | 24 | 4 |
| 112M | | 28 | | 60 | 8 | 24 | 4 |
| 132S | | 38 | | 80 | 10 | 33 | 4 |
| 132M | | 38 | | 80 | 10 | 33 | 4 |
| 160M | | 42 | | 100 | 12 | 37 | 4 |
| 160L | 2,4,6,8 | 42 | +0.018 +0.002 | 100 | 12 | 37 | 4 |
| 180M | | 48 | | 100 | 14 | 42.5 | 4 |
| 180L | | 48 | | 100 | 14 | 42.5 | 4 |
| 200L | | 55 | | 100 | 16 | 49 | 4 |
| 225S | 4,8 | 60 | | 140 | 18 | 53 | 8 |
| 225M | 2 | 55 | | 110 | 16 | 49 | 8 |
| | 4,6,8 | 60 | | 140 | 18 | 53 | 8 |
| 250M | 2 | 60 | | 140 | 18 | 53 | 8 |
| | 4,6,8 | 65 | +0.030 +0.011 | 140 | 18 | 58 | 8 |
| 280S | 2 | 65 | | 140 | 18 | 58 | 8 |
| | 4,6,8 | 75 | | 140 | 20 | 67.5 | 8 |
| 280M | 2 | 65 | | 140 | 18 | 58 | 8 |
| | 4,6,8 | 75 | | 140 | 20 | 67.5 | 8 |

## 2. YZR、YZ 系列电动机

　　YZR、YZ 系列电动机常用于冶金设备及起重机械，它具有较高的强度和较大的过载能力，特别适用于频繁启动或制动、短时或断续周期性运行、经常过载、振动与冲击的设备。

　　YZR 系列为绕线转子电动机，YZ 系列为笼型转子电动机。冶金及起重用电动机大多采用绕线转子，但功率小于 30 kW 的电动机也可采用笼型转子。

　　根据不同性质的负荷，电动机常用的工作制可分为：短时工作制（S2）、断续周期性工作制（S3）、包含启动的断续周期性工作制（S4）、包含电制动的断续周期性工作制（S5）。

　　电动机的额定工作制为 S3，工作周期为 10 min，相当于每小时启动 6 次。一个周期中电动机的工作时间/工作周期称为负荷持续率，用 FC 表示，工作时间包括启动和制动时间。电动机的基准负荷持续率为 40%。

电动机的各种启动和制动状态可折算成每小时等效全启动次数，方法是：电制动至停转相当于 1.8 次全启动；电制动至全速反转相当于 1.8 次全启动；点动相当于 0.25 次全启动。

YZR、YZ 系列电动机的型号、技术参数、外形尺寸及安装方式等，可参见表 2-8～表 2-12。

表 2-8　YZR 系列电动机的技术参数（摘自 JB/T10105—1999）

| 型号 | S2 | | | | S3/(6 次/h*) | | | |
| | 30 min | | 60 min | | FC = 15% | | FC = 25% | |
| | $P_e$ /kW | $n_d$ /(r/min) | $P_e$ /kW | $n_d$ /(r/min) | $P_e$ /kW | $n_d$ /(r/min) | $P_e$ /kW | $n_d$ /(r/min) |
|---|---|---|---|---|---|---|---|---|
| YZR112M—6 | 1.8 | 815 | 1.5 | 866 | 2.2 | 725 | 1.8 | 815 |
| YZR132M1—6 | 2.5 | 892 | 2.2 | 908 | 3.0 | 855 | 2.5 | 892 |
| YZR132M2—6 | 4.0 | 900 | 3.7 | 908 | 5.0 | 875 | 4.0 | 900 |
| YZR160M1—6 | 6.3 | 921 | 5.5 | 930 | 7.5 | 910 | 6.3 | 921 |
| YZR160M2—6 | 8.5 | 930 | 7.5 | 940 | 11 | 908 | 8.5 | 930 |
| YZR160L—6 | 13 | 942 | 11 | 957 | 15 | 920 | 13 | 942 |
| YZR180L—6 | 17 | 955 | 15 | 962 | 20 | 946 | 17 | 955 |
| YZR200L—6 | 26 | 956 | 22 | 964 | 33 | 942 | 26 | 956 |
| YZR160L—8 | 9 | 694 | 7.5 | 705 | 11 | 676 | 9 | 694 |
| YZR180L—8 | 13 | 700 | 11 | 700 | 15 | 690 | 13 | 700 |
| YZR200L—8 | 18.5 | 701 | 15 | 712 | 22 | 690 | 18.5 | 701 |
| YZR225M—8 | 26 | 708 | 22 | 715 | 33 | 696 | 26 | 708 |
| YZR280S—10 | 42 | 571 | 37 | 560 | 55 | 564 | 42 | 571 |
| YZR280M—10 | 55 | 556 | 45 | 560 | 63 | 548 | 55 | 556 |
| YZR315S—10 | 63 | 580 | 55 | 580 | 75 | 574 | 63 | 580 |
| YZR315M—10 | 85 | 576 | 75 | 579 | 100 | 570 | 85 | 576 |
| YZR355M—10 | 110 | 581 | 90 | 585 | 132 | 576 | 110 | 581 |

| 型号 | S3/(6 次/h*) | | | | S4 及 S5/(150 次/h*) | | | |
| | FC=40% | | FC=60% | | FC=100% | | FC=25% | |
| | $P_e$ /kW | $n_d$ /(r/min) | $P_e$ /kW | $n_d$ /(r/min) | $P_e$ /kW | $n_d$ /(r/min) | $P_e$ /kW | $n_d$ /(r/min) |
|---|---|---|---|---|---|---|---|---|
| YZR112M—6 | 1.5 | 866 | 1.1 | 912 | 0.8 | 940 | 1.6 | 845 |
| YZR132M1—6 | 2.2 | 908 | 1.3 | 924 | 1.5 | 940 | 2.2 | 908 |
| YZR132M2—6 | 3.7 | 908 | 3.0 | 937 | 2.5 | 950 | 3.7 | 915 |
| YZR160M1—6 | 5.5 | 930 | 5.0 | 935 | 4.0 | 944 | 5.8 | 927 |
| YZR160M2—6 | 7.5 | 940 | 6.3 | 949 | 5.5 | 956 | 7.5 | 940 |
| YZR160L—6 | 11 | 945 | 9.0 | 952 | 7.5 | 970 | 11 | 950 |
| YZR180L—6 | 15 | 962 | 13 | 963 | 11 | 975 | 15 | 960 |
| YZR200L—6 | 22 | 964 | 19 | 969 | 17 | 973 | 21 | 965 |
| YZR225M—6 | | | | | 22 | 975 | 28 | 965 |
| YZR250M1—6 | | | | | 28 | 975 | 33 | 970 |
| YZR250M2—6 | | | | | 33 | 974 | 42 | 967 |
| YZR280S—6 | | | | | 40 | 976 | 52 | 970 |
| YZR160L—8 | 7.5 | 705 | 6 | 717 | 5 | 724 | 7.5 | 712 |
| YZR180L—8 | 11 | 700 | 9 | 720 | 7.5 | 726 | 11 | 711 |
| YZR200L—8 | 15 | 712 | 13 | 718 | 11 | 723 | 15 | 713 |
| YZR225M—8 | 22 | 715 | 18.5 | 721 | 17 | 723 | 21 | 718 |
| YZR250M1—8 | | | | | 22 | 729 | 29 | 700 |

（续表）

| 型号 | S3/(6 次/h*) | | | | S4 及 S5/(150 次/h*) | | | |
| | FC=40% | | FC=60% | | FC=100% | | FC=25% | |
| | $P_e$/kW | $n_d$/(r/min) | $P_e$/kW | $n_d$/(r/min) | $P_e$/kW | $n_d$/(r/min) | $P_e$/kW | $n_d$/(r/min) |
|---|---|---|---|---|---|---|---|---|
| YZR250M2—8 | | | | | 27 | 729 | 33 | 725 |
| YZR280M—8 | | | | | 40 | 732 | 52 | 727 |
| YZR315S—8 | | | | | 55 | 734 | 64 | 731 |
| YZR280S—10 | 37 | 572 | 32 | 578 | 27 | 582 | 33 | 578 |
| YZR280M—10 | 45 | 560 | 37 | 569 | 33 | 587 | 42 | |
| YZR315S—10 | 55 | 580 | 48 | 585 | 40 | 588 | 50 | 583 |
| YZR315M—10 | 75 | 579 | 63 | 584 | 50 | 587 | 65 | 584 |
| YZR355M—10 | 90 | 589 | 75 | 588 | 63 | 589 | 80 | 587 |

| 型号 | S4 及 S5/(150 次/h*) | | | | S4 及 S5/(300 次/h*) | | | |
| | FC=40% | | FC=60% | | FC=40% | | FC=60% | |
| | $P_e$/kW | $n_d$/(r/min) | $P_e$/kW | $n_d$/(r/min) | $P_e$/kW | $n_d$/(r/min) | $P_e$/kW | $n_d$/(r/min) |
|---|---|---|---|---|---|---|---|---|
| YZR112M—6 | 1.3 | 890 | 1.1 | 920 | 1.2 | 900 | 0.9 | 930 |
| YZR132M1—6 | 2.0 | 913 | 1.7 | 931 | 1.8 | 926 | 1.6 | 936 |
| YZR132M2—6 | 3.3 | 925 | 2.8 | 940 | 3.4 | 925 | 2.8 | 940 |
| YZR160M1—6 | 5.0 | 935 | 4.8 | 937 | 5.0 | 935 | 4.8 | 937 |
| YZR160M2—6 | 7.0 | 945 | 6.0 | 954 | 6.0 | 954 | 5.5 | 959 |
| YZR160L—6 | 10 | 957 | 8.0 | 969 | 8.0 | 969 | 7.5 | 971 |
| YZR180L—6 | 13 | 965 | 12 | 969 | 12 | 969 | 11 | 972 |
| YZR200L—6 | 18.5 | 970 | 17 | 973 | 17 | 973 | | |
| YZR225M—6 | 25 | 969 | 22 | 973 | 22 | 973 | 20 | 977 |
| YZR250M1—6 | 30 | 973 | 28 | 975 | 26 | 977 | 25 | 978 |
| YZR250M2—6 | 37 | 971 | 33 | 975 | 31 | 976 | 30 | 977 |
| YZR280S—6 | 45 | 974 | 42 | 975 | 40 | 977 | 30 | 978 |
| YZR160L—8 | 7 | 716 | 5.8 | 724 | 6.0 | 722 | 50 | 727 |
| YZR180L—8 | 10 | 717 | 8.0 | 728 | 8.0 | 728 | 7.5 | 729 |
| YZR200L—8 | 13 | 718 | 12 | 720 | 12 | 720 | 11 | 724 |
| YZR225M—8 | 18.5 | 721 | 17 | 724 | 17 | 724 | 15 | 727 |
| YZR250M1—8 | 25 | 705 | 22 | 712 | 22 | 712 | 20 | 716 |
| YZR250M2—8 | 30 | 727 | 28 | 728 | 26 | 730 | 25 | 731 |
| YZR280M—8 | 45 | 730 | 42 | 732 | 42 | 732 | 37 | 735 |
| YZR315S—8 | 60 | 733 | 56 | 733 | 52 | 735 | 48 | 736 |
| YZR280S—10 | 30 | 579 | 28 | 580 | 26 | 582 | 25 | 583 |
| YZR280M—10 | 37 | | 33 | | 31 | | 28 | |
| YZR315S—10 | 45 | 585 | 42 | 586 | 40 | 587 | 37 | 587 |
| YZR315M—10 | 60 | 585 | 55 | 586 | 50 | 587 | 48 | 588 |
| YZR355M—10 | 72 | 588 | 65 | 589 | 60 | 590 | 55 | 590 |

注：1. 表中 $P_e$ 为电动机额定功率，$n_d$ 为电动机输出转速；

2. *为热等效启动次数。

表 2-9 YZR、YZ 系列电动机安装形式及轴心高度

| 安装形式 | 示意图 | 轴心高度/mm | 安装形式 | 示意图 | 轴心高度/mm |
|---|---|---|---|---|---|
| 1M1001 | | 112～160 | 1M1003<br>（锥形轴伸） | | 180～400 |
| 1M1002 | | 112～160 | 1M1004<br>（锥形轴伸） | | 180～400 |

表 2-10 YZR 系列电动机的安装与外形尺寸（摘自 JB/T10105—1999）　　mm

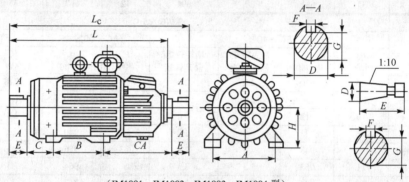

（IM1001、IM1002、IM1003、IM1004 型）

| 机座号 | A | B | C | CA | D | E | F | G | H | L | LC |
|---|---|---|---|---|---|---|---|---|---|---|---|
| 112M | 190 | 140 | 70 | 300 | 32 | 80 | 10 | 27 | 112 | 590 | 670 |
| 132M | 216 | 178 | 89 | | 38 | | | 33 | 132 | 645 | 727 |
| 160M | 254 | 210 | 108 | 330 | 48 | 110 | 14 | 42.5 | 160 | 758 | 868 |
| 160L | | 254 | | | | | | | | 800 | 912 |
| 180L | 279 | 279 | 121 | 360 | 55 | | | 19.9 | 180 | 870 | 980 |
| 200L | 318 | 305 | 133 | 400 | 60 | | 16 | 21.4 | 200 | 975 | 1118 |
| 225M | 356 | 311 | 149 | 450 | 65 | 140 | | 23.9 | 225 | 1050 | 1190 |
| 250M | 406 | 349 | 168 | | 70 | | 18 | 25.4 | 250 | 1195 | 1337 |
| 280S | 457 | 368 | 190 | 540 | 85 | | 20 | 31.7 | 280 | 1265 | 1438 |
| 280M | | 419 | | | | 170 | | | | 1315 | 1489 |
| 315S | 508 | 406 | 216 | 600 | 95 | | 22 | 35.2 | 315 | 1390 | 1562 |
| 315M | | 457 | | | | | | | | 1440 | 1613 |
| 355M | 610 | 560 | 254 | | 110 | 210 | 25 | 41.9 | 355 | 1650 | 1864 |
| 355L | | 630 | | 630 | | | | | | 1720 | 1934 |
| 400L | 686 | 710 | 280 | | 130 | 250 | 28 | 50 | 400 | 1865 | 2120 |

表 2-11 YZ 系列电动机的技术参数（摘自 JB/T10104—1999）

| 型号 | S2 | | | | S3/(6 次/h*) | | | |
|---|---|---|---|---|---|---|---|---|
| | 30 min | | 60 min | | FC = 15% | | FC = 25% | |
| | $P_e$<br>/kW | $n_d$<br>/(r/min) | $P_e$<br>/kW | $n_d$<br>/(r/min) | $P_e$<br>/kW | $n_d$<br>/(r/min) | $P_e$<br>/kW | $n_d$<br>/(r/min) |
| YZ112M—6 | 1.8 | 892 | 1.5 | 920 | 2.2 | 810 | 1.8 | 892 |
| YZ132M1—6 | 2.5 | 920 | 2.2 | 935 | 3.0 | 804 | 2.5 | 920 |
| YZ132M2—6 | 4.0 | 915 | 3.7 | 912 | 5.0 | 890 | 4.0 | 915 |
| YZ160M1—6 | 6.3 | 922 | 5.5 | 933 | 7.5 | 903 | 6.3 | 922 |

（续表）

| 型号 | S2 | | | | S3/(6 次/h*) | | | |
|---|---|---|---|---|---|---|---|---|
| | 30 min | | 60 min | | $FC=15\%$ | | $FC=25\%$ | |
| | $P_e$ /kW | $n_d$ /(r/min) | $P_e$ /kW | $n_d$ /(r/min) | $P_e$ /kW | $n_d$ /(r/min) | $P_e$ /kW | $n_d$ /(r/min) |
| YZ160M2—6 | 8.5 | 943 | 7.5 | 948 | 11 | 926 | 8.5 | 943 |
| YZ160L—6 | 15 | 920 | 11 | 953 | 15 | 920 | 13 | 936 |
| YZ160L—8 | 9 | 694 | 7.5 | 705 | 11 | 675 | 9 | 694 |
| YZ180L—8 | 13 | 675 | 11 | 694 | 15 | 654 | 13 | 675 |
| YZ200L—8 | 18.5 | 697 | 15 | 710 | 22 | 686 | 18.5 | 697 |
| YZ225M—8 | 26 | 701 | 22 | 712 | 33 | 687 | 26 | 701 |
| YZ250M1—8 | 35 | 681 | 30 | 694 | 42 | 663 | 35 | 681 |

| 型号 | S3/(6 次/h*) | | | | | | | |
|---|---|---|---|---|---|---|---|---|
| | $FC=40\%$ | | | | $FC=60\%$ | | $FC=100\%$ | |
| | $P_e$ /kW | $n_d$ /(r/min) | 最大转矩/ 额定转矩 | 堵转转矩/ 额定转矩 | $P_e$ /kW | $n_d$ /(r/min) | $P_e$ /kW | $n_d$ /(r/min) |
| YZ112M—6 | 1.5 | 920 | 2.0 | 2.0 | 1.1 | 946 | 0.8 | 980 |
| YZ132M1—6 | 2.2 | 935 | 2.0 | 2.0 | 1.8 | 950 | 1.5 | 960 |
| YZ132M2—6 | 3.7 | 912 | 2.0 | 2.0 | 3.0 | 940 | 2.8 | 945 |
| YZ160M1—6 | 5.5 | 933 | 2.0 | 2.0 | 5.0 | 940 | 4.0 | 953 |
| YZ160M2—6 | 7.5 | 948 | 2.3 | 2.3 | 6.3 | 956 | 5.5 | 961 |
| YZ160L—6 | 11 | 953 | 2.3 | 2.3 | 9 | 964 | 7.5 | 972 |
| YZ160L—8 | 7.5 | 705 | 2.3 | 2.3 | 6.0 | 717 | 5 | 924 |
| YZ180L—8 | 11 | 694 | 2.3 | 2.3 | 9 | 710 | 7.5 | 718 |
| YZ200L—8 | 15 | 710 | 2.5 | 2.5 | 13 | 714 | 11 | 720 |
| YZ225M—8 | 22 | 712 | 2.5 | 2.5 | 18.5 | 718 | 17 | 720 |
| YZ250M1—8 | 30 | 694 | 2.5 | 2.5 | 26 | 702 | 22 | 717 |

注：1. 表中 $P_e$ 为电动机额定功率，$n_d$ 为电动机输出转速；

2. *为热等效启动次数。

表2-12　YZ 系列电动机的安装与外形尺寸（摘自 JB/T10104—1999）　　　　mm

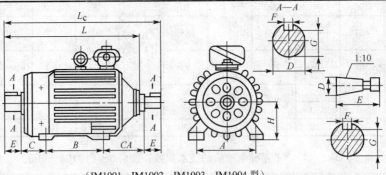

（IM1001、IM1002、IM1003、IM1004 型）

| 机座号 | A | B | C | CA | D | E | F | G | H | L | $L_c$ |
|---|---|---|---|---|---|---|---|---|---|---|---|
| 112M | 190 | 140 | 70 | 135 | 32 | 80 | 10 | 27 | 112 | 420 | 505 |
| 132M | 216 | 178 | 89 | 150 | 38 | 80 | 10 | 33 | 132 | 495 | 577 |
| 160M | 254 | 210 | 108 | 180 | 48 | 110 | 14 | 42.5 | 160 | 608 | 718 |
| 160L | 254 | 254 | 108 | 180 | 48 | 110 | 14 | 42.5 | 160 | 650 | 762 |
| 180L | 279 | 279 | 121 | 180 | 55 | 110 | 14 | 19.1 | 180 | 685 | 800 |
| 200L | 318 | 305 | 133 | 210 | 60 | 140 | 16 | 21.4 | 200 | 780 | 928 |
| 225M | 356 | 311 | 149 | 258 | 65 | 140 | 16 | 23.9 | 225 | 850 | 998 |
| 250M | 406 | 349 | 168 | 295 | 70 | 140 | 18 | 25.4 | 250 | 935 | 1092 |

## 2.3　传动比的计算与分配

当电动机选定后，可根据电动机的满载转速 $n_d$ 和工作机的输入转速 $n_r$ 求得传动装置的总传动比为

$$i = \frac{n_d}{n_r} \tag{2-5}$$

在多级传动中，传动装置的总传动比是各级传动机构传动比的连乘积，即

$$i = i_1 i_2 i_3 \cdots i_n \tag{2-6}$$

如何合理分配各级传动比，将直接影响传动装置的结构、尺寸、重量、运行维护、造价及性能，这是设计过程中一个重要问题，必须认真对待。通常，应从以下几个方面加以考虑。

（1）不同类型的传动机构具有不同的传动比合理范围，同一种传动机构用于高速级和低速级时也具有不同的传动比合理范围。因此，应使各级传动机构的传动比尽量在合理范围内。各种传动机构的传动比合理范围如表 2-13 所示。

（2）应使各传动件尺寸搭配合理，结构匀称，避免相互干涉碰撞。

（3）使各级传动中大齿轮直径大小接近，以利于浸油润滑。

根据以上要求，对于皮带与单级齿轮传动组合，应将皮带传动置于高速级，并使带动的传动比小于齿轮传动的传动比；对于圆锥与圆柱齿轮组合传动，应使圆锥齿轮处于高速级，并使圆锥齿轮传动比约为总传动比的 0.25；对于蜗杆与圆柱齿轮组成的二级传动，通常取圆柱齿轮的传动比为总传动比的 0.03～0.06；对于二级圆柱齿轮减速器，设高速级、低速级传动比分别为 $i_1$、$i_2$，一般取

展开式：
$$i_1 = (1.3 \sim 1.5)i_2 = \sqrt{(1.3 \sim 1.5)i}$$

$$i_2 = \frac{i}{i_1} = \sqrt{\frac{i}{1.3 \sim 1.5}}$$

同轴式：
$$i_1 \approx i_2 \approx \sqrt{i}$$

表 2-13　常用传动机构传动比合理范围

| 传动类型 | | 传动比 | 传动类型 | | 传动比 |
|---|---|---|---|---|---|
| 平带传动 | | ≤5 | 圆锥齿轮传动 | 开式传动 | ≤5 |
| V 带传动 | | ≤7 | | 单级减速器 | ≤5 |
| 圆柱齿轮传动 | 开式传动 | ≤8 | 蜗杆 | 开式传动 | 15～60 |
| | 单级减速器 | ≤4～6 | | 单级减速器 | 8～40 |
| | 单级行星减速器 | 3～9 | 链传动 | | ≤5 |
| | | | 摩擦轮传动 | | ≤5 |

当然，齿轮的材料、齿数、齿宽等参数对齿轮直径的大小都会产生影响，因此，设计时必须综合考虑才能保证高速级与低速级传动的大齿轮直径相近。

传动装置的实际传动比由选定的齿轮齿数或皮带轮的直径确定。由于齿轮齿数必须是整数，皮带轮直径必须是标准值，因此，实际传动比与要求的传动比之间会存在误差。对于一般的传动装置，传动比允许有 ±(3%～5%) 的相对误差。

## 2.4　各轴的转速、功率和转矩

设计传动装置中相关零件时，需要用到各轴的转速、功率和转矩，因此，应将工作机轴上的转速、功率和转矩向传动装置的各轴上进行推算。

设传动装置中有三根轴，按转速高低依次为Ⅰ轴、Ⅱ轴、Ⅲ轴，则各轴的转速、功率和转矩可按以下方法计算。

### 1. 各轴的转速

$$n_{\text{I}} = \frac{n_d}{i_0} \tag{2-7}$$

$$n_{\text{II}} = \frac{n_{\text{I}}}{i_1} \tag{2-8}$$

$$n_{\text{III}} = \frac{n_{\text{II}}}{i_2} \tag{2-9}$$

式中，$n_d$ 为电动机的满载转速（r/min），由选定的电动机查表 2-3 或表 2-8、表 2-11 确定；$i_0$ 为从电动机轴到Ⅰ轴之间的传动比，如果电动机轴与Ⅰ轴之间用联轴器连接，则 $i_0 = 1$；$n_{\text{I}}$、$n_{\text{II}}$、$n_{\text{III}}$ 分别为Ⅰ轴、Ⅱ轴、Ⅲ轴的转速（r/min）；$i_1$、$i_2$ 分别为Ⅰ轴与Ⅱ轴、Ⅱ轴与Ⅲ轴之间的传动比。

### 2. 各轴的功率

$$P_{\text{I}} = P_d \eta_{01} \tag{2-10}$$

$$P_{\text{II}} = P_{\text{I}} \eta_{12} \tag{2-11}$$

$$P_{\text{III}} = P_{\text{II}} \eta_{23} \tag{2-12}$$

式中，$P_d$ 为电动机轴输出功率（kW），由选定的电动机查表 2-3 或表 2-8、表 2-11 确定；$\eta_{01}$ 为从电动机轴到Ⅰ轴之间的传动效率；$\eta_{12}$、$\eta_{23}$ 分别为Ⅰ轴与Ⅱ轴之间、Ⅱ轴与Ⅲ轴之间的传动效率；$P_{\text{I}}$、$P_{\text{II}}$、$P_{\text{III}}$ 分别为Ⅰ轴、Ⅱ轴、Ⅲ轴的输入功率（kW）。

### 3. 各轴的转矩

$$T = 9550 \frac{P}{n} \tag{2-13}$$

式中，$P$ 为该轴的输入功率（kW）；$n$ 为该轴的转速（r/min）；$T$ 为各轴传递的转矩（N·m）。

【例题 2-1】图 2-4 所示的是带式运输机传动系统。已知滚筒直径 $D = 480$ mm，转速 $n_r = 80$ r/min，运输带的有效圆周力 $F = 2800$ N，长期连续工作，试选择合适的电动机，并分配各级传动比，计算各轴的运动和动力参数。

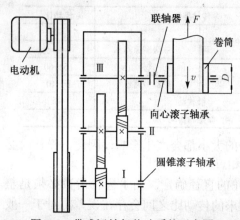

图 2-4　带式运输机传动系统示意图

**解：**1）选择电动机类型

根据工作条件和要求，选择 Y 系列全封闭笼型三相异步电动机。

2）计算电动机所需输出功率

运输机带速为

$$v = \frac{\pi n_r D}{1000 \times 60} = \frac{3.14 \times 80 \times 480}{1000 \times 60} = 2.01 \text{ m/s}$$

查表 2-2 得滚筒的效率为 $\eta_w = 0.96$，取皮带传动效率 $\eta_{01} = 0.96$，齿轮传动效率为 0.97，滚子轴承的效率为 0.98，联轴器的效率为 0.99。

Ⅰ轴与Ⅱ轴之间的传动效率为

$$\eta_{12} = 0.98 \times 0.97 = 0.9506$$

Ⅱ轴与Ⅲ轴之间的传动效率为

$$\eta_{23} = 0.98 \times 0.97 = 0.9506$$

Ⅲ轴与滚筒之间的传动效率为

$$\eta_{3w} = 0.99 \times 0.98^2 = 0.9508$$

从电动机到滚筒的总效率为

$$\eta = \eta_{01}\eta_{12}\eta_{23}\eta_{3w} = 0.96 \times 0.9506^2 \times 0.9508 = 0.825$$

运输机输入功率为

$$P_r = \frac{Fv}{1000\eta_w} = \frac{2800 \times 2.01}{1000 \times 0.96} = 5.86 \text{ kW}$$

电动机所需输出功率为

$$P_d = \frac{P_r}{\eta} = \frac{5.86}{0.825} = 7.10 \text{ kW}$$

3）确定电动机转速

该传动系统无特殊要求，不选用同步转速为 750 r/min 和 600 r/min 的电动机，查表 2-3，额定功率满足要求的电动机有三种，分别是 Y132S2—2、Y132M—4 和 Y160M—6，性能参数如下表所示。

| 方案 | 电动机型号 | 额定功率/kW | 同步转速/(r/min) | 满载转速/(r/min) | 总传动比 |
|------|-----------|------------|------------------|------------------|----------|
| 1 | Y132S2—2 | 7.5 | 3000 | 2900 | 36.25 |
| 2 | Y132M—4 | 7.5 | 1500 | 1440 | 18 |
| 3 | Y160M—6 | 7.5 | 1000 | 970 | 12.13 |

由上表可见，方案 1 电动机转速较高，尺寸较小，价格较低，但总传动比较大，传动装置尺寸较大；方案 3 电动机转速较低，尺寸较大，价格较贵，传动装置尺寸也会因电动机转速低而变大。方案 2 各种参数均比较适中，故选择 Y132M—4 型电动机，满载转速为 $n_d = 1440$ r/min。

4）分配传动比

查表 2-13，V 带的传动比≤7，单级圆柱齿轮的传动比为 4～6。参照本章 2.3 节的叙述，为使传动装置总体尺寸不致过大，应控制带传动的传动比。取 V 带传动的传动比为 2.5，则齿轮减速器的总传动比 $i = 7.2$，高速级齿轮传动比为

$$i_1 = \sqrt{(1.3 \sim 1.5)i} = 3.06 \sim 3.29$$

取 $i_1 = 3.1$，低速级齿轮传动比为

$$i_2 = \frac{i}{i_1} = 2.32$$

传动装置的实际传动比要等到传动零件的主要参数（如带轮直径、齿轮齿数等）确定之后才能准确计算，允许有 $\pm(3\% \sim 5\%)$ 的相对误差。

5）计算各轴的运动和动力参数

（1）各轴的转速，由式(2-7)～式(2-9)得

Ⅰ轴：
$$n_{\mathrm{I}} = \frac{n_{\mathrm{d}}}{i_0} = \frac{1440}{2.5} = 576 \text{ r/min}$$

Ⅱ轴：
$$n_{\mathrm{II}} = \frac{n_{\mathrm{I}}}{i_1} = \frac{576}{3.1} = 185.8 \text{ r/min}$$

Ⅲ轴：
$$n_{\mathrm{III}} = n_{\mathrm{r}} = 80 \text{ r/min}$$

（2）各轴的输入功率，由式(2-10)～式(2-12)得

Ⅰ轴：
$$P_{\mathrm{I}} = P_{\mathrm{d}}\eta_{01} = 7.10 \times 0.96 = 6.82 \text{ kW}$$

Ⅱ轴：
$$P_{\mathrm{II}} = P_{\mathrm{I}}\eta_{12} = 6.82 \times 0.9506 = 6.48 \text{ kW}$$

Ⅲ轴：
$$P_{\mathrm{III}} = P_{\mathrm{II}}\eta_{23} = 6.48 \times 0.9506 = 6.16 \text{ kW}$$

滚筒轴：
$$P_{\mathrm{IV}} = P_{\mathrm{II}} \times 0.98 \times 0.99 = 6.16 \times 0.98 \times 0.99 = 5.98 \text{ kW}$$

（3）各轴的转矩，由式(2-13)得

电动机轴：
$$T_{\mathrm{d}} = 9550\frac{P_{\mathrm{d}}}{n_{\mathrm{d}}} = 9550 \times \frac{7.10}{1440} = 47.1 \text{ N} \cdot \text{m}$$

Ⅰ轴：
$$T_{\mathrm{I}} = 9550\frac{P_{\mathrm{I}}}{n_{\mathrm{I}}} = 9550 \times \frac{6.75}{576} = 113.1 \text{ N} \cdot \text{m}$$

Ⅱ轴：
$$T_{\mathrm{II}} = 9550\frac{P_{\mathrm{II}}}{n_{\mathrm{II}}} = 9550 \times \frac{6.42}{185.8} = 333.1 \text{ N} \cdot \text{m}$$

Ⅲ轴：
$$T_{\mathrm{III}} = 9550\frac{P_{\mathrm{III}}}{n_{\mathrm{III}}} = 9550 \times \frac{6.1}{80} = 735.4 \text{ N} \cdot \text{m}$$

滚筒轴：
$$T_{\mathrm{IV}} = 9550\frac{P_{\mathrm{IV}}}{n_{\mathrm{IV}}} = 9550 \times \frac{5.92}{80} = 713.9 \text{ N} \cdot \text{m}$$

主要计算结果如下表所示。

| 轴编号 | 输入功率/kW | 转速/(r/min) | 输入转矩/N·m | 传动比 | 效率 |
|---|---|---|---|---|---|
| 电动机轴 | 7.10 | 1440 | 47.1 | | |
| | | | | 2.5 | 0.96 |
| Ⅰ | 6.82 | 576 | 113.1 | | |
| | | | | 3.1 | 0.9506 |
| Ⅱ | 6.48 | 185.8 | 333.1 | | |
| | | | | 2.32 | 0.9506 |
| Ⅲ | 6.16 | 80 | 735.4 | | |
| | | | | 1 | 0.9508 |
| 滚筒轴Ⅳ | 5.98 | 80 | 713.9 | | |

# 第3章

## 轴系零件的设计计算

传动装置中各级传动零件的几何尺寸是决定减速器装配图结构和相关零件尺寸的主要依据。因此，在设计减速器装配图时，必须先进行传动装置中各级传动零件的设计，确定各级传动零件的基本参数和几何尺寸；其次，还需通过初算确定减速器中各阶梯轴的一段轴径，并选择联轴器的类型和规格。设计任务书所给的工作条件和传动装置的运动与动力参数计算所得的结果，则是设计各级传动零件和轴的设计计算的原始依据。

传动装置中当减速器外部有传动零件时，一般应首先进行外部传动零件的设计，并根据外部传动零件的参数和几何尺寸修正减速器的原始数据，以便使后续的设计条件更为准确。在设计减速器内部的传动零件后，还有可能修改外部的传动零件的尺寸，以使传动装置的设计更为合理。

各类传动零件设计计算的方法均可按照本课程教材所述进行，在此不再赘述。本章主要介绍传动零件设计计算中应注意的一些问题，选择联轴器类型和型号的方法，并对轴的初步设计进行简要提示。

## 3.1 减速器外部传动零件的设计计算

减速器外部传动零件常见的有带传动零件、链传动零件和开式齿轮传动零件。这些传动零件与其他部件之间位置、尺寸及结构的协调是设计过程中必须注意的问题。

### 3.1.1 带传动

设计带传动时应注意以下几个方面。

（1）带轮尺寸应与传动装置外廓尺寸相协调。例如，小带轮顶圆半径不可大于电动机的中心高；大带轮直径也不应过大，以避免带轮与机器底座或地基相碰等。

（2）小带轮轴孔直径和长度应与电动机轴伸的直径和长度相适应，大带轮轴孔尺寸则应与减速器输入轴有关轴段的尺寸相适应。如图3-1所示，小带轮的顶圆直径 $D_e$ 和宽度 $B$ 都过大。

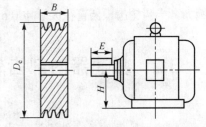

图 3-1　尺寸不协调的带轮与电动机

（3）带轮基准直径确定后，应验算带传动的实际传动比和大带轮的转速，并依此对减速器的传动比和输入转矩进行修正。此外，在减速器装配草图设计过程中还应检查带传动的中心距 $a$ 是否满足传动装置的安装和维护空间的要求。如图3-2所示，应保证电动机与减速器之间有一定空间，以便于维护。当不满足要求时，应重选带长，以增大中心距 $a$。

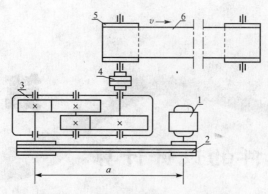

图 3-2　带传动中心距 $a$ 不应太小

1—电动机；2—带传动；3—减速器；4—联轴器；5—输送机滚筒；6—输送带

### 3.1.2　链传动

设计链传动时同样应注意设计带传动时的几个问题。此外，还应注意：当采用单排链传动导致尺寸过大时，应改用双排或多排链；同时还应考虑链传动的润滑与维护问题，选择适当的润滑方式和润滑油的牌号。

### 3.1.3　开式齿轮传动

设计带传动时应注意的问题同样适用于开式齿轮传动的设计。此外，设计开式齿轮传动还应注意以下几点。

（1）开式齿轮传动一般只需要计算轮齿抗弯强度，考虑因齿面磨损对轮齿抗弯强度的削弱，应将计算求得的模数增大 10%～15%。

（2）开式齿轮传动一般布置在传动装置的低速级，并采用直齿轮。

（3）因开式齿轮传动灰尘大、润滑条件差，应选用耐磨性好的齿轮材料，并注意大小齿轮材料的合理匹配。

（4）开式齿轮传动精度低，多安装在减速器输出轴外伸端，常为悬臂布置，支承刚度较小，故齿宽系数应取得小些。

（5）开式齿轮传动中的大齿轮尺寸通常较大，其材料选择和毛坯制造方式应与之相适应；例如，当齿轮齿顶圆直径大于 400 mm 时，一般应采用铸造毛坯，材料应选择铸铁或铸钢。

## 3.2　减速器内部齿轮传动零件的设计计算

减速器外部传动零件设计完成后，各传动零件的传动比可能有所变化，因而引起了传动装置的运动和动力参数的变动，这时应先对其参数进行相应的修正，再对减速器内部的传动零件进行设计计算。

减速器内部传动主要为圆柱齿轮传动、圆锥齿轮传动或蜗杆传动。

当设计减速器内的传动零件时，应注意适当处理强度计算和几何尺寸计算的关系。强度计算所得的传动参数和尺寸是确定传动零件几何尺寸的依据和基础。几何计算尺寸应大于等于强度计算尺寸，使其满足强度要求和啮合几何关系，同时使得结构比较紧凑。

在齿轮传动的参数与尺寸的取值处理上，有些应取标准值，有些应圆整为整数，有些则必须求出精确数值。一般应遵循的原则为：传动中心距一般要圆整为整数，以便于箱体的制造和测量，可用调整齿数、螺旋角或变位的办法来配凑中心距；模数、蜗杆分度圆直径应取标准值；齿数要取整数；与啮合有关的尺寸（如分度圆、节圆、齿顶圆、齿根圆直径）等，多为径向尺寸，必须精确计算至微米；斜齿轮螺旋角应在合理的范围之内（8°～20°）；对于斜齿轮螺旋角、圆锥齿轮顶锥角、节锥角等，必须精确计算到秒（″）；对于一般结构尺寸（如齿宽等），应当圆整为整数。

### 3.2.1　圆柱齿轮传动

选取齿轮材料时应考虑与毛坯制造方法、齿轮尺寸大小及生产批量相适应。当小齿轮的齿根圆直径与轴的直径接近时，为避免齿轮轮毂部分的强度不足引起损坏，常采用齿轮轴结构，因而选取的材料应同时兼顾到轴的材料要求。此外，在无特殊要求的情况下，同一减速器中各级传动的小齿轮（或大齿轮）应选用相同牌号的材料，从而可减少材料种类，简化加工工艺要求，也降低了管理费用。

齿轮齿面硬度的选择应考虑工作条件、尺寸要求和制造成本等因素。通常，硬齿面齿轮的制造要求及费用要大大高于软齿面齿轮，因此对于中小载荷和尺寸要求不高的齿轮传动零件，为降低制造成本，应选择软齿面。为使软齿面齿轮传动中两个齿轮的强度相接近，小齿轮的齿面硬度应高些，大小齿轮的硬度差一般为 $HBS_1 - HBS_2 = (30 \sim 50)$ 或更多一些。在硬齿面传动中，大小齿轮的齿面硬度应趋于相等，即 $HRC_1 \approx HRC_2$。

斜齿圆柱齿轮传动具有传动平稳、承载能力大的优点，所以在减速器中多采用斜齿轮传动。直齿轮工作中不产生轴向力，可简化轴承组合结构，因此在圆周速度不大的场合也可选用直齿轮传动。

齿轮强度计算公式中，载荷和几何参数是用小齿轮输出转矩 $T_1$ 和分度圆直径 $d_1$ 或齿数 $z_1$ 表示的，因此无论许用应力或齿形系数是用哪个齿轮的，公式中的转矩、直径和齿数都应是小齿轮的数值。

在设计中齿轮的模数必须取标准值。在动力传动中，为安全可靠，一般模数不小于 1.5～2 mm。当用直齿轮齿数调整中心距时，为使齿数为整数，模数应选能整除 $2a$（$a$ 为中心距）的标准系列值，即 $z_1 + z_2 = 2a/m$。当采用变位凑中心距或用调整螺旋角凑斜齿轮传动中心距时，则不考虑此要求。

### 3.2.2　圆锥齿轮传动

圆锥齿轮的模数为大端模数，应取标准值。为避免大圆锥齿轮的尺寸过大，不便于加工，小圆锥齿轮的齿数一般取 $z_1 = 17 \sim 25$。

当两轴交角为 90° 时，分度圆锥角 $\delta_1 = \arctan(z_1/z_2)$，$\delta_2 = 90° - \delta_1$。

圆锥齿轮的齿宽按齿宽系数 $\phi_R = b/R$ 求得，并需要圆整。大小齿轮的宽度应相等。

### 3.2.3　蜗杆蜗轮传动

在蜗杆传动中，不同配对材料对其适用的齿面滑动速度范围也不相同。在设计中要初估相对滑动速度，并依此选择蜗杆、蜗轮的配对材料。在确定了蜗杆传动尺寸后，应验算相对滑动速度，检查所选材料是否适用。如果不适用，则应修正有关初选数据或另选材料重新设计。

蜗杆传动的模数 $m$ 和蜗杆直径要取标准值，中心距 $a$ 应尽量圆整。为保证 $a$、$m$、$d_1$、$z_1$ 的几何关系，常需要对蜗杆传动进行变位。变位蜗杆传动只改变蜗轮的几何尺寸，蜗杆几何尺寸不变。蜗杆螺旋线的方向应尽量取右旋，以便于加工。

蜗杆上置或是下置应根据蜗杆分度圆的圆周速度 $v_1$ 来确定。当 $v_1 < 4\sim5$ m/s 时，可取蜗杆下置式，反之应采用蜗杆上置式。

蜗杆强度和刚度验算及蜗杆传动的热平衡计算，应在装配图草图设计中确定了蜗杆支点位置和箱体轮廓尺寸后进行。

# 3.3 轴及轴上零件的设计

### 3.3.1 轴的初步设计

轴的设计按初估轴径、轴的结构设计、强度与刚度验算来分步进行。

轴的结构除应满足强度、刚度要求外，还要保证轴上零件定位可靠、装拆方便，并具有良好的加工工艺性，因此常设计成阶梯轴，如图 3-3 所示。轴的结构设计主要内容是确定阶梯轴各轴段的直径、长度及工艺结构参数，如键槽的尺寸和位置、中心孔、倒角与圆角、砂轮越程槽等。轴的结构设计要在初估轴径的基础才能上进行。

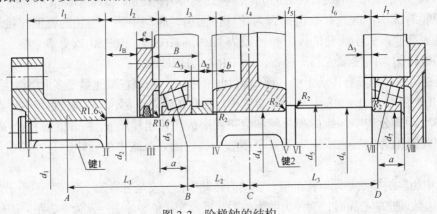

图 3-3 阶梯轴的结构

当初估轴径时，应根据工作条件要求选择合适的材料，并按扭转强度条件初步估算减速器中各轴受扭矩作用轴段的最小直径。若此轴段有键槽，还应考虑键槽对轴强度削弱的影响。对于直径大于 100 mm 的轴，有一个键槽时直径需要增大 3%，对于直径不大于 100 mm 的轴，有一个键槽时直径增大 4%，同一轴段有两个键槽时直径应增大 7%。在增大直径的基础上，再将轴径圆整为与之配合的传动零件（如联轴器、皮带轮、链轮等）轮毂孔的标准直径，此直径即可作为轴结构设计时的最小直径 $d_{min}$，如图3-3中轴的直径 $d_1$。

此外，若减速器的输入轴通过联轴器直接与电动机轴相连接，其最小直径 $d_{min}$ 应与电动机的轴伸直径相近，并满足所选联轴器轴孔直径的范围要求。若电动机与减速器的输入轴之间布置有带传动，则考虑大带轮在轴上的安装要求，一般大带轮轴孔直径不应小于其基准直径的1/10。

对于两级圆柱齿轮减速器的中间轴，其最小直径 $d_{min}$ 一般为安装滚动轴承的轴段直径，因而要按照滚动轴承内径的系列来确定其数值。

对于减速器的输出轴，其最小直径 $d_{min}$ 应位于外伸端，常安装有联轴器或开式齿轮，因而应按照所选联轴器轴孔直径的范围要求或开式齿轮轮毂的要求来确定最小直径 $d_{min}$ 的数值。

在确定了轴的最小直径 $d_{min}$ 的基础上，便可进行阶梯轴的结构设计，即确定各轴段的直径和长度。

由于各轴段长度（图3-3 中的 $l_1$、$l_2$、$l_3$ …）除了与轴上零件的轮毂宽度有关外，还与滚动轴承的润滑方式、减速器箱体的结构尺寸等（图3-3 中的 $\Delta_2$、$\Delta_3$、$B$、$e$ 等）有关，因此只能在设计减速器装配草图的过程中逐步来确定，其确定方法见后续章节。

## 3.3.2 联轴器的选择

联轴器是连接两轴并传递转矩的部件，同时具有补偿因制造和安装误差或受力变形引起的两轴轴线间的位移和偏斜、缓冲吸振、安全保护等功能。联轴器的类型和规格很多，其选用的一般原则与方法可参照"机械设计"课程教材所述。

联轴器的选择包括合理选择联轴器的类型和规格。

联轴器类型的选择应由工作要求决定。

对中小型减速器，在输入轴和输出轴处均可采用弹性柱销联轴器，其装拆方便，成本低，并具有缓冲吸振能力。

如果减速器输入轴与电动机轴相连接，那么因其转速高和转矩小，也可选用弹性套柱销联轴器。

对于减速器输出轴与工作机输入轴的连接，其转速较低，传递转矩较大，并且两轴的对中较困难，两轴轴线间的位移和偏斜较大，常选用刚性可移式联轴器，如齿轮联轴器、十字滑块联轴器等。

对于高温、潮湿或多尘的单向传动，并且具有一定角位移时，可选用滚子链联轴器。

联轴器的规格按计算转矩和工作转速并兼顾所连接两轴的尺寸查阅有关标准来确定。应使所选联轴器允许的最大转矩不小于计算转矩，许用转速不小于工作转速，联轴器轴孔直径应与被连接两轴的直径相匹配。

联轴器大多已标准化、系列化，其规格型号可按传递转矩和工作转速的大小查阅表 3-1～表 3-7。

表 3-1 联轴器轴孔和键槽的形式、代号及尺寸（摘自 GB/T3852—2008）

| 轴孔 | 长圆柱形轴孔<br>（Y 型） | 有沉孔的短圆柱形轴孔<br>（J 型） | 有沉孔的圆锥形轴孔<br>（Z 型） |
| --- | --- | --- | --- |
| 键槽 | A 型　B 型<br>$b$、$t$ 尺寸见 GB/T1095—2003（表 3-8） | | C 型<br>C 型：平键单键槽 |

轴孔和键槽的尺寸　　　　　　　　　　　　　mm

| 直径 | 轴孔长度 | | | 沉孔尺寸 | | | C 型键槽 | | |
| --- | --- | --- | --- | --- | --- | --- | --- | --- | --- |
| $d$、$d_z$ | $L$ | | $L_1$ | $d_1$ | $R$ | $b$ | $t_2$ | | |
| | 长系列 | 短系列 | | | | | 公称尺寸 | 极限偏差 | |
| 16 | 42 | 30 | 42 | 38 | 1.5 | 3 | 8.7 | +0.1 | |
| 18 | | | | | | 4 | 10.1 | 0 | |

（续表）

| 直径 | 轴孔长度 | | | 沉孔尺寸 | | C型键槽 | | |
|---|---|---|---|---|---|---|---|---|
| d、dz | L 长系列 | L 短系列 | L1 | d1 | R | b | t2 公称尺寸 | t2 极限偏差 |
| 19 | 42 | 30 | 42 | 38 | 1.5 | 4 | 10.6 | +0.1<br>0 |
| 20 | 52 | 38 | 52 | | | | 10.9 | |
| 22 | | | | | | | 11.9 | |
| 24 | | | | | | | 13.4 | |
| 25 | 62 | 44 | 62 | 48 | | 5 | 13.7 | |
| 28 | | | | | | | 15.2 | |
| 30 | 82 | 60 | 82 | 55 | | 6 | 15.8 | |
| 32 | | | | | | | 17.3 | |
| 35 | | | | | | | 18.3 | |
| 38 | | | | | | | 20.3 | |
| 40 | 112 | 84 | 112 | 65 | 2 | 10 | 21.3 | +0.2<br>0 |
| 42 | | | | | | | 22.2 | |
| 45 | | | | 80 | | 12 | 23.7 | |
| 48 | | | | | | | 25.2 | |
| 50 | | | | | | | 26.2 | |
| 55 | | | | 95 | | 14 | 29.2 | |
| 56 | | | | | | | 29.7 | |
| 60 | 142 | 107 | 142 | 105 | 2.5 | 16 | 31.7 | |
| 63 | | | | | | | 32.2 | |
| 65 | | | | | | | 34.3 | |
| 70 | | | | 120 | | 18 | 36.8 | |
| 71 | | | | | | | 37.3 | |
| 75 | | | | | | | 39.3 | |
| 80 | 172 | 132 | 172 | 140 | 3 | 20 | 41.6 | |
| 85 | | | | | | | 44.1 | |
| 90 | | | | 160 | | 22 | 47.1 | |
| 95 | | | | | | | 49.6 | |
| 100 | 212 | 167 | 212 | 180 | | 25 | 51.3 | |
| 110 | | | | | | | 56.3 | |
| 120 | | | | 210 | | 28 | 62.3 | |
| 125 | | | | | | | 64.8 | |
| 130 | 252 | 202 | 252 | 235 | 4 | 32 | 66.4 | |
| 140 | | | | | | | 72.4 | |
| 150 | | | | 265 | | | 77.4 | |

圆锥形轴孔的直径偏差　　　　　　　　　　　　　　　　　　mm

| 圆锥孔直径 dz | 孔 dz 的极限偏差 | 长度 L 的极限偏差 | 圆锥孔直径 dz | 孔 dz 的极限偏差 | 长度 L 的极限偏差 |
|---|---|---|---|---|---|
| >6~10 | +0.058<br>0 | 0<br>−0.220 | >50~80 | +0.120<br>0 | 0<br>−0.460 |
| >10~18 | +0.070<br>0 | 0<br>−0.270 | >80~120 | +0.140<br>0 | 0<br>−0.540 |

（续表）

| 圆锥孔直径 $d_z$ | 孔 $d_z$ 的极限偏差 | 长度 $L$ 的极限偏差 | 圆锥孔直径 $d_z$ | 孔 $d_z$ 的极限偏差 | 长度 $L$ 的极限偏差 |
|---|---|---|---|---|---|
| >18～30 | +0.084<br>0 | 0<br>−0.330 | >120～180 | +0.160<br>0 | 0<br>−0.630 |
| >30～50 | +0.100<br>0 | 0<br>−0.390 | >180～250 | +0.185<br>0 | 0<br>−0.720 |

孔 $d_z$ 的极限偏差值按 IT10 选取，长度 $L$ 的极限偏差值按 IT13 选取。

轴孔与轴的配合、键槽宽度 $b$ 的极限偏差

| $d$、$d_z$ /mm | 圆柱形轴孔与轴伸的配合 | 键槽宽度 $b$ 的极限偏差 |
|---|---|---|
| 16～30 | H7/j6 | |
| >30～50 | H7/k6 | P9<br>（或 Js9） |
| >50 | H7/m6 | |

根据使用要求也可选用 H7/n6、H7/p6 或 H7/r6

注：1. 轴孔长度推荐选用 J 型，Y 型仅限于长圆柱形轴伸电动机端；

2. 沉孔为小端直径 $d_1$，锥度为 30° 的锥形孔；

3. 无沉孔的圆锥形孔（$Z_1$ 型）和 $B_1$ 型、D 型键槽尺寸详见 GB/T3852—2008；

4. GB/T3852—2008 中无 $J_1$ 型轴孔（无沉孔的短圆柱形轴孔），选用早期版本联轴器标准时，$J_1$ 型轴孔的长度可参照 GB/T3852—2008 中 "短系列" 相关尺寸进行选择。

### 表 3-2　凸缘联轴器（摘自 GB/T5843—2003）

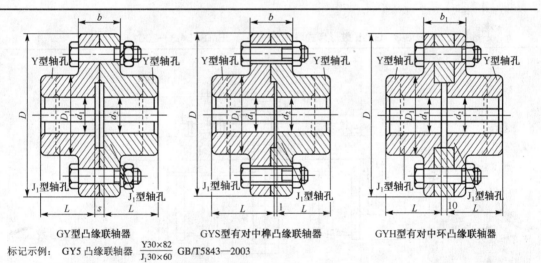

GY 型凸缘联轴器　　　　GYS 型有对中榫凸缘联轴器　　　　GYH 型有对中环凸缘联轴器

标记示例：　GY5 凸缘联轴器 $\dfrac{Y30\times82}{J_1 30\times60}$ GB/T5843—2003

主动端：Y 型轴孔，A 型键槽，$d_1 = 30$ mm，$L = 82$ mm

从动端：J1 型轴孔，A 型键槽，$d_2 = 30$ mm，$L = 60$ mm

| 型号 | 公称转矩 | 许用转速 | 轴孔直径 $d_1$、$d_2$ | 轴孔长度 Y 型 | 轴孔长度 $J_1$ 型 | $D$ | $D_1$ | $b$ | $b_1$ | $s$ | 转动惯量 | 质量 |
|---|---|---|---|---|---|---|---|---|---|---|---|---|
| | N·m | r/min | mm | mm | mm | mm | mm | mm | mm | mm | kg·m² | kg |
| GY1<br>GYS1<br>GYH1 | 25 | 12 000 | 12，14 | 32 | 27 | 80 | 30 | 26 | 42 | 6 | 0.0008 | 1.16 |
| | | | 16，18，19 | 42 | 30 | | | | | | | |
| GY2<br>GYS2<br>GYH2 | 63 | 10 000 | 16，18，19 | 42 | 30 | 90 | 40 | 28 | 44 | 6 | 0.0015 | 1.72 |
| | | | 20，22，24 | 52 | 38 | | | | | | | |
| | | | 25 | 62 | 44 | | | | | | | |
| GY3<br>GYS3<br>GYH3 | 112 | 9500 | 20，22，24 | 52 | 38 | 100 | 45 | 30 | 46 | 6 | 0.0025 | 2.38 |
| | | | 25，28 | 62 | 44 | | | | | | | |

（续表）

| 型号 | 公称转矩 | 许用转速 | 轴孔直径 $d_1$、$d_2$ | 轴孔长度 | | $D$ | $D_1$ | $b$ | $b_1$ | $s$ | 转动惯量 | 质量 |
| --- | --- | --- | --- | --- | --- | --- | --- | --- | --- | --- | --- | --- |
| | | | | Y 型 | $J_1$ 型 | | | | | | | |
| | N·m | r/min | mm | mm | mm | mm | mm | mm | mm | mm | kg·m² | kg |
| GY4 GYS4 GYH4 | 224 | 9000 | 25，28 | 62 | 44 | 105 | 55 | 32 | 48 | 6 | 0.003 | 3.15 |
| | | | 30，32，35 | 82 | 60 | | | | | | | |
| GY5 GYS5 GYH5 | 400 | 8000 | 30，32，35，38 | 82 | 60 | 120 | 68 | 36 | 52 | 8 | 0.007 | 5.43 |
| | | | 40，42 | 112 | 84 | | | | | | | |
| GY6 GYS6 GYH6 | 900 | 6800 | 38 | 82 | 60 | 140 | 80 | 40 | 56 | 8 | 0.015 | 7.59 |
| | | | 40，42，45，48，50 | 112 | 84 | | | | | | | |
| GY7 GYS7 GYH7 | 1600 | 6000 | 48，50，55，56 | 112 | 84 | 160 | 100 | 40 | 56 | 8 | 0.031 | 13.1 |
| | | | 60，63 | 142 | 107 | | | | | | | |
| GY8 GYS8 GYH8 | 3150 | 4800 | 60，63，65，70，71，75 | 142 | 107 | 200 | 130 | 50 | 68 | 10 | 0.103 | 27.5 |
| | | | 80 | 172 | 132 | | | | | | | |
| GY9 GYS9 GYH9 | 6300 | 3600 | 75 | 142 | 107 | 260 | 160 | 66 | 84 | 10 | 0.319 | 47.8 |
| | | | 80，85，90，95 | 172 | 132 | | | | | | | |
| | | | 100 | 212 | 167 | | | | | | | |

注：本联轴器刚性好，传递转矩大，结构简单，工作可靠，维护简便，但不具备径向、轴向、角向位移的补偿能力，适用于两轴对中精度良好的一般轴系传动。

表 3-3　GICL 鼓形齿式联轴器（摘自 JB/T8854.3—2001）

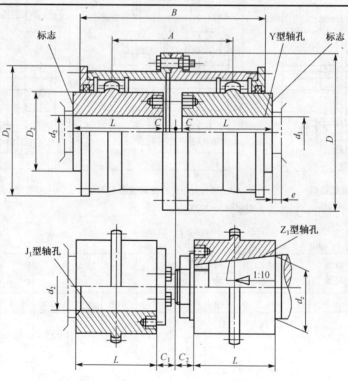

标记示例：

GICL4 联轴器 $\dfrac{50\times112}{J_1B45\times84}$ JB/T8854.3—2001

　　主动端：Y 型轴孔，A 型键槽，$d_1 = 45$ mm，$L = 112$ mm
　　从动端：J1 型轴孔，B 型键槽，$d_2 = 40$ mm，$L = 84$ mm

（续表）

| 型号 | 公称转矩 | 许用转速 | 轴孔直径 $d_1$、$d_2$、$d_z$ | 轴孔长度 | | C | $C_1$ | $C_2$ |
|---|---|---|---|---|---|---|---|---|
| | | | | Y 型 | $J_1$、$Z_1$ 型 | | | |
| | N·m | r/min | mm | mm | mm | mm | mm | mm |
| GICL1 | 800 | 7100 | 16，18，19 | 42 | — | 20 | — | — |
| | | | 20，22，24 | 52 | 38 | 10 | — | 24 |
| | | | 25，28 | 62 | 44 | 2.5 | — | 19 |
| | | | 30，32，35，38 | 82 | 60 | | 15 | 22 |
| GICL2 | 1400 | 6300 | 25，28 | 62 | 44 | 10.5 | — | 29 |
| | | | 30，32，35，38 | 82 | 60 | 25 | 12.5 | 30 |
| | | | 40，42，45，48 | 112 | 84 | | 13.5 | 28 |
| GICL3 | 2800 | 5900 | 30，32，35，38 | 82 | 60 | | 24.5 | 25 |
| | | | 40，42，45，48，50，55，56 | 112 | 84 | 3 | 17 | 28 |
| | | | 60 | 142 | 107 | | | 35 |
| GICL4 | 5000 | 5400 | 32，35，38 | 82 | 60 | 14 | 37 | 32 |
| | | | 40，42，45，48，50，55，56 | 112 | 84 | 3 | 17 | 28 |
| | | | 60，63，65，70 | 142 | 107 | | | 35 |
| GICL5 | 8000 | 5000 | 40，42，45，48，50，55，56 | 112 | 84 | | 25 | 28 |
| | | | 60，63，65，70，71，75 | 142 | 107 | 3 | 20 | 35 |
| | | | 80 | 172 | 132 | | 22 | 43 |
| GICL6 | 11200 | 4800 | 48，50，55，56 | 112 | 84 | 6 | 35 | 25 |
| | | | 60，63，65，70，71，75 | 142 | 107 | 4 | 20 | 35 |
| | | | 80，85，90 | 172 | 132 | | 22 | 43 |
| GICL7 | 15000 | 4500 | 60，63，65，70，71，75 | 142 | 107 | | 35 | 35 |
| | | | 80，85，90，95 | 172 | 132 | 4 | 22 | 43 |
| | | | 100 | 212 | 167 | | | 48 |
| GICL8 | 21200 | 4000 | 65，70，71，75 | 142 | 107 | | 35 | 35 |
| | | | 80，85，90，95 | 172 | 132 | 5 | 22 | 43 |
| | | | 100，110 | 212 | 167 | | | 48 |

| 型号 | D | $D_1$ | $D_2$ | B | A | e | 转动惯量 | 质量 |
|---|---|---|---|---|---|---|---|---|
| | mm | mm | mm | mm | mm | mm | kg·m² | kg |
| GICL1 | 125 | 95 | 60 | 115 | 75 | 30 | 0.009 | 5.9 |
| GICL2 | 145 | 120 | 75 | 135 | 88 | 30 | 0.020 | 9.7 |
| GICL3 | 170 | 140 | 95 | 155 | 106 | 30 | 0.047 | 17.2 |
| GICL4 | 195 | 165 | 115 | 178 | 125 | 30 | 0.091 | 24.9 |
| GICL5 | 225 | 183 | 130 | 198 | 142 | 30 | 0.167 | 38 |
| GICL6 | 240 | 200 | 145 | 218 | 160 | 30 | 0.267 | 48.2 |
| GICL7 | 260 | 230 | 160 | 244 | 180 | 30 | 0.453 | 68.9 |
| GICL8 | 280 | 245 | 175 | 264 | 193 | 30 | 0.646 | 86.3 |

注：1. 本联轴器具有良好的补偿两轴综合位移的能力，外形尺寸小，承载能力强，能在高速下可靠运行，适用于长轴连接及重型机械，但不适用于立轴的连接；
　　2. 根据需要，$J_1$ 型轴孔也可以不使用轴端挡圈。

表 3-4　弹性柱销联轴器（摘自 GB/T5014—2003）

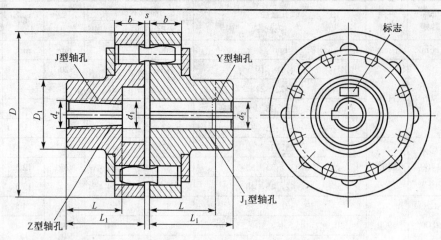

标记示例：LX7 联轴器 $\dfrac{ZC75\times107}{J_1B70\times107}$ GB/T5014—2003

主动端：Z 型轴孔，C 型键槽，$d_z = 75$ mm，$L = 107$ mm

从动端：$J_1$ 型轴孔，B 型键槽，$d_2 = 70$ mm，$L = 107$ mm

| 型号 | 公称转矩 | 许用转速 | 轴孔直径 $d_1$、$d_2$、$d_z$ | 轴孔长度 | | | $D$ | $D_1$ | $b$ | $s$ | 转动惯量 | 质量 |
|---|---|---|---|---|---|---|---|---|---|---|---|---|
| | | | | Y 型 | J、$J_1$、Z 型 | | | | | | | |
| | | | | $L$ | $L$ | $L_1$ | | | | | | |
| | N·m | r/min | mm | mm | mm | mm | mm | mm | mm | mm | kg·m² | kg |
| LX1 | 250 | 8500 | 12，14 | 32 | 27 | — | 90 | 40 | 20 | 2.5 | 0.002 | 2 |
| | | | 16，18，19 | 42 | 30 | 42 | | | | | | |
| | | | 20，22，24 | 52 | 38 | 52 | | | | | | |
| LX2 | 560 | 6300 | 20，22，24 | 52 | 38 | 52 | 120 | 55 | 28 | 2.5 | 0.009 | 5 |
| | | | 25，28 | 62 | 44 | 62 | | | | | | |
| | | | 30，32，35 | 82 | 60 | 80 | | | | | | |
| LX3 | 1250 | 4700 | 30，32，35，38 | 82 | 60 | 82 | 160 | 75 | 36 | 2.5 | 0.026 | 8 |
| | | | 40，42，45，48 | 112 | 84 | 112 | | | | | | |
| LX4 | 2500 | 3870 | 40，42，45，48，50，55，56 | 112 | 84 | 112 | 195 | 100 | 45 | 3 | 0.109 | 22 |
| | | | 60，63 | 142 | 107 | 142 | | | | | | |
| LX5 | 3150 | 3450 | 50，55，56 | 112 | 84 | 112 | 220 | 120 | 45 | 3 | 0.191 | 30 |
| | | | 60，63，65，70，71，75 | 142 | 107 | 142 | | | | | | |
| LX6 | 6300 | 2720 | 60，63，65，70，71，75 | 142 | 107 | 142 | 280 | 140 | 56 | 4 | 0.543 | 53 |
| | | | 80，85 | 172 | 132 | 172 | | | | | | |
| LX7 | 11 200 | 2360 | 70，71，75 | 142 | 107 | 142 | 320 | 170 | 56 | 4 | 1.314 | 98 |
| | | | 80，85，90，95 | 172 | 132 | 172 | | | | | | |
| | | | 100，110 | 212 | 167 | 212 | | | | | | |
| LX8 | 16 000 | 2120 | 80，85，90，95 | 172 | 132 | 172 | 360 | 200 | 56 | 5 | 2.023 | 119 |
| | | | 100，110，120，125 | 212 | 167 | 212 | | | | | | |
| LX9 | 22 500 | 1850 | 100，110，120，125 | 212 | 167 | 212 | 410 | 230 | 63 | 5 | 4.386 | 197 |
| | | | 130，140 | 252 | 202 | 252 | | | | | | |

注：本联轴器具有补偿两轴相对位移及一般性减振性能，工作温度−20℃～70℃。

表 3-5　弹性套柱销联轴器（摘自 GB/T4323—2002）

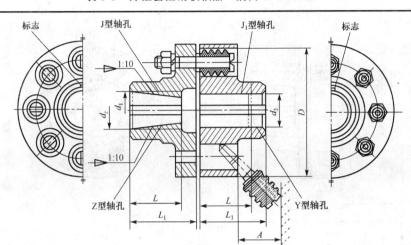

标记示例：

LT7 联轴器 $\dfrac{ZC30\times60}{J_1 35\times60}$ GB/T4323—2002

主动端：Z 型轴孔，C 型键槽，$d_z = 30$ mm，$L = 60$ mm

从动端：$J_1$ 型轴孔，A 型键槽，$d_2 = 35$ mm，$L = 60$ mm

| 型号 | 公称转矩 | 许用转速 | 轴孔直径 $d_1$、$d_2$、$d_z$ | 轴孔长度 | | | $L_{推荐}$ | $D$ | $A$ | 转动惯量 | 质量 |
| | | | | Y 型 $L$ | J、$J_1$、Z 型 $L$ | Z 型 $L_1$ | | | | | |
| | N·m | r/min | mm | mm | mm | mm | mm | mm | mm | kg·m² | kg |
| LT1 | 6.3 | 8800 | 9 | 20 | 14 | — | 25 | 71 | 18 | 0.0005 | 0.82 |
| | | | 10、11 | 25 | 17 | — | | | | | |
| | | | 12、14 | 32 | 20 | — | | | | | |
| LT2 | 16 | 7600 | 12、14 | 32 | 20 | 42 | 35 | 80 | | 0.0008 | 1.2 |
| | | | 16、18、19 | 42 | 30 | 42 | | | | | |
| LT3 | 31.5 | 6300 | 16、18、19 | 42 | 30 | 42 | 38 | 95 | 35 | 0.0023 | 2.2 |
| | | | 20、22 | 52 | 38 | 52 | | | | | |
| LT4 | 63 | 5700 | 20、22、24 | 52 | 38 | 52 | 40 | 106 | | 0.0037 | 2.84 |
| | | | 25、28 | 62 | 44 | 62 | | | | | |
| LT5 | 125 | 4600 | 25、28 | 62 | 44 | 62 | 50 | 130 | 45 | 0.012 | 6.05 |
| | | | 30、32、35 | 82 | 60 | 82 | | | | | |
| LT6 | 250 | 3800 | 32、35、38 | 82 | 60 | 82 | 55 | 160 | | 0.028 | 9.57 |
| | | | 40、42 | 112 | 84 | 112 | | | | | |
| LT7 | 500 | 3600 | 40、42、45、48 | 112 | 84 | 112 | 65 | 190 | | 0.055 | 14.01 |
| LT8 | 710 | 3000 | 45、48、50、55、56 | 112 | 84 | 112 | 70 | 224 | 65 | 0.134 | 23.12 |
| | | | 60、63 | 142 | 107 | 142 | | | | | |
| LT9 | 1000 | 2850 | 50、55、56 | 112 | 84 | 112 | 80 | 250 | | 0.213 | 30.69 |
| | | | 60、63、65、70、71 | 142 | 107 | 142 | | | | | |
| LT10 | 2000 | 2300 | 63、65、70、71、75 | 142 | 107 | 142 | 100 | 315 | 80 | 0.66 | 61.40 |
| | | | 80、85、90、95 | 172 | 132 | 172 | | | | | |
| LT11 | 4000 | 1800 | 80、85、90、95 | 172 | 132 | 172 | 115 | 400 | 100 | 2.112 | 120.7 |
| | | | 100、110 | 212 | 167 | 212 | | | | | |
| LT12 | 8000 | 1450 | 100、110、120、125 | 212 | 167 | 212 | 135 | 475 | 130 | 5.39 | 210.3 |
| | | | 130 | 252 | 202 | 252 | | | | | |
| LT13 | 16 000 | 1000 | 120、125 | 212 | 167 | 212 | 160 | 600 | 180 | 17.58 | 419.4 |
| | | | 130,140,150 | 252 | 202 | 252 | | | | | |
| | | | 160、170 | 302 | 242 | 302 | | | | | |

注：1. 质量及转动惯量按铸钢材料、无孔、$L_{推荐}$ 近似计算；

　　2. 本联轴器具有补偿两轴相对位移及一般性减振性能，工作温度−20～70℃。

## 表 3-6　梅花形联轴器（摘自 GB/T5272—2002）

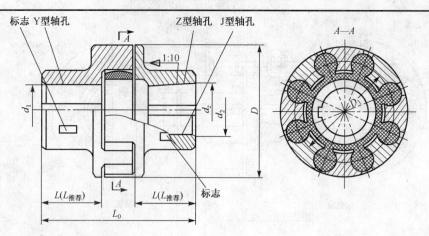

标记示例：

LM5 联轴器 $\dfrac{ZA30\times60}{J_1B35\times60}$ MT5—a GB/T5272—2002

主动端：Z 型轴孔，A 型键槽，$d_z = 30$ mm，$L = 60$ mm

从动端：$J_1$ 型轴孔，B 型键槽，$d_2 = 35$ mm，$L = 60$ mm

MT5 型弹性件为 a

| 型号 | 公称转矩 弹性件硬度 | | 许用转速 | 轴孔直径 $d_1$、$d_2$、$d_z$ | 轴孔长度 L | | | $L_0$ | $D$ | 弹性件型号 | 质量 |
| | $a/H_A$ | $b/H_D$ | | | Y 型 | $J_1$、Z 型 | $L_{推荐}$ | | | | |
| | $80\pm5$ | $60\pm5$ | | | | | | | | | |
| | N·m | | r/min | mm | mm | mm | mm | mm | mm | | kg |
| LM1 | 25 | 45 | 15 300 | 12，14 | 32 | 27 | 35 | 86 | 50 | MT1-a MT1-b | 0.66 |
| | | | | 16，18，19 | 42 | 30 | | | | | |
| | | | | 20，22，24 | 52 | 38 | | | | | |
| | | | | 25 | 62 | 44 | | | | | |
| LM2 | 50 | 100 | 12 000 | 16，18，19 | 42 | 30 | 38 | 95 | 60 | MT2-a MT2-b | 0.93 |
| | | | | 20，22，24 | 52 | 38 | | | | | |
| | | | | 25，28 | 62 | 44 | | | | | |
| | | | | 30 | 82 | 60 | | | | | |
| LM3 | 100 | 200 | 10 900 | 20，22，24 | 52 | 38 | 40 | 103 | 70 | MT3-a MT3-b | 1.41 |
| | | | | 25，28 | 62 | 44 | | | | | |
| | | | | 30 | 82 | 60 | | | | | |
| LM4 | 140 | 280 | 9000 | 22，24 | 52 | 38 | 45 | 114 | 85 | MT4-a MT4-b | 2.18 |
| | | | | 25，28 | 62 | 44 | | | | | |
| | | | | 30，32，35，38 | 82 | 60 | | | | | |
| | | | | 40 | 112 | 84 | | | | | |
| LM5 | 250 | 400 | 7300 | 25，28 | 62 | 44 | 50 | 127 | 105 | MT5-a MT5-b | 3.60 |
| | | | | 30，32，35，38 | 82 | 60 | | | | | |
| | | | | 40，42，45 | 112 | 84 | | | | | |
| LM6 | 400 | 710 | 6100 | 30，32，35，38 | 82 | 60 | 55 | 143 | 125 | MT6-a MT6-b | 6.07 |
| | | | | 40，42，45 | 112 | 84 | | | | | |
| LM7 | 630 | 1120 | 5300 | 35*，38* | 82 | 60 | 60 | 159 | 145 | MT7-a MT7-b | 9.09 |
| | | | | 40*，42*，45 48，50，55 | 112 | 84 | | | | | |

注：1. 带"*"的轴孔直径可用于 Z 型轴孔；

　　2. 表中 a、b 为弹性件的两种材料的硬度代号；

　　3. 质量按 $L_{推荐}$ 最小轴孔计算近似值。

表 3-7　十字滑块联轴器

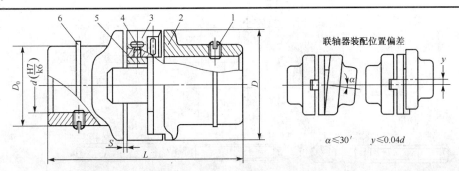

α≤30'　　y≤0.04d

1—平端紧定螺钉；2—半联轴器；3—圆盘；4—压配式压注油杯；5—套筒；6—锁圈

| $d$ | 许用转矩 | 许用转速 | $D_0$ | $D$ | $L$ | $S$ |
|---|---|---|---|---|---|---|
| mm | N·m | r/min | mm | mm | mm | mm |
| 15，17，18 | 120 | 250 | 32 | 70 | 95 | $0.5^{+0.3}_{0}$ |
| 20，25，30 | 250 | 250 | 45 | 90 | 115 | $0.5^{+0.3}_{0}$ |
| 36，40 | 500 | 250 | 60 | 110 | 160 | $0.5^{+0.3}_{0}$ |
| 45，50 | 800 | 250 | 80 | 130 | 200 | $0.5^{+0.3}_{0}$ |
| 55，60 | 1250 | 250 | 95 | 150 | 240 | $0.5^{+0.3}_{0}$ |
| 65，70 | 2000 | 250 | 105 | 170 | 275 | $0.5^{+0.3}_{0}$ |
| 75，80 | 3200 | 250 | 115 | 190 | 310 | $0.5^{+0.3}_{0}$ |
| 85，90 | 5000 | 250 | 130 | 210 | 355 | $1.0^{+0.5}_{0}$ |
| 95，100 | 8000 | 250 | 140 | 240 | 395 | $1.0^{+0.5}_{0}$ |
| 110，120 | 10000 | 100 | 170 | 280 | 435 | $1.0^{+0.5}_{0}$ |
| 130，140 | 16000 | 100 | 190 | 320 | 485 | $1.0^{+0.5}_{0}$ |
| 150 | 20000 | 100 | 210 | 340 | 550 | $1.0^{+0.5}_{0}$ |

### 3.3.3　键和销连接的选择计算

　　轴与轴上零件（如齿轮、带轮、联轴器等）常采用平键连接。普通平键连接的结构尺寸可按连接处的轴径 $d$ 查表 3-8 确定。平键长度应比键所在轴段的长度短些，并使轴上的键槽靠近传动零件装入的一侧，以便于装配时轮毂上的键槽与轴上的键对准，如图3-4(a)所示，$\Delta$可取 1～3 mm。图3-4(b)中，$\Delta$值过大而不够合理，同时键槽开在过渡圆角处也会加重轴的应力集中。

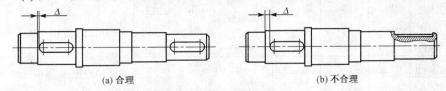

(a) 合理　　　　　　　　　　(b) 不合理

图 3-4　轴上键槽的位置

　　当轴上沿轴线方向设有多个键槽时，为便于一次装夹加工，各键槽应布置在同一母线上。图3-4(a)所示的是合理位置，而图3-4(b)所示的键槽方位布置不合理。如轴的直径尺寸相差较小，各键连接可按直径较小的轴段取同一键剖面尺寸，以减少键槽加工时的换刀次数。

　　键连接的强度校核方法按"机械设计"课程教材所述进行，应注意许用应力取键连接中轴、键及轮毂三个零件中强度较低的数值。若经校核键连接强度不够，但相差不大时，在不影响键连接装配关系的前提下可适当增加键长；当相差较大时，可采用双键连接，其承载能力按单键的1.5倍计算。当结构允许时，也可加大轴的直径，选取较大的键。

### 表 3-8  普通平键的形式、尺寸及键槽尺寸（摘自 GB/T1095、1096—2003）

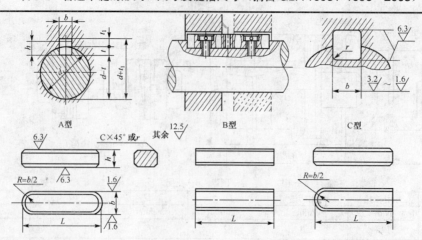

标记示例：

GB/T 1096—2003  键 16×10×100  （普通 A 型平键，$b = 16$ mm，$h = 10$ mm，$L = 100$ mm）

GB/T 1096—2003  键 B16×10×100  （普通 B 型平键，$b = 16$ mm，$h = 10$ mm，$L = 100$ mm）

GB/T 1096—2003  键 C16×10×100  （普通 C 型平键，$b = 16$ mm，$h = 10$ mm，$L = 100$ mm）  mm

| 轴径 $d$ | 键的公称尺寸 $b×h$ | 键槽 | | | | | | | | | | |
|---|---|---|---|---|---|---|---|---|---|---|---|---|
| | | 宽度 $b$ | | | | | 深度 | | | | 半径 $r$ | |
| | | 极限偏差 | | | | | 轴 $t$ | | 毂 $t_1$ | | | |
| | | 松键连接 | | 正常连接 | | 紧密连接 | 基本尺寸 | 极限偏差 | 基本尺寸 | 极限偏差 | 最小 | 最大 |
| | | 轴 H9 | 毂 D10 | 轴 N9 | 毂 JS9 | 轴和毂 P9 | | | | | | |
| 6~8 | 2×2 | +0.025 0 | +0.060 +0.020 | −0.004 −0.029 | ±0.0125 | −0.006 −0.031 | 1.2 | +0.1 0 | 1.0 | +0.1 0 | 0.08 | 0.16 |
| >8~10 | 3×3 | | | | | | 1.8 | | 1.4 | | | |
| >10~12 | 4×4 | +0.030 0 | +0.078 +0.030 | 0 −0.030 | ±0.015 | −0.012 −0.042 | 2.5 | | 1.8 | | | |
| >12~17 | 5×5 | | | | | | 3.0 | | 2.3 | | | |
| >17~22 | 6×6 | | | | | | 3.5 | | 2.8 | | | |
| >22~30 | 8×7 | +0.036 0 | +0.098 +0.000 | 0 −0.036 | ±0.018 | −0.015 −0.051 | 4.0 | | 3.3 | | 0.16 | 0.25 |
| >30~38 | 10×8 | | | | | | 5.0 | | 3.3 | | | |
| >38~44 | 12×8 | | | | | | 5.0 | | 3.3 | | | |
| >44~50 | 14×9 | +0.043 0 | +0.120 +0.050 | 0 −0.043 | ±0.0215 | −0.018 −0.061 | 5.5 | +0.2 0 | 3.8 | +0.2 0 | 0.25 | 0.40 |
| >50~58 | 16×10 | | | | | | 6.0 | | 4.3 | | | |
| >58~65 | 18×11 | | | | | | 7.0 | | 4.4 | | | |
| >65~75 | 20×12 | +0.052 0 | +0.149 +0.065 | 0 −0.052 | ±0.026 | −0.022 −0.074 | 7.5 | | 4.9 | | 0.40 | 0.60 |
| >75~85 | 22×14 | | | | | | 9.0 | | 5.4 | | | |
| >85~95 | 25×14 | | | | | | 9.0 | | 5.4 | | | |
| >95~100 | 28×16 | | | | | | 10.0 | | 6.4 | | | |
| 键的长度系列 | 6，8，10，12，14，16，18，20，22，25，28，32，36，40，45，50，56，63，70，80，90，100，110，125，140，160，180，200，220，250，280，320，360，…，500 | | | | | | | | | | | |

注：1．在零件工作图中，轴槽深用 $t$ 或 $(d−t)$ 标注，轮毂槽深用 $(d+t_1)$ 标注；

2．$(d−t)$ 和 $(d+t_1)$ 两组组合尺寸的极限偏差按相应的 $t$ 和 $t_1$ 的极限偏差选取，但 $(d−t)$ 极限偏差值应取负号（ − ）；

3．$b$ 的极限偏差为 h8，h 的极限偏差为 h11，$L$ 的极限偏差为 h14；

4．键的材料抗拉强度应不小于 590 MPa。

采用销连接时，可按表 3-9 选取圆柱销的尺寸，按表 3-10 选取圆锥销的尺寸。

表 3-9　圆柱销（摘自 GB/T119.1—2000）　　　　mm

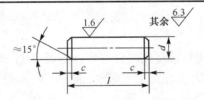

$d$ 的公差为 h8 或 m6。当公差为 m6 时，表面粗糙度 $Ra \leqslant 0.8\ \mu m$；当公差为 h8 时，表面粗糙度 $Ra \leqslant 1.6\ \mu m$。

标记示例：

销　GB/T119.1—2000　10m6×60

公称直径为 $d = 10\ mm$，公差为 m6，长度为 $l = 60\ mm$

材料为钢，不经淬火、不经表面处理的圆柱销

| 公称直径 $d$ | 3 | 4 | 5 | 6 | 8 | 10 | 12 | 16 | 20 | 25 |
|---|---|---|---|---|---|---|---|---|---|---|
| $c \approx$ | 0.5 | 0.63 | 0.8 | 1.2 | 1.6 | 2.0 | 2.5 | 3.0 | 3.5 | 4.0 |
| 重量/(kg/m) | 0.054 | 0.097 | 0.147 | 0.221 | 0.395 | 0.611 | 0.887 | 1.57 | 2.43 | 3.82 |
| $l$（公称） | 8～30 | 8～40 | 10～50 | 12～60 | 14～80 | 18～95 | 22～140 | 26～180 | 35～200 | 50～200 |
| $l$ 系列 | 8～32（2 进位），35～100（5 进位），100～200（20 进位） | | | | | | | | | |

表 3-10　圆锥销（摘自 GB/T117—2000）　　　　mm

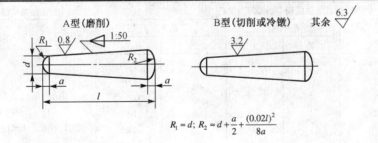

$$R_1 \approx d;\ R_2 \approx d + \frac{a}{2} + \frac{(0.02l)^2}{8a}$$

标记示例：

销　GB/T117—2000　10×60

公称直径为 $d = 10\ mm$，长度为 $l = 60\ mm$

材料为 35 号钢，热处理硬度为 28～38HRC、表面氧化处理的 A 型圆锥销

| 公称直径 $d$ | | 3 | 4 | 5 | 6 | 8 | 10 · | 12 | 16 | 20 | 25 |
|---|---|---|---|---|---|---|---|---|---|---|---|
| $d$（h10） | Min | 2.96 | 3.95 | 4.95 | 5.95 | 7.94 | 9.94 | 11.93 | 15.93 | 19.92 | 24.92 |
| | Max | 3 | 4 | 5 | 6 | 8 | 10 | 12 | 16 | 20 | 25 |
| $a \approx$ | | 0.5 | 0.63 | 0.8 | 1.2 | 1.6 | 2.0 | 2.5 | 3.0 | 3.5 | 4.0 |
| $l$（公称） | | 12～45 | 14～55 | 18～60 | 22～90 | 22～120 | 26～160 | 32～180 | 40～200 | 45～200 | 50～200 |
| $l$ 系列 | | 12～32（2 进位），35～100（5 进位），100～200（20 进位） | | | | | | | | | |

## 3.3.4　滚动轴承的选择

滚动轴承类型的选择与轴承承受载荷的大小、方向、性质及轴的转速有关。普通圆柱齿轮减速器常选用深沟球轴承、角接触球轴承或圆锥滚子轴承。当载荷平稳或轴向力相对于径向力较小时，常选深沟球轴承；当轴向力较大、载荷不平稳或载荷较大时，可选用圆锥滚子轴承。

轴承的内径是在轴的径向尺寸设计中确定的。同一根轴上的两个支承处宜采用同一型号的轴承，以便轴承座孔可一次镗出，保证加工精度。在选择轴承型号时，一般先按中等宽度选取，再根据寿命计算结果进行必要的调整。

轴承寿命计算应在完成轴的结构设计，确定了轴上载荷和支点的位置尺寸后进行。

进行轴承寿命计算时，一般可取减速器的工作寿命为滚动轴承的预期寿命，也可取减速器的检修周期为滚动轴承的预期寿命，但应指明在减速器检修时更换相应轴承。验算结果若不能满足要求（寿命太长或太短），可以改用其他宽度尺寸系列的轴承，或改变轴承内径，必要时也可改变轴承类型。

常用滚动轴承的型号、性能参数及几何尺寸可查阅表 3-11～表 3-15；常用滚动轴承座的型号、性能参数及几何尺寸可查阅表3-16；滚动轴承安装、配合、游隙控制等可参阅表3-17～表 3-20。

表 3-11　深沟球轴承（摘自 GB/T276—1994）

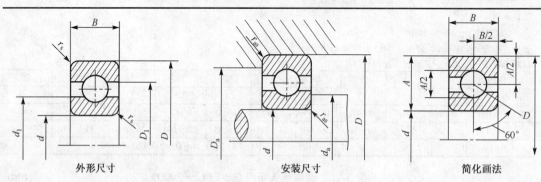

外形尺寸　　安装尺寸　　简化画法

标记示例：滚动轴承 6308 GB/T276—1994

| 径向当量动载荷 $P_r = X F_r + Y F_a$ | | | | | | 径向当量静载荷 |
|---|---|---|---|---|---|---|
| $F_a/C_{0r}$ | $e$ | $F_a/F_r \leqslant e$ | | $F_a/F_r > e$ | | |
| | | $X$ | $Y$ | $X$ | $Y$ | |
| 0.014 | 0.19 | | | | 2.30 | |
| 0.028 | 0.22 | | | | 1.99 | |
| 0.056 | 0.26 | | | | 1.71 | $P_{0r} = F_r$ |
| 0.084 | 0.28 | | | | 1.55 | $P_{0r} = 0.6F_r + 0.5 F_a$ |
| 0.11 | 0.30 | 1 | 0 | 0.56 | 1.45 | 取上列两式计算结果的较大值 |
| 0.17 | 0.34 | | | | 1.31 | |
| 0.28 | 0.38 | | | | 1.15 | |
| 0.42 | 0.42 | | | | 1.04 | |
| 0.56 | 0.44 | | | | 1.00 | |

| 轴承代号 | 基本尺寸 | | | | 安装尺寸 | | | 基本额定动载荷 $C_r$ | 基本额定静载荷 $C_{0r}$ | 极限转速 | |
|---|---|---|---|---|---|---|---|---|---|---|---|
| | $d$ | $D$ | $B$ | $r_s$ min | $d_a$ min | $D_a$ max | $r_{as}$ max | | | 脂润滑 | 油润滑 |
| | mm | | | | | | | kN | kN | r/min | |
| （1）0 尺寸系列 | | | | | | | | | | | |
| 6000 | 10 | 26 | 8 | 0.3 | 12.4 | 23.6 | 0.3 | 4.58 | 1.98 | 20 000 | 28 000 |
| 6001 | 12 | 28 | 8 | 0.3 | 14.4 | 25.6 | 0.3 | 5.10 | 2.38 | 19 000 | 26 000 |
| 6002 | 15 | 32 | 9 | 0.3 | 17.4 | 29.6 | 0.3 | 5.58 | 2.85 | 18 000 | 24 000 |
| 6003 | 17 | 35 | 10 | 0.3 | 19.4 | 32.6 | 0.3 | 6.00 | 3.25 | 17 000 | 22 000 |
| 6004 | 20 | 42 | 12 | 0.6 | 25 | 37 | 0.6 | 9.38 | 5.02 | 15 000 | 19 000 |
| 6005 | 25 | 47 | 12 | 0.6 | 35 | 42 | 0.6 | 10.0 | 5.85 | 13 000 | 17 000 |
| 6006 | 30 | 55 | 13 | 1 | 36 | 49 | 1 | 13.2 | 8.30 | 10 000 | 14 000 |
| 6007 | 35 | 62 | 14 | 1 | 41 | 56 | 1 | 16.2 | 10.5 | 9 000 | 12 000 |
| 6008 | 40 | 68 | 15 | 1 | 46 | 62 | 1 | 17.0 | 11.8 | 8 500 | 11 000 |
| 6009 | 45 | 75 | 16 | 1 | 51 | 69 | 1 | 21.0 | 14.8 | 8 000 | 10 000 |
| 6010 | 50 | 80 | 16 | 1 | 56 | 74 | 1 | 22.0 | 16.2 | 7 000 | 9 000 |

（续表）

| 轴承代号 | 基本尺寸 | | | | 安装尺寸 | | | 基本额定动载荷 $C_r$ | 基本额定静载荷 $C_{0r}$ | 极限转速 | |
|---|---|---|---|---|---|---|---|---|---|---|---|
| | $d$ | $D$ | $B$ | $r_s$ min | $d_a$ min | $D_a$ max | $r_{as}$ max | | | 脂润滑 | 油润滑 |
| | mm | | | | | | | kN | kN | r/min | |
| （1）0 尺寸系列 | | | | | | | | | | | |
| 6011 | 55 | 90 | 18 | 1.1 | 62 | 83 | 1 | 30.2 | 21.8 | 6 300 | 8 000 |
| 6012 | 60 | 95 | 18 | 1.1 | 67 | 88 | 1 | 31.5 | 24.2 | 6 000 | 7 500 |
| 6013 | 65 | 100 | 18 | 1.1 | 72 | 93 | 1 | 32.0 | 24.8 | 5 600 | 7 000 |
| 6014 | 70 | 110 | 20 | 1.1 | 77 | 103 | 1 | 38.5 | 30.5 | 5 300 | 6 700 |
| 6015 | 75 | 115 | 20 | 1.1 | 82 | 108 | 1 | 40.2 | 33.2 | 5 000 | 6 300 |
| 6016 | 80 | 125 | 22 | 1.1 | 87 | 118 | 1 | 47.5 | 39.8 | 4 800 | 6 000 |
| 6017 | 85 | 130 | 22 | 1.1 | 92 | 123 | 1 | 50.8 | 42.8 | 4 500 | 5 600 |
| 6018 | 90 | 140 | 24 | 1.5 | 99 | 131 | 1.5 | 58.0 | 49.8 | 4 300 | 5 300 |
| 6019 | 95 | 145 | 24 | 1.5 | 104 | 136 | 1.5 | 57.8 | 50.0 | 4 000 | 5 000 |
| 6020 | 100 | 150 | 24 | 1.5 | 109 | 141 | 1.5 | 64.5 | 56.2 | 3 800 | 4 800 |
| （0）2 尺寸系列 | | | | | | | | | | | |
| 6200 | 10 | 30 | 9 | 0.6 | 15 | 25 | 0.6 | 5.10 | 2.38 | 19 000 | 26 000 |
| 6201 | 12 | 32 | 10 | 0.6 | 17 | 27 | 0.6 | 6.82 | 3.05 | 18 000 | 24 000 |
| 6202 | 15 | 35 | 11 | 0.6 | 20 | 30 | 0.6 | 7.65 | 3.72 | 17 000 | 22 000 |
| 6203 | 17 | 40 | 12 | 0.6 | 22 | 35 | 0.6 | 9.58 | 4.78 | 16 000 | 20 000 |
| 6204 | 20 | 47 | 14 | 1 | 26 | 41 | 1 | 12.8 | 6.65 | 14 000 | 18 000 |
| 6205 | 25 | 52 | 15 | 1 | 31 | 46 | 1 | 14.0 | 7.88 | 12 000 | 16 000 |
| 6206 | 30 | 62 | 16 | 1 | 36 | 56 | 1 | 19.5 | 11.5 | 9 500 | 13 000 |
| 6207 | 35 | 72 | 17 | 1.1 | 42 | 65 | 1 | 25.5 | 15.2 | 8 500 | 11 000 |
| 6208 | 40 | 80 | 18 | 1.1 | 47 | 73 | 1 | 29.5 | 18.0 | 8 000 | 10 000 |
| 6209 | 45 | 85 | 19 | 1.1 | 52 | 78 | 1 | 31.5 | 20.5 | 7 000 | 9 000 |
| 6210 | 50 | 90 | 20 | 1.1 | 57 | 83 | 1 | 35.0 | 23.2 | 6 700 | 8 500 |
| 6211 | 55 | 100 | 21 | 1.5 | 64 | 91 | 1.5 | 43.2 | 29.2 | 6 000 | 7 500 |
| 6212 | 60 | 110 | 22 | 1.5 | 69 | 101 | 1.5 | 47.8 | 32.8 | 5 600 | 7 000 |
| 6213 | 65 | 120 | 23 | 1.5 | 74 | 111 | 1.5 | 57.2 | 40.0 | 5 000 | 6 300 |
| 6214 | 70 | 125 | 24 | 1.5 | 79 | 116 | 1.5 | 60.8 | 45.0 | 4 800 | 6 000 |
| 6215 | 75 | 130 | 25 | 1.5 | 84 | 121 | 1.5 | 66.0 | 49.5 | 4 500 | 5 600 |
| 6216 | 80 | 140 | 26 | 2 | 90 | 130 | 2 | 71.5 | 54.2 | 4 300 | 5 300 |
| 6217 | 85 | 150 | 28 | 2 | 95 | 140 | 2 | 83.2 | 63.8 | 4 000 | 5 000 |
| 6218 | 90 | 160 | 30 | 2 | 100 | 150 | 2 | 95.8 | 71.5 | 3 800 | 4 800 |
| 6219 | 95 | 170 | 32 | 2.1 | 107 | 158 | 2.1 | 110 | 82.8 | 3 600 | 4 500 |
| 6220 | 100 | 180 | 34 | 2.1 | 112 | 168 | 2.1 | 122 | 92.8 | 3 400 | 4 300 |
| （0）3 尺寸系列 | | | | | | | | | | | |
| 6300 | 10 | 35 | 11 | 0.6 | 15 | 30 | 0.6 | 7.65 | 3.48 | 18 000 | 24 000 |
| 6301 | 12 | 37 | 12 | 1 | 18 | 31 | 1 | 9.72 | 5.08 | 17 000 | 22 000 |
| 6302 | 15 | 42 | 13 | 1 | 21 | 36 | 1 | 11.5 | 5.42 | 16 000 | 20 000 |
| 6303 | 17 | 47 | 14 | 1 | 23 | 41 | 1 | 13.5 | 6.58 | 15 000 | 19 000 |
| 6304 | 20 | 52 | 15 | 1.1 | 27 | 45 | 1 | 15.8 | 7.88 | 13 000 | 17 000 |
| 6305 | 25 | 62 | 17 | 1.1 | 32 | 55 | 1 | 22.2 | 11.5 | 10 000 | 14 000 |
| 6306 | 30 | 72 | 19 | 1.1 | 37 | 65 | 1.1 | 27.0 | 15.2 | 9 000 | 12 000 |
| 6307 | 35 | 80 | 21 | 1.5 | 44 | 71 | 1.5 | 33.2 | 19.2 | 8 000 | 10 000 |
| 6308 | 40 | 90 | 23 | 1.5 | 49 | 81 | 1.5 | 40.8 | 24.0 | 7 000 | 9 000 |
| 6309 | 45 | 100 | 25 | 1.5 | 54 | 91 | 1.5 | 52.8 | 31.8 | 6 300 | 8 000 |
| 6310 | 50 | 110 | 27 | 2 | 60 | 100 | 2 | 61.8 | 38.0 | 6 000 | 7 500 |
| 6311 | 55 | 120 | 29 | 2 | 65 | 110 | 2 | 71.5 | 44.8 | 5 300 | 6 700 |
| 6312 | 60 | 130 | 31 | 2.1 | 72 | 118 | 2.1 | 81.5 | 51.8 | 5 000 | 6 300 |
| 6313 | 65 | 140 | 33 | 2.1 | 77 | 128 | 2.1 | 93.8 | 60.5 | 4 500 | 5 600 |
| 6314 | 70 | 150 | 35 | 2.1 | 82 | 138 | 2.1 | 105 | 68.0 | 4 300 | 5 300 |
| 6315 | 75 | 160 | 37 | 2.1 | 87 | 148 | 2.1 | 112 | 76.8 | 4 000 | 5 000 |
| 6316 | 80 | 170 | 39 | 2.1 | 92 | 158 | 2.1 | 122 | 86.5 | 3 800 | 4 800 |
| 6317 | 85 | 180 | 41 | 3 | 99 | 166 | 2.5 | 132 | 96.5 | 3 600 | 4 500 |
| 6318 | 90 | 190 | 43 | 3 | 104 | 176 | 2.5 | 145 | 108 | 3 400 | 4 300 |
| 6319 | 95 | 200 | 45 | 3 | 109 | 186 | 2.5 | 155 | 122 | 3 200 | 4 000 |
| 6320 | 100 | 215 | 47 | 3 | 114 | 201 | 2.5 | 172 | 140 | 2 800 | 3 600 |

（续表）

| 轴承代号 | 基本尺寸 | | | | 安装尺寸 | | | 基本额定动载荷 $C_r$ | 基本额定静载荷 $C_{0r}$ | 极限转速 | |
|---|---|---|---|---|---|---|---|---|---|---|---|
| | $d$ | $D$ | $B$ | $r_s$ min | $d_a$ min | $D_a$ max | $r_{as}$ max | | | 脂润滑 | 油润滑 |
| | mm | | | | | | | kN | KN | r/min | |
| （0）4 尺寸系列 | | | | | | | | | | | |
| 6403 | 17 | 62 | 17 | 1.1 | 24 | 55 | 1 | 22.5 | 10.8 | 11 000 | 15 000 |
| 6404 | 20 | 72 | 19 | 1.1 | 27 | 65 | 1 | 31.0 | 15.2 | 9 500 | 13 000 |
| 6405 | 25 | 80 | 21 | 1.5 | 34 | 71 | 1.5 | 38.2 | 19.2 | 8 500 | 11 000 |
| 6406 | 30 | 90 | 23 | 1.5 | 39 | 81 | 1.5 | 47.5 | 24.5 | 8 000 | 10 000 |
| 6407 | 35 | 100 | 25 | 1.5 | 44 | 91 | 1.5 | 56.8 | 29.5 | 6 700 | 8 500 |
| 6408 | 40 | 110 | 27 | 2 | 50 | 100 | 2 | 65.5 | 37.5 | 6 300 | 8 000 |
| 6409 | 45 | 120 | 29 | 2 | 55 | 110 | 2 | 77.5 | 45.5 | 5 600 | 7 000 |
| 6410 | 50 | 130 | 31 | 2.1 | 62 | 118 | 2.1 | 92.5 | 55.2 | 5 300 | 6 700 |
| 6411 | 55 | 140 | 33 | 2.1 | 67 | 128 | 2.1 | 100 | 62.5 | 4 800 | 6 000 |
| 6412 | 60 | 150 | 35 | 2.1 | 72 | 138 | 2.1 | 108 | 70.0 | 4 500 | 5 600 |
| 6413 | 65 | 160 | 37 | 2.1 | 77 | 148 | 2.1 | 118 | 78.5 | 4 300 | 5 300 |
| 6414 | 70 | 180 | 42 | 3 | 84 | 166 | 2.5 | 140 | 99.5 | 3 800 | 4 800 |
| 6415 | 75 | 190 | 45 | 3 | 89 | 176 | 2.5 | 155 | 115 | 3 600 | 4 500 |
| 6416 | 80 | 200 | 48 | 3 | 94 | 186 | 2.5 | 162 | 125 | 3 400 | 4 300 |
| 6417 | 85 | 210 | 52 | 4 | 103 | 192 | 3 | 175 | 138 | 3 200 | 4 000 |
| 6418 | 90 | 225 | 54 | 4 | 108 | 207 | 3 | 192 | 158 | 2 800 | 3 600 |
| 6420 | 100 | 250 | 58 | 4 | 118 | 232 | 3 | 222 | 195 | 2 400 | 3 200 |

注：1. 表中 $C_r$ 值适用于轴承为真空脱气轴承钢材料，若为普通电炉钢，则 $C_r$ 值降低；若为真空重熔或电渣重熔轴承钢，则 $C_r$ 值提高；

2. 表中的 $r_{smin}$ 为 $r_s$ 的单向最小倒角尺寸，$r_{asmax}$ 为 $r_{as}$ 的单向最大倒角尺寸。

表 3-12　角接触球轴承（摘自 GB/T292—2007）

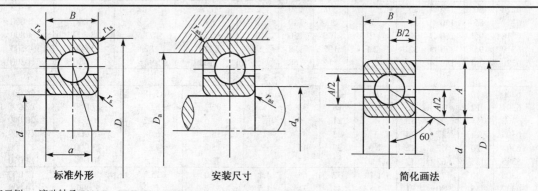

标准外形　　　　　　　安装尺寸　　　　　　　简化画法

标记示例：滚动轴承 7308C　GB/T292—2007

| $F_a/C_{0r}$ | $e$ | $Y$ | 70000C 型（$\alpha = 15°$） | 70000AC 型（$\alpha = 25°$） |
|---|---|---|---|---|
| 0.015 | 0.28 | 1.47 | 径向当量动载荷 | 径向当量动载荷 |
| 0.029 | 0.40 | 1.40 | 当 $F_a/F_r \leqslant e$ 时，$P_r = F_r$ | 当 $F_a/F_r \leqslant 0.68$ 时，$P_r = F_r$ |
| 0.058 | 0.43 | 1.30 | 当 $F_a/F_r > e$ 时，$P_r = 0.44F_r + YF_a$ | 当 $F_a/F_r > 0.68$ 时，$P_r = 0.41F_r + 0.87F_a$ |
| 0.087 | 0.46 | 1.23 | | |
| 0.12 | 0.47 | 1.19 | 径向当量静载荷 | 径向当量静载荷 |
| 0.17 | 0.50 | 1.12 | $P_{0r} = F_r$ | $P_{0r} = F_r$ |
| 0.29 | 0.55 | 1.02 | $P_{0r} = 0.5F_r + 0.46 F_a$ | $P_{0r} = 0.5F_r + 0.38 F_a$ |
| 0.44 | 0.56 | 1.00 | 取上列两式计算结果的较大值 | 取上列两式计算结果的较大值 |
| 0.58 | 0.56 | 1.00 | | |

（续表）

70000C 型（$\alpha=15°$）

| 轴承代号 | 基本尺寸 | | | | | 安装尺寸 | | | a | 基本额定 | | 极限转速 | |
|---|---|---|---|---|---|---|---|---|---|---|---|---|---|
| | d | D | B | $r_s$ | $r_{1s}$ | $d_a$ | $D_a$ | $r_{as}$ | | 动载荷 $C_r$ | 静载荷 $C_{0r}$ | 脂润滑 | 油润滑 |
| | | | | min | | min | max | | | | | | |
| | mm | | | | | | | | | kN | | r/min | |
| （1）0 尺寸系列 | | | | | | | | | | | | | |
| 7000C | 10 | 26 | 8 | 0.3 | 0.15 | 12.4 | 23.6 | 0.3 | 6.4 | 4.92 | 2.25 | 19 000 | 28 000 |
| 7001C | 12 | 28 | 8 | 0.3 | 0.15 | 14.4 | 25.6 | 0.3 | 6.7 | 5.42 | 2.65 | 18 000 | 26 000 |
| 7002C | 15 | 32 | 9 | 0.3 | 0.15 | 17.4 | 29.6 | 0.3 | 7.6 | 6.25 | 3.42 | 17 000 | 24 000 |
| 7003C | 17 | 35 | 10 | 0.3 | 0.15 | 19.4 | 32.6 | 0.3 | 8.5 | 6.60 | 3.85 | 16 000 | 22 000 |
| 7004C | 20 | 42 | 12 | 0.6 | 0.15 | 25 | 37 | 0.6 | 10.2 | 10.5 | 6.08 | 14 000 | 19 000 |
| 7005C | 25 | 47 | 12 | 0.6 | 0.15 | 30 | 42 | 0.6 | 10.8 | 11.5 | 7.45 | 12 000 | 17 000 |
| 7006C | 30 | 55 | 13 | 1 | 0.3 | 36 | 49 | 1 | 10.2 | 15.2 | 10.2 | 9 500 | 14 000 |
| 7007C | 35 | 62 | 14 | 1 | 0.3 | 41 | 56 | 1 | 13.5 | 19.5 | 14.2 | 8 500 | 12 000 |
| 7008C | 40 | 68 | 15 | 1 | 0.3 | 46 | 62 | 1 | 14.7 | 20.0 | 15.2 | 8 000 | 11 000 |
| 7009C | 45 | 75 | 16 | 1 | 0.3 | 51 | 69 | 1 | 16 | 25.8 | 20.5 | 7 500 | 10 000 |
| 7010C | 50 | 80 | 16 | 1 | 0.3 | 56 | 74 | 1 | 16.7 | 26.5 | 22.0 | 6 700 | 9 000 |
| 7011C | 55 | 90 | 18 | 1.1 | 0.6 | 62 | 83 | 1 | 18.7 | 37.2 | 30.5 | 6 000 | 8 000 |
| 7012C | 60 | 95 | 18 | 1.1 | 0.6 | 67 | 88 | 1 | 19.4 | 38.2 | 32.8 | 5 600 | 7 500 |
| 7013C | 65 | 100 | 18 | 1.1 | 0.6 | 72 | 93 | 1 | 20.1 | 40.0 | 35.5 | 5 300 | 7 000 |
| 7014C | 70 | 110 | 20 | 1.1 | 0.6 | 77 | 103 | 1 | 22.1 | 48.2 | 43.5 | 5 000 | 6 700 |
| 7015C | 75 | 115 | 20 | 1.1 | 0.6 | 82 | 108 | 1 | 22.7 | 49.5 | 46.5 | 4 800 | 6 300 |
| 7016C | 80 | 125 | 22 | 1.5 | 0.6 | 89 | 116 | 1.5 | 24.7 | 58.5 | 55.8 | 4 500 | 6 000 |
| 7017C | 85 | 130 | 22 | 1.5 | 0.6 | 94 | 121 | 1.5 | 25.4 | 62.5 | 60.2 | 4 300 | 5 600 |
| 7018C | 90 | 140 | 24 | 1.5 | 0.6 | 99 | 131 | 1.5 | 27.4 | 71.5 | 69.8 | 4 000 | 5 300 |
| 7019C | 95 | 145 | 24 | 1.5 | 0.6 | 104 | 136 | 1.5 | 28.1 | 73.5 | 73.2 | 3 800 | 5 000 |
| 7020C | 100 | 150 | 24 | 1.5 | 0.6 | 109 | 141 | 1.5 | 28.7 | 79.2 | 78.5 | 3 800 | 5 000 |
| （0）2 尺寸系列 | | | | | | | | | | | | | |
| 7200C | 10 | 30 | 9 | 0.6 | 0.15 | 15 | 25 | 0.6 | 7.2 | 5.82 | 2.95 | 18 000 | 26 000 |
| 7201C | 12 | 32 | 10 | 0.6 | 0.15 | 17 | 27 | 0.6 | 8 | 7.35 | 3.52 | 17 000 | 24 000 |
| 7202C | 15 | 35 | 11 | 0.6 | 0.15 | 20 | 30 | 0.6 | 8.9 | 8.68 | 4.62 | 16 000 | 22 000 |
| 7203C | 17 | 40 | 12 | 0.6 | 0.3 | 22 | 35 | 0.6 | 9.9 | 10.8 | 5.95 | 15 000 | 20 000 |
| 7204C | 20 | 47 | 14 | 1 | 0.3 | 26 | 41 | 1 | 11.5 | 14.5 | 8.22 | 13 000 | 18 000 |
| 7205C | 25 | 52 | 15 | 1 | 0.3 | 31 | 46 | 1 | 12.5 | 16.5 | 10.5 | 11 000 | 16 000 |
| 7206C | 30 | 62 | 16 | 1 | 0.3 | 36 | 56 | 1 | 14.2 | 23.0 | 15.0 | 9 500 | 13 000 |
| 7207C | 35 | 72 | 17 | 1.1 | 0.6 | 42 | 65 | 1 | 15.7 | 30.5 | 20.0 | 8 000 | 11 000 |
| 7208C | 40 | 80 | 18 | 1.1 | 0.6 | 47 | 73 | 1 | 17.0 | 36.8 | 25.8 | 7 500 | 10 000 |
| 7209C | 45 | 85 | 19 | 1.1 | 0.6 | 52 | 78 | 1 | 18.2 | 38.5 | 28.5 | 6 700 | 9 000 |
| 7210C | 50 | 90 | 20 | 1.1 | 0.6 | 57 | 83 | 1 | 19.4 | 42.8 | 32.0 | 6 300 | 8 500 |
| 7211C | 55 | 100 | 21 | 1.5 | 0.6 | 64 | 91 | 1.5 | 20.9 | 52.8 | 40.5 | 5 600 | 7 500 |
| 7212C | 60 | 110 | 22 | 1.5 | 0.6 | 69 | 101 | 1.5 | 22.4 | 61.0 | 48.5 | 5 300 | 7 000 |
| 7213C | 65 | 120 | 23 | 1.5 | 0.6 | 74 | 111 | 1.5 | 24.2 | 69.8 | 55.2 | 4 800 | 6 300 |
| 7214C | 70 | 125 | 24 | 1.5 | 0.6 | 79 | 116 | 1.5 | 25.3 | 70.2 | 60.0 | 4 500 | 6 000 |
| 7215C | 75 | 130 | 25 | 1.5 | 0.6 | 84 | 121 | 1.5 | 26.4 | 79.2 | 65.8 | 4 300 | 5 600 |
| 7216C | 80 | 140 | 26 | 2 | 1 | 90 | 130 | 2 | 27.7 | 89.5 | 78.2 | 4 000 | 5 300 |
| 7217C | 85 | 150 | 28 | 2 | 1 | 95 | 140 | 2 | 29.9 | 99.8 | 85.0 | 3 800 | 5 000 |
| 7218C | 90 | 160 | 30 | 2 | 1 | 100 | 150 | 2 | 31.7 | 122 | 105 | 3 600 | 4 800 |
| 7219C | 95 | 170 | 32 | 2.1 | 1.1 | 107 | 158 | 2.1 | 33.8 | 135 | 115 | 3 400 | 4 500 |
| 7220C | 100 | 180 | 34 | 2.1 | 1.1 | 112 | 168 | 2.1 | 35.8 | 148 | 128 | 3 200 | 4 300 |

（续表）

### 70000C 型（$\alpha = 15°$）

| 轴承代号 | 基本尺寸 | | | | | 安装尺寸 | | | $a$ | 基本额定 | | 极限转速 | |
|---|---|---|---|---|---|---|---|---|---|---|---|---|---|
| | $d$ | $D$ | $B$ | $r_s$ | $r_{1s}$ | $d_a$ | $D_a$ | $r_{as}$ | | 动载荷 $C_r$ | 静载荷 $C_{0r}$ | 脂润滑 | 油润滑 |
| | | | | min | | min | max | | | | | | |
| | mm | | | | | | | | | kN | | r/min | |
| （0）3 尺寸系列 | | | | | | | | | | | | | |
| 7301C | 12 | 37 | 12 | 1 | 0.3 | 18 | 31 | 1 | 8.6 | 8.10 | 5.22 | 16 000 | 22 000 |
| 7302C | 15 | 42 | 13 | 1 | 0.3 | 21 | 36 | 1 | 9.6 | 9.38 | 5.95 | 15 000 | 20 000 |
| 7303C | 17 | 47 | 14 | 1 | 0.3 | 23 | 41 | 1 | 10.4 | 12.8 | 8.62 | 14 000 | 19 000 |
| 7304C | 20 | 52 | 15 | 1.1 | 0.6 | 27 | 45 | 1 | 11.3 | 14.2 | 9.68 | 12 000 | 17 000 |
| 7305C | 25 | 62 | 17 | 1.1 | 0.6 | 32 | 55 | 1 | 13.1 | 21.5 | 15.8 | 9 500 | 14 000 |
| 7306C | 30 | 72 | 19 | 1.1 | 0.6 | 37 | 65 | 1 | 15 | 26.5 | 19.8 | 8 500 | 12 000 |
| 7307C | 35 | 80 | 21 | 1.5 | 0.6 | 44 | 71 | 1.5 | 16.6 | 34.2 | 26.8 | 7 500 | 10 000 |
| 7308C | 40 | 90 | 23 | 1.5 | 0.6 | 49 | 81 | 1.5 | 18.5 | 40.2 | 32.3 | 6 700 | 9 000 |
| 7309C | 45 | 100 | 25 | 1.5 | 0.6 | 54 | 91 | 1.5 | 20.2 | 49.2 | 39.8 | 6 000 | 8 000 |
| 7310C | 50 | 110 | 27 | 2 | 1 | 60 | 100 | 2 | 22 | 53.5 | 47.2 | 5 600 | 7 500 |
| 7311C | 55 | 120 | 29 | 2 | 1 | 65 | 110 | 2 | 23.8 | 70.5 | 60.5 | 5 000 | 6 700 |
| 7312C | 60 | 130 | 31 | 2.1 | 1.1 | 72 | 118 | 2.1 | 25.6 | 80.5 | 70.2 | 4 800 | 6 300 |
| 7313C | 65 | 140 | 33 | 2.1 | 1.1 | 77 | 128 | 2.1 | 27.4 | 91.5 | 80.5 | 4 300 | 5 600 |
| 7314C | 70 | 150 | 35 | 2.1 | 1.1 | 82 | 138 | 2.1 | 29.2 | 102 | 91.5 | 4 000 | 5 300 |
| 7315C | 75 | 160 | 37 | 2.1 | 1.1 | 87 | 148 | 2.1 | 31 | 112 | 105 | 3 800 | 5 000 |
| 7316C | 80 | 170 | 39 | 2.1 | 1.1 | 92 | 158 | 2.1 | 32.8 | 122 | 118 | 3 600 | 4 800 |
| 7317C | 85 | 180 | 41 | 3 | 1.1 | 99 | 166 | 2.5 | 34.6 | 132 | 128 | 3 400 | 4 500 |
| 7318C | 90 | 190 | 43 | 3 | 1.1 | 104 | 176 | 2.5 | 36.4 | 142 | 142 | 3 200 | 4 300 |
| 7319C | 95 | 200 | 45 | 3 | 1.1 | 109 | 186 | 2.5 | 38.2 | 152 | 158 | 3 000 | 4 000 |
| 7320C | 100 | 215 | 47 | 3 | 1.1 | 114 | 201 | 2.5 | 40.2 | 162 | 175 | 2 600 | 3 600 |

### 70000AC 型（$\alpha = 25°$）

| 轴承代号 | 基本尺寸 | | | | | 安装尺寸 | | | $a$ | 基本额定 | | 极限转速 | |
|---|---|---|---|---|---|---|---|---|---|---|---|---|---|
| | $d$ | $D$ | $B$ | $r_s$ | $r_{1s}$ | $d_a$ | $D_a$ | $r_{as}$ | | 动载荷 $C_r$ | 静载荷 $C_{0r}$ | 脂润滑 | 油润滑 |
| | | | | min | | min | max | | | | | | |
| | mm | | | | | | | | | kN | | r/min | |
| （1）0 尺寸系列 | | | | | | | | | | | | | |
| 7000AC | 10 | 26 | 8 | 0.3 | 0.15 | 12.4 | 23.6 | 0.3 | 8.2 | 4.75 | 2.12 | 19 000 | 28 000 |
| 7001AC | 12 | 28 | 8 | 0.3 | 0.15 | 14.4 | 25.6 | 0.3 | 8.7 | 5.20 | 2.55 | 18 000 | 26 000 |
| 7002AC | 15 | 32 | 9 | 0.3 | 0.15 | 17.4 | 29.6 | 0.3 | 10 | 5.95 | 3.25 | 17 000 | 24 000 |
| 7003AC | 17 | 35 | 10 | 0.3 | 0.15 | 19.4 | 32.6 | 0.3 | 11.1 | 6.30 | 3.68 | 16 000 | 22 000 |
| 7004AC | 20 | 42 | 12 | 0.6 | 0.15 | 25 | 37 | 0.6 | 13.2 | 10.0 | 5.78 | 14 000 | 19 000 |
| 7005AC | 25 | 47 | 12 | 0.6 | 0.15 | 30 | 42 | 0.6 | 14.4 | 11.2 | 7.08 | 12 000 | 17 000 |
| 7006AC | 30 | 55 | 13 | 1 | 0.3 | 36 | 49 | 1 | 16.4 | 14.5 | 9.85 | 9 500 | 14 000 |
| 7007AC | 35 | 62 | 14 | 1 | 0.3 | 41 | 56 | 1 | 18.3 | 18.5 | 13.5 | 8 500 | 12 000 |
| 7008AC | 40 | 68 | 15 | 1 | 0.3 | 46 | 62 | 1 | 20.1 | 19.0 | 14.5 | 8 000 | 11 000 |
| 7009AC | 45 | 75 | 16 | 1 | 0.3 | 51 | 69 | 1 | 21.9 | 25.8 | 19.5 | 7 500 | 10 000 |
| 7010AC | 50 | 80 | 16 | 1 | 0.3 | 56 | 74 | 1 | 23.2 | 29.2 | 21.0 | 6 700 | 9 000 |
| 7011AC | 55 | 90 | 18 | 1.1 | 0.6 | 62 | 83 | 1 | 25.9 | 35.2 | 29.2 | 6 000 | 8 000 |
| 7012AC | 60 | 95 | 18 | 1.1 | 0.6 | 67 | 88 | 1 | 27.1 | 36.2 | 31.5 | 5 600 | 7 500 |
| 7013AC | 65 | 100 | 18 | 1.1 | 0.6 | 72 | 93 | 1 | 28.2 | 38.0 | 33.8 | 5 300 | 7 000 |
| 7014AC | 70 | 110 | 20 | 1.1 | 0.6 | 77 | 103 | 1 | 30.9 | 45.8 | 41.5 | 5 000 | 6 700 |
| 7015AC | 75 | 115 | 20 | 1.1 | 0.6 | 82 | 108 | 1 | 32.2 | 46.8 | 44.2 | 4 800 | 6 300 |
| 7016AC | 80 | 125 | 22 | 1.5 | 0.6 | 89 | 116 | 1.5 | 34.9 | 55.5 | 53.2 | 4 500 | 6 000 |
| 7017AC | 85 | 130 | 22 | 1.5 | 0.6 | 94 | 121 | 1.5 | 36.1 | 59.2 | 57.2 | 4 300 | 5 600 |
| 7018AC | 90 | 140 | 24 | 1.5 | 0.6 | 99 | 131 | 1.5 | 38.8 | 67.5 | 66.5 | 4 000 | 5 300 |
| 7019AC | 95 | 145 | 24 | 1.5 | 0.6 | 104 | 136 | 1.5 | 40 | 69.5 | 69.8 | 3 800 | 5 000 |
| 7020AC | 100 | 150 | 24 | 1.5 | 0.6 | 109 | 141 | 1.5 | 41.2 | 75.0 | 74.8 | 3 800 | 5 000 |

（续表）

70000AC 型（$\alpha = 25°$）

| 轴承代号 | 基本尺寸 | | | | | 安装尺寸 | | | a | 基本额定 | | 极限转速 | |
|---|---|---|---|---|---|---|---|---|---|---|---|---|---|
| | d | D | B | $r_s$ | $r_{1s}$ | $d_a$ | $D_a$ | $r_{as}$ | | 动载荷 $C_r$ | 静载荷 $C_{0r}$ | 脂润滑 | 油润滑 |
| | | | | min | | min | | max | | | | | |
| | mm | | | | | | | | | kN | | r/min | |
| （0）2 尺寸系列 | | | | | | | | | | | | | |
| 7200AC | 10 | 30 | 9 | 0.6 | 0.15 | 15 | 25 | 0.6 | 9.2 | 5.58 | 2.82 | 18 000 | 26 000 |
| 7201AC | 12 | 32 | 10 | 0.6 | 0.15 | 17 | 27 | 0.6 | 10.2 | 7.10 | 3.35 | 17 000 | 24 000 |
| 7202AC | 15 | 35 | 11 | 0.6 | 0.15 | 20 | 30 | 0.6 | 11.4 | 8.35 | 4.40 | 16 000 | 22 000 |
| 7203AC | 17 | 40 | 12 | 0.6 | 0.3 | 22 | 35 | 0.6 | 12.8 | 10.5 | 5.65 | 15 000 | 20 000 |
| 7204AC | 20 | 47 | 14 | 1 | 0.3 | 26 | 41 | 1 | 14.9 | 14.0 | 7.82 | 13 000 | 18 000 |
| 7205AC | 25 | 52 | 15 | 1 | 0.3 | 31 | 46 | 1 | 16.4 | 15.8 | 9.88 | 11 000 | 16 000 |
| 7206AC | 30 | 62 | 16 | 1 | 0.3 | 36 | 56 | 1 | 18.7 | 22.0 | 14.2 | 9 000 | 13 000 |
| 7207AC | 35 | 72 | 17 | 1.1 | 0.6 | 42 | 65 | 1 | 21 | 29.0 | 19.2 | 8 000 | 11 000 |
| 7208AC | 40 | 80 | 18 | 1.1 | 0.6 | 47 | 73 | 1 | 23 | 35.2 | 24.5 | 7 500 | 10 000 |
| 7209AC | 45 | 85 | 19 | 1.1 | 0.6 | 52 | 78 | 1 | 24.7 | 36.8 | 27.2 | 6 700 | 9 000 |
| 7210AC | 50 | 90 | 20 | 1.1 | 0.6 | 57 | 83 | 1 | 26.3 | 40.8 | 30.5 | 6 300 | 8 500 |
| 7211AC | 55 | 100 | 21 | 1.5 | 0.6 | 64 | 91 | 1.5 | 28.6 | 50.5 | 38.5 | 5 600 | 7 500 |
| 7212AC | 60 | 110 | 22 | 1.5 | 0.6 | 69 | 101 | 1.5 | 30.8 | 58.2 | 46.2 | 5 300 | 7 000 |
| 7213AC | 65 | 120 | 23 | 1.5 | 0.6 | 74 | 111 | 1.5 | 33.5 | 66.5 | 52.5 | 4 800 | 6 300 |
| 7214AC | 70 | 125 | 24 | 1.5 | 0.6 | 79 | 116 | 1.5 | 35.1 | 69.2 | 57.5 | 4 500 | 6 000 |
| 7215AC | 75 | 130 | 25 | 1.5 | 0.6 | 84 | 121 | 1.5 | 36.6 | 75.2 | 63.0 | 4 300 | 5 600 |
| 7216AC | 80 | 140 | 26 | 2 | 1 | 90 | 130 | 2 | 38.9 | 85.0 | 74.5 | 4 000 | 5 300 |
| 7217AC | 85 | 150 | 28 | 2 | 1 | 95 | 140 | 2 | 41.6 | 94.8 | 81.5 | 3 800 | 5 000 |
| 7218AC | 90 | 160 | 30 | 2 | 1 | 100 | 150 | 2 | 44.2 | 118 | 100 | 3 600 | 4 800 |
| 7219AC | 95 | 170 | 32 | 2.1 | 1.1 | 107 | 158 | 2.1 | 46.9 | 128 | 108 | 3 400 | 4 500 |
| 7220AC | 100 | 180 | 34 | 2.1 | 1.1 | 112 | 168 | 2.1 | 49.7 | 142 | 122 | 3 200 | 4 300 |
| （0）3 尺寸系列 | | | | | | | | | | | | | |
| 7301AC | 12 | 37 | 12 | 1 | 0.3 | 18 | 31 | 1 | 12 | 8.08 | 4.88 | 16 000 | 22 000 |
| 7302AC | 15 | 42 | 13 | 1 | 0.3 | 21 | 36 | 1 | 13.5 | 9.08 | 5.58 | 15 000 | 20 000 |
| 7303AC | 17 | 47 | 14 | 1 | 0.3 | 23 | 41 | 1 | 14.8 | 11.5 | 7.08 | 14 000 | 19 000 |
| 7304AC | 20 | 52 | 15 | 1.1 | 0.6 | 27 | 45 | 1 | 16.3 | 13.8 | 9.10 | 12 000 | 17 000 |
| 7305AC | 25 | 62 | 17 | 1.1 | 0.6 | 32 | 55 | 1 | 19.1 | 20.8 | 14.8 | 9 500 | 14 000 |
| 7306AC | 30 | 72 | 19 | 1.1 | 0.6 | 37 | 65 | 1 | 22.2 | 25.2 | 18.5 | 8 500 | 12 000 |
| 7307AC | 35 | 80 | 21 | 1.5 | 0.6 | 44 | 71 | 1.5 | 24.5 | 32.8 | 24.8 | 7 500 | 10 000 |
| 7308AC | 40 | 90 | 23 | 1.5 | 0.6 | 49 | 81 | 1.5 | 27.5 | 38.5 | 30.5 | 6 700 | 9 000 |
| 7309AC | 45 | 100 | 25 | 1.5 | 0.6 | 54 | 91 | 1.5 | 30.2 | 47.5 | 37.2 | 6 000 | 8 000 |
| 7310AC | 50 | 110 | 27 | 2 | 1 | 60 | 100 | 2 | 33 | 55.5 | 44.5 | 5 600 | 7 500 |
| 7311AC | 55 | 120 | 29 | 2 | 1 | 65 | 110 | 2 | 35.8 | 67.2 | 56.8 | 5 000 | 6 700 |
| 7312AC | 60 | 130 | 31 | 2.1 | 1.1 | 72 | 118 | 2.1 | 38.7 | 77.8 | 65.8 | 4 800 | 6 300 |
| 7313AC | 65 | 140 | 33 | 2.1 | 1.1 | 77 | 128 | 2.1 | 41.5 | 89.8 | 75.5 | 4 300 | 5 600 |
| 7314AC | 70 | 150 | 35 | 2.1 | 1.1 | 82 | 138 | 2.1 | 44.3 | 98.5 | 86.0 | 4 000 | 5 300 |
| 7315AC | 75 | 160 | 37 | 2.1 | 1.1 | 87 | 148 | 2.1 | 47.2 | 108 | 97.0 | 3 800 | 5 000 |
| 7316AC | 80 | 170 | 39 | 2.1 | 1.1 | 92 | 158 | 2.1 | 50 | 118 | 108 | 3 600 | 4 800 |
| 7317AC | 85 | 180 | 41 | 3 | 1.1 | 99 | 166 | 2.5 | 52.8 | 125 | 122 | 3 400 | 4 500 |
| 7318AC | 90 | 190 | 43 | 3 | 1.1 | 104 | 176 | 2.5 | 55.6 | 135 | 135 | 3 200 | 4 300 |
| 7319AC | 95 | 200 | 45 | 3 | 1.1 | 109 | 186 | 2.5 | 58.5 | 145 | 148 | 3 000 | 4 000 |
| 7320AC | 100 | 215 | 47 | 3 | 1.1 | 114 | 201 | 2.5 | 61.9 | 145 | 178 | 2 600 | 3 600 |
| （0）4 尺寸系列 | | | | | | | | | | | | | |
| 7406AC | 30 | 90 | 23 | 1.5 | 0.6 | 39 | 81 | 1 | 26.1 | 42.5 | 32.2 | 7 500 | 10 000 |
| 7407AC | 35 | 100 | 25 | 1.5 | 0.6 | 44 | 91 | 1.5 | 29 | 53.8 | 42.5 | 6 300 | 8 500 |
| 7408AC | 40 | 110 | 27 | 2 | 1 | 50 | 100 | 2 | 31.8 | 62.0 | 49.5 | 6 000 | 8 000 |
| 7409AC | 45 | 120 | 29 | 2 | 1 | 55 | 110 | 2 | 34.6 | 66.8 | 52.8 | 5 300 | 7 000 |
| 7410AC | 50 | 130 | 31 | 2.1 | 1.1 | 62 | 118 | 2.1 | 37.4 | 76.5 | 64.2 | 5 000 | 6 700 |
| 7412AC | 60 | 150 | 35 | 2.1 | 1.1 | 72 | 138 | 2.1 | 43.1 | 102 | 90.8 | 4 300 | 5 600 |
| 7414AC | 70 | 180 | 42 | 3 | 1.1 | 84 | 166 | 2.5 | 51.5 | 125 | 125 | 3 600 | 4 800 |
| 7416AC | 80 | 200 | 48 | 3 | 1.1 | 94 | 186 | 2.5 | 58.1 | 152 | 162 | 3 200 | 4 300 |
| 7418AC | 90 | 215 | 54 | 4 | 1.5 | 108 | 197 | 3 | 64.8 | 178 | 205 | 2 800 | 3 600 |

注：1. 表中 $C_r$ 值对（1）0、（0）2 系列为真空脱气轴承钢的载荷能力，对（0）3、（0）4 系列为电炉轴承钢的载荷能力；

2. 表中的 $r_{smin}$、$r_{1smin}$ 分别为 $r_s$、$r_{1s}$ 的单向最小倒角尺寸，$r_{asmax}$ 为 $r_{as}$ 的单向最大倒角尺寸。

表 3-13　圆锥滚子轴承（摘自 GB/T297—1994）

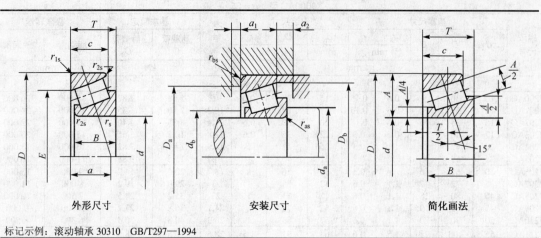

| 外形尺寸 | 安装尺寸 | 简化画法 |

标记示例：滚动轴承 30310　GB/T297—1994

| 径向当量动载荷 | 当 $F_a/F_r \leqslant e$ 时，$P_r = F_r$ |
|---|---|
| | 当 $F_a/F_r > e$ 时，$P_r = 0.4F_r + YF_a$ |
| 径向当量静载荷 | $P_{0r} = F_r$ |
| | $P_{0r} = 0.5F_r + Y_0 F_a$ |
| | 取上列两式计算结果的较大值 |

基本尺寸与安装尺寸　　　　　　　　　　　　　　　　　mm

| 轴承代号 | $d$ | $D$ | $T$ | $B$ | $C$ | $r_s$ | $r_{1s}$ | $a$ | $d_a$ | $d_b$ | $D_a$ | $D_a$ | $D_b$ | $a_1$ | $a_2$ | $r_{as}$ | $r_{bs}$ |
|---|---|---|---|---|---|---|---|---|---|---|---|---|---|---|---|---|---|
| | | | | | | min | | $\approx$ | min | max | min | max | | min | | max | |
| 02 尺寸系列 | | | | | | | | | | | | | | | | | |
| 30203 | 17 | 40 | 13.25 | 12 | 11 | 1 | 1 | 9..9 | 23 | 23 | 34 | 34 | 37 | 2 | 2.5 | 1 | 1 |
| 30204 | 20 | 47 | 15.25 | 14 | 12 | 1 | 1 | 11.2 | 26 | 27 | 40 | 41 | 43 | 2 | 3.5 | 1 | 1 |
| 30205 | 25 | 52 | 16.25 | 15 | 13 | 1 | 1 | 12.5 | 27 | 31 | 44 | 46 | 48 | 2 | 3.5 | 1 | 1 |
| 30206 | 30 | 62 | 17.25 | 16 | 14 | 1 | 1 | 13.8 | 36 | 37 | 53 | 56 | 58 | 2 | 3.5 | 1 | 1 |
| 30207 | 35 | 72 | 18.25 | 17 | 15 | 1.5 | 1.5 | 15.3 | 42 | 44 | 62 | 65 | 67 | 3 | 3.5 | 1.5 | 1.5 |
| 30208 | 40 | 80 | 19.75 | 18 | 16 | 1.5 | 1.5 | 16.9 | 47 | 49 | 69 | 73 | 75 | 3 | 4 | 1.5 | 1.5 |
| 30209 | 45 | 85 | 20.75 | 19 | 16 | 1.5 | 1.5 | 18.6 | 52 | 53 | 74 | 78 | 80 | 3 | 5 | 1.5 | 1.5 |
| 30210 | 50 | 90 | 21.75 | 20 | 17 | 1.5 | 1.5 | 20 | 57 | 58 | 79 | 83 | 86 | 3 | 5 | 1.5 | 1.5 |
| 30211 | 55 | 100 | 22.75 | 21 | 18 | 2 | 1.5 | 21 | 64 | 64 | 88 | 91 | 95 | 4 | 5 | 2 | 1.5 |
| 30212 | 60 | 110 | 23.75 | 22 | 19 | 2 | 1.5 | 22.3 | 69 | 69 | 96 | 101 | 103 | 4 | 5 | 2 | 1.5 |
| 30213 | 65 | 120 | 24.75 | 23 | 20 | 2 | 1.5 | 23.8 | 74 | 77 | 106 | 111 | 114 | 4 | 5 | 2 | 1.5 |
| 30214 | 70 | 125 | 26.25 | 24 | 21 | 2 | 1.5 | 25.8 | 79 | 81 | 110 | 116 | 119 | 4 | 5.5 | 2 | 1.5 |
| 30215 | 75 | 130 | 27.25 | 25 | 22 | 2 | 1.5 | 27.4 | 84 | 85 | 115 | 121 | 125 | 4 | 5.5 | 2 | 1.5 |
| 30216 | 80 | 140 | 28.25 | 26 | 22 | 2.5 | 2 | 28.1 | 90 | 90 | 124 | 130 | 133 | 4 | 6 | 2.1 | 2 |
| 30217 | 85 | 150 | 30.5 | 28 | 24 | 2.5 | 2 | 30.3 | 95 | 96 | 132 | 140 | 142 | 5 | 6.5 | 2.1 | 2 |
| 30218 | 90 | 160 | 32.5 | 30 | 26 | 2.5 | 2 | 32.3 | 100 | 102 | 140 | 150 | 151 | 5 | 6.5 | 2.1 | 2 |
| 30219 | 95 | 170 | 34.5 | 32 | 27 | 3 | 2.5 | 34.2 | 107 | 108 | 149 | 158 | 160 | 5 | 7.5 | 2.5 | 2.1 |
| 30220 | 100 | 180 | 37 | 34 | 29 | 3 | 2.5 | 36.4 | 112 | 114 | 157 | 168 | 169 | 5 | 8 | 2.5 | 2.1 |
| 03 尺寸系列 | | | | | | | | | | | | | | | | | |
| 30303 | 17 | 47 | 15.25 | 14 | 12 | 1 | 1 | 10.4 | 23 | 25 | 40 | 41 | 43 | 3 | 3.5 | 1 | 1 |
| 30304 | 20 | 52 | 16.25 | 15 | 13 | 1.5 | 1 | 11.1 | 27 | 28 | 44 | 45 | 48 | 3 | 3.5 | 1.5 | 1.5 |
| 30305 | 25 | 62 | 18.25 | 17 | 15 | 1.5 | 1 | 13 | 32 | 34 | 54 | 55 | 58 | 3 | 3.5 | 1.5 | 1.5 |

（续表）

| 轴承代号 | d | D | T | B | C | $r_s$ | $r_{1s}$ | a | $d_a$ | $d_b$ | $D_a$ | $D_a$ | $D_b$ | $a_1$ | $a_2$ | $r_{as}$ | $r_{bs}$ |
|---|---|---|---|---|---|---|---|---|---|---|---|---|---|---|---|---|---|
| | | | | | | min | | $\approx$ | min | max | min | max | | min | | max | |
| 03 尺寸系列 | | | | | | | | | | | | | | | | | |
| 30306 | 30 | 72 | 20.75 | 19 | 16 | 1.5 | 1.5 | 15.3 | 37 | 40 | 62 | 65 | 66 | 3 | 5 | 1.5 | 1.5 |
| 30307 | 35 | 80 | 22.75 | 21 | 18 | 2 | 1.5 | 16.8 | 44 | 45 | 70 | 71 | 74 | 3 | 5 | 2 | 1.5 |
| 30308 | 40 | 90 | 25.25 | 23 | 20 | 2 | 1.5 | 19.5 | 49 | 52 | 77 | 81 | 84 | 3 | 5.5 | 2 | 1.5 |
| 30309 | 45 | 100 | 27.25 | 25 | 22 | 2 | 1.5 | 21.3 | 54 | 59 | 86 | 91 | 94 | 3 | 5.5 | 2 | 1.5 |
| 30310 | 50 | 110 | 29.25 | 27 | 23 | 2.5 | 2 | 23 | 60 | 65 | 95 | 100 | 103 | 4 | 6.5 | 2 | 2 |
| 30311 | 55 | 120 | 31.5 | 29 | 25 | 2.5 | 2 | 24.9 | 65 | 70 | 104 | 110 | 112 | 4 | 6.5 | 2.5 | 2 |
| 30312 | 60 | 130 | 33.5 | 31 | 26 | 3 | 2.5 | 26.6 | 72 | 76 | 112 | 118 | 121 | 5 | 7.5 | 2.5 | 2.1 |
| 30313 | 65 | 140 | 36 | 33 | 28 | 3 | 2.5 | 28.7 | 77 | 83 | 122 | 128 | 131 | 5 | 8 | 2.5 | 2.1 |
| 30314 | 70 | 150 | 38 | 35 | 30 | 3 | 2.5 | 30.7 | 82 | 89 | 130 | 138 | 141 | 5 | 8 | 2.5 | 2.1 |
| 30315 | 75 | 160 | 40 | 37 | 31 | 3 | 2.5 | 32 | 87 | 95 | 139 | 148 | 150 | 5 | 9 | 2.5 | 2.1 |
| 30316 | 80 | 170 | 42.5 | 39 | 33 | 3 | 2.5 | 34.4 | 92 | 102 | 148 | 158 | 160 | 5 | 9.5 | 2.5 | 2.1 |
| 30317 | 85 | 180 | 44.5 | 41 | 34 | 4 | 3 | 35.9 | 99 | 107 | 156 | 166 | 168 | 6 | 10.5 | 3 | 2.5 |
| 30318 | 90 | 190 | 46.5 | 43 | 36 | 4 | 3 | 37.5 | 104 | 113 | 165 | 176 | 178 | 6 | 10.5 | 3 | 2.5 |
| 30319 | 95 | 200 | 49.5 | 45 | 38 | 4 | 3 | 40.1 | 109 | 118 | 172 | 186 | 185 | 6 | 11.5 | 3 | 2.5 |
| 30320 | 100 | 215 | 51.5 | 47 | 39 | 4 | 3 | 42.2 | 114 | 127 | 184 | 201 | 199 | 6 | 12.5 | 3 | 2.5 |
| 22 尺寸系列 | | | | | | | | | | | | | | | | | |
| 32206 | 30 | 62 | 21.25 | 20 | 17 | 1 | 1 | 15.6 | 36 | 36 | 52 | 56 | 58 | 3 | 4.5 | 1 | 1 |
| 32207 | 35 | 72 | 24.25 | 23 | 19 | 1.5 | 1.5 | 17.9 | 42 | 42 | 61 | 65 | 68 | 3 | 5.5 | 1.5 | 1.5 |
| 32208 | 40 | 80 | 24.75 | 23 | 19 | 1.5 | 1.5 | 18.9 | 47 | 48 | 68 | 73 | 75 | 3 | 6 | 1.5 | 1.5 |
| 32209 | 45 | 85 | 24.75 | 23 | 19 | 1.5 | 1.5 | 20.1 | 52 | 53 | 73 | 78 | 81 | 3 | 6 | 1.5 | 1.5 |
| 32210 | 50 | 90 | 24.75 | 23 | 19 | 1.5 | 1.5 | 21 | 57 | 57 | 78 | 83 | 86 | 3 | 6 | 1.5 | 1.5 |
| 32211 | 55 | 100 | 26.75 | 25 | 21 | 2 | 1.5 | 22.8 | 64 | 62 | 87 | 91 | 96 | 4 | 6 | 2 | 1.5 |
| 32212 | 60 | 110 | 29.75 | 28 | 24 | 2 | 1.5 | 25 | 69 | 68 | 95 | 101 | 105 | 4 | 6 | 2 | 1.5 |
| 32213 | 65 | 120 | 32.75 | 31 | 27 | 2 | 1.5 | 27.3 | 74 | 75 | 104 | 111 | 115 | 4 | 6 | 2 | 1.5 |
| 32214 | 70 | 125 | 33.25 | 31 | 27 | 2 | 1.5 | 28.8 | 79 | 79 | 108 | 116 | 120 | 4 | 6.5 | 2 | 1.5 |
| 32215 | 75 | 130 | 33.25 | 31 | 27 | 2 | 1.5 | 30 | 84 | 84 | 115 | 121 | 126 | 4 | 6.5 | 2 | 1.5 |
| 32216 | 80 | 140 | 35.25 | 33 | 28 | 2.5 | 2 | 31.4 | 90 | 89 | 122 | 130 | 135 | 5 | 7.5 | 2.1 | 2 |
| 32217 | 85 | 150 | 38.5 | 36 | 30 | 2.5 | 2 | 33.9 | 95 | 95 | 130 | 140 | 143 | 5 | 8.5 | 2.1 | 2 |
| 32218 | 90 | 160 | 42.5 | 40 | 34 | 2.5 | 2 | 36.8 | 100 | 101 | 138 | 150 | 153 | 5 | 8.5 | 2.1 | 2 |
| 32219 | 95 | 170 | 45.5 | 43 | 37 | 3 | 2.5 | 39.2 | 107 | 106 | 145 | 158 | 163 | 5 | 8.5 | 2.5 | 2.1 |
| 32220 | 100 | 180 | 49 | 46 | 39 | 3 | 2.5 | 41.9 | 112 | 113 | 154 | 168 | 172 | 5 | 10 | 2.5 | 2.1 |
| 23 尺寸系列 | | | | | | | | | | | | | | | | | |
| 32303 | 17 | 47 | 20.25 | 19 | 16 | 1 | 1 | 12.3 | 23 | 24 | 39 | 41 | 43 | 3 | 4.5 | 1 | 1 |
| 32304 | 20 | 52 | 22.25 | 21 | 18 | 1.5 | 1.5 | 13.6 | 27 | 26 | 43 | 45 | 48 | 3 | 4.5 | 1.5 | 1.5 |
| 32305 | 25 | 62 | 25.25 | 24 | 20 | 1.5 | 1.5 | 15.9 | 32 | 32 | 52 | 55 | 58 | 3 | 5.5 | 1.5 | 1.5 |
| 32306 | 30 | 72 | 28.75 | 27 | 23 | 1.5 | 1.5 | 18.9 | 37 | 38 | 59 | 65 | 66 | 4 | 6 | 1.5 | 1.5 |
| 32307 | 35 | 80 | 32.75 | 31 | 25 | 2 | 1.5 | 20.4 | 44 | 43 | 66 | 71 | 74 | 4 | 8.5 | 2 | 1.5 |
| 32308 | 40 | 90 | 35.25 | 33 | 27 | 2 | 1.5 | 23.3 | 49 | 49 | 73 | 81 | 83 | 4 | 8.5 | 2 | 1.5 |
| 32309 | 45 | 100 | 38.25 | 36 | 30 | 2 | 1.5 | 25.6 | 54 | 56 | 82 | 91 | 93 | 4 | 8.5 | 2 | 1.5 |
| 32310 | 50 | 110 | 42.25 | 40 | 33 | 2.5 | 2 | 28.2 | 60 | 61 | 90 | 100 | 10. | 5 | 9.5 | 2 | 2 |
| 32311 | 55 | 120 | 45.5 | 43 | 35 | 2.5 | 2 | 30.4 | 65 | 66 | 99 | 110 | 111 | 5 | 10 | 2.5 | 2 |
| 32312 | 60 | 130 | 48.5 | 46 | 37 | 3 | 2.5 | 32 | 72 | 72 | 107 | 118 | 122 | 6 | 11.5 | 2.5 | 2.1 |
| 32313 | 65 | 140 | 51 | 48 | 39 | 3 | 2.5 | 34.3 | 77 | 79 | 117 | 128 | 131 | 6 | 12 | 2.5 | 2.1 |
| 32314 | 70 | 150 | 54 | 51 | 42 | 3 | 2.5 | 36.5 | 82 | 84 | 125 | 138 | 141 | 6 | 12 | 2.5 | 2.1 |
| 32315 | 75 | 160 | 58 | 55 | 45 | 3 | 2.5 | 39.4 | 87 | 91 | 133 | 148 | 150 | 7 | 13 | 2.5 | 2.1 |
| 32316 | 80 | 170 | 61.5 | 58 | 48 | 3 | 2.5 | 42.1 | 92 | 97 | 142 | 158 | 160 | 7 | 13.5 | 2.5 | 2.1 |
| 32317 | 85 | 180 | 63.5 | 60 | 49 | 4 | 3 | 43.5 | 99 | 102 | 150 | 166 | 168 | 8 | 14.5 | 3 | 2.5 |
| 32318 | 90 | 190 | 67.5 | 64 | 53 | 4 | 3 | 46.2 | 104 | 107 | 157 | 176 | 178 | 8 | 14.5 | 3 | 2.5 |
| 32319 | 95 | 200 | 71.5 | 67 | 55 | 4 | 3 | 49 | 109 | 114 | 166 | 186 | 187 | 8 | 16.5 | 3 | 2.5 |
| 32320 | 100 | 215 | 77.5 | 73 | 60 | 4 | 3 | 52.9 | 114 | 122 | 177 | 201 | 201 | 8 | 17.5 | 3 | 2.5 |

（续表）

| 轴承代号 | 计算系数 | | | 基本额定 | | 极限转速 | |
|---|---|---|---|---|---|---|---|
| | $e$ | $Y$ | $Y_0$ | 动载荷 $C_r$ | 静载荷 $C_{0r}$ | 脂润滑 | 油润滑 |
| | | | | kN | kN | r/min | r/min |
| 运动与动力参数 | | | | | | | |

| 轴承代号 | $e$ | $Y$ | $Y_0$ | $C_r$ kN | $C_{0r}$ kN | 脂润滑 r/min | 油润滑 r/min |
|---|---|---|---|---|---|---|---|
| 02 尺寸系列 | | | | | | | |
| 30203 | 0.35 | 1.7 | 1 | 20.8 | 21.8 | 9 000 | 12 000 |
| 30204 | 0.35 | 1.7 | 1 | 28.2 | 30.5 | 8 000 | 10 000 |
| 30205 | 0.37 | 1.6 | 0.9 | 32.2 | 37.0 | 7 000 | 9 000 |
| 30206 | 0.37 | 1.6 | 0.9 | 43.2 | 50.5 | 6 000 | 7 500 |
| 30207 | 0.37 | 1.6 | 0.9 | 54.2 | 63.5 | 5 300 | 6 700 |
| 30208 | 0.37 | 1.6 | 0.9 | 63.0 | 74.0 | 5 000 | 6 300 |
| 30209 | 0.4 | 1.5 | 0.8 | 67.8 | 83.5 | 4 500 | 5 600 |
| 30210 | 0.42 | 1.4 | 0.8 | 73.2 | 92.0 | 4 300 | 5 300 |
| 30211 | 0.4 | 1.5 | 0.8 | 90.8 | 115 | 3 800 | 4 800 |
| 30212 | 0.4 | 1.5 | 0.8 | 102 | 130 | 3 600 | 4 500 |
| 30213 | 0.4 | 1.5 | 0.8 | 120 | 152 | 3 200 | 4 000 |
| 30214 | 0.42 | 1.4 | 0.8 | 132 | 175 | 3 000 | 3 800 |
| 30215 | 0.44 | 1.4 | 0.8 | 138 | 185 | 2 800 | 3 600 |
| 30216 | 0.42 | 1.4 | 0.8 | 160 | 212 | 2600 | 3 400 |
| 30217 | 0.42 | 1.4 | 0.8 | 178 | 238 | 2 400 | 3 200 |
| 30218 | 0.42 | 1.4 | 0.8 | 200 | 270 | 2 200 | 3 000 |
| 30219 | 0.42 | 1.4 | 0.8 | 228 | 308 | 2 000 | 2 800 |
| 30220 | 0.42 | 1.4 | 0.8 | 255 | 350 | 1 900 | 2 600 |
| 03 尺寸系列 | | | | | | | |
| 30303 | 0.29 | 2.1 | 1.2 | 28.2 | 27.2 | 8 500 | 11 000 |
| 30304 | 0.3 | 2 | 1.1 | 33.0 | 33.2 | 7 500 | 9 500 |
| 30305 | 0.3 | 2 | 1.1 | 46.8 | 48.0 | 6 300 | 8 000 |
| 30306 | 0.31 | 1.9 | 1.1 | 59.0 | 63.0 | 5 600 | 7 000 |
| 30307 | 0.31 | 1.9 | 1.1 | 75.2 | 82.5 | 5 000 | 6 300 |
| 30308 | 0.35 | 1.7 | 1 | 90.8 | 108 | 4 500 | 5 600 |
| 30309 | 0.35 | 1.7 | 1 | 108 | 130 | 4 000 | 5 000 |
| 30310 | 0.35 | 1.7 | 1 | 130 | 158 | 3 800 | 4 800 |
| 30311 | 0.35 | 1.7 | 1 | 152 | 188 | 3 400 | 4 300 |
| 30312 | 0.35 | 1.7 | 1 | 170 | 210 | 3 200 | 4 000 |
| 30313 | 0.35 | 1.7 | 1 | 195 | 242 | 2 800 | 3 600 |
| 30314 | 0.35 | 1.7 | 1 | 218 | 272 | 2 600 | 3 400 |
| 30315 | 0.35 | 1.7 | 1 | 252 | 318 | 2 400 | 3 200 |
| 30316 | 0.35 | 1.7 | 1 | 278 | 352 | 2 200 | 3 000 |
| 30317 | 0.35 | 1.7 | 1 | 305 | 388 | 2 000 | 2 800 |
| 30318 | 0.35 | 1.7 | 1 | 342 | 440 | 1 900 | 2 600 |
| 30319 | 0.35 | 1.7 | 1 | 370 | 478 | 1 800 | 2 400 |
| 30320 | 0.35 | 1.7 | 1 | 405 | 525 | 1 600 | 2 000 |
| 22 尺寸系列 | | | | | | | |
| 32206 | 0.37 | 1.6 | 0.9 | 51.8 | 63.8 | 6 000 | 7 500 |
| 32207 | 0.37 | 1.6 | 0.9 | 70.5 | 89.5 | 5 300 | 6 700 |
| 32208 | 0.37 | 1.6 | 0.9 | 77.8 | 97.2 | 5 000 | 6 300 |
| 32209 | 0.4 | 1.5 | 0.8 | 80.8 | 105 | 4 500 | 5 600 |
| 32210 | 0.42 | 1.4 | 0.8 | 82.8 | 108 | 4 300 | 5 300 |
| 32211 | 0.4 | 1.5 | 0.8 | 108 | 142 | 3 800 | 4 800 |
| 32212 | 0.4 | 1.5 | 0.8 | 132 | 180 | 3 600 | 4 500 |
| 32213 | 0.4 | 1.5 | 0.8 | 160 | 222 | 3 200 | 4 000 |
| 32214 | 0.42 | 1.4 | 0.8 | 168 | 238 | 3 000 | 3 800 |
| 32215 | 0.44 | 1.4 | 0.8 | 170 | 242 | 2 800 | 3 600 |
| 32216 | 0.42 | 1.4 | 0.8 | 198 | 278 | 2600 | 3 400 |
| 32217 | 0.42 | 1.4 | 0.8 | 228 | 325 | 2 400 | 3 200 |
| 32218 | 0.42 | 1.4 | 0.8 | 270 | 395 | 2 200 | 3 000 |
| 32219 | 0.42 | 1.4 | 0.8 | 302 | 448 | 2 000 | 2 800 |
| 32220 | 0.42 | 1.4 | 0.8 | 340 | 512 | 1 900 | 2 600 |

（续表）

| 轴承代号 | 运动与动力参数 | | | | | | |
|---|---|---|---|---|---|---|---|
| | 计算系数 | | | 基本额定 | | 极限转速 | |
| | $e$ | $Y$ | $Y_0$ | 动载荷 $C_r$ | 静载荷 $C_{0r}$ | 脂润滑 | 油润滑 |
| | | | | kN | kN | r/min | r/min |
| 23 尺寸系列 | | | | | | | |
| 32303 | 0.29 | 2.1 | 1.2 | 35.2 | 36.2 | 8 500 | 11 000 |
| 32304 | 0.3 | 2 | 1.1 | 42.8 | 46.2 | 7 500 | 9 500 |
| 32305 | 0.3 | 2 | 1.1 | 61.5 | 68.8 | 6 300 | 8 000 |
| 32306 | 0.31 | 1.9 | 1.1 | 81.5 | 96.5 | 5 600 | 7 000 |
| 32307 | 0.31 | 1.9 | 1.1 | 99.0 | 118 | 5 000 | 6 300 |
| 32308 | 0.35 | 1.7 | 1 | 115 | 148 | 4 500 | 5 600 |
| 32309 | 0.35 | 1.7 | 1 | 145 | 188 | 4 000 | 5 000 |
| 32310 | 0.35 | 1.7 | 1 | 178 | 235 | 3 800 | 4 800 |
| 32311 | 0.35 | 1.7 | 1 | 202 | 270 | 3 400 | 4 300 |
| 32312 | 0.35 | 1.7 | 1 | 228 | 302 | 3 200 | 4 000 |
| 32313 | 0.35 | 1.7 | 1 | 260 | 350 | 2 800 | 3 600 |
| 32314 | 0.35 | 1.7 | 1 | 298 | 408 | 2 600 | 3 400 |
| 32315 | 0.35 | 1.7 | 1 | 348 | 482 | 2 400 | 3 200 |
| 32316 | 0.35 | 1.7 | 1 | 388 | 542 | 2 200 | 3 000 |
| 32317 | 0.35 | 1.7 | 1 | 422 | 592 | 2 000 | 2 800 |
| 32318 | 0.35 | 1.7 | 1 | 478 | 682 | 1 900 | 2 600 |
| 32319 | 0.35 | 1.7 | 1 | 515 | 738 | 1 800 | 2 400 |
| 32320 | 0.35 | 1.7 | 1 | 600 | 872 | 1 600 | 2 000 |

注：1. 表中 $C_r$ 值为真空脱气轴承钢的载荷能力，若为普通电炉钢，$C_r$ 值降低；若为真空重熔或电渣重熔轴承钢，$C_r$ 值提高。

2. 表中的 $r_{smin}$、$r_{1smin}$ 分别为 $r_s$、$r_{1s}$ 的单向最小倒角尺寸，$r_{asmax}$、$r_{bsmax}$ 分别为 $r_{as}$、$r_{bs}$ 的单向最大倒角尺寸。

## 表 3-14　圆柱滚子轴承（摘自 GB/T283—1994）

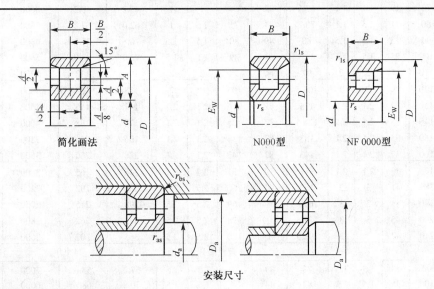

简化画法　　　　N000 型　　　　NF 0000 型

安装尺寸

标记示例：滚动轴承 N308E　GB/T283—1994

| 径向当量动载荷　$P_r = X F_r + Y F_a$ | 径向当量静载荷 |
|---|---|
| $P_r = F_r$ <br> 对于轴向承载的圆柱滚子轴承（NF 型 2/3 系列）<br> 2、3 系列：当 $0 \leqslant F_a/F_r \leqslant 0.12$ 时，$P_r = F_r + 0.3F_a$ <br>　　　　　当 $0.12 \leqslant F_a/F_r \leqslant 0.3$ 时，$P_r = 0.94F_r + 0.8F_a$ <br> 22、23 系列：当 $0 \leqslant F_a/F_r \leqslant 0.18$ 时，$P_r = F_r + 0.2F_a$ <br>　　　　　　当 $0.18 \leqslant F_a/F_r \leqslant 0.3$ 时，$P_r = 0.94F_r + 0.53F_a$ | $P_{0r} = F_r$ |

（续表）

| 轴承代号 | 基本尺寸 | | | | | $E_w$ | 安装尺寸 | | | | 基本额定动载荷 $C_r$ | 基本额定静载荷 $C_{0r}$ | 极限转速 | |
|---|---|---|---|---|---|---|---|---|---|---|---|---|---|---|
| | $d$ | $D$ | $B$ | $r_s$ | $r_{1s}$ | | $d_a$ | $D_a$ | $r_{as}$ | $r_{bs}$ | | | 脂润滑 | 油润滑 |
| | | | | min | | | min | | max | | | | | |
| | mm | | | | | | | | | | kN | | r/min | |
| （0）2 尺寸系列 | | | | | | | | | | | | | | |
| N204E | 20 | 47 | 14 | 1 | 0.6 | 41.5 | 25 | 42 | 1 | 0.6 | 25.8 | 24.0 | 12000 | 16000 |
| N205E | 25 | 52 | 15 | 1 | 0.6 | 46.5 | 30 | 47 | 1 | 0.6 | 27.5 | 26.8 | 10000 | 14000 |
| N206E | 30 | 62 | 16 | 1 | 0.6 | 55.5 | 36 | 56 | 1 | 0.6 | 36.0 | 35.5 | 8500 | 11000 |
| N207E | 35 | 72 | 17 | 1.1 | 0.6 | 64 | 42 | 64 | 1 | 0.6 | 46.5 | 48.0 | 7500 | 9500 |
| N208E | 40 | 80 | 18 | 1.1 | 1.1 | 71.5 | 47 | 72 | 1 | 1 | 51.5 | 53.0 | 7000 | 9000 |
| N209E | 45 | 85 | 19 | 1.1 | 1.1 | 76.5 | 52 | 77 | 1 | 1 | 58.5 | 63.8 | 6300 | 8000 |
| N210E | 50 | 90 | 20 | 1.1 | 1.1 | 81.5 | 57 | 83 | 1 | 1 | 61.2 | 69.2 | 6000 | 7500 |
| N211E | 55 | 100 | 21 | 1.5 | 1.1 | 90 | 64 | 91 | 1.5 | 1 | 80.2 | 95.5 | 5300 | 6700 |
| N212E | 60 | 110 | 22 | 1.5 | 1.5 | 100 | 69 | 100 | 1.5 | 1.5 | 89.8 | 102 | 5000 | 6300 |
| N213E | 65 | 120 | 23 | 1.5 | 1.5 | 108.5 | 74 | 108 | 1.5 | 1.5 | 102 | 118 | 4500 | 5600 |
| N214E | 70 | 125 | 24 | 1.5 | 1.5 | 113.5 | 79 | 114 | 1.5 | 1.5 | 112 | 135 | 4300 | 5300 |
| N215E | 75 | 130 | 25 | 1.5 | 1.5 | 118.5 | 84 | 120 | 1.5 | 1.5 | 125 | 155 | 4000 | 5000 |
| N216E | 80 | 140 | 26 | 2 | 2 | 127.2 | 90 | 128 | 2 | 2 | 132 | 165 | 3800 | 4800 |
| N217E | 85 | 150 | 28 | 2 | 2 | 136.5 | 95 | 137 | 2 | 2 | 158 | 192 | 3600 | 4500 |
| N218E | 90 | 160 | 30 | 2 | 2 | 145 | 100 | 146 | 2 | 2 | 172 | 215 | 3400 | 4300 |
| N219E | 95 | 170 | 32 | 2.1 | 2.1 | 154.5 | 107 | 155 | 2.1 | 2.1 | 208 | 262 | 3200 | 4000 |
| N220E | 100 | 180 | 34 | 2.1 | 2.1 | 163 | 112 | 164 | 2.1 | 2.1 | 235 | 302 | 3000 | 3800 |
| （0）3 尺寸系列 | | | | | | | | | | | | | | |
| N304E | 20 | 52 | 15 | 1.1 | 0.6 | 45.5 | 26.5 | 47 | 1 | 0.6 | 29.0 | 25.5 | 11000 | 15000 |
| N305E | 25 | 62 | 17 | 1.1 | 1.1 | 54 | 31.5 | 55 | 1 | 1 | 38.5 | 35.8 | 9000 | 12000 |
| N306E | 30 | 72 | 19 | 1.1 | 1.1 | 62.5 | 37 | 64 | 1 | 1 | 49.2 | 48.2 | 8000 | 10000 |
| N307E | 35 | 80 | 21 | 1.5 | 1.1 | 70.2 | 44 | 71 | 1.5 | 1 | 62.0 | 63.2 | 7000 | 9000 |
| N308E | 40 | 90 | 23 | 1.5 | 1.5 | 80 | 49 | 80 | 1.5 | 1.5 | 76.8 | 77.8 | 6300 | 8000 |
| N309E | 45 | 100 | 25 | 1.5 | 1.5 | 88.5 | 54 | 89 | 1.5 | 1.5 | 93.0 | 98.0 | 5600 | 7000 |
| N310E | 50 | 110 | 27 | 2 | 2 | 97 | 60 | 98 | 2 | 2 | 105 | 112 | 5300 | 6700 |
| N311E | 55 | 120 | 29 | 2 | 2 | 106.5 | 65 | 107 | 2 | 2 | 128 | 138 | 4800 | 6000 |
| N312E | 60 | 130 | 31 | 2.1 | 2.1 | 115 | 72 | 116 | 2.1 | 2.1 | 142 | 155 | 4500 | 5600 |
| N313E | 65 | 140 | 33 | 2.1 | 2.1 | 124.5 | 77 | 125 | 2.1 | 2.1 | 170 | 188 | 4000 | 5000 |
| N314E | 70 | 150 | 35 | 2.1 | 2.1 | 133 | 82 | 134 | 2.1 | 2.1 | 195 | 220 | 3800 | 4800 |
| N315E | 75 | 160 | 37 | 2.1 | 2.1 | 143 | 87 | 143 | 2.1 | 2.1 | 228 | 260 | 3600 | 4500 |
| N316E | 80 | 170 | 39 | 2.1 | 2.1 | 151 | 92 | 151 | 2.1 | 2.1 | 245 | 165 | 3400 | 4300 |
| N317E | 85 | 180 | 41 | 3 | 3 | 160 | 99 | 160 | 2.5 | 2.5 | 280 | 192 | 3200 | 4000 |
| N318E | 90 | 190 | 43 | 3 | 3 | 169.5 | 104 | 169 | 2.5 | 2.5 | 298 | 215 | 3000 | 3800 |
| N319E | 95 | 200 | 45 | 3 | 3 | 177.5 | 109 | 178 | 2.5 | 2.5 | 315 | 262 | 2800 | 3600 |
| N320E | 100 | 210 | 47 | 3 | 3 | 191.5 | 114 | 190 | 2.5 | 2.5 | 365 | 302 | 2600 | 3200 |
| （0）4 尺寸系列 | | | | | | | | | | | | | | |
| N406 | 30 | 90 | 23 | 1.5 | 1.5 | 73 | 39 | | 1.5 | 1.5 | 57.2 | 53.0 | 7000 | 9000 |
| N407 | 35 | 100 | 25 | 1.5 | 1.5 | 83 | 44 | | 1.5 | 1.5 | 70.8 | 68.2 | 6000 | 7500 |
| N408 | 40 | 110 | 27 | 2 | 2 | 92 | 50 | | 2 | 2 | 90.5 | 89.8 | 5600 | 7000 |
| N409 | 45 | 120 | 29 | 2 | 2 | 100.5 | 55 | | 2 | 2 | 102 | 100 | 5000 | 6300 |
| N410 | 50 | 130 | 31 | 2.1 | 2.1 | 110.8 | 62 | | 2.1 | 2.1 | 120 | 120 | 4800 | 6000 |
| N411 | 55 | 140 | 33 | 2.1 | 2.1 | 117.2 | 67 | | 2.1 | 2.1 | 128 | 132 | 4300 | 5300 |
| N412 | 60 | 150 | 35 | 2.1 | 2.1 | 127 | 72 | | 2.1 | 2.1 | 155 | 162 | 4000 | 5000 |
| N413 | 65 | 160 | 37 | 2.1 | 2.1 | 135.5 | 77 | | 2.1 | 2.1 | 170 | 178 | 3800 | 4800 |
| N414 | 70 | 180 | 42 | 3 | 3 | 152 | 84 | | 2.5 | 2.5 | 215 | 232 | 3400 | 4300 |
| N415 | 75 | 190 | 45 | 3 | 3 | 160.5 | 89 | | 2.5 | 2.5 | 250 | 272 | 3200 | 4000 |

N0000 型

（续表）

| N0000 型 | | | | | | | | | | | | | | |
|---|---|---|---|---|---|---|---|---|---|---|---|---|---|---|
| 轴承代号 | 基本尺寸 | | | | | $E_w$ | 安装尺寸 | | | | 基本额定动载荷 $C_r$ | 基本额定静载荷 $C_{0r}$ | 极限转速 | |
| | $d$ | $D$ | $B$ | $r_s$ | $r_{1s}$ | | $d_a$ | $D_a$ | $r_{as}$ | $r_{bs}$ | | | 脂润滑 | 油润滑 |
| | | | | min | | | min | | max | | | | | |
| | mm | | | | | | | | | | kN | | r/min | |
| （0）4 尺寸系列 | | | | | | | | | | | | | | |
| N416 | 80 | 200 | 48 | 3 | 3 | 170 | 94 | | 2.5 | 2.5 | 285 | 315 | 3000 | 3800 |
| N417 | 85 | 210 | 52 | 4 | 4 | 179.5 | 103 | | 3 | 3 | 312 | 345 | 2800 | 3600 |
| N418 | 90 | 225 | 54 | 4 | 4 | 191.5 | 108 | | 3 | 3 | 352 | 392 | 2400 | 3200 |
| N419 | 95 | 240 | 55 | 4 | 4 | 201.5 | 113 | | 3 | 3 | 378 | 428 | 2200 | 3000 |
| N420 | 100 | 250 | 58 | 4 | 4 | 211 | 118 | | 3 | 3 | 418 | 480 | 2000 | 2800 |
| 22 尺寸系列 | | | | | | | | | | | | | | |
| N2204E | 20 | 47 | 18 | 1 | 0.6 | 41.5 | 25 | 42 | 1 | 0.6 | 30.8 | 30.0 | 12000 | 16000 |
| N2205E | 25 | 52 | 18 | 1 | 0.6 | 46.5 | 30 | 47 | 1 | 0.6 | 32.8 | 33.8 | 11000 | 14000 |
| N2206E | 30 | 62 | 20 | 1 | 0.6 | 55.5 | 36 | 56 | 1 | 0.6 | 45.5 | 48.0 | 8500 | 11000 |
| N2207E | 35 | 72 | 23 | 1.1 | 0.6 | 64 | 42 | 64 | 1 | 0.6 | 57.5 | 63.0 | 7500 | 9500 |
| N2208E | 40 | 80 | 23 | 1.1 | 1.1 | 71.5 | 47 | 72 | 1 | 1 | 67.5 | 75.2 | 7000 | 9000 |
| N2209E | 45 | 85 | 23 | 1.1 | 1.1 | 76.5 | 52 | 77 | 1 | 1 | 71.0 | 82.0 | 6300 | 8000 |
| N2210E | 50 | 90 | 23 | 1.1 | 1.1 | 81.5 | 57 | 83 | 1 | 1 | 74.2 | 88.8 | 6000 | 7500 |
| N2211E | 55 | 100 | 25 | 1.5 | 1.1 | 90 | 64 | 91 | 1.5 | 1 | 94.8 | 118 | 5300 | 6700 |
| N2212E | 60 | 110 | 28 | 1.5 | 1.5 | 100 | 69 | 100 | 1.5 | 1.5 | 122 | 152 | 5000 | 6300 |
| N2213E | 65 | 120 | 31 | 1.5 | 1.5 | 108.5 | 74 | 108 | 1.5 | 1.5 | 142 | 180 | 4500 | 5600 |
| N2214E | 70 | 125 | 31 | 1.5 | 1.5 | 113.5 | 79 | 114 | 1.5 | 1.5 | 148 | 192 | 4300 | 5300 |
| N2215E | 75 | 130 | 31 | 1.5 | 1.5 | 118.5 | 84 | 120 | 1.5 | 1.5 | 155 | 205 | 4000 | 5000 |
| N2216E | 80 | 140 | 33 | 2 | 2 | 127.2 | 90 | 128 | 2 | 2 | 178 | 242 | 3800 | 4800 |
| N2217E | 85 | 150 | 36 | 2 | 2 | 136.5 | 95 | 137 | 2 | 2 | 205 | 272 | 3600 | 4500 |
| N2218E | 90 | 160 | 40 | 2 | 2 | 145 | 100 | 146 | 2 | 2 | 230 | 312 | 3400 | 4300 |
| N2219E | 95 | 170 | 43 | 2.1 | 2.1 | 154.5 | 107 | 155 | 2.1 | 2.1 | 275 | 368 | 3200 | 4000 |
| N2220E | 100 | 180 | 46 | 2.1 | 2.1 | 163 | 112 | 164 | 2.1 | 2.1 | 318 | 440 | 3000 | 3800 |

| NF0000 型 | | | | | | | | | | | | | | |
|---|---|---|---|---|---|---|---|---|---|---|---|---|---|---|
| 轴承代号 | 基本尺寸 | | | | | $E_w$ | 安装尺寸 | | | | 基本额定动载荷 $C_r$ | 基本额定静载荷 $C_{0r}$ | 极限转速 | |
| | $d$ | $D$ | $B$ | $r_s$ | $r_{1s}$ | | $d_a$ | $D_a$ | $r_{as}$ | $r_{bs}$ | | | 脂润滑 | 油润滑 |
| | | | | min | | | min | | max | | | | | |
| | mm | | | | | | | | | | kN | | r/min | |
| （0）2 尺寸系列 | | | | | | | | | | | | | | |
| NF204 | 20 | 47 | 14 | 1 | 0.6 | 40 | 25 | 42 | 1 | 0.6 | 12.5 | 11.0 | 12000 | 16000 |
| NF205 | 25 | 52 | 15 | 1 | 0.6 | 45 | 30 | 47 | 1 | 0.6 | 14.2 | 12.8 | 10000 | 14000 |
| NF206 | 30 | 62 | 16 | 1 | 0.6 | 53.5 | 36 | 56 | 1 | 0.6 | 19.5 | 18.2 | 8500 | 11000 |
| NF207 | 35 | 72 | 17 | 1.1 | 0.6 | 61.8 | 42 | 64 | 1 | 0.6 | 28.5 | 28.0 | 7500 | 9500 |
| NF208 | 40 | 80 | 18 | 1.1 | 1.1 | 70 | 47 | 72 | 1 | 1 | 37.5 | 38.2 | 7000 | 9000 |
| NF209 | 45 | 85 | 19 | 1.1 | 1.1 | 75 | 52 | 77 | 1 | 1 | 39.8 | 41.0 | 6300 | 8000 |
| NF210 | 50 | 90 | 20 | 1.1 | 1.1 | 80.4 | 57 | 83 | 1 | 1 | 43.2 | 48.5 | 6000 | 7500 |
| NF211 | 55 | 100 | 21 | 1.5 | 1.1 | 88.5 | 64 | 91 | 1.5 | 1 | 52.8 | 60.2 | 5300 | 6700 |
| NF212 | 60 | 110 | 22 | 1.5 | 1.5 | 97 | 69 | 100 | 1.5 | 1.5 | 62.8 | 73.5 | 5000 | 6300 |
| NF213 | 65 | 120 | 23 | 1.5 | 1.5 | 105.5 | 74 | 108 | 1.5 | 1.5 | 73.2 | 87.5 | 4500 | 5600 |
| NF214 | 70 | 125 | 24 | 1.5 | 1.5 | 110.5 | 79 | 114 | 1.5 | 1.5 | 73.2 | 87.5 | 4300 | 5300 |
| NF215 | 75 | 130 | 25 | 1.5 | 1.5 | 118.5 | 84 | 120 | 1.5 | 1.5 | 89.0 | 110 | 4000 | 5000 |
| NF216 | 80 | 140 | 26 | 2 | 2 | 125 | 90 | 128 | 2 | 2 | 102 | 125 | 3800 | 4800 |
| NF217 | 85 | 150 | 28 | 2 | 2 | 135.5 | 95 | 137 | 2 | 2 | 115 | 145 | 3600 | 4500 |
| NF218 | 90 | 160 | 30 | 2 | 2 | 143 | 100 | 146 | 2 | 2 | 142 | 178 | 3400 | 4300 |
| NF219 | 95 | 170 | 32 | 2.1 | 2.1 | 151.5 | 107 | 155 | 2.1 | 2.1 | 152 | 190 | 3200 | 4000 |
| NF220 | 100 | 180 | 34 | 2.1 | 2.1 | 160 | 112 | 164 | 2.1 | 2.1 | 168 | 212 | 3000 | 3800 |

（续表）

| 轴承代号 | 基本尺寸 | | | | | | 安装尺寸 | | | | 基本额定动载荷 $C_r$ | 基本额定静载荷 $C_{0r}$ | 极限转速 | |
|---|---|---|---|---|---|---|---|---|---|---|---|---|---|---|
| | $d$ | $D$ | $B$ | $r_s$ | $r_{1s}$ | $E_w$ | $d_a$ | $D_a$ | $r_{as}$ | $r_{bs}$ | | | 脂润滑 | 油润滑 |
| | | | | min | | | min | | max | | | | | |
| | mm | | | | | | | | | | kN | | r/min | |

（0）3 尺寸系列

| 轴承代号 | $d$ | $D$ | $B$ | $r_s$ | $r_{1s}$ | $E_w$ | $d_a$ | $D_a$ | $r_{as}$ | $r_{bs}$ | $C_r$ | $C_{0r}$ | 脂润滑 | 油润滑 |
|---|---|---|---|---|---|---|---|---|---|---|---|---|---|---|
| NF304 | 20 | 52 | 15 | 1.1 | 0.6 | 44.5 | 26.5 | 47 | 1 | 0.6 | 18.0 | 15.0 | 11000 | 15000 |
| NF305 | 25 | 62 | 17 | 1.1 | 1.1 | 53 | 31.5 | 55 | 1 | 1 | 25.5 | 22.5 | 9000 | 12000 |
| NF206 | 30 | 72 | 19 | 1.1 | 1.1 | 62 | 37 | 64 | 1 | 1 | 33.5 | 31.5 | 8000 | 10000 |
| NF207 | 35 | 80 | 21 | 1.5 | 1.1 | 68.2 | 44 | 71 | 1.5 | 1 | 41.0 | 39.2 | 7000 | 9000 |
| NF208 | 40 | 90 | 23 | 1.5 | 1.5 | 77.5 | 49 | 80 | 1.5 | 1.5 | 48.8 | 47.5 | 6300 | 8000 |
| NF209N | 45 | 100 | 25 | 1.5 | 1.5 | 86.5 | 54 | 89 | 1.5 | 1.5 | 66.8 | 66.8 | 5600 | 7000 |
| F210 | 50 | 110 | 27 | 2 | 2 | 95 | 60 | 98 | 2 | 2 | 76.0 | 79.5 | 5300 | 6700 |
| NF311 | 55 | 120 | 29 | 2 | 2 | 104.5 | 65 | 107 | 2 | 2 | 97.8 | 105 | 4800 | 6000 |
| NF312 | 60 | 130 | 31 | 2.1 | 2.1 | 113 | 72 | 116 | 2.1 | 2.1 | 118 | 128 | 4500 | 5600 |
| NF313 | 65 | 140 | 33 | 2.1 | 2.1 | 121.5 | 77 | 125 | 2.1 | 2.1 | 125 | 135 | 4000 | 5000 |
| NF314 | 70 | 150 | 35 | 2.1 | 2.1 | 130 | 82 | 134 | 2.1 | 2.1 | 145 | 162 | 3800 | 4800 |
| NF315 | 75 | 160 | 37 | 2.1 | 2.1 | 139.5 | 87 | 143 | 2.1 | 2.1 | 165 | 188 | 3600 | 4500 |
| NF316 | 80 | 170 | 39 | 2.1 | 2.1 | 147 | 92 | 151 | 2.1 | 2.1 | 175 | 200 | 3400 | 4300 |
| NF317 | 85 | 180 | 41 | 3 | 3 | 156 | 99 | 160 | 2.5 | 2.5 | 212 | 242 | 3200 | 4000 |
| NF318 | 90 | 190 | 43 | 3 | 3 | 165 | 104 | 169 | 2.5 | 2.5 | 228 | 265 | 3000 | 3800 |
| NF319 | 95 | 200 | 45 | 3 | 3 | 173.5 | 109 | 178 | 2.5 | 2.5 | 245 | 288 | 2800 | 3600 |
| NF320 | 100 | 210 | 47 | 3 | 3 | 185.5 | 114 | 190 | 2.5 | 2.5 | 282 | 340 | 2600 | 3200 |

注：1. 表中 $C_r$ 值适用于轴承为真空脱气轴承钢材料，若为普通电炉钢，$C_r$ 值降低；若为真空重熔或电渣重熔轴承钢，$C_r$ 值提高；

2. 表中的 $r_{smin}$、$r_{1smin}$ 分别为 $r_s$、$r_{1s}$ 的单向最小倒角尺寸，$r_{asmax}$、$r_{bsmax}$ 分别为 $r_{as}$、$r_{bs}$ 的单向最大倒角尺寸；

3. 后缀带 E 为加强型圆柱滚子轴承，应优先选用。

表 3-15　推力球轴承（摘自 GB/T301—1995）

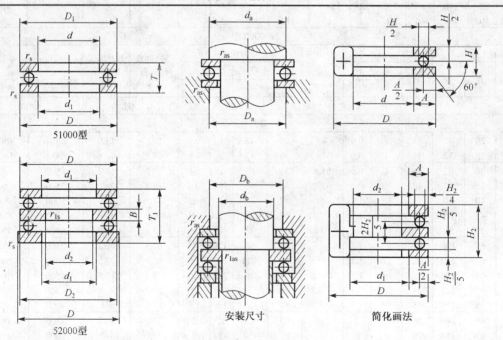

标记示例：滚动轴承 51310　GB/T301—1995

载荷分析：轴向当量动载荷 $P_a = F_a$；轴向当量静载荷 $P_{0a} = F_{0a}$

（续表）

| 轴承代号 | | 基本尺寸/mm | | | | | | | | | | |
|---|---|---|---|---|---|---|---|---|---|---|---|---|
| | | $d$ | $d_2$ | $D$ | $T$ | $T_1$ | $d_1$ min | $D_1$ max | $D_2$ max | $B$ | $r_s$ min | $r_{1s}$ min |
| 12（51000 型）、22（52000 型）尺寸系列 | | | | | | | | | | | | |
| 51200 | — | 10 | — | 26 | 11 | — | 12 | 26 | — | — | 0.6 | — |
| 51201 | — | 12 | — | 28 | 11 | — | 14 | 28 | — | — | 0.6 | — |
| 51202 | 52202 | 15 | 10 | 32 | 12 | 22 | 17 | 32 | 32 | 5 | 0.6 | 0.3 |
| 51203 | — | 17 | — | 35 | 12 | — | 19 | 35 | — | — | 0.6 | — |
| 51204 | 52204 | 20 | 15 | 40 | 14 | 26 | 22 | 40 | 40 | 6 | 0.6 | 0.3 |
| 51205 | 52205 | 25 | 20 | 47 | 15 | 28 | 27 | 47 | 47 | 7 | 0.6 | 0.3 |
| 51206 | 52206 | 30 | 25 | 52 | 16 | 29 | 32 | 52 | | 7 | 0.6 | 0.3 |
| 51207 | 52207 | 35 | 30 | 62 | 18 | 34 | 37 | 62 | | 8 | 1 | 0.3 |
| 51208 | 52208 | 40 | 30 | 68 | 19 | 36 | 42 | 68 | | 9 | 1 | 0.6 |
| 51209 | 52209 | 45 | 35 | 73 | 20 | 37 | 47 | 73 | | 9 | 1 | 0.6 |
| 51210 | 52210 | 50 | 40 | 78 | 22 | 39 | 52 | 78 | | 9 | 1 | 0.6 |
| 51211 | 52211 | 55 | 45 | 90 | 25 | 45 | 57 | 90 | | 10 | 1 | 0.6 |
| 51212 | 52212 | 60 | 50 | 95 | 26 | 46 | 62 | 95 | | 10 | 1 | 0.6 |
| 51213 | 52213 | 65 | 55 | 105 | 27 | 47 | 67 | 100 | | 10 | 1 | 0.6 |
| 51214 | 52214 | 70 | 55 | 100 | 27 | 47 | 72 | 105 | | 10 | 1 | 1 |
| 51215 | 52215 | 75 | 65 | 110 | 27 | 47 | 77 | 110 | | 10 | 1 | 1 |
| 51216 | 52216 | 80 | 65 | 115 | 28 | 48 | 82 | 115 | | 10 | 1 | 1 |
| 51217 | 52217 | 85 | 70 | 125 | 31 | 55 | 88 | 125 | | 12 | 1 | 1 |
| 51218 | 52218 | 90 | 75 | 135 | 35 | 62 | 93 | 135 | | 14 | 1.1 | 1 |
| 51220 | 52220 | 100 | 85 | 150 | 38 | 67 | 103 | 150 | | 15 | 1.1 | 1 |
| 13（51000 型）、23（52000 型）尺寸系列 | | | | | | | | | | | | |
| 51304 | — | 20 | — | 47 | 18 | — | 22 | 47 | | — | 1 | — |
| 51305 | 52205 | 25 | 20 | 52 | 18 | 34 | 27 | 52 | | 8 | 1 | 0.3 |
| 51306 | 52306 | 30 | 25 | 60 | 21 | 38 | 32 | 60 | | 9 | 1 | 0.3 |
| 51307 | 52307 | 35 | 30 | 68 | 24 | 44 | 37 | 68 | | 10 | 1 | 0.3 |
| 51308 | 52308 | 40 | 30 | 78 | 26 | 49 | 42 | 78 | | 12 | 1 | 0.6 |
| 51309 | 52309 | 45 | 35 | 85 | 28 | 52 | 47 | 85 | | 12 | 1 | 0.6 |
| 51310 | 52310 | 50 | 40 | 95 | 31 | 58 | 52 | 95 | | 14 | 1.1 | 0.6 |
| 51311 | 52311 | 55 | 45 | 105 | 35 | 64 | 57 | 105 | | 15 | 1.1 | 0.6 |
| 51312 | 52312 | 60 | 50 | 110 | 35 | 64 | 62 | 110 | | 15 | 1.1 | 0.6 |
| 51313 | 52313 | 65 | 55 | 115 | 36 | 65 | 67 | 115 | | 15 | 1.1 | 0.6 |
| 51314 | 52314 | 70 | 55 | 125 | 40 | 72 | 72 | 125 | | 16 | 1.1 | 1 |
| 51315 | 52315 | 75 | 65 | 135 | 44 | 79 | 77 | 135 | | 18 | 1.5 | 1 |
| 51316 | 52316 | 80 | 65 | 140 | 44 | 79 | 82 | 140 | | 18 | 1.5 | 1 |
| 51317 | 52317 | 85 | 70 | 150 | 49 | 87 | 88 | 150 | | 19 | 1.5 | 1 |
| 51318 | 52318 | 90 | 75 | 155 | 50 | 88 | 93 | 155 | | 19 | 1.5 | 1 |
| 51320 | 52320 | 100 | 85 | 170 | 55 | 97 | 103 | 170 | | 21 | 1.5 | 1 |
| 14（51000 型）、24（52000 型）尺寸系列 | | | | | | | | | | | | |
| 51405 | 52405 | 25 | 15 | 60 | 24 | 45 | 27 | 60 | | 11 | 1 | 0.6 |
| 51406 | 52406 | 30 | 20 | 70 | 28 | 52 | 32 | 70 | | 12 | 1 | 0.6 |
| 51407 | 52407 | 35 | 25 | 80 | 32 | 59 | 37 | 80 | | 14 | 1.1 | 0.6 |
| 51408 | 52408 | 40 | 30 | 90 | 36 | 65 | 42 | 90 | | 15 | 1.1 | 0.6 |
| 51409 | 52409 | 45 | 35 | 100 | 39 | 72 | 47 | 100 | | 17 | 1.1 | 0.6 |
| 51410 | 52410 | 50 | 40 | 110 | 43 | 78 | 52 | 110 | | 18 | 1.5 | 0.6 |
| 51411 | 52411 | 55 | 45 | 120 | 48 | 87 | 57 | 120 | | 20 | 1.5 | 0.6 |
| 51412 | 52412 | 60 | 50 | 130 | 51 | 93 | 62 | 130 | | 21 | 1.5 | 0.6 |
| 51413 | 52413 | 65 | 50 | 140 | 56 | 101 | 68 | 140 | | 23 | 2 | 1 |
| 51414 | 52414 | 70 | 55 | 150 | 60 | 107 | 73 | 150 | | 24 | 2 | 1 |
| 51415 | 52415 | 75 | 60 | 160 | 65 | 115 | 78 | 160 | | 26 | 2 | 1 |

（续表）

| 轴承代号 | | 基本尺寸/mm | | | | | | | | | | |
|---|---|---|---|---|---|---|---|---|---|---|---|---|
| | | $d$ | $d_2$ | $D$ | $T$ | $T_1$ | $d_1$ min | $D_1$ max | $D_2$ max | $B$ | $r_s$ min | $r_{1s}$ min |
| 14（51000型）、24（52000型）尺寸系列 | | | | | | | | | | | | |
| 51416 | 52416 | 80 | — | 170 | 68 | — | 83 | 170 | — | — | 2.1 | — |
| 51417 | — | 85 | 65 | 180 | 72 | 128 | 88 | 177 | 179.5 | 29 | 2.1 | 1.1 |
| 51418 | 52418 | 90 | 70 | 190 | 77 | 135 | 93 | 187 | 189.5 | 30 | 2.1 | 1.1 |
| 51420 | 52420 | 100 | 75 | 210 | 85 | 150 | 103 | 205 | 209.5 | 33 | 3 | 1.1 |

| 轴承代号 | | 安装尺寸 | | | | | | 基本额定 | | 极限转速 | |
|---|---|---|---|---|---|---|---|---|---|---|---|
| | | $d_a$ min | $D_a$ max | $D_b$ min | $d_b$ max | $r_{as}$ max | $r_{1as}$ max | 动载荷 $C_r$ | 静载荷 $C_{0r}$ | 脂润滑 | 油润滑 |
| | | mm | | | | | | kN | | r/min | |
| 12（51000型）、22（52000型）尺寸系列 | | | | | | | | | | | |
| 51200 | — | 20 | 16 | — | | 0.6 | — | 12.5 | 17.0 | 6000 | 8000 |
| 51201 | — | 22 | 18 | — | | 0.6 | — | 13.2 | 19.0 | 5300 | 7500 |
| 51202 | 52202 | 25 | 22 | 15 | | 0.6 | 0.3 | 16.5 | 24.8 | 4800 | 6700 |
| 51203 | — | 28 | 24 | — | | 0.6 | — | 17.0 | 27.2 | 4500 | 6300 |
| 51204 | 52204 | 32 | 28 | 20 | | 0.6 | 0.3 | 22.2 | 37.5 | 3800 | 5300 |
| 51205 | 52205 | 38 | 34 | 25 | | 0.6 | 0.3 | 27.8 | 50.5 | 3400 | 4800 |
| 51206 | 52206 | 43 | 39 | 30 | | 0.6 | 0.3 | 28.0 | 54.2 | 3200 | 4500 |
| 51207 | 52207 | 51 | 46 | 35 | | 1 | 0.3 | 39.2 | 78.2 | 2800 | 4000 |
| 51208 | 52208 | 57 | 51 | 40 | | 1 | 0.6 | 47.0 | 98.2 | 2400 | 3600 |
| 51209 | 52209 | 62 | 56 | 45 | | 1 | 0.6 | 47.8 | 105 | 2200 | 3400 |
| 51210 | 52210 | 67 | 61 | 50 | | 1 | 0.6 | 48.5 | 112 | 2000 | 3200 |
| 51211 | 52211 | 76 | 69 | 55 | | 1 | 0.6 | 67.5 | 158 | 1900 | 3000 |
| 51212 | 52212 | 81 | 74 | 60 | | 1 | 0.6 | 73.5 | 178 | 1800 | 2800 |
| 51213 | 52213 | 86 | 79 | 65 | | 1 | 0.6 | 74.8 | 188 | 1700 | 2600 |
| 51214 | 52214 | 91 | 84 | 70 | | 1 | 1 | 73.5 | 188 | 1600 | 2400 |
| 51215 | 52215 | 96 | 89 | 75 | | 1 | 1 | 74.8 | 198 | 1500 | 2200 |
| 51216 | 52216 | 101 | 94 | 80 | | 1 | 1 | 83.8 | 222 | 1400 | 2000 |
| 51217 | 52217 | 109 | 101 | 85 | | 1 | 1 | 102 | 280 | 1300 | 1900 |
| 51218 | 52218 | 117 | 108 | 90 | | 1 | 1 | 115 | 315 | 1200 | 1800 |
| 51220 | 52220 | 130 | 120 | 100 | | 1 | 1 | 132 | 375 | 1100 | 1700 |
| 13（51000型）、23（52000型）尺寸系列 | | | | | | | | | | | |
| 51304 | — | 36 | 31 | — | | 1 | — | 35.0 | 55.8 | 3600 | 4500 |
| 51305 | 52205 | 41 | 36 | 36 | 25 | 1 | 0.3 | 35.5 | 61.5 | 3000 | 4300 |
| 51306 | 52306 | 48 | 42 | 42 | 30 | 1 | 0.3 | 42.8 | 78.5 | 2400 | 3600 |
| 51307 | 52307 | 55 | 48 | 48 | 35 | 1 | 0.3 | 55.2 | 105 | 2000 | 3200 |
| 51308 | 52308 | 63 | 55 | 55 | 40 | 1 | 0.6 | 69.2 | 135 | 1900 | 3000 |
| 51309 | 52309 | 69 | 61 | 61 | 45 | 1 | 0.6 | 75.8 | 150 | 1700 | 2600 |
| 51310 | 52310 | 77 | 68 | 68 | 50 | 1 | 0.6 | 96.5 | 202 | 1600 | 2400 |
| 51311 | 52311 | 85 | 75 | 75 | 55 | 1 | 0.6 | 115 | 242 | 1500 | 2200 |
| 51312 | 52312 | 90 | 80 | 80 | 60 | 1 | 0.6 | 118 | 262 | 1400 | 2000 |
| 51313 | 52313 | 95 | 85 | 85 | 65 | 1 | 0.6 | 115 | 262 | 1300 | 1900 |
| 51314 | 52314 | 103 | 92 | 92 | 70 | 1 | 1 | 148 | 340 | 1200 | 1800 |
| 51315 | 52315 | 111 | 99 | 99 | 75 | 1.5 | 1 | 162 | 380 | 1100 | 1700 |
| 51316 | 52316 | 116 | 104 | 104 | 80 | 1.5 | 1 | 160 | 380 | 1000 | 1600 |
| 51317 | 52317 | 124 | 111 | 114 | 85 | 1.5 | 1 | 208 | 495 | 950 | 1500 |
| 51318 | 52318 | 129 | 116 | 116 | 90 | 1.5 | 1 | 205 | 495 | 900 | 1400 |
| 51320 | 52320 | 142 | 128 | 128 | 100 | 1.5 | 1 | 235 | 595 | 800 | 1200 |
| 14（51000型）、24（52000型）尺寸系列 | | | | | | | | | | | |
| 51405 | 52405 | 46 | 39 | | 25 | 1 | 0.6 | 55.5 | 89.2 | 2200 | 3400 |
| 51406 | 52406 | 54 | 46 | | 30 | 1 | 0.6 | 72.5 | 125 | 1900 | 3000 |
| 51407 | 52407 | 62 | 53 | | 35 | 1 | 0.6 | 86.8 | 155 | 1700 | 2600 |
| 51408 | 52408 | 70 | 60 | | 40 | 1 | 0.6 | 112 | 205 | 1500 | 2200 |
| 51409 | 52409 | 78 | 67 | | 45 | 1 | 0.6 | 140 | 262 | 1400 | 2000 |
| 51410 | 52410 | 86 | 74 | | 50 | 1 | 0.6 | 160 | 302 | 1300 | 1900 |

（续表）

| 轴承代号 | | 安装尺寸 | | | | | | 基本额定 | | 极限转速 | |
|---|---|---|---|---|---|---|---|---|---|---|---|
| | | $d_a$ min | $D_a$ max | $D_b$ min | $d_b$ max | $r_{as}$ max | $r_{1as}$ max | 动载荷 $C_r$ | 静载荷 $C_{0r}$ | 脂润滑 | 油润滑 |
| | | mm | | | | | | kN | | r/min | |
| 14（51000 型）、24（52000 型）尺寸系列 | | | | | | | | | | | |
| 51411 | 52411 | 94 | 81 | 55 | 1.5 | 0.6 | 182 | 355 | 1100 | 1700 | |
| 51412 | 52412 | 102 | 88 | 60 | 1.5 | 0.6 | 200 | 395 | 1000 | 1600 | |
| 51413 | 52413 | 110 | 95 | 65 | 2 | 1 | 215 | 448 | 900 | 1400 | |
| 51414 | 52414 | 118 | 102 | 70 | 2 | 1 | 255 | 560 | 850 | 1300 | |
| 51415 | 52415 | 125 | 110 | 75 | 2 | 1 | 268 | 615 | 800 | 1200 | |
| 51416 | 52416 | 133 | 117 | — | 2.1 | — | 292 | 692 | 750 | 1100 | |
| 51417 | — | 141 | 124 | 85 | 2.1 | 1 | 318 | 782 | 700 | 1000 | |
| 51418 | 52418 | 149 | 131 | 90 | 2.1 | 1 | 325 | 825 | 670 | 950 | |
| 51420 | 52420 | 165 | 145 | 100 | 2.5 | 1 | 400 | 1080 | 600 | 850 | |

注：1. 表中 $C_r$ 值为真空脱气轴承钢的载荷能力，若为普通电炉钢，$C_r$ 值降低；若为真空重熔或电渣重熔轴承钢，$C_r$ 值提高；

2. 表中的 $r_{smin}$、$r_{1smin}$ 分别为 $r_s$、$r_{1s}$ 的单向最小倒角尺寸，$r_{asmax}$、$r_{1asmax}$ 分别为 $r_{as}$、$r_{1as}$ 的单向最大倒角尺寸。

表 3-16 滚动轴承座（摘自 GB/T7813—1998） mm

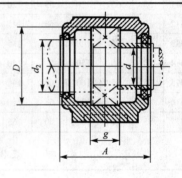

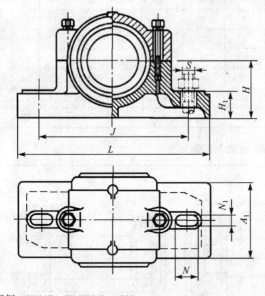

标记示例：SN215 GB/T7813—1998

SN——剖分式滚动轴承座（等径孔二螺柱轴承座）

2——尺寸系列代号（同轴承的尺寸系列代号）

15——内径系列代号（同轴承内径系列代号）

| 型号 | $d$ | $d_2$ | $D$ | $g$ | $A$ max | $A_1$ | $H$ | $H_1$ max | $L$ | $J$ | $S$ | $N_1$ | $N$ | 质量 |
|---|---|---|---|---|---|---|---|---|---|---|---|---|---|---|
| SN205 | 25 | 30 | 52 | 25 | 72 | 46 | 40 | 22 | 165 | 130 | M12 | 15 | 20 | 1.3 |
| SN206 | 30 | 35 | 62 | 30 | 82 | 52 | 50 | 22 | 185 | 150 | M12 | 15 | 20 | 1.8 |
| SN207 | 35 | 45 | 72 | 33 | 85 | 52 | 50 | 22 | 185 | 150 | M12 | 15 | 20 | 2.1 |
| SN208 | 40 | 50 | 80 | 33 | 92 | 60 | 60 | 25 | 205 | 170 | M12 | 15 | 20 | 2.6 |
| SN209 | 45 | 55 | 85 | 31 | 92 | 60 | 60 | 25 | 205 | 170 | M12 | 15 | 20 | 2.8 |
| SN210 | 50 | 60 | 90 | 33 | 100 | 60 | 60 | 25 | 205 | 170 | M12 | 15 | 20 | 3.1 |
| SN211 | 55 | 65 | 100 | 33 | 105 | 70 | 70 | 28 | 255 | 210 | M16 | 18 | 23 | 4.3 |

（续表）

| 型号 | $d$ | $d_2$ | $D$ | $g$ | $A$ max | $A_1$ | $H$ | $H_1$ max | $L$ | $J$ | $S$ | $N_1$ | $N$ | 质量 |
|---|---|---|---|---|---|---|---|---|---|---|---|---|---|---|
| SN212 | 60 | 70 | 110 | 38 | 115 | 70 | 70 | 30 | 255 | 210 | M16 | 18 | 23 | 5.0 |
| SN213 | 65 | 75 | 120 | 43 | 120 | 80 | 80 | 30 | 275 | 230 | M16 | 18 | 23 | 6.3 |
| SN214 | 70 | 80 | 125 | 44 | 120 | 80 | 80 | 30 | 275 | 230 | M16 | 18 | 23 | 6.1 |
| SN215 | 75 | 85 | 130 | 41 | 125 | 80 | 80 | 30 | 280 | 230 | M16 | 18 | 23 | 7.0 |
| SN216 | 80 | 90 | 140 | 43 | 135 | 90 | 95 | 32 | 315 | 260 | M20 | 22 | 27 | 9.3 |
| SN217 | 85 | 95 | 150 | 46 | 140 | 90 | 95 | 32 | 320 | 260 | M20 | 22 | 27 | 9.8 |
| SN218 | 90 | 100 | 160 | 62.4 | 145 | 100 | 100 | 35 | 345 | 290 | M20 | 22 | 27 | 12.3 |
| SN220 | 100 | 115 | 180 | 70.3 | 165 | 110 | 112 | 40 | 380 | 320 | M24 | 26 | 32 | 16.5 |
| SN305 | 25 | 30 | 62 | 34 | 82 | 52 | 50 | 22 | 185 | 150 | M12 | 15 | 20 | 1.9 |
| SN306 | 30 | 35 | 72 | 37 | 85 | 52 | 50 | 22 | 185 | 150 | M12 | 15 | 20 | 2.1 |
| SN307 | 35 | 45 | 80 | 41 | 92 | 60 | 60 | 25 | 205 | 170 | M12 | 15 | 20 | 3.0 |
| SN308 | 40 | 50 | 90 | 43 | 100 | 60 | 60 | 25 | 205 | 170 | M12 | 15 | 20 | 3.3 |
| SN309 | 45 | 55 | 100 | 46 | 105 | 70 | 70 | 28 | 255 | 210 | M16 | 18 | 23 | 4.6 |
| SN310 | 50 | 60 | 110 | 50 | 115 | 70 | 70 | 30 | 255 | 210 | M16 | 18 | 23 | 5.1 |
| SN311 | 55 | 65 | 120 | 53 | 120 | 80 | 80 | 30 | 275 | 230 | M16 | 18 | 23 | 6.5 |
| SN312 | 60 | 70 | 130 | 56 | 125 | 80 | 80 | 30 | 280 | 230 | M16 | 18 | 23 | 7.5 |
| SN313 | 65 | 75 | 140 | 58 | 135 | 90 | 95 | 32 | 315 | 260 | M20 | 22 | 27 | 9.7 |
| SN314 | 70 | 80 | 150 | 61 | 140 | 90 | 95 | 32 | 320 | 260 | M20 | 22 | 27 | 11.0 |
| SN315 | 75 | 85 | 160 | 65 | 145 | 100 | 100 | 35 | 245 | 290 | M20 | 22 | 27 | 14.0 |
| SN316 | 80 | 90 | 170 | 68 | 150 | 100 | 112 | 35 | 345 | 290 | M20 | 22 | 27 | 13.8 |
| SN317 | 85 | 95 | 180 | 70 | 165 | 110 | 112 | 40 | 380 | 320 | M24 | 26 | 32 | 15.8 |

表 3-17　角接触轴承的轴向游隙

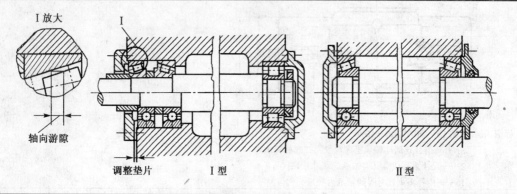

I 放大　　　I
轴向游隙
调整垫片　　　I 型　　　II 型

| 轴承内径 $d$ /mm | 角接触球轴承允许的轴向游隙值/μm | | | | | | II 型轴承间允许的距离（大概值） |
|---|---|---|---|---|---|---|---|
| | 接触角 $\alpha=15°$ | | | | 接触角 $\alpha=25°$、$\alpha=40°$ | | |
| | I 型 | | II 型 | | I 型 | | |
| | 最小 | 最大 | 最小 | 最大 | 最小 | 最大 | |
| ～30 | 20 | 40 | 30 | 50 | 10 | 20 | 8$d$ |
| >30~50 | 30 | 50 | 40 | 70 | 15 | 30 | 7$d$ |
| >50~80 | 40 | 70 | 50 | 100 | 20 | 40 | 6$d$ |
| >80~120 | 50 | 100 | 60 | 150 | 30 | 50 | 5$d$ |

（续表）

| 轴承内径 d /mm | 圆锥滚子轴承允许的轴向游隙值/μm | | | | | | II型轴承间允许的距离（大概值） |
|---|---|---|---|---|---|---|---|
| | 接触角 α = 10°～18° | | | | 接触角 α = 27°～30° | | |
| | I 型 | | II 型 | | I 型 | | |
| | 最小 | 最大 | 最小 | 最大 | 最小 | 最大 | |
| ～30 | 20 | 40 | 40 | 70 | | | 14d |
| >30～50 | 40 | 70 | 50 | 100 | 20 | 40 | 12d |
| >50～80 | 50 | 100 | 80 | 150 | 30 | 50 | 11d |
| >80～120 | 80 | 150 | 120 | 200 | 40 | 70 | 10d |

注：1. 本表不属于 GB/T 275—1993，仅供参考；
　　2. 工作时，不至于因轴的热胀冷缩造成轴承损坏时，可取表中最小值，反之取最大值。

表 3-18　安装轴承的轴公差带代号（摘自 GB/T275—1993）

| 运转状态 | | 载荷状态 | 深沟球轴承角接触球轴承 | 圆柱滚子轴承圆锥滚子轴承 | 调心滚子轴承 | 公差带 |
|---|---|---|---|---|---|---|
| 说明 | 举例 | | 轴承公称内径 d/mm | | | |
| 旋转的内圈载荷及摆动载荷 | 传送带、机床（主轴）、泵、通风机 | 轻载荷 | ≤18 | — | — | h5 |
| | | | >18～100 | ≤40 | ≤40 | j6① |
| | | | >100～200 | >40～140 | >40～100 | k6① |
| | 变速器、一般通用机械、内燃机、木工机械 | 正常载荷 | ≤18 | | | j5, js5 |
| | | | >18～100 | ≤40 | ≤40 | k5② |
| | | | >100～140 | >40～100 | >40～65 | m5② |
| | | | >140～200 | >100～140 | >65～100 | m6 |
| | 破碎机、铁路车辆、轧机 | 重载荷 | — | >50～140 | >50～100 | n6 |
| | | | | >140～200 | >100～140 | p6③ |
| 固定的内圈载荷 | 静止轴上的各种轮子，张紧滑轮、绳索轮 | 所有载荷 | 所有尺寸 | | | f6, g6① h6, j6 |
| 仅受轴向载荷 | | 所有载荷 | 所有尺寸 | | | j6, js6 |

注：1. 凡对精度有较高要求的场合，应用 j5、k5…代替 j6、k6…；
　　2. 单列圆锥滚子轴承、角接触球轴承配合对游隙影响不大，可用 k6、m6 代替 k5、m5；
　　3. 重载荷下轴承游隙应选大于 0 组；
　　4. 有关轻载荷、正常载荷、重载荷的确定见表 3-19。

表 3-19　安装轴承的外壳孔公差带代号（摘自 GB/T275—1993）

| 运转状态 | | 载荷状态 | 其他状况 | 公差带① | |
|---|---|---|---|---|---|
| 说明 | 举例 | | | 球轴承 | 滚子轴承 |
| 固定的载荷 | 一般机械、铁路机车车辆轴箱、曲轴主轴承、泵、电动机 | 轻、正常、重载荷 | 轴向易移动，可采用剖分式外壳 | H7, G7② | |
| | | 冲击载荷 | 轴向能移动，可采用整体或剖分式外壳 | J7, Js7 | |
| 摆动载荷 | | 轻、正常载荷 | | | |
| | | 正常、重载荷 | | K7 | |
| | | 冲击载荷 | | M7 | |
| 旋转的外圈载荷 | 张紧滑轮、轴毂轴承 | 轻载荷 | 轴向不移动，采用整体式外壳 | J7 | K7 |
| | | 正常载荷 | | K7, M7 | M7, N7 |
| | | 重载荷 | | — | N7, P7 |

注：1. 并列公差带随尺寸的增大从左至右选择，对旋转精度有较高要求时，可相应提高一个公差等级；
　　2. 不适用于剖分式外壳；
　　3. 有关轻载荷、正常载荷、重载荷的确定见表 3-20。

表 3-20　向心轴承载荷的区分

| P | 球轴承 | 滚子轴承（圆锥轴承除外） | 圆锥滚子轴承 |
|---|---|---|---|
| 轻载荷 | $P \le 0.07C_r$ | $P \le 0.08C_r$ | $P \le 0.13C_r$ |
| 正常载荷 | $0.07C_r < P \le 0.15C_r$ | $0.08C_r < P \le 0.18C_r$ | $0.13C_r < P \le 0.26C_r$ |
| 重载荷 | $P > 0.15C_r$ | $P > 0.18C_r$ | $P > 0.26C_r$ |

### 3.3.5 轴的工艺结构设计

在轴的结构设计过程中，除了满足轴上零件的定位和固定可靠要求及提高轴的强度外，还应充分考虑轴的结构工艺性要求。

为了便于加工时在车床上用顶针固定轴，需要在轴的两端设置中心孔。中心孔的形式和尺寸可按表 3-21、表 3-22 选取和标注。

为了便于装配零件并去掉锋利的尖角，各轴段起始端应制出倒角。为了减小应力集中，在轴上自由表面过渡处应设置圆角。倒角和过渡圆角的尺寸可按表 3-23、表 3-24 选取。

需要磨削加工的轴段应设置砂轮越程槽，如图 3-5(a)所示，其尺寸可参照表 3-25；需要切制螺纹的轴段应设置退刀槽，如图 3-5(b)所示，其尺寸可查附录 B 表 B-8。

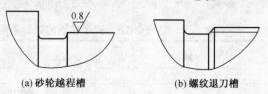

(a) 砂轮越程槽　　　　(b) 螺纹退刀槽

图 3-5　砂轮越程槽和螺纹退刀槽

为了减少加工刀具的数目，提高劳动生产率，轴上直径相近处的圆角、倒角、键槽宽度、砂轮越程槽宽度和螺纹退刀槽宽度应尽可能采用相同的尺寸。

固定轴上零件的轴用弹性挡圈可按表 3-26 选取，孔用弹性挡圈可按表 3-27 选取，固定轴端处零件的轴端挡圈可按表 3-28 选取。

表 3-21　中心孔（摘自 GB/T145—2001）　　　　mm

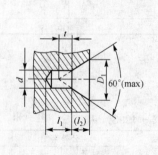
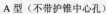
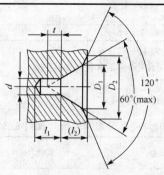
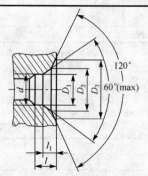

A 型（不带护锥中心孔）　　　B 型（带护锥中心孔）　　　C 型（带螺纹的中心孔）

| d | $D_1$ | | $l_1$ | | t | d | $D_1$ | $D_2$ | $l$ | $l_1$ | 选择中心孔的参考依据 | | |
|---|---|---|---|---|---|---|---|---|---|---|---|---|---|
| A、B 型 | A 型 | B 型 | A 型 | B 型 | A、B 型 | | C 型 | | | | 原料端部最小直径 $D_{min}$ | 轴状原料最大直径 $D_{max}$ | 工件最大质量 $G(t)$ |
| 1.6 | 3.35 | 5.00 | 1.52 | 1.99 | 1.4 | | | | | | 6 | >8～10 | 0.1 |
| 1.6 | 3.35 | 5.00 | 1.52 | 1.99 | 1.4 | . | | | | | 6 | >8～10 | 0.1 |
| 2.0 | 4.25 | 6.3 | 1.95 | 2.54 | 1.8 | | | | | | 8 | >10～18 | 0.12 |
| 2.5 | 5.30 | 8.0 | 2.42 | 3.20 | 2.2 | | | | | | 10 | >18～30 | 0.2 |
| 3.15 | 6.70 | 10.0 | 3.07 | 4.30 | 2.8 | M3 | 3.2 | 5.8 | 2.6 | 1.8 | 12 | >30～50 | 0.5 |
| 4.0 | 8.50 | 12.5 | 3.90 | 5.05 | 3.5 | M4 | 4.3 | 7.4 | 3.2 | 2.1 | 15 | >50～80 | 0.8 |
| (5.0) | 10.6 | 16.0 | 4.85 | 6.41 | 4.4 | M5 | 5.3 | 8.8 | 4.0 | 2.4 | 20 | >80～120 | 1.0 |
| 6.3 | 13.2 | 18.0 | 5.98 | 7.36 | 5.5 | M6 | 6.4 | 10.5 | 5.0 | 2.8 | 25 | >120～180 | 1.5 |
| (8.0) | 17.0 | 22.4 | 7.79 | 9.36 | 7.0 | M8 | 8.4 | 13.2 | 6.0 | 3.3 | 30 | >180～220 | 2.0 |
| 10.0 | 21.0 | 28.0 | 9.70 | 11.66 | 8.7 | M10 | 10.5 | 16.3 | 7.5 | 3.8 | 35 | >180～220 | 2.5 |
| | | | | | | M12 | 13.0 | 19.8 | 9.5 | 4.4 | 42 | >220～260 | 3.0 |

注：1. A 型和 B 型中心孔的尺寸 $l$ 取决于中心钻的长度，此值不应小于 $t$ 值；

2. 括号内的尺寸尽量不采用；

3. 选择中心孔的参考数据不属于 GB/T145—2001 的内容，仅供参考。

表 3-22　中心孔的标注（摘自 GB/T4459.1—1999）

| 标注示例 | 说明 |
|---|---|
| GB/T 4459.5—<br>B3.15/10 | 采用 B 型中心孔<br>$d = 3.15$ mm，$D_1 = 10$ mm<br>在完工的零件上要求保留中心孔 |
| GB/T 4459.5—<br>A4/8.5 | 采用 A 型中心孔<br>$d = 4$ mm，$D_1 = 8.5$ mm<br>在完工的零件上是否保留中心孔都可以 |
| GB/T 4459.5—<br>A4/8.5 | 采用 A 型中心孔<br>$d = 4$ mm，$D_1 = 8.5$ mm<br>在完工的零件上不允许保留中心孔 |
| 2×GB/T 4459.5—<br>B3.15/10 | 当同一轴两端采用相同的中心孔时，可只在其一端标注，但应标注出数量 |

表 3-23　配合表面处的圆角和倒角（摘自 GB/T6403.4—1986）　　　　mm

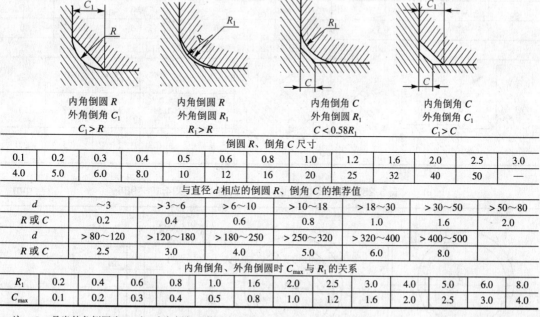

内角倒圆 $R$　　　内角倒圆 $R$　　　内角倒圆 $C$　　　内角倒圆 $C$
外角倒角 $C_1$　　　外角倒圆 $R_1$　　　外角倒圆 $R_1$　　　外角倒角 $C_1$
$C_1 > R$　　　　　$R_1 > R$　　　　　$C < 0.58R_1$　　　$C_1 > C$

| 倒圆 $R$、倒角 $C$ 尺寸 | | | | | | | | | | | | |
|---|---|---|---|---|---|---|---|---|---|---|---|---|
| 0.1 | 0.2 | 0.3 | 0.4 | 0.5 | 0.6 | 0.8 | 1.0 | 1.2 | 1.6 | 2.0 | 2.5 | 3.0 |
| 4.0 | 5.0 | 6.0 | 8.0 | 10 | 12 | 16 | 20 | 25 | 32 | 40 | 50 | — |

| 与直径 $d$ 相应的倒圆 $R$、倒角 $C$ 的推荐值 | | | | | | |
|---|---|---|---|---|---|---|
| $d$ | ～3 | >3～6 | >6～10 | >10～18 | >18～30 | >30～50 | >50～80 |
| $R$ 或 $C$ | 0.2 | 0.4 | 0.6 | 0.8 | 1.0 | 1.6 | 2.0 |
| $d$ | >80～120 | >120～180 | >180～250 | >250～320 | >320～400 | >400～500 |
| $R$ 或 $C$ | 2.5 | 3.0 | 4.0 | 5.0 | 6.0 | 8.0 |

| 内角倒角、外角倒圆时 $C_{max}$ 与 $R_1$ 的关系 | | | | | | | | | | | |
|---|---|---|---|---|---|---|---|---|---|---|---|
| $R_1$ | 0.2 | 0.4 | 0.6 | 0.8 | 1.0 | 1.6 | 2.0 | 2.5 | 3.0 | 4.0 | 5.0 | 6.0 | 8.0 |
| $C_{max}$ | 0.1 | 0.2 | 0.3 | 0.4 | 0.5 | 0.8 | 1.0 | 1.2 | 1.6 | 2.0 | 2.5 | 3.0 | 4.0 |

注：$C_{max}$ 是当外角倒圆为 $R_1$ 时，内角倒角 $C$ 的最大允许值。

表 3-24　圆形零件自由表面处过渡圆角　　　　mm

| $D-d$ | 2 | 5 | 8 | 10 | 15 | 20 | 25 | 30 | 35 | 40 | 50 | 55 | 65 | 70 | 90 | 100 |
|---|---|---|---|---|---|---|---|---|---|---|---|---|---|---|---|---|
| $R$ | 1 | 2 | 3 | 4 | 5 | 8 | 10 | 12 | 12 | 16 | 16 | 20 | 20 | 25 | 25 | 30 |

表 3-25　砂轮越程槽（摘自 GB/T6403.5—1986）　　mm

回转面及端面砂轮越程槽的形式及尺寸

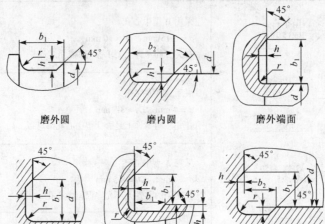

磨外圆　　　　磨内圆　　　　磨外端面

磨内端面　　磨外圆及端面　　磨内圆及端面

| $d$ | $\sim 10$ | | | $>10\sim 50$ | | $>50\sim 100$ | | $>100$ | |
|---|---|---|---|---|---|---|---|---|---|
| $b_1$ | 0.6 | 1.0 | 1.6 | 2.0 | 3.0 | 4.0 | 5.0 | 8.0 | 10 |
| $b_2$ | 2.0 | | 3.0 | 4.0 | | 5.0 | | 8.0 | 10 |
| $h$ | 0.1 | | 0.2 | 0.3 | 0.4 | | 0.6 | 2.0 | 3.0 |
| $r$ | 0.2 | | 0.5 | 0.8 | 1.0 | | 1.6 | 2.0 | 3.0 |

平面砂轮及 V 形砂轮越程槽的尺寸

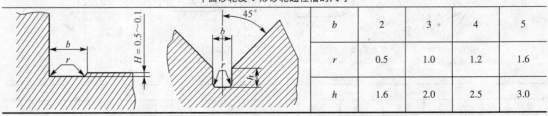

| $b$ | 2 | 3 | 4 | 5 |
|---|---|---|---|---|
| $r$ | 0.5 | 1.0 | 1.2 | 1.6 |
| $h$ | 1.6 | 2.0 | 2.5 | 3.0 |

表 3-26　轴用弹性挡圈 A 型（摘自 GB/T894.1—1986）　　mm

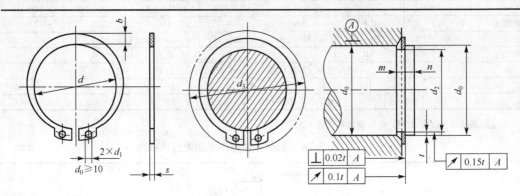

$d_3$—允许套入的最小孔径

标记示例：

挡圈　GB/T 894.1—1986　50

轴径 $d_0 = 50$ mm，材料 65Mn，热处理硬度 44~51 HRC，经表面氧化处理的 A 型轴用弹性挡圈

（续表）

| 轴径 $d_0$ | 挡圈 | | | | 沟槽（推荐） | | | 孔 |
|---|---|---|---|---|---|---|---|---|
| | $d$ | $s$ | $b\approx$ | $d_1$ | $d_2$ | $m$ | $n\geqslant$ | $d_3\geqslant$ |
| 10 | 9.3 | | 1.44 | 1.5 | 9.6 | | 0.6 | 17.6 |
| 12 | 11 | | 1.72 | | 11.5 | | 0.8 | 19.6 |
| 14 | 12.9 | | 1.88 | | 13.4 | | 0.9 | 22 |
| 15 | 13.8 | | 2.0 | | 14.3 | | 1.1 | 23.2 |
| 16 | 14.7 | 1 | 2.32 | 1.7 | 15.2 | 1.1 | 1.2 | 24.4 |
| 17 | 15.7 | | 2.48 | | 16.2 | | | 25.6 |
| 18 | 16.5 | | | | 17 | | | 27 |
| 20 | 18.5 | | 2.68 | | 19 | | 1.5 | 29 |
| 22 | 20.5 | | | | 21 | | | 32 |
| 24 | 22.2 | | 3.32 | 2 | 22.9 | | | 34 |
| 25 | 23.2 | | | | 23.9 | | 1.7 | 35 |
| 26 | 24.2 | 1.2 | | | 24.9 | 1.3 | | 36 |
| 28 | 25.9 | | 3.60 | | 26.6 | | 2.1 | 38.4 |
| 30 | 27.9 | | 3.72 | | 28.6 | | | 42 |
| 32 | 29.6 | | 3.92 | | 30.3 | | 2.6 | 44 |
| 34 | 31.5 | | 4.32 | | 32.3 | | | 46 |
| 35 | 32.2 | | 4.52 | 2.5 | 33 | | | 48 |
| 36 | 33.2 | | | | 34 | | 3 | 49 |
| 37 | 34.2 | | | | 35 | | | 50 |
| 38 | 35.2 | 1.5 | | | 36 | 1.7 | | 51 |
| 40 | 36.5 | | | | 37.5 | | | 53 |
| 42 | 38.5 | | 5.0 | | 39.5 | | 3.8 | 56 |
| 45 | 41.5 | | | 3 | | | | 59.4 |
| 48 | 44.5 | | | | | | | 62.8 |
| 50 | 45.8 | | | | | | | 64.8 |
| 52 | 47.8 | | 5.48 | | | | | 67 |
| 55 | 50.8 | | | | | | | 70.4 |
| 56 | 51.8 | 2 | | | | 2.2 | | 71.4 |
| 58 | 53.8 | | | | | | | 73.6 |
| 60 | 55.8 | | 6.12 | | | | | 75.8 |
| 62 | 57.8 | | | | | | | 79 |
| 63 | 58.8 | | | | | | 4.5 | 79.6 |
| 65 | 60.8 | | | | | | | 81.6 |
| 68 | 63.5 | | | | | | | 85 |
| 70 | 65.5 | | | 3 | 42.5 | | | 87.2 |
| 72 | 67.5 | | 6.32 | | | | | 89.4 |
| 75 | 70.5 | | | | | | | 92.8 |
| 78 | 73.5 | | | | | | | 96.2 |
| 80 | 74.5 | 2.5 | | | | 2.7 | | 98.2 |
| 82 | 76.5 | | 7.0 | | | | | 101 |
| 85 | 79.5 | | | | | | | 104 |
| 88 | 82.5 | | | | | | 5.3 | 107.3 |
| 90 | 84.5 | | 7.6 | | | | | 110 |
| 95 | 89.5 | | 9.2 | | | | | 115 |
| 100 | 94.5 | | | | | | | 121 |
| 105 | 98 | | 10.7 | | | | | 132 |
| 110 | 103 | | 11.3 | | | | | 136 |
| 115 | 108 | 3 | 12 | 4 | | 3.2 | 6 | 142 |
| 120 | 113 | | | | | | | 145 |
| 125 | 118 | | 12.6 | | | | | 151 |

### 表3-27 孔用弹性挡圈 A 型（摘自 GB/T893.1—1986） mm

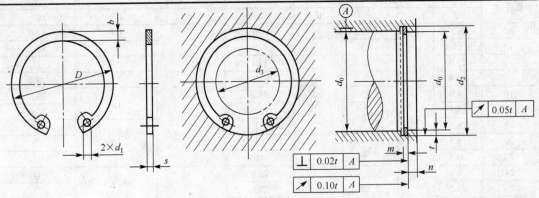

$d_3$—允许套入的最大轴径

标记示例：

挡圈 GB/T 893.1—1986 50

孔径 $d_0 = 50$ mm，材料 65Mn，热处理硬度 44～51 HRC，经表面氧化处理的 A 型孔用弹性挡圈

| 孔径 $d_0$ | 挡圈 | | | | 沟槽（推荐） | | | 轴 |
|---|---|---|---|---|---|---|---|---|
| | $D$ | $s$ | $b\approx$ | $d_1$ | $d_2$ | $m$ | $n\geq$ | $d_3\leq$ |
| 18 | 19.5 | 1 | 2.1 | 1.5 | 19 | | 1.5 | 9 |
| 20 | 21.5 | | | | 21 | | | 10 |
| 22 | 23.5 | | 2.5 | | 23 | | | 12 |
| 24 | 25.9 | | | | 25.2 | 1.1 | | 13 |
| 25 | 26.9 | 1.2 | 2.8 | 1.7 | 26.2 | | 1.8 | 14 |
| 26 | 27.9 | | | | 27.2 | | | 15 |
| 28 | 30.1 | | | | 29.4 | | 2.1 | 17 |
| 30 | 32.1 | | 3.2 | | 31.4 | | | 18 |
| 32 | 34.4 | | | | 33.7 | | 2.6 | 20 |
| 34 | 36.5 | | | | 35.7 | | | 22 |
| 35 | 37.8 | | | 2 | 37 | | | 23 |
| 36 | 38.8 | | 3.6 | | 38 | | | 24 |
| 37 | 39.8 | | | | 39 | 1.3 | 3 | 25 |
| 38 | 40.8 | 1.5 | | | 40 | | | 26 |
| 40 | 43.5 | | 4 | | 42.5 | | | 27 |
| 42 | 45.5 | | | | 44.5 | | | 29 |
| 45 | 48.5 | | | | 47.5 | | 3.8 | 31 |
| 48 | 51.5 | | | 2.5 | 50.5 | | | 33 |
| 50 | 54.2 | | 4.7 | | 53 | | | 36 |
| 52 | 56.2 | | | | 55 | 1.7 | | 38 |
| 55 | 59.2 | | | | 58 | | 4.5 | 40 |
| 56 | 60.2 | 2 | | | 59 | | | 41 |
| 58 | 62.2 | | | | 61 | | | 43 |
| 60 | 64.2 | | 5.2 | 3 | 63 | | | 44 |
| 62 | 66.2 | | | | 65 | 2.2 | 4.5 | 45 |
| 63 | 67.2 | | | | 66 | | | 46 |

（续表）

| 孔径 $d_0$ | 挡圈 | | | | 沟槽（推荐） | | | 轴 |
|---|---|---|---|---|---|---|---|---|
| | $D$ | $s$ | $b\approx$ | $d_1$ | $d_2$ | $m$ | $n\geqslant$ | $d_3\leqslant$ |
| 65 | 69.2 | | 5.2 | | 68 | | | 48 |
| 68 | 72.5 | | | | 71 | | | 50 |
| 70 | 74.5 | | 5.7 | | 73 | 2.2 | | 53 |
| 72 | 76.5 | | | | 75 | | 4.5 | 55 |
| 75 | 79.5 | | 6.3 | | 78 | | | 56 |
| 78 | 82.5 | | | | 81 | | | 60 |
| 80 | 85.5 | | | | 83.5 | | | 63 |
| 82 | 87.5 | 2.5 | 6.8 | | 85.5 | | | 65 |
| 85 | 90.5 | | | | 88.5 | | | 68 |
| 88 | 93.5 | | 7.3 | | 91.5 | | | 70 |
| 90 | 95.5 | | | 3 | 93.5 | | 5.3 | 72 |
| 92 | 97.5 | | | | 95.5 | 2.7 | | 73 |
| 95 | 100.5 | | 7.7 | | 98.5 | | | 75 |
| 98 | 103.5 | | | | 101.5 | | | 78 |
| 100 | 105.5 | | | | 103.5 | | | 80 |
| 102 | 108 | | 8.1 | | 106 | | | 82 |
| 105 | 112 | | | | 109 | | | 83 |
| 108 | 115 | | | | 112 | | | 86 |
| 110 | 117 | 33 | 8.8 | | 114 | | 6 | 88 |
| 112 | 119 | | | | 116 | | | 89 |
| 115 | 122 | | 9.3 | 4 | 119 | 3.2 | | 90 |
| 120 | 127 | | 10 | | 124 | | | 95 |

表 3-28　螺钉紧固轴端挡圈和螺栓紧固轴端挡圈（摘自 GB/T891—1986 和 GB/T892—1986）　mm

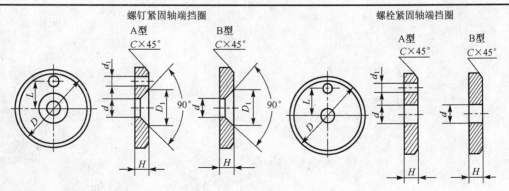

标记示例：

挡圈　GB/T 891—1986　45

公称直径 $D=45$ mm，材料为 Q235A，不经表面处理的 A 型螺钉紧固轴端挡圈

挡圈　GB/T 891—1986　B45

公称直径 $D=45$ mm，材料为 Q235A，不经表面处理的 B 型螺钉紧固轴端挡圈

（续表）

| 轴径 ≤ | 公称直径 D | H | L | d | $d_1$ | C | 螺钉紧固轴端挡圈 | | | 螺栓紧固轴端挡圈 | | |
|---|---|---|---|---|---|---|---|---|---|---|---|---|
| | | | | | | | $D_1$ | 螺钉① | 圆柱销② | 螺栓③ | 圆柱销② | 垫圈④ |
| 14 | 20 | 4 | — | 5.5 | — | 0.5 | 11 | M5×12 | — | M5×16 | — | 5 |
| 16 | 22 | | — | | | | | | | | | |
| 18 | 25 | | — | | | | | | | | | |
| 20 | 28 | | 7.5 | | 2.1 | | | | A2×10 | | A2×10 | |
| 22 | 30 | | 7.5 | | | | | | | | | |
| 25 | 32 | 5 | 10 | 6.6 | 3.2 | 1 | 13 | M6×16 | A3×12 | M6×20 | A3×12 | 6 |
| 28 | 35 | | 10 | | | | | | | | | |
| 30 | 38 | | 10 | | | | | | | | | |
| 32 | 40 | | 12 | | | | | | | | | |
| 35 | 45 | | 12 | | | | | | | | | |
| 40 | 50 | | 12 | | | | | | | | | |
| 45 | 55 | 6 | 16 | 9 | 4.2 | 1.5 | 17 | M8×20 | A4×14 | M8×25 | A4×14 | 8 |
| 50 | 60 | | 16 | | | | | | | | | |
| 55 | 65 | | 16 | | | | | | | | | |
| 60 | 70 | | 20 | | | | | | | | | |
| 65 | 75 | | 20 | | | | | | | | | |
| 70 | 80 | | 20 | | | | | | | | | |
| 75 | 90 | 8 | 25 | 13 | 5.2 | 2 | 25 | M12×25 | A5×16 | M12×30 | A5×16 | 12 |
| 80 | 100 | | 25 | | | | | | | | | |

注：1. 表中①推荐使用 GB/T819.1—2000 螺钉；②推荐使用 GB/T119.1—2000 圆柱销；③推荐使用 GB/T5783—2000 螺栓；④推荐使用 GB/T93—1987 垫圈；

2. 当挡圈装在带中心孔的轴端时，紧固用螺钉（螺栓）允许加长；

3. 挡圈材料为 Q235A、35 号钢、45 号钢。

# 第4章

## 减速器箱体及附件设计

减速器箱体用来支承轴和轴系零件，并提供一个封闭的工作空间，以保证轴上传动零件的正常啮合、良好润滑及可靠密封。当对箱体进行结构设计时，应根据载荷性质、转速及工作要求，在保证刚度、强度要求的前提下，考虑轴承类型、轴系结构、轴承定位和固定方式、间隙调整、润滑和密封方案，以及加工装配等方面的要求。

## 4.1 箱体结构设计

箱体结构设计应与轴系组合结构的设计相互协调、配合、交叉进行。设计时应首先确定箱盖、箱体的外部轮廓，同时考虑支承刚性，润滑密封、结构安装，加工工艺等要求，设计出箱体轮廓。按照先箱体、后附件，先主体、后局部，先轮廓、后细节的顺序进行。

由于箱体结构和受力情况一般都比较复杂，设计时通常根据经验设计确定，图 4-1 至图 4-5 为常见减速器典型结构，可参照表 4-1、表 4-2 确定箱体各部分的结构和尺寸。

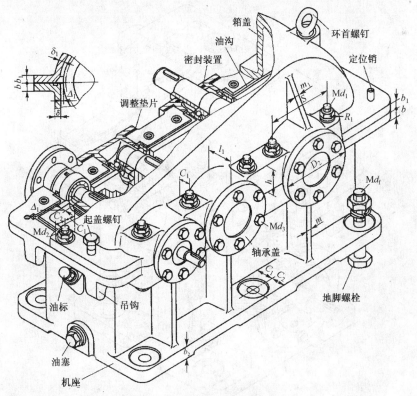

图 4-1  圆柱齿轮减速器

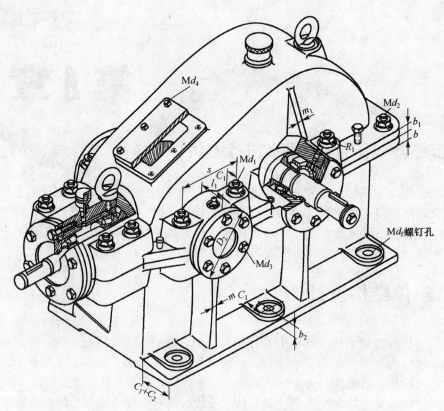

图 4-2　圆锥-圆柱齿轮减速器

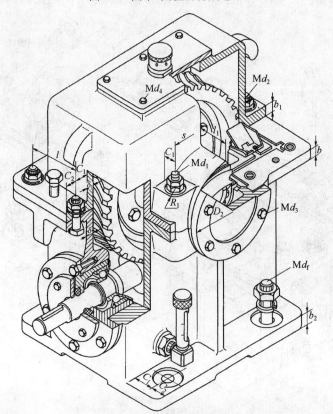

图 4-3　蜗杆减速器

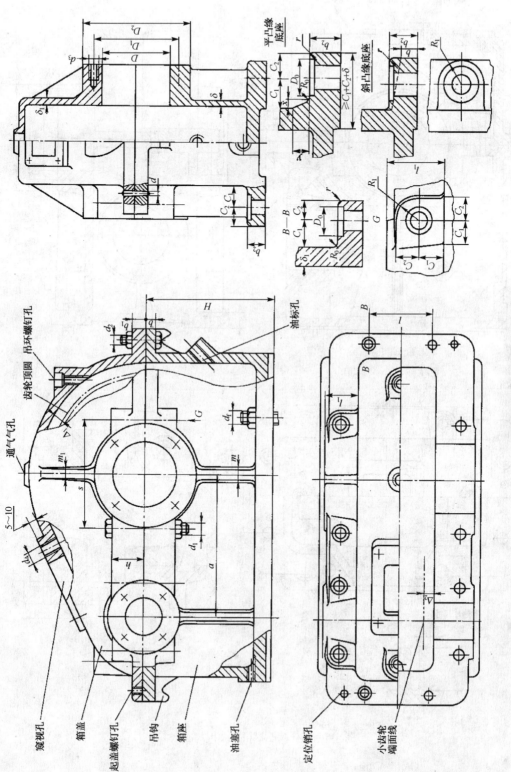

图 4-4　圆柱齿轮减速器箱体结构尺寸

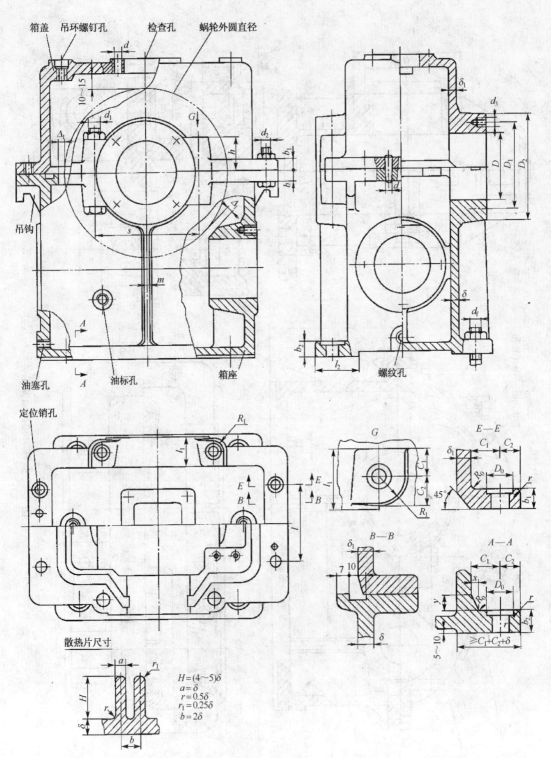

图 4-5　蜗杆减速器箱体结构尺寸

表 4-1 铸铁减速器箱体主要结构尺寸

| 名称 | 符号 | 减速器形式及尺寸关系/mm | | |
|------|------|------|------|------|
| | | 圆柱齿轮减速器 | 锥齿轮减速器 | 蜗杆减速器 |
| 箱座壁厚 | $\delta$ | 一级 $0.025a + 1 \geqslant 8$<br>二级 $0.025a + 3 \geqslant 8$<br>三级 $0.025a + 5 \geqslant 8$ | $0.0125(d_1m + d_2m) + 1 \geqslant 8$<br>或 $0.01(d_1 + d_2) + 1 \geqslant 8$<br>$d_1$、$d_2$——小大锥齿轮的大端直径<br>$d_{1m}$、$d_{2m}$——小大锥齿轮的平均直径 | $0.04a + 3 \geqslant 8$ |
| 盖箱壁厚 | $\delta_1$ | 一级 $0.02a + 1 \geqslant 8$<br>二级 $0.02a + 3 \geqslant 8$<br>三级 $0.02a + 5 \geqslant 8$ | $0.01(d_{1m} + d_{2m}) + 1 \geqslant 8$<br>或 $0.085(d_1 + d_2) + 1 \geqslant 8$ | 蜗杆在上：$\approx \delta$<br>蜗杆在下：$= 0.085\delta$<br>$\geqslant 8$ |
| 箱盖凸缘厚度 | $b_1$ | $1.5\delta_1$ | | |
| 箱座凸缘厚度 | $b$ | $1.5\delta$ | | |
| 箱座底凸缘厚度 | $b_2$ | $2.5\delta$ | | |
| 地脚螺钉直径 | $d_f$ | $0.036a + 12$ | $0.018(d_1m + d_2m) + 1 \geqslant 12$<br>或 $0.015(d_1 + d_2) + 1 \geqslant 12$ | $0.036a + 12$ |
| 地脚螺钉数目 | $n$ | $a \leqslant 250$ 时，$n = 4$<br>$a > 250 \sim 500$ 时，$n = 6$<br>$a > 500$ 时，$n = 8$ | $n = \dfrac{底凸缘周长}{400 \sim 600} \geqslant 4$ | 4 |
| 轴承旁连接螺栓直径 | $d_1$ | $0.75d_f$ | | |
| 盖与座连接螺栓直径 | $d_2$ | $(0.5 \sim 0.6)d_f$ | | |
| 连接螺栓 $d_2$ 的间距 | $l$ | $150 \sim 200$ | | |
| 轴承端盖螺钉直径 | $d_3$ | $(0.4 \sim 0.5)d_f$ | | |
| 视孔盖螺钉直径 | $d_4$ | $(0.3 \sim 0.4)d_f$ | | |
| 定位销直径 | $d$ | $(0.7 \sim 0.8)d_2$ | | |
| $d_f$、$d_1$、$d_2$ 至外箱壁距离 | $C_1$ | 见表 4-2 | | |
| $d_f$、$d_2$ 至凸缘边缘距离 | $C_2$ | 见表 4-2 | | |
| 轴承旁凸台半径 | $R_1$ | $C_2$ | | |
| 凸台高度 | $h$ | 根据低速级轴承座外径确定，以便于扳手操作为准 | | |
| 外箱壁至轴承端座壁距离 | $l_1$ | $C_1 + C_2 + (5 \sim 10)$ | | |
| 铸造过渡尺寸 | $x$、$y$ | 见附录 A | | |
| 大齿轮顶圆（蜗轮外圆）与内箱壁距离 | $\Delta_1$ | $> 1.2\delta$ | | |
| 齿轮（或轮毂）端面与内箱壁距离 | $\Delta_2$ | $> \delta$ | | |
| 箱盖、箱座肋板厚度 | $m_1$、$m$ | $m_1 \approx 0.85\delta_1$；$m \approx 0.85\delta$ | | |
| 轴承端盖外径 | $D_2$ | $D + (5 \sim 5.5)d_3$；$D$——轴承外径（嵌入式轴承盖尺寸见表 4-4） | | |
| 轴承旁连接螺栓距离 | $s$ | 尽量靠近，以 $Md_1$ 和 $Md_3$ 互不干涉为准，一般取 $s \approx D_2$ | | |

注：1. 表中尺寸与图 4-1 至图 4-5 对应；

　　2. 多级传动时，$a$ 取低速级中心距；对于圆锥—圆柱齿轮减速器，按圆柱齿轮传动中心距取值；

　　3. 焊接箱体的箱壁厚度约为铸造箱体壁厚的 0.7～0.8 倍。

表 4-2 凸台及凸缘的结构尺寸　　　　　　　　　　　　　　　　mm

| 螺栓直径 | M6 | M8 | M10 | M12 | M14 | M16 | M18 | M20 | M22 | M24 | M27 | M30 |
|------|----|----|----|----|----|----|----|----|----|----|----|----|
| $C_{1min}$ | 12 | 14 | 16 | 18 | 20 | 22 | 24 | 26 | 30 | 34 | 38 | 40 |
| $C_{2min}$ | 10 | 12 | 14 | 16 | 18 | 20 | 22 | 24 | 26 | 28 | 32 | 35 |
| $D_0$ | 13 | 18 | 22 | 26 | 30 | 33 | 36 | 40 | 43 | 48 | 53 | 61 |
| $R_{0max}$ | 5 | | | | | 8 | | | | | 10 | |
| $r_{max}$ | 3 | | | | | 5 | | | | | 8 | |

注：表中尺寸与图 4-1 至图 4-5 对应。

对箱体进行结构设计时，还应考虑以下几个方面的问题。

（1）为了便于轴系部件的装拆，箱体大多做成剖分式结构，剖分面一般取轴的中心线所在平面。箱座和箱盖采用普通螺栓连接、圆锥销定位。

（2）箱体要具有足够的强度和刚度，以保证在加工和工作过程中不至于产生过大的变形。为此，箱座和箱盖连接凸缘及箱体底座凸缘均应有较大的厚度，箱座和箱盖应有一定的壁厚并在轴承座孔上下处设置加强肋。箱体底座凸缘的宽度应超过箱体内壁，如图4-6所示。

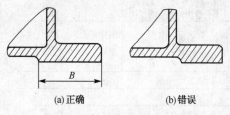

(a)正确　　　　(b)错误

图4-6　箱体底座凸缘宽度

箱体加强肋有外肋和内肋两种结构形式。内肋刚度大，外表光滑美观，但工艺较复杂，且肋对箱内润滑油流动有影响，如图 4-7(a)所示。外肋的优缺点与内肋的刚好相反，具有更好的刚性，如图4-7(b)、(c)所示。目前，新型箱体的结构趋势是外形简单方形化，多采用内肋结构，具有更好的刚性。

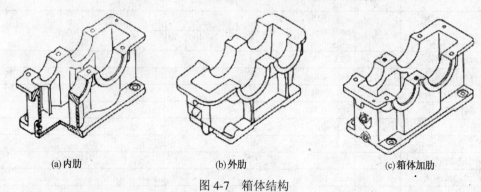

(a)内肋　　　　　　　(b)外肋　　　　　　　(c)箱体加肋

图 4-7　箱体结构

（3）为了提高轴承座的连接刚度，轴承座孔两侧联接螺栓的间距应尽量靠近一些；为了避免连接螺栓与端盖螺钉及输油沟发生干涉，轴承座两侧还应设置凸台，凸台高度应保证有足够的扳手操作空间，如图4-8所示。

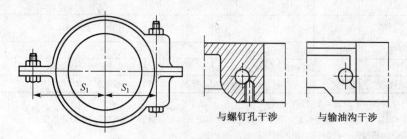

与螺钉孔干涉　　　　与输油沟干涉

图 4-8　箱体轴承座孔连接螺栓位置

（4）对箱体进行设计时，要充分考虑工艺方面的要求。一方面是对毛坯铸造工艺的要求，另一方面是对机加工工艺的要求。

（5）当设计铸造箱体时，应注意箱体的壁厚均匀和应有的拔模斜度。

（6）所有轴承旁凸台取相同高度，各轴承座外端面取在同一平面内，以减少加工时刀具调整次数。箱体上的加工表面和非加工表面一定要分开，如箱体箱盖上各轴承座外端面、窥视孔盖座、通气器座（通气器不设于窥视孔盖上时）、安装油标与放油螺塞处应设计出凸台，与螺栓头、螺母或垫圈接合面等处也应设计出凸台或沉孔。

（7）箱体剖分面上油沟的结构设计。当轴承利用机体内的油润滑时，需要在箱体剖分面上设置导油沟，以便使齿轮飞溅到箱盖内壁的润滑油能通过油沟经端盖导入轴承。图 4-9 所示的是几种不同加工方法的油沟形式，其尺寸为：铸造时，$a = 5 \sim 8$ mm；机加工时，$a = 3 \sim 5$ mm，$b = 6 \sim 10$ mm，$c = 3 \sim 5$ mm。油沟可以直接铸造，也可以在剖分面上铣制。

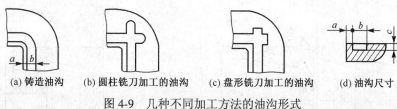

(a) 铸造油沟　　(b) 圆柱铣刀加工的油沟　　(c) 盘形铣刀加工的油沟　　(d) 油沟尺寸

图 4-9　几种不同加工方法的油沟形式

（8）注意油沟与轴承的相对位置，保证油能顺利地进入轴承。除箱体剖分面上开设导油沟外，还需要在箱盖上设斜面，以便将甩在箱壁上的油导入油沟，如图4-10所示。

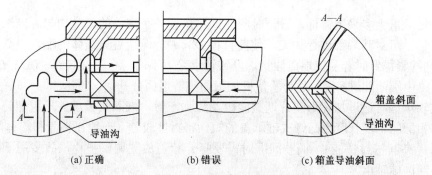

(a) 正确　　　　(b) 错误　　　　(c) 箱盖导油斜面

图 4-10　油沟与轴承的相对位置

当轴承采用脂润滑时，为了提高密封性，可在剖分面上制出回油沟，使渗出的油沿回油沟的斜槽或斜孔流回箱内，如图4-11所示。

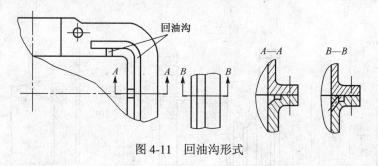

图 4-11　回油沟形式

## 4.2　减速器附件及其设计

为了保证减速器能正常工作，箱体上还必须设置一些附件，以便检查传动零件的啮合情况、注油、放油、通气，以及便于安装和吊运等。

### 4.2.1　轴承端盖的结构设计

轴承端盖用于轴向固定轴承外圈、调整轴向间隙和承受轴向力。轴承端盖的结构形式有凸缘式（如图4-12所示）和嵌入式（如图4-13所示）。根据轴是否穿过端盖，又分为透盖和闷盖两种。透盖中央有孔，轴的外伸端穿过孔伸出箱外，穿过处要有密封装置；闷盖中央无孔，用于轴的非外伸端。

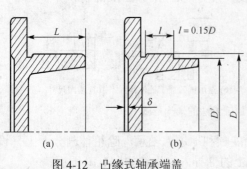

图 4-12　凸缘式轴承端盖　　　　　　　　图 4-13　嵌入式轴承端盖

凸缘式轴承盖大多采用铸件，设计时应注意尽量使整个端盖的厚度均匀。当端盖较宽时，为减小加工量，可对其端部进行加工，使其直径 $D' < D$，但端盖与箱体的配合段必须有足够的长度 $l$，否则拧紧螺钉时容易使端盖倾斜，以致轴承受力不均，一般可取 $l = 0.15 D$，如图4-12所示。图4-12中端面凹进 $\delta$ 值，是为了使机加工面与铸造面分开。

凸缘式轴承盖可通过加环形垫片调整间隙及加强密封。嵌入式轴承盖不用螺钉固定，结构简单，与其相配的轴段长度比凸缘式轴承盖的短，密封性较差（一般在端盖和箱体间放置 O 形密封圈，以提高其密封性能），调整间隙时需要打开箱盖放置调整垫片，故多用于不调整间隙的轴承（如深沟球轴承）。

轴承端盖的结构尺寸如表4-3、表4-4所示。

表 4-3　凸缘式轴承端盖　　　　　　　　　　　　　　　　mm

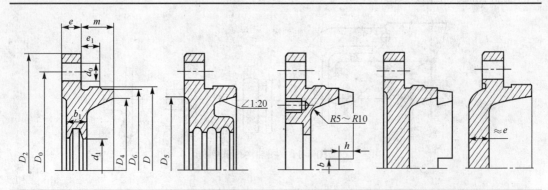

| $d_1 = d_3 + 1$ | $D_4 = D - (10 \sim 15)$ | 轴承外径 $D$ | 螺钉直径 $d_3$ | 螺钉数 |
|---|---|---|---|---|
| $d_3$——轴承端盖连接螺栓直径 | $D_5 = D_0 - 3d_3$ | $45 \sim 65$ | 6 | 4 |
| $D_0 = D + 2.5d_3$ | $D_6 = D - (2 \sim 4)$ | | | |
| $D_2 = D_0 + 2.5d_3$ | $b_1$、$d_1$ 由密封件尺寸而定 | $70 \sim 100$ | 8 | 4 |
| $E = 1.2d_3$ | $b = 5 \sim 10$ | $110 \sim 140$ | 10 | 6 |
| $e_1 \geqslant e$ | $h = (0.8 \sim 1)b$ | | | |
| $m$ 由结构而定 | | $150 \sim 230$ | $12 \sim 16$ | 6 |

注：表中数据适用于铸铁轴承端盖。

表 4-4　嵌入式轴承端盖　　　　　　　　　　　　　　mm

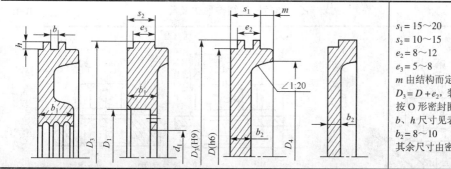

$s_1 = 15\sim20$
$s_2 = 10\sim15$
$e_2 = 8\sim12$
$e_3 = 5\sim8$
$m$ 由结构而定
$D_3 = D + e_2$，装有 O 形密封圈时，按 O 形密封圈外径取整
$b$、$h$ 尺寸见表 4-21
$b_2 = 8\sim10$
其余尺寸由密封尺寸而定

注：表中数据适用于铸铁轴承盖。

## 4.2.2　检查孔与检查孔盖结构设计

检查孔用来检查传动零件的啮合及润滑情况等，并可由此向箱体内注油，检查孔应开在箱盖上部便于观察传动零件啮合情况的位置，其尺寸大小要便于手伸入进行检查操作。为了防止杂物进入机体内，平时用盖板封住，盖板可用铸铁、钢板或有机玻璃制成。箱体上开检查孔处应凸起一块，以便于机械加工出支承表面，并用垫片加强密封，如图 4-14 所示。检查孔盖的结构尺寸见表 4-5。

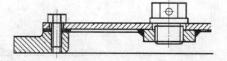

图 4-14　检查孔结构

通气器通常装在箱顶或检查孔盖板上。减速器工作时，由于摩擦发热，机体内温度和气压升高，会导致润滑油从缝隙处渗漏，通气器可使热膨胀气体及时排出，达到机体内外气压平衡，提高机体的密封性能。简易的通气器常用带孔螺钉制成，但通气孔不要直通顶端，以免灰尘进入，如图 4-15(a) 所示，这种通气器用于比较清洁的场合。较完善的通气器内部一般做成各种曲路，并有防尘金属网，如图 4-15(b) 所示，可以防止空气中的灰尘进入箱体内。

表 4-5　检查孔盖　　　　　　　　　　　　　　mm

| 减速器中心距 $a$、$a_\Sigma$ | | $l_1$ | $l_2$ | $b_1$ | $b_2$ | $d$ | | 盖厚 $\delta$ | $R$ |
|---|---|---|---|---|---|---|---|---|---|
| | | | | | | 直径 | 孔数 | | |
| 单级 | $a\leqslant150$ | 90 | 75 | 70 | 55 | 7 | 4 | 4 | 5 |
| | $a\leqslant250$ | 120 | 105 | 90 | 75 | 7 | 4 | 4 | 5 |
| | $a\leqslant350$ | 180 | 165 | 140 | 125 | 7 | 4 | 4 | 55 |
| | $a\leqslant450$ | 200 | 180 | 180 | 160 | 11 | 8 | 4 | 10 |
| | $a\leqslant500$ | 220 | 200 | 200 | 180 | 11 | 4 | 4 | 10 |
| 双级 | $a_\Sigma\leqslant250$ | 140 | 125 | 120 | 105 | 7 | 8 | 4 | 8 |
| | $a_\Sigma\leqslant425$ | 180 | 165 | 140 | 125 | 7 | 8 | 4 | 8 |
| | $a_\Sigma\leqslant500$ | 220 | 190 | 160 | 130 | 11 | 4 | 4 | 8 |
| | $a_\Sigma\leqslant650$ | 270 | 240 | 180 | 150 | 11 | 8 | 6 | 8 |

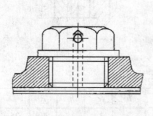

(a) 简易通气器

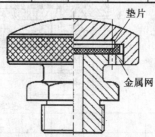

(b) 带过滤网的通气器

图 4-15　通气器结构

通气器的结构形式及尺寸如表 4-6 所示。

表 4-6　通气器的结构形式及尺寸　　　　　　　　　　　mm

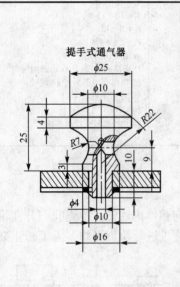

提手式通气器

通气塞

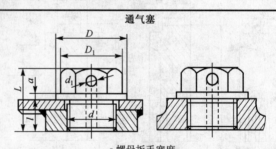

s-螺母扳手宽度

| d | D | D_1 | s | L | l | a | d_1 |
|---|---|---|---|---|---|---|---|
| M12×1.25 | 18 | 16.5 | 14 | 19 | 10 | 2 | 4 |
| M16×1.5 | 22 | 19.6 | 17 | 23 | 12 | 2 | 5 |
| M20×1.5 | 30 | 25.4 | 22 | 28 | 15 | 4 | 6 |
| M22×1.5 | 32 | 25.4 | 22 | 29 | 15 | 4 | 7 |
| M27×1.5 | 38 | 31.2 | 27 | 34 | 18 | 4 | 8 |
| M30×2 | 42 | 36.9 | 32 | 36 | 18 | 4 | 8 |
| M33×2 | 45 | 36.9 | 32 | 38 | 20 | 4 | 8 |
| M36×3 | 50 | 41.6 | 36 | 46 | 25 | 5 | 8 |

通气帽

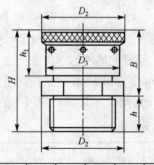 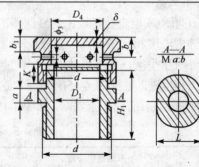

| d | D_1 | B | h | H | D_2 | H_1 | a | δ | K | b | h_1 | b_1 | D_3 | D_4 | L | 孔数 |
|---|---|---|---|---|---|---|---|---|---|---|---|---|---|---|---|---|
| M27×1.5 | 15 | ≈30 | 15 | ≈45 | 36 | 32 | 6 | 4 | 10 | 8 | 22 | 6 | 32 | 18 | 32 | 6 |
| M36×2 | 20 | ≈40 | 20 | ≈60 | 48 | 42 | 8 | 4 | 12 | 11 | 29 | 8 | 42 | 24 | 41 | 6 |
| M48×3 | 30 | ≈45 | 25 | ≈70 | 62 | 52 | 10 | 5 | 15 | 13 | 32 | 10 | 56 | 36 | 55 | 8 |

通气罩

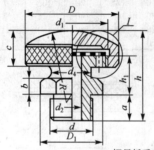 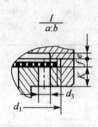

s-螺母扳手宽度

| d | d_1 | d_2 | d_3 | d_4 | D | h | a | b | c | h_1 | R | D_1 | s | K | e | f |
|---|---|---|---|---|---|---|---|---|---|---|---|---|---|---|---|---|
| M18×1.5 | M33×1.5 | 8 | 3 | 16 | 40 | 40 | 12 | 7 | 16 | 18 | 40 | 25.4 | 22 | 6 | 2 | 2 |
| M27×1.5 | M48×1.5 | 13 | 4.5 | 24 | 60 | 54 | 15 | 10 | 22 | 24 | 60 | 36.9 | 32 | 7 | 2 | 2 |
| M36×1.5 | M64×1.5 | 16 | 6 | 30 | 80 | 70 | 20 | 13 | 28 | 32 | 80 | 53.1 | 41 | 10 | 3 | 3 |

### 4.2.3　油标和油标尺

油标用来检查箱体内油面高度，以保证有正常的油量，应设置在便于检查和油面较稳定之处。常用的油标有圆形油标（见表 4-7）、长形油标（见表 4-8）和杆式油标（见表 4-9）等。其中，杆式油标结构简单，上面有两条刻线表示最高和最低油面，如图 4-16 所示。为了避免搅油影响检查效果，可在油标外装隔离套，如图 4-17 所示。油标在减速器上的安装方式，可采用螺纹连接，也可采用孔配合连接。油标安置的位置不能太低，以防润滑油溢出，且其倾斜角度应便于油标座孔的加工及油标的装拆。

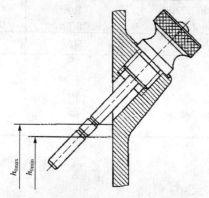

图 4-16　杆式油标上的刻线

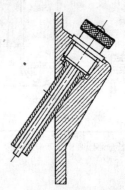

图 4-17　带隔离套的杆式油标

表 4-7　压配式圆形油标（摘自 JB/T7941.1—1995）　　　mm

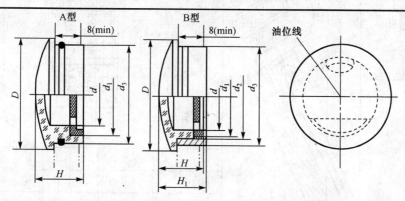

标记示例：

视孔 $d = 25$，A 型压配式圆形油标的标记：

油标　A25　JB/T7941.1—1995

| d | D | $d_1$ | | $d_2$ | | $d_3$ | | H | $H_1$ | O 形橡胶密封圈（按 GB/T 3452.1） |
|---|---|---|---|---|---|---|---|---|---|---|
| | | 基本尺寸 | 极限偏差 | 基本尺寸 | 极限偏差 | 基本尺寸 | 极限偏差 | | | |
| 12 | 22 | 12 | −0.050 −0.160 | 17 | −0.050 −0.160 | 20 | −0.065 −0.195 | 14 | 16 | 15×2.65 |
| 16 | 27 | 18 | | 22 | −0.065 | 25 | | | | 20×2.65 |
| 20 | 34 | 22 | −0.065 −0.195 | 28 | −0.195 | 32 | | 16 | 18 | 25×3.55 |
| 25 | 40 | 28 | | 34 | −0.080 | 38 | −0.080 −0.240 | | | 31.5×3.55 |
| 32 | 48 | 35 | −0.080 −0.240 | 41 | −0.240 | 45 | | 18 | 20 | 38.7×3.55 |
| 40 | 58 | 45 | | 51 | | 55 | | | | 48.7×3.55 |
| 50 | 70 | 55 | −0.100 −0.290 | 61 | −0.100 −0.290 | 65 | −0.100 −0.290 | 22 | 24 | — |
| 63 | 85 | 70 | | 76 | | 80 | | | | |

表 4-8　长形油标（摘自 JB/T7941.3—1995）　　　　　mm

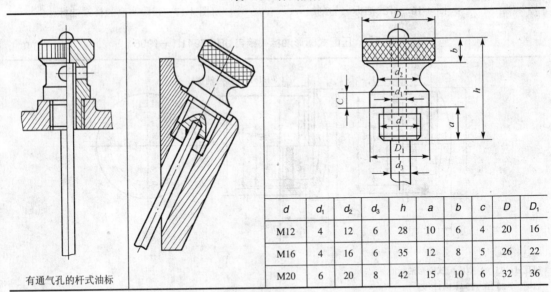

| H | | $H_1$ | L | n |
|---|---|---|---|---|
| 基本尺寸 | 极限偏差 | | | （条数） |
| 80 | ±0.17 | 40 | 110 | 2 |
| 100 | | 60 | 130 | 3 |
| 125 | ±0.20 | 80 | 155 | 4 |
| 160 | | 120 | 190 | 6 |
| O 形橡胶密封圈<br>（按 GB/T 3452.1） | | 六角螺母<br>（按 GB/T 6172） | | 弹性垫圈<br>（GB/T 861） |
| 10×2.65 | | M10 | | 10 |

标记示例：

$H = 80$、A 型长形油标的标记：

油标 A80 JB/T 7941.3—1995

注：B 型长形油标见 JB/T 7941.3—1995。

表 4-9　杆式油标　　　　　mm

| d | $d_1$ | $d_2$ | $d_3$ | h | a | b | c | D | $D_1$ |
|---|---|---|---|---|---|---|---|---|---|
| M12 | 4 | 12 | 6 | 28 | 10 | 6 | 4 | 20 | 16 |
| M16 | 4 | 16 | 6 | 35 | 12 | 8 | 5 | 26 | 22 |
| M20 | 6 | 20 | 8 | 42 | 15 | 10 | 6 | 32 | 36 |

有通气孔的杆式油标

## 4.2.4　放油孔及螺塞

为了更换减速器箱体内的污油，应在箱体底部油池的最低处设置放油孔。平时用螺塞堵住并用封油圈加强密封。为了便于污油排出，常将箱体的内底面设计成向放油孔方向倾斜 1°～1.5°。为了便于加工出内螺纹和污油的汇集、排放，应在靠近放油孔处的机体上铸出一个小坑，如图 4-18 所示。常用外六角螺塞的结构尺寸见表 4-10。

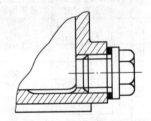

图 4-18　放油孔和放油螺塞

表 4-10 外六角螺塞（纸封油圈、皮封油圈）（摘自 JB/ZQ4450—1997） mm

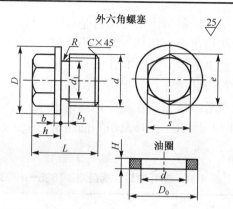

| d | $d_1$ | D | e | s | L | h | b | $b_1$ | R | C | $D_0$ | H | |
|---|---|---|---|---|---|---|---|---|---|---|---|---|---|
| | | | | | | | | | | | | 纸圈 | 皮圈 |
| M10×1 | 8.5 | 18 | 12.7 | 11 | 20 | 10 | | | | 0.7 | 18 | | |
| M12×1.25 | 10.2 | 22 | 15 | 13 | 24 | 12 | 3 | | | | 22 | 2 | 2 |
| M14×1.5 | 11.8 | 23 | 20.8 | 18 | 25 | | | | | 1.0 | 25 | | |
| M18×1.5 | 15.8 | 28 | 24.2 | 21 | 27 | 15 | | | | | 30 | | |
| M20×1.5 | 17.8 | 30 | | | 30 | | | | | | | | |
| M22×1.5 | 19.8 | 32 | 27.7 | 24 | | | | | | | 32 | | |
| M24×2 | 21 | 34 | 31.2 | 27 | 32 | 16 | 4 | | | 1.5 | 35 | 3 | 2.5 |
| M27×2 | 24 | 38 | 34.6 | 30 | 35 | 17 | | 4 | | | 40 | | |
| M30×2 | 27 | 42 | 39.3 | 34 | 38 | 18 | | | | | 45 | | |

标记示例：螺塞 M20×1.5 JB/ZQ 4450——1997
　　　　　油圈 30×20 （$D_0=30$、$d=20$ 的纸封油圈）

材料：纸封油圈——石棉橡胶纸；皮封油圈——工业用革；螺塞——Q235

## 4.2.5 起盖螺钉

为了便于开启箱盖，可在箱盖凸缘上装设 1～2 个起盖螺钉，如图4-19 所示。当拆卸箱盖时，可先拧动此螺钉，以使箱盖与箱体分离。起盖螺钉的直径一般等于凸缘连接螺栓直径，螺纹的有效长度应大于箱盖凸缘厚度。螺钉头部应做成圆形，以免损伤螺纹。

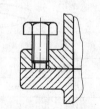

图 4-19 起盖螺钉

## 4.2.6 定位销

为了保证箱体轴承孔的加工精度与装配精度，应在箱盖与箱座连接的凸缘上相距较远处安置两个圆锥销，并尽量不对称布置，以使箱座和箱盖能准确定位。定位销的直径一般取连接螺栓直径的 4/5 左右，圆锥销参数选择可查表 3-10。为了便于装拆，定位销的长度应大于连接凸缘总厚度，如图4-20所示。

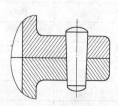

图 4-20 定位销

## 4.2.7　起吊装置

起吊装置包括吊环螺钉、吊耳或吊钩。吊环螺钉是标准件，可按箱体重量选取，设置在箱盖上，吊环螺钉多用于起吊箱盖，也可用于起吊轻型减速器整体，如图4-21所示。采用吊环螺钉会增加机械加工量，为此常在箱盖上铸出吊环或吊耳，为了吊运较重的箱座或整台减速器，在箱座两端铸出吊钩。吊环螺钉的尺寸如表 4-11 所示，吊耳及吊钩的结构与尺寸如表 4-12 所示。

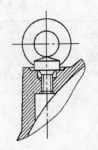

图 4-21　吊环螺钉

表 4-11　吊环螺钉（摘自 GB/T825—1998）　　　　mm

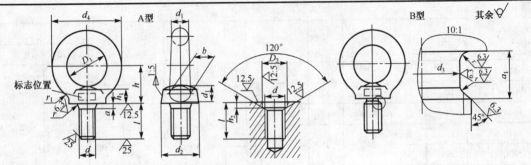

标记示例：

规格为 20 mm，材料为 20 号钢，经正火处理、不经表面处理的 A 型吊环螺钉的标记：

螺钉 GB/T825　M20

| 单螺钉起吊 | 双螺钉起吊 |
|---|---|

| 螺纹规格（$d$） | | M8 | M10 | M12 | M16 | M20 | M24 | M30 | M36 | M42 | M48 |
|---|---|---|---|---|---|---|---|---|---|---|---|
| $d_1$ | max | 9.1 | 11.1 | 13.1 | 15.2 | 17.4 | 21.4 | 25.7 | 30 | 34.4 | 40.7 |
| $D_1$ | 公称 | 20 | 24 | 28 | 34 | 40 | 48 | 56 | 67 | 80 | 95 |
| $d_2$ | max | 21.1 | 25.1 | 29.1 | 35.2 | 41.4 | 49.4 | 57.7 | 69 | 82.4 | 97.7 |
| $h_1$ | max | 7 | 9 | 11 | 13 | 15.1 | 19.1 | 23.2 | 27.4 | 31.7 | 36.9 |
| $l$ | 公称 | 16 | 20 | 22 | 28 | 35 | 40 | 45 | 55 | 65 | 70 |
| $d_4$ | 参考 | 36 | 44 | 52 | 62 | 72 | 88 | 1.4 | 123 | 144 | 171 |
| $h$ | | 18 | 22 | 26 | 31 | 36 | 44 | 53 | 63 | 74 | 87 |
| $r_1$ | | 4 | 4 | 6 | 6 | 8 | 12 | 15 | 18 | 20 | 22 |
| $r$ | min | 1 | 1 | 1 | 1 | 1 | 2 | 2 | 3 | 3 | 3 |
| $a_1$ | max | 3.75 | 4.5 | 5.25 | 6 | 7.5 | 9 | 10.5 | 12 | 13.5 | 15 |
| $d_3$ | 公称（max） | 6 | 7.7 | 9.4 | 13 | 16.4 | 19.6 | 25 | 30.8 | 35.6 | 41 |
| $a$ | max | 2.5 | 3 | 3.5 | 4 | 5 | 6 | 7 | 8 | 9 | 10 |

（续表）

| 螺纹规格（d） | | M8 | M10 | M12 | M16 | M20 | M24 | M30 | M36 | M42 | M48 |
|---|---|---|---|---|---|---|---|---|---|---|---|
| b | | 10 | 12 | 14 | 16 | 19 | 24 | 28 | 32 | 38 | 46 |
| $D_2$ | 公称（min） | 13 | 15 | 17 | 22 | 28 | 32 | 38 | 45 | 52 | 60 |
| $h_2$ | 公称（min） | 2.5 | 3 | 3.5 | 4.5 | 5 | 7 | 8 | 9.5 | 10.5 | 11.5 |
| 最大起吊重量/t | 单螺钉起吊 | 0.16 | 0.25 | 0.4 | 0.63 | 1 | 1.6 | 2.5 | 4 | 6.3 | 8 |
| | 双螺钉起吊 | 0.08 | 0.125 | 0.2 | 0.32 | 0.5 | 0.8 | 1.25 | 2 | 3.2 | 4 |

| 减速器类型 | 一级圆柱齿轮减速器 | | | | | | 二级圆柱齿轮减速器 | | | | |
|---|---|---|---|---|---|---|---|---|---|---|---|
| 中心距 a | 100 | 125 | 160 | 200 | 250 | 315 | 100×140 | 140×200 | 180×250 | 200×280 | 250×355 |
| 重量 W /kN | 0.26 | 0.52 | 1.05 | 2.1 | 4 | 8 | 1 | 2.6 | 4.8 | 6.8 | 12.5 |

注：1．M8～M36 为商品规格；

2．"减速器重量 W"非 GB/T825 内容，仅供课程设计参考使用。

### 表 4-12　起重吊耳和吊钩

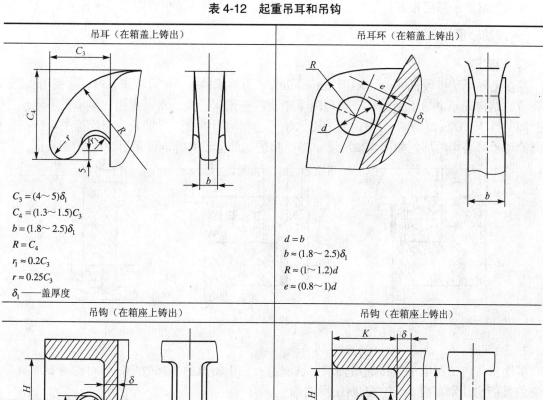

| 吊耳（在箱盖上铸出） | 吊耳环（在箱盖上铸出） |
|---|---|

$C_3 = (4 \sim 5)\delta_1$

$C_4 = (1.3 \sim 1.5)C_3$

$b = (1.8 \sim 2.5)\delta_1$

$R = C_4$

$r_1 \approx 0.2C_3$

$r \approx 0.25C_3$

$\delta_1$ ——盖厚度

$d = b$

$b \approx (1.8 \sim 2.5)\delta_1$

$R \approx (1 \sim 1.2)d$

$e \approx (0.8 \sim 1)d$

吊钩（在箱座上铸出）　　　　　吊钩（在箱座上铸出）

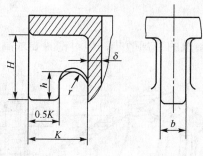

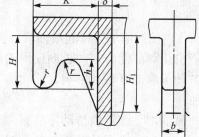

$K = C_1 + C_2$

$H = 0.8K$

$b = (1.8 \sim 2.5)\delta$

$h = 0.5H$

$r \approx 0.25K$

$C_1$、$C_2$ ——见表 4-2

$K = C_1 + C_2$

$H = 0.8K$

$b = (1.8 \sim 2.5)\delta$

$h = 0.5H$

$r \approx K / 6$

$C_1$、$C_2$ ——见表 4-2

$H_1$ ——按结构确定

### 4.2.8　减速器的润滑与密封

为了减小零件间的摩擦、零件的磨损和发热，提高传动效率，减速器中的传动零件（齿轮、蜗杆等）和轴承必须有良好的润滑。为了防止外界灰尘、水分及其他杂质进入，阻止润滑剂的流失，减速器中还应设置密封装置。

齿轮传动中最常用的润滑剂有润滑油和润滑脂两种。润滑脂主要用于不易加油或低速、开式齿轮传动的场合；一般情况均采用润滑油进行润滑。

#### 1．减速器内传动零件的润滑

减速器内传动零件的润滑方式，一般按照传动零件的圆周速度进行选择。当传动零件的圆周速度 $v \leqslant 0.8$ m/s 时，采用脂润滑；当 $0.8 < v \leqslant 12$ m/s（蜗杆圆周速度 $0.8 < v \leqslant 10$ m/s）时，采用浸油润滑；当 $v > 12$ m/s（蜗杆圆周速度 $v > 10$ m/s）时，采用压力喷油润滑。齿轮传动、蜗杆传动所用润滑油的黏度根据传动的工作条件、圆周速度或滑动速度、温度等来选择。

#### 2．滚动轴承的润滑

##### 1）脂润滑

当滚动轴承速度较低（$d_n \leqslant 2 \times 10^5$ mm·r/min，$d$ 为轴承内径，$n$ 为转速）时，常采用脂润滑。脂润滑的结构简单，易于密封。一般每隔半年左右补充或更换一次润滑脂，装填量不应超过轴承空间的 $1/3 \sim 1/2$。为了防止箱内的油浸入轴承与润滑脂混合，并防止润滑脂流失，应在箱体内侧的轴承旁装挡油环，如图4-22所示。当产品生产批量较大时，可采用冲压挡油环。

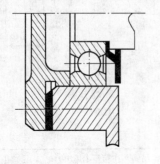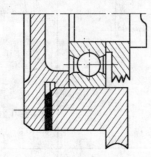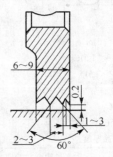

图 4-22　挡油环

##### 2）油润滑

多用箱体内的润滑油直接润滑轴承。油润滑有利于轴承的冷却散热，但对密封要求高，并且油的性能由传动零件确定，长期使用的油中含有杂质，这对轴承润滑有不利影响。油润滑方式可分为以下三种。

（1）飞溅润滑　当箱内传动零件圆周速度较大时[$v \geqslant (2 \sim 3)$ m/s]，常用传动零件转动时飞溅带起的油润滑轴承。为此，应在箱体剖分面上开设输油沟，使溅起的油沿箱内壁流到沟内，并应在轴承端盖上开出缺口。为了防止装配时缺口没有对准油沟而将油路堵塞，可将端盖与轴承孔配合部分的外径取小些（$D_1 < D$），如图4-23所示。

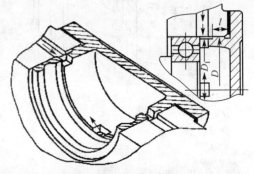

图 4-23　端盖与轴承孔

在传动零件圆周速度 $v > 5$ m/s 时，油飞溅激烈，也可不开输油沟，但应将轴承尽量靠近箱体内壁布置。

（2）浸油润滑　这种润滑方式是将轴承直接浸入箱内油中进行润滑（例如，下置式蜗杆减速器的蜗杆轴承），但油面高度不应超过轴承最低滚动体中心，以免加大搅油损耗。若传动零件直径小于轴承滚动体中心分布直径，则可在轴上装设溅油轮，使其浸入油中，传动零件不接触油面而靠溅油润滑，如图4-24所示。

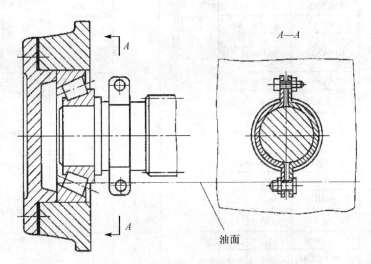

图 4-24　下置式蜗杆的轴承润滑及溅油轮结构

对于高速运转的蜗杆和斜齿轮，由于齿的螺旋线作用，会迫使润滑油冲向轴承，带入杂质，影响润滑效果，故在轴承靠近齿轮或蜗杆一侧常设置挡油环，如图4-25所示，但挡油环不应封死轴承孔，以利于油进入润轴承。

（3）刮油润滑　当较大传动零件（蜗轮及大齿轮）的圆周速度很低时（ $v < 2$ m/s），可在传动零件侧面（约离传动零件 0.1～0.5 mm）装刮油板，此时要求传动零件端面跳动及轴的轴向窜动较小，其结构如图4-26所示。

图 4-25　挡油环

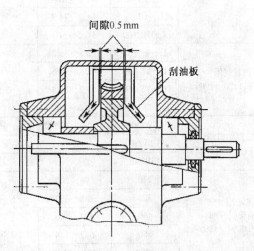

图 4-26　刮油润滑

### 3．润滑剂

机械中常用润滑剂的性能参数及其用途如表 4-13、表 4-14 所示。

**表 4-13　常用润滑油的主要性质和用途**

| 名称 | 代号 | 运动黏度/(mm²/s) | | 倾点≤℃ | 闪点（开口）≥℃ | 主要用途 |
|---|---|---|---|---|---|---|
| | | 40/℃ | 100/℃ | | | |
| 全损耗系统用油（GB/T443—1989） | L—AN5 | 4.14～5.06 | | −5 | 80 | 用于各种高速轻载机械轴承的润滑和冷却（循环式或油箱式），如转速为 10 000 r/min 以上的精密机械、机床以及纺织纱锭的润滑与冷却 |
| | L—AN7 | 6.12～7.48 | | | 110 | |
| | L—AN10 | 9.00～11.0 | | | 130 | |
| | L—AN15 | 13.5～16.5 | | | 150 | 用于小型机床齿轮箱、传动装置轴承，中小型电机，风动工具 |
| | L—AN22 | 19.8～24.2 | | | | |
| | L—AN32 | 28.8～35.2 | | | | 用于一般机床齿轮变速箱、中小型机床导轨，以及 100 kW 以上电机轴承 |
| | L—AN46 | 41.4～50.6 | | | 160 | 主要用在大型机床、大型刨床上 |
| | L—AN68 | 61.2～74.8 | | | | |
| | L—AN100 | 90.0～110 | | | 180 | 主要用在低速重载的纺织机械及重型机床、锻压、铸工设备上 |
| | L—AN150 | 135～165 | | | | |
| 工业闭式齿轮油（GB/T5903—1995） | L—CKC68 | 61.2～74.8 | | −8 | 180 | 适用于煤炭、水泥、冶金工业部门大型封闭式齿轮传动装置的润滑 |
| | L—CKC100 | 90.0～110 | | | | |
| | L—CKC150 | 135～165 | | | 200 | |
| | L—CKC220 | 198～242 | | | | |
| | L—CKC320 | 288～352 | | | | |
| | L—CKC460 | 414～506 | | | | |
| | L—CKC680 | 612～748 | | −5 | | |
| 液压油（GB/T11118.1—1994） | L—HL15 | 13.5～16.5 | | −12 | 140 | 适用于机床和其他设备的低压齿轮泵，也可以用于使用其他抗氧防锈型润滑油的机械设备（如轴承和齿轮等） |
| | L—HL22 | 19.8～24.2 | | −9 | | |
| | L—HL32 | 28.8～35.2 | | | 160 | |
| | L—HL46 | 41.4～50.6 | | | 180 | |
| | L—HL68 | 61.2～74.8 | | −6 | | |
| | L—HL100 | 90.0～110 | | | | |
| 汽轮机油（GB/T11120—1989） | L—TSA32 | 28.8～35.2 | | −7 | 180 | |
| | L—TSA46 | 41.4～50.6 | | | | |
| | L—TSA68 | 61.2～74.8 | | | 195 | |
| | L—TSA100 | 90.0～110 | | | | |
| SC 汽油机油（GB/T11121—1995） | 5W/20 | | 5.6～<9.3 | −35 | 200 | |
| | 10W/30 | | 9.3～<12.5 | −30 | 205 | |
| | 15W/40 | | 12.5～<16.3 | −23 | 215 | |
| L-CKE/P 蜗轮蜗杆油（SH/T0094—1991） | 220 | 198～242 | | −12 | | 用于铜—钢配对的圆柱型、承受重负荷、传动中有振动和冲击的蜗轮蜗杆副 |
| | 320 | 288～352 | | | | |
| | 460 | 414～506 | | | | |
| | 680 | 612～748 | | | | |
| | 1000 | 900～1100 | | | | |
| 仪表油（SH/T0318—1992） | | 9～11 | | −60（凝点） | 125 | 适用于各种仪表（包括低温下操作）的润滑 |

表 4-14　常用润滑脂的主要性质和用途

| 名称 | 代号 | 滴点 ≥℃ | 工作锥入度 （25℃,150 g） 0.1 mm | 主要用途 |
|---|---|---|---|---|
| 钙基润滑脂 （GB/T491—1987） | L—XAAMHA₁ | 80 | 310～340 | 有耐水性能。用于工作温度低于 55～60℃的各种农业、交通运输机械设备的轴承润滑，特别是有水或潮湿处 |
|  | L—XAAMHA₂ | 85 | 265～295 |  |
|  | L—XAAMHA₃ | 90 | 220～250 |  |
|  | L—XAAMHA₄ | 95 | 175～205 |  |
| 钠基润滑脂 （GB/T492—1989） | L—XACMGA₂ | 160 | 265～295 | 不耐水（或潮湿）。用于工作温度在-10～110℃、一般中等负荷机械设备轴承润滑 |
|  | L—XACMGA₃ |  | 220～250 |  |
| 通用锂基润滑脂 （GB/T7324—1994） | ZL—1 | 170 | 310～340 | 有良好的耐水性和耐热性。适用于温度在-20～120℃范围内各种机械的滚动转轴、滑动转轴及其他摩擦部位的润滑 |
|  | ZL—2 | 175 | 265～295 |  |
|  | ZL—3 | 180 | 220～250 |  |
| 钙钠基润滑脂 （SH/T0360—1992） | 2 号 | 120 | 250～290 | 用于工作温度在 80～100℃、有水分或较湿环境中工作的机械润滑，多用于铁路机车、列车、小电动机、发电机滚动转轴（温度较高者）的润滑 |
|  | 3 号 | 135 | 200～240 |  |
| 铝基润滑脂 （ZBE36004—1988） |  | 75 | 235～280 | 有高度的耐水性，用于航空机器的摩擦部位及金属表面的防腐剂 |
| 滚珠轴承脂 （SH0386—1992） |  | 120 | 250～290 | 用于机车、汽车、电机及其他机械的滚动轴承润滑 |
| 7407 号齿轮润滑脂 （SY4036—1984） |  | 160 | 70～90 | 适用于各种低速，中重载荷齿轮、链和联轴器等的润滑，使用温度≤120℃，可承受冲击载荷 |
| 高温润滑脂 （GB/T11124—1989） | 7014—1 号 | 280 | 62～75 | 使用于高温下各种滚动轴承的润滑，也可用于一般滑动轴承和齿轮的润滑。使用温度为-40～200℃ |
| 精密机床主轴润滑脂 （SH0382—1992） | 2 3 | 180 | 265～295 220～250 | 用于精密机床主轴润滑 |

## 4. 润滑装置

常用润滑装置的结构尺寸如表 4-15 至表 4-18 所示。

表 4-15　直通式压注油杯（摘自 JB/T7940.1—1995）　　　　mm

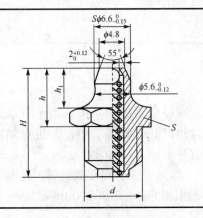

| $d$ | $H$ | $h$ | $h_1$ | $S$ | 钢球（按 GB/308） |
|---|---|---|---|---|---|
| M6 | 13 | 8 | 6 | 8 | 3 |
| M8 | 16 | 9 | 6.5 | 10 |  |
| M10×1 | 18 | 10 | 7 | 11 |  |

标记示例：

连接螺纹 M10×1、直通式压注油杯的标记：

油杯 M10×1　JB/T 7940.1—1995

表 4-16　接头式压注油杯（摘自 JB/T7940.2—1995）　　　　mm

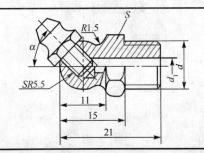

| $d$ | $d_1$ | $\alpha$ | $S$ | 直通式压注油杯 （按 JB/T 7940.1） |
|---|---|---|---|---|
| M6 | 3 | 45°，90° | 11 | M6 |
| M8×1 | 4 |  |  |  |
| M10×1 | 5 |  |  |  |

标记示例：

连接螺纹 M10×1、45°接头式压注油杯的标记：

油杯 45° M10×1　JB/T 7940.2—1995

表 4-17　旋盖式油杯（摘自 JB/T7940.3—1995）　　　　　　　　　　mm

| 最小容量/cm³ | d | l | H | h | h₁ | d₁ | D | L max | S |
|---|---|---|---|---|---|---|---|---|---|
| 1.5 | M8×1 | | 14 | 22 | 7 | 3 | 16 | 33 | 10 |
| 3 | M10×1 | 8 | 15 | 23 | 8 | 4 | 20 | 35 | 13 |
| 6 | | | 17 | 26 | | | 26 | 40 | |
| 12 | | | 20 | 30 | | | 32 | 47 | |
| 18 | M14×1.5 | | 22 | 32 | | | 36 | 50 | 18 |
| 25 | | 12 | 24 | 34 | 10 | 5 | 41 | 55 | |
| 50 | M16×1.5 | | 30 | 44 | | | 51 | 70 | 21 |
| 100 | | | 38 | 52 | | | 68 | 85 | |

标记示例：

最小容量 25 cm³、A 型旋盖式油杯的标记：

油杯 A25　JB/T 7940.3—1995

注：B 型旋盖式油杯见 JB/T 7940.3—1995。

表 4-18　压配式压注油杯（摘自 JB/T7940.5—1995）　　　　　　　mm

| d | | H | 钢球（按 GB/308） |
|---|---|---|---|
| 基本尺寸 | 极限偏差 | | |
| 6 | +0.040 +0.028 | 6 | 4 |
| 8 | +0.049 +0.034 | 10 | 5 |
| 10 | +0.058 +0.040 | 12 | 5 |
| 16 | +0.063 +0.045 | 20 | 11 |
| 25 | +0.085 +0.064 | 30 | 12 |

标记示例：

$d = 6$、压配式压注油杯的标记：

油杯 6　JB/T 7940.4—1995

### 5. 密封装置

轴伸端密封方式有接触式和非接触式两种。

橡胶油封是接触式密封中性能较好的一种，可用于油或脂润滑的轴承中。由于骨架式油封有金属骨架，因此与孔紧配合装配即可。无骨架式油封则可装于紧固套中，并进行轴向固定。应注意油封的安装方向：当防漏油为主时，油封唇边对着箱内，如图 4-27(a) 所示；当防外界灰尘、杂质为主时，唇边对着箱外，如图 4-27(b) 所示；当两个油封相背放置时，防漏防尘能力都好，如图 4-27(c) 所示。为了便于安装油封，轴上可做出斜角，如图 4-27(a) 所示。

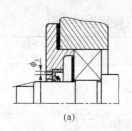
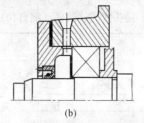
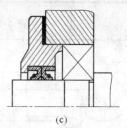

(a)　　　　　　　　(b)　　　　　　　　(c)

图 4-27　J 型橡胶油封的安装方向

毡圈在接触式密封中寿命较短，密封性能较差，但简单、经济，适用于脂润滑轴承中。为了避免磨损，可采用非接触式密封，油沟密封是常用的一种。当使用油沟密封时，应该用润滑脂填满间隙，以加强密封性能。对于要求更高的密封性能，可采用迷宫密封，适用于环境恶劣的油润滑轴承。若与接触式密封配合使用，则效果更佳。它的缺点是结构复杂，对加工及装配要求高。在采用上述密封措施的基础上，开设回油沟效果会更好。

选择密封方式，要考虑密封处的轴表面圆周速度、润滑剂种类、密封要求、工作温度、环境条件等因素。选择时可参考表 4-19 中有关数据。

表 4-19　密封方式选择

| 密封方式 | 毡圈密封 | 橡胶油封 | 油沟密封 | 迷宫密封 |
|---|---|---|---|---|
| 适用的轴表面圆周速度/(m/s) | < 3～5 | < 8 | < 5 | < 30 |
| 适用的工作温度/(℃) | < 90 | < −40～100 | 低于润滑脂熔化温度 | |

表 4-20　毡圈油封形式和尺寸（摘自 JB/ZQ4606—1997）　　mm

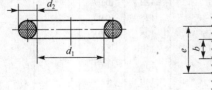

标记示例:
轴径 $d = 40$、材料为半粗羊毛的毡圈标记:
油杯 6　JB/T 7940.4—1995

| 轴径 $d$ | 毡圈 | | | | 槽 | | | | |
|---|---|---|---|---|---|---|---|---|---|
| | $D$ | $d_1$ | $B_1$ | | $D_0$ | $d_0$ | $b$ | $B_{min}$ | |
| | | | | | | | | 钢 | 铁 |
| 15 | 29 | 14 | 6 | | 28 | 16 | 5 | 10 | 12 |
| 20 | 33 | 19 | | | 32 | 21 | | | |
| 25 | 39 | 24 | 7 | | 38 | 26 | 6 | | |
| 30 | 45 | 29 | | | 44 | 31 | | | |
| 35 | 49 | 34 | | | 48 | 36 | | | |
| 40 | 53 | 39 | | | 52 | 41 | | | |
| 45 | 61 | 44 | | | 60 | 46 | | 12 | 15 |
| 50 | 69 | 49 | | | 68 | 51 | | | |
| 55 | 74 | 53 | | | 72 | 56 | 7 | | |
| 60 | 80 | 58 | 8 | | 78 | 61 | | | |
| 65 | 84 | 63 | | | 82 | 66 | | | |
| 70 | 90 | 68 | | | 88 | 71 | | | |
| 75 | 94 | 73 | | | 92 | 77 | | | |
| 80 | 102 | 78 | | | 100 | 82 | 8 | 15 | 18 |
| 85 | 107 | 83 | 9 | | 105 | 87 | | | |
| 90 | 112 | 88 | | | 110 | 92 | | | |
| 95 | 117 | 93 | 10 | | 115 | 97 | | | |
| 100 | 122 | 98 | | | 120 | 102 | | | |

注: 本标准适用于线速度 $v < 5$ m/s。

表 4-21　液压气动用 O 形橡胶密封圈（摘自 GB/T3452.1—2005）　　mm

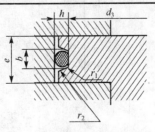

标记示例:
内径 $d_1 = 32.5$ mm，截面直径 $d_2 = 2.65$，C 系列 N 级 O 形密封圈的标记:
O 形圈　32.5×2.65—A—N　GB/T3452.1—2005

（续表）

沟槽尺寸（GB/T 3452.3—2005）

| $d_2$ | $b_0^{+0.25}$ | $h_0^{+0.10}$ | $d_3$偏差值 | $r_1$ | $r_2$ |
|---|---|---|---|---|---|
| 1.8 | 2.4 | 1.38 | 0 −0.04 | 02~0.4 | 0.1~0.3 |
| 2.65 | 3.6 | 2.07 | 0 −0.05 | 0.4~0.8 | 0.1~0.3 |
| 3.55 | 4.8 | 2.74 | 0 −0.06 | 0.4~0.8 | 0.1~0.3 |
| 5.3 | 7.1 | 4.19 | 0 −0.07 | 0.8~1.2 | 0.1~0.3 |
| 7.0 | 9.5 | 5.67 | 0 −0.09 | 0.8~1.2 | 0.1~0.3 |

| $d_1$ | | $d_2$ | | | | $D_1$ | | $d_2$ | | | |
|---|---|---|---|---|---|---|---|---|---|---|---|
| 尺寸 | 公差± | 1.8±0.08 | 2.65±0.09 | 3.55±0.10 | 5.3±0.13 | 尺寸 | 公差± | 2.65±0.09 | 3.55±0.10 | 5.3±0.13 | 7±0.15 |
| 13.2 | 0.21 | * | * | | | 56 | 0.52 | * | * | * | |
| 14 | 0.22 | * | * | | | 58 | 0.54 | * | * | * | |
| 15 | 0.22 | * | * | | | 60 | 0.55 | * | * | * | |
| 16 | 0.23 | * | * | | | 61.5 | 0.56 | * | * | * | |
| 17 | 0.24 | * | * | | | 63 | 0.57 | * | * | * | |
| 18 | 0.25 | * | * | * | | 65 | 0.58 | * | * | * | |
| 19 | 0.25 | * | * | * | | 67 | 0.60 | * | * | * | |
| 20 | 0.26 | * | * | * | | 69 | 0.61 | * | * | * | |
| 21.2 | 0.27 | * | * | * | | 71 | 0.63 | * | * | * | |
| 22.4 | 0.28 | * | * | * | | 73 | 0.64 | * | * | * | |
| 23.6 | 0.29 | * | * | * | | 75 | 0.64 | * | * | * | |
| 25 | 0.30 | * | * | * | | 77.5 | 0.67 | * | * | * | |
| 25.8 | 0.31 | * | * | * | | 80 | 0.69 | * | * | * | |
| 26.5 | 0.31 | * | * | * | | 82.5 | 0.71 | * | * | * | |
| 28 | 032 | * | * | * | | 85 | 0.72 | * | * | * | |
| 30.0 | 0.34 | * | * | * | | 87.5 | 0.74 | * | * | * | |
| 31.5 | 0.35 | * | * | * | | 90 | 0.76 | * | * | * | |
| 32.5 | 0.36 | * | * | * | | 92.5 | 0.77 | * | * | * | |
| 33.5 | 0.36 | * | * | * | | 95 | 0.79 | * | * | * | |
| 34.5 | 0.37 | * | * | * | | 97.5 | 0.81 | * | * | * | |
| 35.5 | 0.38 | * | * | * | | 100 | 0.82 | * | * | * | |
| 36.5 | 0.38 | * | * | * | | 103 | 0.85 | * | * | * | |
| 37.5 | 0.39 | * | * | * | | 106 | 0.87 | * | * | * | |
| 37.7 | 0.10 | * | * | | * | 109 | 0.89 | * | * | * | * |
| 40 | 0.41 | * | * | * | * | 112 | 0.91 | * | * | * | * |
| 41.2 | 0.42 | * | * | * | * | 115 | 0.93 | * | * | * | * |
| 42.5 | 0.43 | * | * | * | * | 118 | 0.95 | * | * | * | * |
| 43.7 | 0.44 | * | * | * | * | 122 | 0.97 | * | * | * | * |
| 45 | 0.44 | * | * | * | * | 125 | 0.99 | * | * | * | * |
| 46.2 | 0.45 | * | * | * | * | 128 | 1.01 | * | * | * | * |
| 47.5 | 0.46 | * | * | * | * | 132 | 1.04 | * | * | * | * |
| 48.7 | 0.47 | * | * | * | * | 136 | 1.07 | * | * | * | * |
| 50 | 0.48 | * | * | * | * | 140 | 1.09 | * | * | * | * |
| 51.5 | 0.49 | * | * | * | * | 145 | 1.13 | * | * | * | * |
| 53 | 0.50 | | * | * | * | 150 | 1.16 | | * | * | * |
| 54.5 | 0.51 | | * | * | * | 155 | 1.19 | | * | * | * |

注：*为可选规格。

表 4-22 旋转轴唇形密封圈的形式、尺寸及其安装要求（摘自 GB/T13871—1992） mm

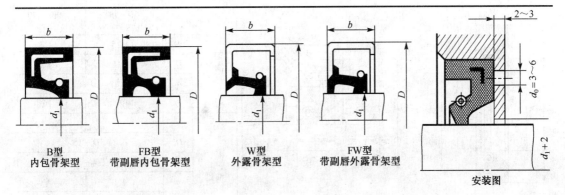

B型
内包骨架型

FB型
带副唇内包骨架型

W型
外露骨架型

FW型
带副唇外露骨架型

安装图

标记示例：

带副唇的内包骨架型旋转轴唇形密封圈，$d=120$ mm，$D=150$ mm，标记为（F）B 120 150 GB/T13871—1992

| $d_1$ | $D$ | $b$ | $d_1$ | $D$ | $b$ | $d_1$ | $D$ | $b$ |
|---|---|---|---|---|---|---|---|---|
| 6 | 16,22 | | 25 | 40,47,52 | | 55 | 72,(75),80 | |
| 7 | 22 | | 28 | 40,47,52 | 7 | 60 | 80,85 | 8 |
| 8 | 22,24 | | 30 | 40,47,(50) | | 65 | 85,90 | |
| 9 | 22 | | 30 | 52 | | 70 | 90,95 | |
| 10 | 22,25 | | 32 | 40,47,52 | | 75 | 95,100 | 10 |
| 12 | 24,25,30 | 7 | 35 | 50,52,55 | | 80 | 100,110 | |
| 15 | 26,30,35 | | 38 | 52,58,62 | | 85 | 110,120 | |
| 16 | 30,(35) | | 40 | 55,(60),62 | 8 | 90 | (115),120 | |
| 18 | 30,35 | | 42 | 55,62 | | 95 | 120 | 12 |
| 20 | 35,40,(45) | | 45 | 62,65 | | 100 | 125 | |
| 22 | 35,40,47 | | 50 | 68,(70),72 | | 105 | (130) | |

旋转轴唇形密封圈的安装要求

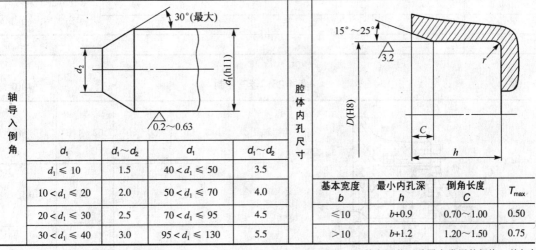

| 轴导入倒角 | | | | |
|---|---|---|---|---|
| $d_1$ | $d_1 \sim d_2$ | $d_1$ | $d_1 \sim d_2$ |
| $d_1 \leq 10$ | 1.5 | $40 < d_1 \leq 50$ | 3.5 |
| $10 < d_1 \leq 20$ | 2.0 | $50 < d_1 \leq 70$ | 4.0 |
| $20 < d_1 \leq 30$ | 2.5 | $70 < d_1 \leq 95$ | 4.5 |
| $30 < d_1 \leq 40$ | 3.0 | $95 < d_1 \leq 130$ | 5.5 |

| 基本宽度 $b$ | 最小内孔深 $h$ | 倒角长度 $C$ | $T_{max}$ |
|---|---|---|---|
| ≤10 | $b+0.9$ | 0.70～1.00 | 0.50 |
| >10 | $b+1.2$ | 1.20～1.50 | 0.75 |

注：1. 标准中考虑到国内实际情况，除全部采用国际标准的基本尺寸外，还补充了若干种国内常用的规格，并加括号
以示区别；

2. 安装要求中若轴端采用倒圆倒入导角，则倒圆的圆角半径不小于表中的 $d_1 - d_2$ 之值。

## 表 4-23   J 形无骨架橡胶密封圈（摘自 HG4—338—1996）    mm

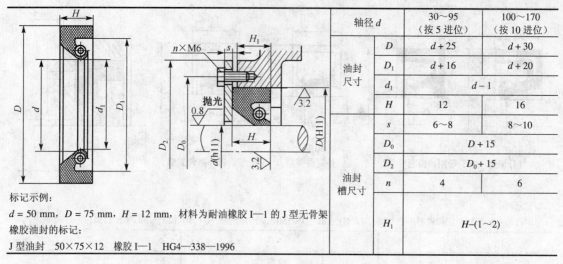

| 轴径 $d$ | | 30～95<br>（按 5 进位） | 100～170<br>（按 10 进位） |
|---|---|---|---|
| 油封<br>尺寸 | $D$ | $d+25$ | $d+30$ |
| | $D_1$ | $d+16$ | $d+20$ |
| | $d_1$ | $d-1$ | |
| | $H$ | 12 | 16 |
| | $s$ | 6～8 | 8～10 |
| 油封<br>槽尺寸 | $D_0$ | $D+15$ | |
| | $D_2$ | $D_0+15$ | |
| | $n$ | 4 | 6 |
| | $H_1$ | $H-(1～2)$ | |

标记示例：

$d = 50$ mm, $D = 75$ mm, $H = 12$ mm，材料为耐油橡胶 I—1 的 J 型无骨架橡胶油封的标记：

J 型油封   50×75×12   橡胶 I—1   HG4—338—1996

## 表 4-24   油沟式密封槽（摘自 JB/ZQ4245—1986）    mm

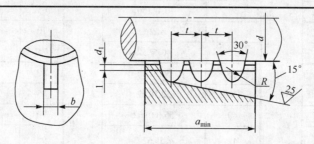

| 轴径 $d$ | 25～80 | >80～120 | >120～180 | 油沟数 $n$ |
|---|---|---|---|---|
| $R$ | 1.5 | 2 | 2.5 | 2～3<br>（使用 3 个较多） |
| $t$ | 4.5 | 6 | 7.5 | |
| $b$ | 4 | 5 | 6 | |
| $d_1$ | $d+1$ | | | |
| $a_{min}$ | $nt+R$ | | | |

## 表 4-25   迷宫密封    mm

| 轴径 $d$ | 10～50 | 50～80 | 80～110 | 110～180 |
|---|---|---|---|---|
| $e$ | 0.2 | 0.3 | 0.4 | 0.5 |
| $f$ | 1 | 1.5 | 2 | 2.5 |

表 4-26　甩油环（高速轴用）

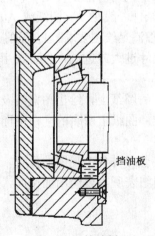

| 轴径 $d$ | $d_1$ | $d_2$ | $B$（参考） | $b_1$ | $C$ |
|---|---|---|---|---|---|
| 30 | 48 | 36 | | 4 | 0.5 |
| 35 | 65 | 42 | 12 | 4 | 0.5 |
| 40 | 75 | 50 | 12 | 5 | 0.5 |
| 50 | 90 | 60 | | 5 | 0.5 |
| 55 | 100 | 65 | | 5 | 0.5 |
| 65 | 115 | 80 | 15 | | 1 |
| 80 | 140 | 95 | 30 | 7 | 1 |

表 4-27　甩油环（低速轴用）

| 轴径 $d$ | $d_1$ | $d_2$ | $d_3$ | $d_4$ | $b$ | $b_1$ | $b_2$ |
|---|---|---|---|---|---|---|---|
| 45 | 80 | 55 | 70 | 72 | 32 | 20 | 5 |
| 60 | 105 | 72 | 90 | 92 | 42 | 28 | 7 |
| 75 | 130 | 90 | 115 | 118 | 38 | 25 | 7 |
| 95 | 142 | 108 | 135 | 138 | 30 | 15 | 5 |
| 110 | 160 | 125 | 150 | 155 | 32 | 18 | 5 |
| 120 | 180 | 135 | 165 | 170 | 38 | 24 | 7 |

## 6. 挡油板

为了使轴承内保持一定油量，可在轴承室端部装设挡油板，但应使油面高度不超过轴承最低滚动体中心，如图4-28所示。

挡油板

图 4-28　挡油板

# 第5章

## 减速器装配图的设计

减速器装配图是表达各机械零件结构、形状、尺寸及相互关系的图样，是在减速器设计、生产及维修等各阶段必不可少的重要技术文件。完整的装配图应包括表达减速器结构的各个视图、主要尺寸和配合、技术特性和技术要求、标题栏、明细表和零件编号等。由于减速器装配图的设计和绘制过程比较复杂，因此必须先进行装配草图的设计，经过修改完善后再绘制装配工作图。

## 5.1 减速器装配图的视图选择与图面布局

### 5.1.1 减速器装配图的视图选择

减速器装配图一般需要三个视图（主视图、俯视图和左视图）才能表达得清楚、完整。结构简单的减速器（如单级蜗杆蜗轮减速器）亦可用两个视图表达，必要时可附加剖视图或局部视图。

### 5.1.2 减速器装配图的图面布局

（1）根据传动零件的设计尺寸，同时考虑到传动零件之间的位置尺寸以及它们距箱体内壁之间的距离，初步估计选用几号图纸，一般在 A1 图纸或 A0 的图纸上绘制。必要时也可按机械制图的规定，将图纸加长或加宽，以满足绘图要求。为了加强设计的真实感，优先选择 1:1 的比例尺，若减速器的尺寸相对图纸尺寸过大或过小，也可选用其他比例尺。

（2）按机械制图的规定在选定的图纸上，绘出图框线及标题栏，具体尺寸按国家制图标准，图纸上所剩的空白图面即为绘图的有效面积。

（3）在图纸的有效面积内，妥善安排各个视图的位置，同时要考虑编写技术要求和零件明细表所需要的图面空间，如图5-1所示。

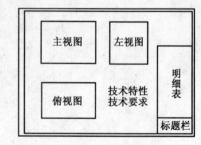

图 5-1 图面布局

## 5.2 减速器的视图绘制

减速器中绝大部分零件的结构及尺寸都是在视图绘制过程中决定的，所以装配工作图的设计必须综合考虑各个零件的强度、刚度、加工、装配、调整、润滑和密封等要求。由于装配图所涉及的内容较多，设计过程比较复杂，常常是通过边画图、边计算、边修改完成的。一般是先完成装配草图的设计。画装配草图时，可以不考虑线型，且零件的倒角、圆角、剖面线等均不必画出。对装配草图认真检查，修改无误后，再按照机械制图的标准完成正式的的装配工作图。

绘图时应从一个或两个最能反映零部件形状特征和相互位置的视图开始，齿轮减速器常选择俯视图，蜗杆减速器或蜗杆-圆柱齿轮减速器，常同时选择主视图和侧视图作为画图的开始。当这些视图画得差不多时，再辅以其他视图。

绘制装配草图时应先画主要零件，再绘制次要零件；先确定零件中心线和轮廓线，再设计结构细节；先绘制箱内零件，再逐步扩展到箱外零件，即画图的顺序是由内而外；先绘制俯视图，再兼顾其他几个视图。传动零件、轴和轴承是减速器的主要零件，其他零件的结构和尺寸随着这些零件而定。

在绘制装配草图时必须具备的技术资料和数据有：① 传动零件的主要尺寸数据，包括中心距、分度圆直径、齿顶圆直径、齿轮宽度等；② 传动零件的位置尺寸，包括传动零件之间的位置尺寸及传动零件距箱体内壁的尺寸；③ 估算最小轴径；④ 电动机的安装尺寸，包括轴外伸直径、外伸长度、中心高等；⑤ 减速器箱体的结构方案和尺寸；⑥ 确定联轴器的类型等。

本章主要以二级圆柱齿轮减速器设计为例，说明减速器装配草图的绘制。在此基础上，介绍一级圆锥齿轮减速器和蜗杆减速器装配草图的设计计算要点。

## 5.2.1 装配草图绘制的第一阶段

这一阶段的主要内容是：在选定箱体结构形式的基础上，确定各传动件之间及箱体内外壁的位置；根据轴的初估直径和轴上零件的装配和固定关系，进行阶梯轴的结构设计，确定轴承的型号和位置，找出轴承支点和轴系上作用力的作用点；对轴、轴承及键连接等进行校核计算。

画图顺序为①俯视图：中心线→传动零件轮廓线→箱体内壁→箱体外壁→轴承端盖凸缘 $e$ 的位置（当选择凸缘式轴承端盖）→轴承位置→轴的外伸段→轴结构草图；②主视图：以俯视图为基准，画出各个齿轮齿顶圆，根据低速轴大齿轮的齿顶圆确定箱体内壁和外壁。

### 1. 确定箱体内传动零件的轮廓及其相对位置

当圆柱齿轮减速器装配图设计时，一般先在主视图和俯视图位置画出齿轮的中心线，再根据齿轮直径和齿宽绘出齿轮轮廓位置。为了保证全齿宽接触，通常小齿轮比大齿轮宽 5～10 mm。当设计二级减速器时，中间轴上两个传动零件端面应留间距 $\Delta_4 \geqslant 8$～$12$ mm，如图5-2所示。同时，应注意大齿轮的齿顶不能与另一轴表面相碰，若互相干涉，则应重新分配传动比。另外，输入轴与输出轴上的齿轮最好布置在远离外伸轴端的位置，这样布置对齿轮轮齿的受载有好处。

### 2. 确定箱体内壁和外壁

为了避免传动件与箱体内壁干涉，传动件与箱体内壁之间应有一定距离，如大齿轮的齿顶圆与箱体内壁留有间隙 $\Delta_1$，小齿轮端面与箱体内壁的距离为 $\Delta_2$（$\Delta_1$、$\Delta_2$ 的值见图4-1至图4-5及表4-1）。高速级小齿轮齿顶圆处的箱体内壁线应由主视图来定，暂不画出。

轴承座孔外端面的位置由箱体的结构确定。当采用剖分式箱体时，轴承座的宽度 $L$ 由减速器箱盖、箱座连接螺栓的大小确定，即由螺栓扳手空间确定。一般轴承座宽度为 $L \geqslant \delta + C_1 + C_2 + (5$～$10)$mm，其中 $\delta$ 为箱体壁厚，$C_1$、$C_2$ 查表 4-1 确定。另外，轴承座孔外端面需要加工，为了减少加工面，凸台还需向外凸出 5～10 mm。在主视图中画出箱体右侧凸缘厚

度 $b$、$b_1$，箱座底板厚度 $\delta$，箱座底板加工面应凸出非加工面 5～8 mm，如图5-2 所示。$b$、$b_1$、$\delta$ 尺寸见表4-1。

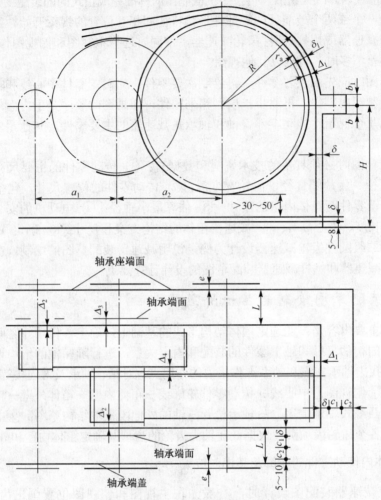

图 5-2  二级圆柱齿轮减速器装配草图（一）

### 3．箱座高度的确定

为了避免传动零件转动时将沉积在油池底部的污物搅起，造成齿面磨损，应使大齿轮齿顶距油池底面的距离不小于 30～50 mm，如图5-2所示。

### 4．确定轴承在轴承座孔中的位置

轴承在轴承座孔中的位置与轴承润滑方式有关。当采用箱体内润滑油润滑时，轴承外圈端面至箱体内壁的距离 $\Delta_3 = 3 \sim 5$ mm；当采用润滑脂润滑时，因要留出挡油环的位置，则 $\Delta_3 = 8 \sim 12$ mm，如图5-2所示。

### 5．轴的结构设计

减速器中的轴均为阶梯轴，轴的结构设计的任务是合理确定阶梯轴的形状和全部结构尺寸。有关阶梯轴的设计，"机械设计"课程教材中有详细的介绍，这里不再重复。至此，草图第一阶段的设计任务基本完成。完成后的俯视图草图如图5-3所示。

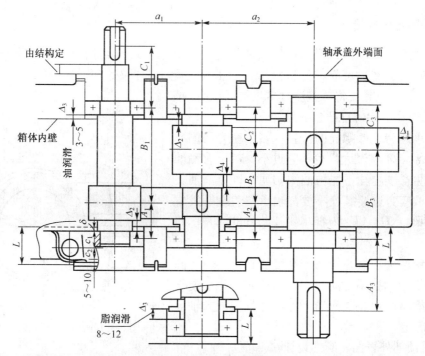

图 5-3　二级圆柱齿轮减速器装配草图（二）

在第一阶段的画图过程中必须随时注意以下两个问题：①零件是否得到可靠的定位和固定；②零件能否被顺利地进行装拆。

## 5.2.2　装配草图设计的第二阶段

本阶段的设计绘图工作是在主俯两个草图基础上逐渐完善的，三个视图同时进行，必要时可以增加局部视图。绘图时应按先箱体后附件、先主体后局部的顺序进行。画图顺序为①俯视图：在第一阶段绘图的基础上进一步完善轴系零件的结构设计、箱体外部形状、箱体结合面、箱座部分和其他相关部分；②主视图：在第一阶段绘图基础上由轴承端盖和轴承旁连接螺栓确定凸台、箱盖外轮廓尺寸、设计或选择减速器附件。

### 1．传动零件的结构设计

在减速器中，高速轴上的小齿轮尺寸一般比较小，通常设计成齿轮轴。一般圆柱齿轮当齿根圆与键槽底部的距离 $e \leqslant 2.5m_n$ 或锥齿轮小端齿根圆与键槽底部的距离 $e \leqslant 1.6m_n$ 时，应将齿轮与轴制成一体。不满足这一条件时，应该将齿轮与轴分开制造，而后装配。蜗杆通常与轴制成一体，蜗轮通常采用组合式结构。齿轮、蜗杆、蜗轮的详细结构和尺寸关系可参考第 3 章及"机械设计"课程教材。

### 2．滚动轴承的组合设计

减速器中的轴通常选用滚动轴承支承。当选择滚动轴承的类型时，应考虑轴承承受载荷的大小、方向、性质及轴的转速高低。一般直齿圆柱齿轮减速器优先考虑选用深沟球轴承；斜齿圆柱齿轮减速器可选用角接触球轴承，而对于载荷不平稳或载荷较大的斜齿圆柱齿轮减速器，宜选用圆锥滚子轴承。有关滚动轴承的组合设计可参考"机械设计"课程教材和本书的第 3 章。

### 3．减速器箱体的设计

箱体是减速器中结构和受力最复杂的零件。当对箱体进行结构设计时，首先要保证强度和刚度，同时考虑密封可靠、结构紧凑、加工和装配工艺性等方面的因素。箱体结构设计详见第 4 章 4.1 节，在此仅将一些注意事项加以说明。

1）轴承座旁连接螺栓凸台的设计

（1）轴承座旁连接螺栓的位置  轴承座旁两侧连接螺栓的距离 $s$ 不宜过大，也不宜过小。对于有输油沟的箱体，注意螺栓孔不能与油沟相通，以免漏油。同时注意轴承座旁连接螺栓不要与轴承端盖螺钉发生干涉，一般取 $s \approx D_2$（$D_2$ 为轴承座孔凸台外径），如图5-4所示。

（2）轴承座旁连接螺栓凸台高度的确定  凸台高度 $h$ 由连接螺栓的扳手空间 $C_1$ 和 $C_2$ 确定。为了便于制造，各轴承座凸台高度应当一致，并且按最大轴承座凸台高度确定。

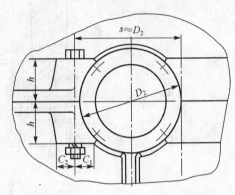

图 5-4　轴承座旁连接螺栓凸台的设计

2）箱盖顶部外表面轮廓的设计

对于铸造箱体，箱盖顶部一般为圆弧形。在大齿轮一侧，可以以轴心为圆心，以 $R$（大齿轮齿顶圆半径+$\Delta_1$+$\delta_1$）为半径画出圆弧，作为箱盖顶部的部分轮廓。一般情况下，大齿轮轴承座孔凸台均在此圆弧以内。当确定小齿轮端箱体外壁圆弧半径 $R$ 时，应使小齿轮端的轴承座旁连接螺栓凸台位于箱体外壁内侧，如图 5-5(a)所示，这种结构便于设计和制造，为此，应使 $R \geqslant R'$，从而定出小齿轮端箱体外壁和内壁的位置，再投影到俯视图中定出小齿轮齿顶一侧的箱体内壁。当然，也有使小齿轮的轴承座旁连接螺栓凸台位于圆弧以外的结构，这种结构的设计和绘图难度会大一些，如图5-5(b)所示。画出小齿轮、大齿轮两侧圆弧后，可画出两圆弧切线。这样，箱盖顶部轮廓就完全确定了。

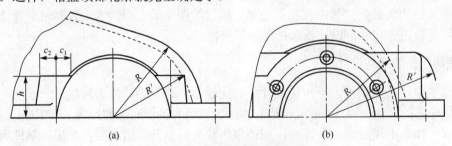

(a)　　　　　　　　　　　　　(b)

图 5-5　小齿轮端箱体内壁位置

3）箱体的加工工艺性要求

在设计铸造箱体时应考虑箱体的铸造工艺特点，要求形状尽量简单，易于造型和拔模，壁厚均匀，过渡平缓。

应尽量减小机械加工面积，以提高生产率；尽量减少工件和刀具的调整次数，以提高加工精度和节省工时，例如同一轴线的两轴承座孔，孔径最好一致；箱体中的机械加工面与非机械加工面必须从结构上严格区分，需要加工的箱体同侧的各轴承座应比不需要加工的箱体外表面凸出，且其凸出外端面应该处在同一平面上，以便于加工；与螺栓头部或螺母接触的局部表面应进行机械加工，可将这些部分设计成凸台或锪平的沉孔。

#### 4. 减速器附件的结构设计

减速器附件或附属结构包括视孔、视孔盖、通气器、放油孔和放油螺塞、油标、吊环螺钉、吊耳、吊钩、定位销、启盖螺钉等，有关减速器附件的选择和设计可参考第 4 章 4.2 节。

箱体及其附件设计完成后，减速器的装配草图就已初步画好。图 5-6 所示的是这一阶段设计的二级圆柱齿轮减速器装配草图。

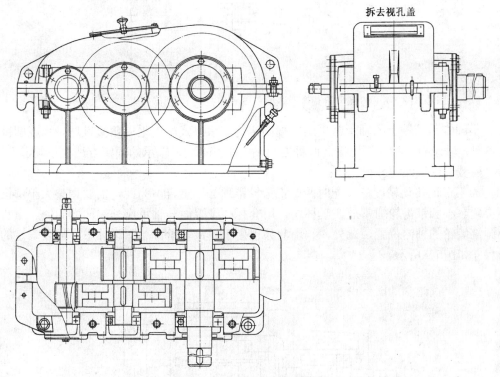

拆去视孔盖

图 5-6　二级圆柱齿轮减速器装配草图（三）

### 5.2.3　一级圆锥齿轮减速器装配草图设计要点

圆锥齿轮减速器装配草图的绘制步骤和方法与圆柱齿轮减速器基本相同，下面仅就其设计过程中的不同之处和设计要点进行简要说明。一级圆锥齿轮减速器装配草图（部分）绘制步骤如图 5-7 至图 5-9 所示，设计时应注意以下几点。

（1）圆锥齿轮减速器或圆锥与圆柱齿轮组合减速器箱体的结构与有关尺寸可查阅图 4-2 和表 4-1（及本书后面要介绍的图 7-14 至图 7-18）。在绘制草图初期，应先估算大锥齿轮轮毂宽度 $l$，一般初取 $l = (1.6 \sim 1.8)b$（$b$ 为齿宽），如图 5-7 所示。

（2）圆锥齿轮减速器一般以小圆锥齿轮中心线作为机体对称线，以利于加工和装配。小圆锥齿轮大多采用悬臂结构，两轴承支点距离为 $B_1$，如图 5-8 所示。为了保证刚度，$B_1$ 不宜太小，一般取 $B_1 = (2.5 \sim 3.0)d_2$，$d_2$ 为轴颈直径，悬臂段长度 $C_1 = 0.5B_1$。

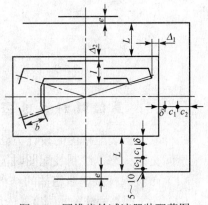

图 5-7　圆锥齿轮减速器装配草图
（俯视图）设计过程（一）

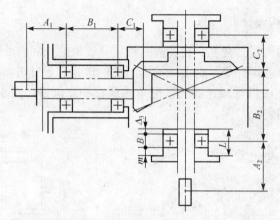

图 5-8　圆锥齿轮减速器装配草图（俯视图）设计过程（二）

（3）小圆锥齿轮轴上的轴承常采用两端固定的支承方式，当采用角接触球轴承或圆锥滚子轴承支承时，轴承有两种布置方案。两种方案轴的刚度不同，轴承的固定方法也不同，设计时，可参考"机械设计"课程教材。

（4）为了保证传动精度，装配时两个锥齿轮锥顶必须重合，为此，需要调整大小圆锥齿轮的轴向位置。小圆锥齿轮通常放在套杯内，用套杯凸缘端面与轴承座外端面之间的一组垫片来调节小圆锥齿轮的轴向位置，此外，利用套杯也便于固定轴承。草图设计中，需要确定的其他结构与尺寸如图5-9所示。

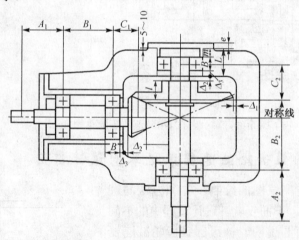

图 5-9　圆锥齿轮减速器装配草图(俯视图)设计过程（三）

### 5.2.4　单级蜗杆减速器装配草图设计要点

蜗杆减速器装配草图的设计方法和步骤与圆柱齿轮减速器基本相同。由于蜗杆和蜗轮的轴线呈空间交错状态，绘制装配图时需要将主视图和左视图同时绘出。

（1）单级蜗杆减速器箱体的结构尺寸由表 4-1 中经验公式确定。

（2）为了提高蜗杆轴的刚度，应尽量减小支点距离，因此箱体轴承座孔常伸到机座内部，内伸部分的长度由轴承外径或套杯外径 $D$ 的大小和位置确定，其端面 $A$ 的位置应保证蜗轮齿顶圆与轴承座保持 $\Delta_1 \geqslant 1.2\delta$，$\delta$ 为箱体壁厚。为了保证间隙 $\Delta_1$，常将轴承座内端面做成斜面，如图 5-10 所示。在设计轴承座时，其孔径应大于蜗杆的齿顶圆直径，否则蜗杆无法装入。

（3）蜗杆轴的支承结构形式有两种：①当蜗杆较短时（≤300 mm），可以采用两个支点固定的支承方式；②当蜗杆轴较长时，应采用一端固定、一端游动的支承方式，以防止轴承运转不灵活，甚至轴承卡死压坏，具体设计详见"机械设计"课程教材。

（4）蜗杆传动可采用蜗杆下置式或蜗杆上置式，对下置式蜗杆减速器，采用浸油润滑，蜗杆浸油深度为$(0.75\sim1)h$，$h$ 为蜗杆的全齿高，但不要超过轴承最低滚动体中心。如果由于这种限制而使蜗杆接触不到油面，当蜗杆圆周速度较高时，可在蜗杆轴上装置溅油轮，利用溅油轮飞溅的油来润滑传动件。对上置式蜗杆减速器，其轴承的润滑较困难，可采用脂润滑或刮油润滑。单级蜗杆减速器装配草图（部分）绘制步骤，如图5-11、图5-12 所示。

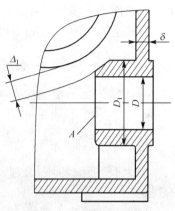

图 5-10 蜗杆轴承座结构

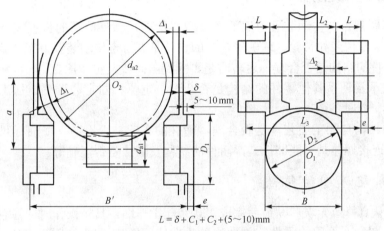

$$L = \delta + C_1 + C_2 + (5\sim10)\,\text{mm}$$

图 5-11 一级蜗杆减速器装配草图设计过程（一）

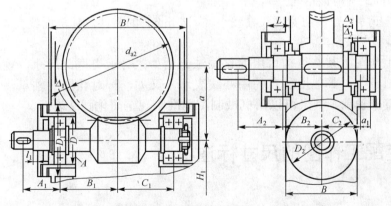

图 5-12 一级蜗杆减速器装配草图设计过程（二）

## 5.3 装配草图的检查与修改

经过前面几个阶段的设计，完成了装配草图。但草图上可能还存在不合理、不协调，甚至错误的地方。所以在画装配图前，一定要对草图进行认真检查，经检查、修改无误后，才可动手绘制装配图。装配图可以在装配草图的基础上按照制图的国家标准加工完成，也可重新画图。作为完整的装配图，还应标注出必要的尺寸、编写技术要求、零件序号、明细表和标题栏等。

### 5.3.1 装配草图的检查

减速器装配草图的检查次序应由主到次、先内后外、细致进行。检查的主要内容有如下几点。

**1. 制图方面**

（1）视图选择是否合理，视图间投影关系有无错误，视图表达是否清楚并符合制图标准的规定。

（2）齿轮啮合、螺纹连接、轴承及其他零件的视图表达是否符合制图标准的规定。

**2. 计算、结构及工艺方面**

（1）装配草图是否与传动装置方案简图一致。例如，轴外伸端的位置及结构尺寸是否符合设计要求。外接零件（如带轮、联轴器等）的设计是否符合传动装置方案的要求。

（2）传动零件的结构是否合理，运转时是否受到阻碍或发生碰撞。

（3）轴、轴承及轴系其他零件的结构是否合理，定位、固定、调整、加工、装拆、润滑及密封是否可靠和合理。

（4）箱体的结构与加工工艺性是否合理，附件的布置是否恰当，如油标尺是否拉得出、插得进，轴承旁连接螺栓是否能够拆装，附件的结构及画法是否正确等。

### 5.3.2 装配草图的修改

装配草图经认真修改无误后，最后完成正式装配工作图。具体操作时应注意下列几点。

（1）画剖视图时，不同的零件其剖面线的方向或间距应不同，而同一零件在几个视图上的剖面线方向和间距都应该相同。

（2）对于薄壁零件，剖面宽度尺寸较小（< 2 mm）的零件，其剖面线允许涂黑表示。但未剖到的垫片等不应该涂黑。

（3）装配工作图上某些结构可用简化画法。例如，对于类型、尺寸、规格相同的螺栓连接，可以只画一个，其他用各自的中心线表示。又如，一对相同的轴承，可以按结构要求画出一个完整的轴承，其余可以用机械制图标准中规定简化画法表示。

## 5.4 装配工作图的尺寸标注

装配图是组装各零件的依据，图上应标注的尺寸如下所示。

（1）规格、性能尺寸：表明机器或部件规格及性能的尺寸，如传动零件中心距及其偏差。

（2）外形尺寸：表明机器大小的尺寸，如减速器的总长度、总宽度和总高度。

（3）安装尺寸：表明机器在安装时，要与基础、机架或外接零件连接的尺寸，如箱体底座的尺寸（包括长、宽、厚）、地脚螺栓孔中心的定位尺寸、地脚螺栓孔的中心距和直径、减速器的中心高、主动轴与从动轴外伸端的配合长度和直径等。

（4）配合尺寸：表明主要零件的配合尺寸、配合性质和精度等级，一般用配合代号标注。

标注这些尺寸的同时应标出配合种类与精度等级。例如，轴与带轮、齿轮、联轴器、轴承的配合尺寸，轴承与轴承座孔的配合尺寸等。

## 5.5　装配工作图的配合标注

配合是基本尺寸相同的轴与孔之间相互结合的关系，国家标准规定了两种配合制：基孔制配合和基轴制配合。配合的种类有间隙配合、过盈配合和过渡配合，如表 5-1 所示。按照选择配合的原则，表 5-2 和表 5-3 分别列出了优先配合和减速器主要零件的荐用配合，供设计时参考。

表 5-1　配合种类及代号

| 基孔制（H） | 轴 | | | | | | | | | | | | | | | | | | | | | |
|---|---|---|---|---|---|---|---|---|---|---|---|---|---|---|---|---|---|---|---|---|---|---|
| | 间隙配合 | | | | | | | | 过渡配合 | | | | 过盈配合 | | | | | | | | | |
| | a | b | c | d | e | f | g | h | js | k | m | n | p | r | s | t | u | v | x | y | z |
| 基轴制（h） | 孔 | | | | | | | | | | | | | | | | | | | | | |
| | 间隙配合 | | | | | | | | 过渡配合 | | | | 过盈配合 | | | | | | | | | |
| | A | B | C | D | E | F | G | H | JS | K | M | N | P | R | S | T | U | V | X | Y | Z |

表 5-2　优先配合的特性及其应用

| 基孔制 | 基轴制 | 优先配合的特性及应用举例 |
|---|---|---|
| $\dfrac{H11}{c11}$ | $\dfrac{C11}{h11}$ | 间隙非常大，用于很松的、转动很慢的动配合；要求大公差与大间隙的外露组件；要求装配方便的、很松的配合 |
| $\dfrac{H9}{d9}$ | $\dfrac{D9}{h9}$ | 间隙很大的自由转动配合，用于精度非主要要求，有大的温度变动，高转速或大的轴颈压力时 |
| $\dfrac{H8}{f7}$ | $\dfrac{F8}{h7}$ | 间隙不大的转动配合，用于中等转速与中等轴颈压力的精确转动；也用于装配较易的中等定位配合 |
| $\dfrac{H7}{g6}$ | $\dfrac{G7}{h6}$ | 间隙很小的滑动配合，用于不希望自由旋转，但可自由移动并精密定位时；也可用于要求明确的定位配合 |
| $\dfrac{H7}{h6}$ | $\dfrac{H7}{h6}$ | 均为间隙定位配合，零件可自由装拆，而工作时一般相对静止不动。在最大实体条件下的间隙为零，在最小实体条件下的间隙由公差等级决定 |
| $\dfrac{H8}{h7}$ | $\dfrac{H8}{h7}$ | |
| $\dfrac{H9}{h9}$ | $\dfrac{H9}{h9}$ | |
| $\dfrac{H11}{h11}$ | $\dfrac{H11}{h11}$ | |
| $\dfrac{H7}{k6}$ | $\dfrac{H7}{h6}$ | 过渡配合，用于精密定位 |
| $\dfrac{H7}{n6}$ | $\dfrac{N7}{h6}$ | 过渡配合，允许有较大过盈的更精密定位 |
| $\dfrac{H7}{p6}$ | $\dfrac{P7}{h6}$ | 过盈定位配合，即小过盈配合。用于定位精度较高时，能以最好的定位精度达到部件的刚性及对中性要求，而对内孔承受压力无特殊要求，不依靠配合的紧固性传递摩擦负荷 |
| $\dfrac{H7}{s6}$ | $\dfrac{S7}{h6}$ | 中等压入配合，适用于一般钢件，或用于薄壁件的冷缩配合，用于铸铁件可得到最紧的配合 |
| $\dfrac{H7}{u6}$ | $\dfrac{U7}{h6}$ | 压入配合，适用于可以承受大压入力的零件，或不宜承受大压入力的冷缩配合 |

表 5-3　减速器主要零件的荐用配合

| 配合零件 | 推荐配合 | | 装拆方法 |
|---|---|---|---|
| 大中型减速器的低速级齿轮（蜗轮）与轴的配合，轮缘与轮芯的配合 | $\dfrac{H7}{r6}$ | $\dfrac{H7}{s6}$ | 用压力机或温差法（中等压力的配合，小过盈配合） |
| 一般齿轮、蜗轮、带轮、联轴器与轴的配合 | $\dfrac{H7}{r6}$ | | 用压力机（中等压力的配合） |
| 要求对中性良好及很少装拆的齿轮、蜗轮、联轴器与轴的配合 | $\dfrac{H7}{n6}$ | | 用压力机（较紧的过渡配合） |
| 小锥齿轮及较常装拆的齿轮、联轴器与轴的配合 | $\dfrac{H7}{m6}$ | $\dfrac{H7}{k6}$ | 手锤打入（过渡配合） |
| 滚动轴承内孔与轴的配合（内圈旋转） | j6（轻负荷）、k6、m6（中等负荷） | | 用压力机（实际为过盈配合） |
| 滚动轴承外圈与箱体孔的配合（外圈不转） | H7、H6（精度要求高时） | | 木锤或徒手装拆 |
| 轴承套环与箱体孔的配合 | $\dfrac{H7}{h6}$ | | |

## 5.6　零件的编号方法、明细表和标题栏

装配图中零件编号的表示应符合制图国家标准的规定。序号按顺时针或逆时针方向依次排列整齐，编号的数字高度应比图中所注尺寸数字的高度大一号。零件编号要完全，不能遗漏和重复，图上相同零件只能有一个编号。零件编号方法可以采用不区分标准件和非标准件的方法，统一编号；也可以把标准件和非标准件分开，分别编号。由几个零件组成的独立组件（如滚动轴承、通气器等）可作为一个零件编号。对装配关系清楚的零件组（如螺栓、螺母及垫片）可利用公共引线，如图5-13所示。

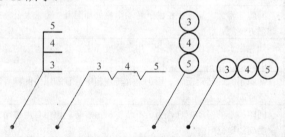

图 5-13　公共引线编号方法

标题栏用来说明减速器的名称、图号、比例、重量和件数等信息，应布置在图纸的右下角。零件明细表是减速器所有零件的详细目录，明细表的填写一般是由下而上，对每一个编号的零件都应该按序号顺序在明细表中列出。对于标准件，必须按照规定标记，完整地写出零件名称、材料、规格及标准代号。

装配图标题栏和零件明细表可采用国家标准或行业企业标准（GB10609.1—1989 和 GB10609.2—1989）规定的格式，也可采用附录 A 中图 A-1 和图 A-4 所示的课程设计推荐格式。

## 5.7　装配工作图的技术要求与技术特性标注

### 5.7.1　编写技术要求

制订技术要求的目的是为了保证减速器的工作性能，主要包括以下内容。

### 1．对零件的要求

在装配前，应按照图纸检验零件的配合尺寸，零件合格后才能装配。所有零件要用煤油或汽油清洗，机体内不许有任何杂物存在。机体内壁应涂上防侵蚀的涂料。

### 2．对润滑剂的要求

对传动零件及轴承所用的润滑剂，其牌号、用量、补充及更换时间都要标明。传动零件和轴承所用润滑剂的选择方法参见"机械设计"课程教材有关章节。换油时间一般为半年。

### 3．对密封的要求

机器运转过程中，所有连接面及外伸轴段处都不允许漏油；剖分面上允许涂密封胶或水玻璃，但不允许使用任何垫片或填料；外伸轴段处应加装密封元件。

### 4．对安装调整的要求

安装滚动轴承时，要保证适当的轴向游隙；安装齿轮或蜗轮时，必须保证需要的传动侧隙。有关数据均应标注在技术要求中，供装配时检测用。

### 5．对试验的要求

减速器装配好后应先进行空载试验。空载试验为正反转各 1 小时，要求运转平稳，噪声低，连接固定处不得松动。进行负载试验时，油池温升不得超过 35℃，轴承温升不得超过 40℃。

### 6．对包装、运输及外观的要求

对外伸轴段及其配合零件部分需要涂油并包装严密，机体表面应涂漆，运输及装卸不可倒置等。一般在编写技术要求时，可参考有关图纸或资料。

## 5.7.2　装配工作图的技术特性标注

在装配工作图上的适当位置列表写出减速器的技术特性，对于二级减速器，其内容及格式见表 5-4。

表 5-4　减速器技术特性表

| 输入功率 /kW | 输入转速 /(r/min) | 效率 $\eta$ | 总传动比 $i$ | 传动特性 | | | | | | | |
|---|---|---|---|---|---|---|---|---|---|---|---|
| | | | | 第一级 | | | | 第二级 | | | |
| | | | | $m_n$ | $\dfrac{z_2}{z_1}$ | $\beta_1$ | 精度等级 | $m_n$ | $\dfrac{z_4}{z_3}$ | $\beta_3$ | 精度等级 |
| | | | | | | | | | | | |

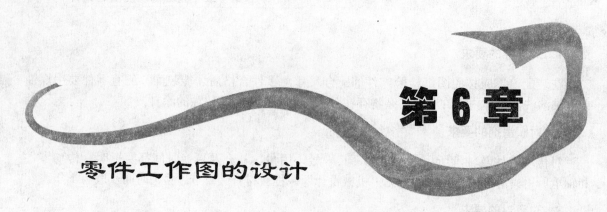

# 第6章

## 零件工作图的设计

零件工作图是零件制造、检验和制订工艺规程的基本技术文件，因此，要把装配图中的各个零件制造出来（除标准件外），还必须绘制出零件的工作图。合理设计和正确绘制零件工作图也是设计过程中的一个重要环节，只有完成零件工作图的绘制，制造产品所需的设计图纸才算齐备。它既要根据装配图表明设计要求，又要考虑制造的可能性和合理性。

在机械设计课程设计中，通过对零件图的绘制，培养学生掌握零件工作图设计的内容、要求和绘制的一般方法。由于受课程设计时间所限，通常指导老师指定绘制 1～3 个典型零件的零件工作图便可。

## 6.1　零件工作图的视图选择与图面布局

零件工作图必须根据机械制图中规定的画法并以较少的视图和剖视合理布置图面，每个零件必须单独绘制在一个标准的零件工作图中，要能清楚地表达零件内、外部的结构形状，并使视图的数量最少。在绘图时，应尽量采用 1:1 的比例尺，使绘制出的零件工作图具有真实感，对于较大或较小的零件可采用其他比例尺；对于特殊的细部结构，可选择局部视图，或放大绘制。在视图中所表达的零件结构形状，应与装配工作图一致，不得随意更改。如需改动，则装配工作图也要进行相应的修改。

标注尺寸时，要认真分析设计要求和零件的制造工艺，正确选择好基准面，做到尺寸齐全，标注合理、清楚，不遗漏、不重复，数字准确无差错。多数尺寸应标注在最能反映零件特征的视图上，对要求精确的几何尺寸和配合尺寸，应标注出尺寸的极限偏差。另外，有一些尺寸应以设计计算为准，例如齿轮的几何尺寸等。零件工作图上的自由尺寸应加以圆整。

零件的所有表面都应注明表面粗糙度值，以便于制订加工工艺。在不影响正常工作的条件下应尽量选用数值较大的粗糙度值，以便于加工。如果较多的表面具有相同的表面粗糙度数值，为了简便起见可集中标注在图纸的右上角，并加"其余"字样。

几何公差是评定零件质量的重要指标之一，零件工作图上要标注必要的几何公差。配合尺寸及精度要求较高的尺寸（如轴孔配合尺寸、键连接配合尺寸等）均应标注尺寸的极限偏差，并根据不同要求标注零件的几何公差，自由尺寸的公差一般可不标注。

此外，在零件工作图上还要提出必要的技术要求。这里的技术要求是指对于不便在图上用图形或符号标注，而又是制造中应明确的内容，可用文字在技术要求中说明。它的内容比较广泛多样，需要视零件的要求而定。技术要求一般包括：对材料的机械性能和化学成分的要求；对铸锻件及其他毛坯件的要求，如时效处理、去毛刺等要求；对零件的热处理方法及热处理后硬度的要求；对加工的要求，如配钻、配铰等；对未注圆角、倒角的要求；其他特殊要求，如对大型或高速齿轮的平衡实验要求等。有关轴、齿轮，箱体等零件应标注的技术要求，详见以下各节。

## 6.2　轴类零件工作图的绘制

根据轴类零件的结构特点，轴类零件的工作图，一般只需要一个主视图，在有键槽和孔的地方，可增加必要的局部剖面。对于退刀槽、中心孔等细小结构，必要时应绘制局部放大图，以便确切地表达出形状并标注尺寸。由于轴类零件大多都是回转体，因此主要是标注直径和轴向长度尺寸。标注尺寸时，应特别注意有配合关系的部分。标注长度尺寸时首先应选取好基准面，并尽量使尺寸的标注反映加工工艺要求，不允许出现封闭的尺寸链，避免给机械加工造成困难。

轴类零件工作图有以下几处需要标注尺寸公差：安装传动零件、轴承、密封装置，以及其他回转体处轴段的直径公差；键槽的尺寸公差；在减速器中一般不进行尺寸链的计算，不必标注长度公差。在轴的零件工作图上，应标注必要的几何公差，以保证减速器的装配质量及工作性能。此外，还应标注表面粗糙度、技术要求等。

## 6.3　齿轮类零件工作图的绘制

齿轮类零件包括齿轮、蜗杆和蜗轮等。这类零件的工作图中除了零件图形和技术要求外，还应有啮合特性表。要求齿顶圆和齿顶线用粗实线绘制；分度圆、分度线用点划线绘制。齿根圆和齿根线要用细实线绘制，可省略不画；在剖视图中，齿根线用粗实线绘制。在剖视图中，当剖切平面通过齿轮的轴线时，轮齿一律按不剖处理。如需表明齿形，可在图形中用粗实线画出一个或两个齿，或用适当比例的局部放大图表示。

圆柱齿轮零件图，一般用两个视图表达。将齿轮轴线横置，采用全剖或半剖画出齿轮零件的主视图，其侧视图可以全画，也可以画成局部视图，只表达出轴孔和键槽的形状和尺寸。若为斜齿圆柱齿轮，应在图中用三条与齿线方向一致的细实线表示其螺旋方向。齿轮轴的视图与轴类零件相似。锥齿轮的视图选择与圆柱齿轮相似，蜗杆工作图的视图选择与齿轮轴的工作图相似。齿轮的精度应根据传动的用途、使用条件、传动的功率、圆周速度及其他技术要求决定。

### 1. 渐开线圆柱齿轮精度

1）精度等级

国家标准（GB/T10095.1—2001）对单个齿轮规定了 13 个精度等级，其中 0 级最高，12 级最低；5 级精度是 13 个精度等级的基础，它是制订精度标准时各项偏差的公差计算式的精度等级。

2）允许值和极限偏差

齿轮的精度等级是通过实测的误差值或偏差值与标准规定的允许值或极限偏差进行比较后确定的。

3）参数范围

国家标准的尺寸参数划分越细越有利于齿轮产品质量的控制。齿轮参数的分段标准如表6-1所示。

表 6-1　齿轮参数分段

| 尺寸参数 | 代号 | 参数分段 |
|---|---|---|
| 分度圆直径 | $d$ | 5/20/50/125/280/560/1000/1600/2500/4000/6000/8000/10000 |
| 法向模数 | $m_n$ | 0.5/2/3.5/6/10/16/25/40/70 |
| 齿宽 | $b$ | 4/10/20/40/80/160/250/400/650/1000 |

4）有效性

在齿轮零件工作图中，如果所要求的齿轮精度规定为某一等级，而无其他规定，则齿轮的左右齿面的齿距偏差（$f_{pt}$、$F_p$、$F_{pk}$）、齿廓偏差（$F_\alpha$、$f_{f\alpha}$、$f_{H\alpha}$）、螺旋线偏差（$F_\beta$、$f_{t\beta}$、$f_{H\beta}$）的允许值均按该精度等级计算。

5）齿轮精度的标注

国标规定，在技术文件（齿轮工作图等）中描述齿轮等级时，需要注明所采用的标准号。关于齿轮精度等级和齿厚偏差的标注均未具体规定，建议按如下方式标注。

若齿轮的检验项目同为一个精度等级，则标注精度等级和标准号，如7GB/T10095.1—2001；若齿轮的检验项目、要求的精度等级不同，如齿距累积总偏差为 7 级，齿廓总偏差和螺旋线总偏差均为6级，则标注成7$F_p$、6($F_\alpha$、$F_\beta$)GB/T10095.1—2001。各项偏差值见表6-2、表6-3。

表 6-2　$F_\beta$、$f_{t\beta}$、$f_{H\beta}$ 偏差允许值（摘自 GB/T10095.1—2001）　　　　　μm

| 分度圆直径 $d$/mm | 偏差项目　精度等级　齿宽 $b$/mm | 螺旋线总公差 $F_\beta$ | | | | 螺旋线形状总公差 $F_{t\beta}$ 和 $f_{H\beta}$ | | | |
|---|---|---|---|---|---|---|---|---|---|
| | | 5 | 6 | 7 | 8 | 5 | 6 | 7 | 8 |
| ≥5~20 | ≥4~10 | 6.0 | 8.5 | 12 | 17 | 4.4 | 6.0 | 8.5 | 12 |
| | >10~20 | 7.0 | 9.5 | 14 | 19 | 4.9 | 7.0 | 10 | 14 |
| >20~50 | ≥4~10 | 6.5 | 9.0 | 13 | 18 | 4.5 | 6.5 | 9.0 | 13 |
| | >10~20 | 7.0 | 10 | 14 | 20 | 5.0 | 7.0 | 10 | 14 |
| | >20~40 | 8.0 | 11 | 16 | 23 | 6.0 | 8.0 | 12 | 16 |
| >50~125 | ≥4~10 | 6.5 | 9.5 | 13 | 19 | 4.8 | 6.5 | 9.5 | 13 |
| | >10~20 | 7.5 | 11 | 15 | 21 | 5.5 | 7.5 | 11 | 15 |
| | >20~40 | 8.5 | 12 | 17 | 24 | 6.0 | 8.0 | 12 | 17 |
| | >40~80 | 10 | 14 | 20 | 28 | 7.0 | 10 | 14 | 20 |
| >125~280 | ≥4~10 | 7.0 | 10 | 14 | 20 | 5.0 | 7.0 | 10 | 14 |
| | >10~20 | 8.0 | 11 | 16 | 22 | 5.5 | 8.0 | 11 | 16 |
| | >20~40 | 9.0 | 13 | 18 | 25 | 6.5 | 9.0 | 13 | 18 |
| | >40~80 | 10 | 15 | 21 | 29 | 7.5 | 10 | 15 | 21 |
| | >80~160 | 12 | 17 | 25 | 35 | 8.5 | 12 | 17 | 25 |
| >280~560 | ≥10~20 | 8.5 | 12 | 17 | 24 | 6.0 | 8.5 | 12 | 17 |
| | >20~40 | 9.5 | 13 | 19 | 27 | 7.0 | 9.5 | 14 | 19 |
| | >40~80 | 11 | 15 | 22 | 31 | 8.0 | 11 | 16 | 22 |
| | >80~160 | 13 | 18 | 16 | 36 | 9.0 | 13 | 18 | 26 |
| | >160~250 | 15 | 21 | 30 | 43 | 11 | 15 | 22 | 30 |

表 6-3　$F_{Pt}$、$F_P$、$F_a$、$f_{fa}$、$f_{Ha}$、$f_r$ 偏差允许值（摘自 GB/T10095.1—2001）　　　μm

| 分度圆直径 d/mm | 偏差项目 精度等级 $m_n$/mm | 单个齿侧极限偏差±$F_{Pt}$ | | | | 齿距累计总公差 $F_P$ | | | | 齿廓总公差 $F_a$ | | | |
|---|---|---|---|---|---|---|---|---|---|---|---|---|---|
| | | 5 | 6 | 7 | 8 | 5 | 6 | 7 | 8 | 5 | 6 | 7 | 8 |
| ≥5~20 | ≥0.5~2 | 4.7 | 6.5 | 9.5 | 13 | 11 | 16 | 23 | 32 | 4.6 | 6.5 | 9.0 | 13 |
| | >2~3.5 | 5.0 | 7.5 | 10 | 15 | 12 | 17 | 23 | 33 | 6.5 | 9.5 | 13 | 19 |
| >20~50 | ≥0.5~2 | 5.0 | 7.0 | 10 | 14 | 14 | 20 | 29 | 41 | 5.0 | 7.5 | 10 | 15 |
| | >2~3.5 | 5.5 | 7.5 | 11 | 15 | 15 | 21 | 30 | 42 | 7.0 | 10 | 14 | 20 |
| | >3.5~6 | 6.0 | 8.5 | 12 | 17 | 15 | 22 | 31 | 44 | 9.0 | 12 | 18 | 25 |
| >50~125 | ≥0.5~2 | 5.5 | 7.5 | 11 | 15 | 18 | 26 | 37 | 52 | 6.0 | 8.5 | 12 | 17 |
| | >2~3.5 | 6.0 | 8.5 | 12 | 17 | 19 | 27 | 38 | 53 | 8.0 | 11 | 16 | 22 |
| | >3.5~6 | 6.5 | 9.0 | 13 | 18 | 19 | 28 | 39 | 55 | 9.0 | 13 | 19 | 27 |
| >125~280 | ≥0.5~2 | 6.0 | 8.5 | 12 | 17 | 24 | 35 | 49 | 69 | 7.0 | 10 | 14 | 20 |
| | >2~3.5 | 6.5 | 9.0 | 13 | 18 | 25 | 35 | 50 | 70 | 9.0 | 13 | 18 | 25 |
| | >3.5~6 | 7.0 | 10 | 14 | 20 | 25 | 36 | 51 | 72 | 11 | 15 | 21 | 30 |
| >280~560 | ≥0.5~2 | 6.5 | 9.5 | 13 | 19 | 32 | 46 | 64 | 91 | 8.5 | 12 | 17 | 23 |
| | >2~3.5 | 7.0 | 10 | 14 | 20 | 33 | 46 | 65 | 92 | 10 | 15 | 21 | 29 |
| | >3.5~6 | 8.0 | 11 | 16 | 22 | 33 | 47 | 66 | 94 | 12 | 17 | 24 | 34 |
| ≥5~20 | ≥0.5~2 | 3.5 | 5.0 | 7.0 | 10 | 2.9 | 4.2 | 6.0 | 8.5 | 9.0 | 13 | 18 | 25 |
| | >2~3.5 | 5.0 | 7.0 | 10 | 14 | 4.2 | 6.0 | 8.5 | 12 | 9.5 | 13 | 19 | 27 |
| >20~50 | ≥0.5~2 | 4.0 | 5.5 | 8.0 | 11 | 3.3 | 4.6 | 6.5 | 9.5 | 11 | 16 | 23 | 32 |
| | >2~3.5 | 5.5 | 8.0 | 11 | 16 | 4.5 | 6.5 | 9.0 | 13 | 12 | 17 | 24 | 34 |
| | >3.5~6 | 7.0 | 9.5 | 14 | 19 | 5.5 | 8.0 | 11 | 16 | 12 | 17 | 24 | 35 |
| >50~125 | ≥0.5~2 | 4.5 | 6.5 | 9.0 | 13 | 3.7 | 5.5 | 7.5 | 11 | 15 | 21 | 29 | 42 |
| | >2~3.5 | 6.0 | 8.5 | 12 | 17 | 5.0 | 7.0 | 10 | 15 | 15 | 21 | 30 | 43 |
| | >3.5~6 | 7.5 | 10 | 15 | 21 | 6.0 | 8.5 | 12 | 17 | 16 | 22 | 31 | 44 |
| >125~280 | ≥0.5~2 | 5.5 | 7.5 | 11 | 15 | 4.4 | 6.0 | 9.0 | 12 | 20 | 28 | 39 | 55 |
| | >2~3.5 | 7.0 | 9.5 | 14 | 19 | 5.5 | 8.0 | 11 | 16 | 20 | 28 | 40 | 56 |
| | >3.5~6 | 8.0 | 12 | 16 | 23 | 6.5 | 9.5 | 13 | 19 | 20 | 29 | 41 | 58 |
| >280~560 | ≥0.5~2 | 6.5 | 9.0 | 13 | 19 | 5.5 | 7.5 | 11 | 15 | 26 | 36 | 51 | 73 |
| | >2~3.5 | 8.0 | 11 | 16 | 22 | 6.5 | 9.0 | 13 | 18 | 26 | 37 | 52 | 74 |
| | >3.5~6 | 9.0 | 13 | 18 | 26 | 7.5 | 11 | 15 | 21 | 27 | 38 | 53 | 75 |

6）中心距极限偏差

作为高速传动的齿轮副，中心距偏差的大小直接影响到齿侧间隙，影响到传动的质量。为了方便设计与安装，中心距应允许有适当偏差。在此，中心距的极限偏差 $f_a$ 仍沿用 GB10095.1—2001 标准，其值可查表 6-4。

表 6-4　中心距极限偏差±$f_a$　　　μm

| 中心距 a | | 精度等级 1~2 | 3~4 | 5~6 | 7~8 | 9~10 | 11~12 |
|---|---|---|---|---|---|---|---|
| 大于6 | 到10 | 2 | 4.5 | 7.5 | 11 | 18 | 45 |
| 10 | 18 | 2.5 | 5.5 | 9 | 13.5 | 21.5 | 55 |
| 18 | 30 | 3 | 6.5 | 10.5 | 16.5 | 26 | 65 |
| 30 | 50 | 3.5 | 8 | 12.5 | 19.5 | 31 | 80 |
| 50 | 80 | 4 | 9.5 | 15 | 28 | 37 | 990 |
| 80 | 120 | 5 | 11 | 17.5 | 27 | 43.5 | 110 |

（续表）

| 中心距 *a* 精度等级 | | 1~2 | 3~4 | 5~6 | 7~8 | 9~10 | 11~12 |
|---|---|---|---|---|---|---|---|
| 120 | 180 | 6 | 12.5 | 20 | 31.5 | 50 | 125 |
| 180 | 250 | 7 | 14.5 | 23 | 36 | 57.5 | 145 |
| 250 | 315 | 8 | 16 | 26 | 19.5 | 65 | 160 |
| 315 | 400 | 9 | 18 | 28.5 | 44.5 | 70 | 180 |
| 400 | 500 | 10 | 20 | 31.5 | 18.5 | 77.5 | 200 |
| 500 | 630 | 11 | 22 | 35 | 55 | 87 | 220 |
| 630 | 800 | 12.5 | 25 | 40 | 62 | 100 | 250 |
| 800 | 1000 | 14.5 | 28 | 45 | 70 | 115 | 280 |
| 1000 | 1250 | 17 | 33 | 52 | 82 | 130 | 330 |

注：本表摘自 GB/T10095.1—2001，表中齿轮精度等级为齿轮第 II 公差组的精度等级。

7）侧隙及齿厚公差标注

（1）侧隙　侧隙可以在法平面上或沿啮合线测量。静态时，必须有足够的侧隙，以保证齿轮工作条件下由于摩擦发热膨胀后仍有侧隙存在，而侧隙主要是靠齿厚偏差保证。对于中、大模数钢制齿轮传动，在工作圆周速度 $v \leqslant 15$ m/s 时推荐的最小侧隙如表 6-5 所示。

表 6-5　中、大模数齿轮最小侧隙 $j_{bnmin}$ 的推荐值　　　　　　mm

| 模数 $m_n$ | 最小中心距 *a* | | | | | |
|---|---|---|---|---|---|---|
| | 50 | 100 | 200 | 400 | 800 | 1600 |
| 1.5 | 0.09 | 0.11 | — | — | — | — |
| 2 | 0.10 | 0.12 | 0.15 | — | — | — |
| 3 | 0.12 | 0.14 | 0.17 | 0.24 | — | — |
| 5 | — | 0.18 | 0.21 | 0.28 | — | — |
| 8 | — | 0.24 | 0.27 | 0.34 | 0.47 | — |
| 12 | — | — | 0.35 | 0.42 | 0.55 | — |
| 18 | — | — | — | 0.54 | 0.67 | 0.94 |

（2）齿厚偏差及标注　为了保证齿轮传动的侧隙要求，需要检验齿厚极限偏差，而实际生产中常用检验公法线平均长度偏差来代替齿厚偏差的检验。

① 偏差代号　测量齿厚时，其上偏差为 $E_{ss}$，下偏差为 $E_{si}$。测量公法线长度时，其平均长度上偏差为 $E_{wms}$，下偏差为 $E_{nmi}$。齿厚上偏差 $E_{ss}$ 主要取决于侧隙，基本与齿轮精度无关。

② 公法线平均长度偏差　齿厚改变时，齿轮的公法线长度也随之改变，可以通过测量公法线长度来控制齿厚。公法线长度测量方法简单，测量精度较高。

③ 齿厚公差 $T_s$　齿厚公差 $T_s$ 可按下式计算：

$$T_s = \sqrt{F_r^2 + b_r^2} \times 2\tan\alpha_n$$

式中，$b_r$ 为切齿径向进刀公差，可查表 6-6；$F_r$ 为径向跳动公差，可查表 6-7；$\alpha_n$ 为齿轮法面压力角。

表 6-6　切齿径向进刀公差

| 齿轮精度等级 | 4 | 5 | 6 | 7 | 8 | 9 | 10 |
|---|---|---|---|---|---|---|---|
| $b_r$ | 1.26IT7 | IT8 | 1.26IT8 | IT9 | 1.26IT9 | IT10 | 1.26IT10 |

④ 偏差标注　齿厚（公法线平均长度）的极限偏差，是直接将偏差值标注在公称值的右侧上、下角。

8）齿轮精度检验项目

从表 6-4 中可知，单个齿轮精度检测的项目有若干种。国家标准明确指出，各项偏差并不是都必须检验的项目，可根据工作条件和使用者要求抽项检验。GB/T10095.1—2001 或 GB/T10095.2—2001 中，也没有明确规定齿轮偏差的检验组，根据目前我国齿轮生产的质量控制水平，可以在下述（推荐）检验组中选取一个检验组来评定齿轮的精度等级。

（1）$F_p$、$F_\alpha$、$F_\beta$；

（2）$F_p$、$F_{pk}$、$F_\alpha$、$F_\beta$、$f_{pt}$；

（3）$F_p$、$f_{pt}$、$F_\alpha$、$F_\beta$；

（4）$F_i'$（一齿径向综合公差）、$f_i''$（径向综合总公差）、$F_\beta$；

（5）$f_{pt}$、$F_r$（用于 10～12 等级精度）。

另外，依据国内齿轮生产水平的现状，工序间的质量控制检验项目，仍然可以采用径向跳动 $F_r$（见表 6-7）和公法线长度变动公差 $F_w$ 进行检测（见表 6-8）。

表 6-7　齿轮径向跳动公差 $F_r$　　　　　　　　μm

| 分度圆直径 d<br>mm | 法面模数 $m_n$<br>mm | 精度等级 | | | | | | | | | | | | |
|---|---|---|---|---|---|---|---|---|---|---|---|---|---|
| | | 0 | 1 | 2 | 3 | 4 | 5 | 6 | 7 | 8 | 9 | 10 | 11 | 12 |
| 20<d≤50 | 0.5≤m≤2 | 2.0 | 3.0 | 4.0 | 5.5 | 8.0 | 11 | 16 | 23 | 32 | 46 | 65 | 92 | 130 |
| | 2<m≤3.5 | 2.0 | 3.0 | 4.0 | 6.0 | 8.5 | 12 | 17 | 24 | 34 | 47 | 67 | 95 | 134 |
| | 3.5<m≤6 | 2.0 | 3.0 | 4.5 | 6.0 | 8.5 | 12 | 17 | 25 | 35 | 49 | 70 | 99 | 139 |
| | 6<m≤10 | 2.5 | 3.5 | 4.5 | 6.5 | 9.5 | 13 | 19 | 26 | 37 | 52 | 74 | 105 | 148 |
| 50<d≤125 | 0.5≤m≤2 | 2.5 | 3.5 | 5.0 | 7.5 | 10 | 15 | 21 | 29 | 42 | 59 | 83 | 118 | 167 |
| | 2<m≤3.5 | 2.5 | 4.0 | 5.5 | 7.5 | 11 | 15 | 21 | 30 | 43 | 61 | 86 | 121 | 171 |
| | 3.5<m≤6 | 3.0 | 4.0 | 5.5 | 8.0 | 11 | 16 | 22 | 31 | 44 | 62 | 88 | 125 | 176 |
| | 6<m≤10 | 3.0 | 4.0 | 6.0 | 8.0 | 12 | 16 | 23 | 33 | 46 | 65 | 92 | 131 | 185 |
| | 10<m≤16 | 3.0 | 4.5 | 6.0 | 9.0 | 12 | 18 | 24 | 35 | 50 | 70 | 99 | 140 | 198 |
| | 16<m≤25 | 3.5 | 5.0 | 7.0 | 9.5 | 14 | 19 | 27 | 39 | 55 | 77 | 109 | 154 | 218 |
| 125<d≤280 | 0.5≤m≤2 | 3.5 | 5.0 | 7.0 | 10 | 14 | 20 | 28 | 39 | 55 | 78 | 110 | 156 | 221 |
| | 2<m≤3.5 | 3.5 | 5.0 | 7.0 | 10 | 14 | 20 | 28 | 40 | 56 | 80 | 113 | 159 | 225 |
| | 3.5<m≤6 | 3.5 | 5.0 | 7.0 | 10 | 14 | 20 | 29 | 41 | 58 | 82 | 115 | 163 | 231 |
| | 6<m≤10 | 3.5 | 5.5 | 7.5 | 11 | 15 | 21 | 30 | 42 | 60 | 85 | 120 | 169 | 239 |
| | 10<m≤16 | 4.0 | 5.5 | 8.0 | 11 | 16 | 22 | 32 | 45 | 63 | 89 | 126 | 179 | 252 |
| | 16<m≤25 | 4.5 | 6.0 | 8.5 | 12 | 17 | 24 | 34 | 48 | 68 | 96 | 136 | 193 | 272 |
| | 25<m≤40 | 4.5 | 6.5 | 9.5 | 13 | 19 | 27 | 38 | 54 | 76 | 107 | 152 | 215 | 304 |
| 280<d≤560 | 0.5≤m≤2 | 4.5 | 6.5 | 9.0 | 13 | 18 | 26 | 36 | 51 | 73 | 103 | 146 | 206 | 291 |
| | 2<m≤3.5 | 4.5 | 6.5 | 9.0 | 13 | 18 | 26 | 37 | 52 | 74 | 105 | 148 | 209 | 296 |
| | 3.5<m≤6 | 4.5 | 6.5 | 9.5 | 13 | 19 | 27 | 38 | 53 | 75 | 106 | 150 | 213 | 301 |
| | 6<m≤10 | 5.0 | 7.0 | 9.5 | 14 | 19 | 27 | 39 | 55 | 77 | 109 | 155 | 219 | 310 |
| | 10<m≤16 | 5.0 | 7.0 | 10 | 14 | 20 | 29 | 40 | 57 | 81 | 114 | 161 | 228 | 323 |
| | 16<m≤25 | 5.5 | 7.5 | 11 | 15 | 21 | 30 | 43 | 61 | 86 | 121 | 171 | 242 | 343 |

（续表）

| 分度圆直径 $d$ | 法面模数 $m_n$ | 精度等级 | | | | | | | | | | | | |
|---|---|---|---|---|---|---|---|---|---|---|---|---|---|---|
| mm | mm | 0 | 1 | 2 | 3 | 4 | 5 | 6 | 7 | 8 | 9 | 10 | 11 | 12 |
| 280<$d$≤560 | 25<$m$≤40 | 6.0 | 8.5 | 12 | 17 | 23 | 33 | 47 | 66 | 94 | 132 | 187 | 265 | 374 |
| | 40<$m$≤70 | 7.0 | 9.5 | 14 | 19 | 27 | 38 | 54 | 76 | 108 | 153 | 216 | 306 | 432 |
| 560<$d$≤1000 | 0.5<$m$≤2 | 6.0 | 8.5 | 12 | 17 | 23 | 33 | 47 | 66 | 94 | 133 | 188 | 266 | 376 |
| | 2<$m$≤3.5 | 6.0 | 8.5 | 12 | 17 | 24 | 34 | 48 | 67 | 95 | 134 | 190 | 269 | 380 |
| | 3.5<$m$≤6 | 6.0 | 8.5 | 12 | 17 | 24 | 34 | 48 | 68 | 96 | 136 | 193 | 272 | 385 |
| | 6<$m$≤10 | 6.0 | 8.5 | 12 | 17 | 25 | 35 | 49 | 70 | 98 | 139 | 197 | 279 | 394 |
| | 10<$m$≤16 | 6.5 | 9.0 | 13 | 18 | 25 | 36 | 51 | 72 | 102 | 144 | 204 | 288 | 407 |
| | 16<$m$≤25 | 6.5 | 9.5 | 13 | 19 | 27 | 38 | 53 | 76 | 107 | 151 | 214 | 302 | 427 |
| | 25<$m$≤40 | 7.0 | 10 | 14 | 20 | 29 | 41 | 57 | 81 | 115 | 162 | 229 | 324 | 459 |
| | 40<$m$≤70 | 8.0 | 11 | 16 | 23 | 32 | 46 | 65 | 91 | 129 | 183 | 258 | 365 | 517 |
| 1000<$d$≤1600 | 2≤$m$≤3.5 | 7.5 | 10 | 15 | 21 | 30 | 42 | 59 | 84 | 118 | 167 | 236 | 334 | 473 |

表 6-8  公法线长度变动公差 $F_W$ 值　　　　　　　　　　　　　　μm

| 分度圆直径 $d$ | 精度等级 | | | | | | |
|---|---|---|---|---|---|---|---|
| mm | 4 | 5 | 6 | 7 | 8 | 9 | 10 |
| ≥5~20 | 7.3 | 10 | 14 | 20 | 29 | 41 | 58 |
| >20~50 | 8.2 | 12 | 16 | 23 | 32 | 46 | 65 |
| >50~125 | 9.3 | 14 | 19 | 27 | 37 | 53 | 74 |
| >125~280 | 11 | 16 | 22 | 31 | 44 | 62 | 88 |
| >280~560 | 14 | 19 | 26 | 37 | 53 | 74 | 105 |
| >560~1000 | 16 | 22 | 32 | 45 | 63 | 90 | 126 |
| >1000~1600 | 19 | 26 | 37 | 53 | 75 | 106 | 150 |
| >1600~2500 | 22 | 31 | 44 | 62 | 88 | 124 | 176 |

齿轮零件工作图上的公差检验项目及其偏差标注范例，可参阅第 7 章有关图例。

## 2．渐开线圆锥齿轮精度

锥齿轮的精度等级应根据传动用途、使用条件、传递功率、圆周速度及其他技术要求决定。锥齿轮Ⅱ组精度等级主要根据圆周速度决定，如表 6-9 所示。

表 6-9　锥齿轮Ⅱ组精度等级的选择

| Ⅱ组精度等级 | 直齿 | | 非直齿 | |
|---|---|---|---|---|
| | ≤350 HBS | >350 HBS | ≤350 HBS | >350 HBS |
| | 圆周速度≤(m/s) | | | |
| 7 | 7 | 6 | 16 | 13 |
| 8 | 4 | 3 | 9 | 7 |
| 9 | 3 | 2.5 | 6 | 5 |

## 3．蜗杆、蜗轮的传动精度

蜗杆、蜗轮的传动精度分为 12 个精度等级，精度由高至低依次为 1，2，…，11，12 级。蜗杆传动的制造或安装精度主要根据蜗轮的圆周速度高低、传递功率大小和使用条件来选择。一般动力传动常取 6~9 级。该标准将蜗杆、蜗轮及传动的公差项目分为三个公差组，分别用来保证传递运动的准确性、运动的平稳性和载荷的均匀性。其第Ⅱ公差组主要根据蜗轮圆周速度决定，见表 6-10。

表 6-10　圆柱蜗杆、蜗轮精度（摘自 GB10089—1988）

| 精度范围 | | 精度等级 | | |
|---|---|---|---|---|
| | | 7 | 8 | 9 |
| 蜗杆精度 | | $f_{px}$、$f_{pxL}$、$f_{f1}$ | | |
| 蜗轮精度 | | $F_{pt}$、$F_p$ | | |
| 安装精度 | | 接触斑点 $f_a$、$f_x$、$f_\Sigma$ | | |
| 侧隙 | | $E_{ss1}$、$T_{s1}$ | | |
| 蜗轮圆周速度/(m/s) | | $\geqslant 7.5$ | $\geqslant 3$ | $\geqslant 1.5$ |
| II | $f_{px}$ | 蜗杆轴向齿距极限偏差 | III | $F_x$ | 中间平面极限偏差 |
| | $f_{pxL}$ | 蜗杆轴向齿距累积公差 | | $F_\Sigma$ | 轴交角极限偏差 |
| III | $f_{f1}$ | 蜗杆齿形公差 | | $F_a$ | 中心距极限偏差 |
| II | $f_{pt}$ | 蜗轮周节极限偏差 | | $E_{s\Delta}$ | 蜗杆齿厚上偏差误差补偿 |
| I | $F_p$ | 蜗轮周节累积公差 | | $T_{s1}$ | 蜗杆齿厚公差 |
| | | | | $T_{s1}$ | 蜗轮齿厚公差 |

1）各项检验项目公差代号及含义

（1）蜗杆轴向齿距极限偏差 $f_{px}$、蜗杆轴向齿距累积公差 $f_{pxL}$、蜗杆齿形公差 $f_{f1}$，可查表 6-11。

（2）蜗轮周节极限偏差 $f_{pt}$ 可查表 6-12。

（3）蜗杆周节累积公差 $F_p$ 可查表 6-13。

表 6-11　蜗杆公差和极限偏差 $f_{px}$、$f_{pxL}$、$f_{f1}$ 值　　μm

| 代号 | 模数 | 精度等级 | | | | |
|---|---|---|---|---|---|---|
| | | 5 | 6 | 7 | 8 | 9 |
| $\pm f_{px}$ | $\geqslant 1\sim 3.5$ | 4.8 | 7.5 | 11 | 14 | 20 |
| | $>3.5\sim 6.3$ | 6.3 | 9 | 14 | 20 | 25 |
| | $>6.3\sim 10$ | 7.5 | 12 | 17 | 25 | 32 |
| | $>10\sim 16$ | 10 | 16 | 22 | 32 | 46 |
| | $>16\sim 25$ | — | 22 | 32 | 45 | 63 |
| $f_{pxL}$ | $\geqslant 1\sim 3.5$ | 8.5 | 13 | 18 | 25 | 36 |
| | $>3.5\sim 6.3$ | 10 | 16 | 24 | 34 | 48 |
| | $>6.3\sim 10$ | 13 | 21 | 32 | 45 | 63 |
| | $>10\sim 16$ | 17 | 28 | 40 | 58 | 80 |
| | $>16\sim 25$ | — | 40 | 53 | 75 | 100 |
| $F_{f1}$ | $\geqslant 1\sim 3.5$ | 7.1 | 11 | 16 | 22 | 32 |
| | $>3.5\sim 6.3$ | 9 | 14 | 22 | 3 | 45 |
| | $>6.3\sim 10$ | 12 | 19 | 28 | 40 | 53 |
| | $>10\sim 16$ | 16 | 25 | 36 | 53 | 75 |
| | $>16\sim 25$ | — | 36 | 53 | 75 | 100 |

表 6-12　蜗轮周节极限偏差（$\pm f_{pt}$）的 $f_{pt}$ 值　　μm

| 分度圆直径 $d_2$ /mm | 模数 $m$ /mm | 精度等级 | | | | |
|---|---|---|---|---|---|---|
| | | 5 | 6 | 7 | 8 | 9 |
| $\leqslant 125$ | $\geqslant 1\sim 3.5$ | 6 | 10 | 14 | 20 | 28 |
| | $>3.5\sim 6.3$ | 8 | 13 | 18 | 25 | 36 |
| | $>6.3\sim 10$ | 9 | 14 | 20 | 28 | 40 |
| $>125\sim 400$ | $\geqslant 1\sim 3.5$ | 7 | 11 | 16 | 22 | 32 |
| | $>3.5\sim 6.3$ | 9 | 14 | 20 | 28 | 40 |
| | $>6.3\sim 10$ | 10 | 16 | 22 | 32 | 45 |
| | $>10\sim 16$ | 11 | 18 | 25 | 36 | 50 |
| $>400\sim 800$ | $\geqslant 1\sim 3.5$ | 8 | 13 | 18 | 25 | 36 |
| | $>3.5\sim 6.3$ | 9 | 14 | 20 | 28 | 40 |
| | $>6.3\sim 10$ | 11 | 18 | 25 | 36 | 50 |
| | $>10\sim 16$ | 13 | 20 | 28 | 40 | 56 |
| | $>16\sim 25$ | 16 | 25 | 36 | 50 | 71 |

表 6-13　蜗轮周节累积公差 $F_p$ 值　　　　　　　　μm

| 分度圆弧长 L /mm | 精度等级 | | | | |
|---|---|---|---|---|---|
| | 5 | 6 | 7 | 8 | 9 |
| ≤11.2 | 7 | 11 | 16 | 22 | 32 |
| >11.2~20 | 10 | 16 | 22 | 32 | 45 |
| >20~32 | 12 | 20 | 28 | 40 | 56 |
| >32~50 | 14 | 22 | 32 | 45 | 63 |
| >50~80 | 16 | 25 | 36 | 50 | 71 |
| >80~160 | 20 | 32 | 45 | 63 | 90 |
| >160~315 | 28 | 45 | 63 | 90 | 125 |
| >315~630 | 40 | 63 | 90 | 125 | 180 |
| >630~1000 | 50 | 80 | 112 | 160 | 224 |

注：$F_p$ 按分度圆弧长度 L 查表；查 $F_p$ 时，取 $L = \dfrac{\pi d_2}{2} = \dfrac{\pi m z_2}{2}$。

2）侧隙及标注

（1）侧隙　蜗杆传动的侧隙以最小法向侧隙 $j_{nmin}$ 来保证。GB10089—1988 把侧隙分为：a、b、c、d、e、f、g 和 h 八种，a 为最大，依次递减。侧隙的种类与精度等级无直接关系，可根据工作条件和使用要求选择。最小法向侧隙 $j_{nmin}$ 可查表 6-14。

表 6-14　蜗杆传动的最小法向侧隙 $j_{nmin}$ 值　　　　　　　　μm

| 传动中心距 a /mm | 侧隙种类 | | | | | | | |
|---|---|---|---|---|---|---|---|---|
| | h | g | f | e | d | c | b | a |
| ≤30 | 0 | 9 | 13 | 21 | 33 | 52 | 84 | 130 |
| >30~50 | 0 | 11 | 16 | 25 | 39 | 62 | 100 | 160 |
| >50~80 | 0 | 13 | 19 | 30 | 46 | 74 | 120 | 190 |
| >80~120 | 0 | 15 | 22 | 35 | 54 | 87 | 140 | 220 |
| >120~180 | 0 | 18 | 25 | 40 | 63 | 100 | 160 | 250 |
| >180~250 | 0 | 20 | 29 | 46 | 72 | 115 | 185 | 290 |
| >250~315 | 0 | 23 | 32 | 52 | 81 | 130 | 210 | 320 |
| >315~400 | 0 | 25 | 36 | 57 | 89 | 140 | 230 | 360 |
| >400~500 | 0 | 27 | 40 | 63 | 97 | 155 | 250 | 400 |
| >500~630 | 0 | 30 | 44 | 70 | 110 | 175 | 280 | 440 |
| >630~800 | 0 | 35 | 50 | 80 | 125 | 200 | 320 | 500 |
| >800~1000 | 0 | 40 | 56 | 90 | 140 | 230 | 360 | 560 |

注：1. 传动的最小圆周侧隙 $j_{tminn} \approx j_{nmin} / (\cos \gamma' \cos \alpha_n)$，式中 $\gamma'$ 为蜗杆节圆柱导程角，$\alpha_n$ 为蜗杆法向齿形角；

　　2. 本表按标准温度 20℃ 考虑，若温度较高，则可适当考虑线膨胀因素。

表 6-15 给出了蜗杆齿厚上偏差（$E_{ss1}$）中的误差补偿部分 $E_{s\Delta}$ 值。

表 6-15　蜗杆齿厚上偏差（$E_{ss1}$）中的误差补偿部分 $E_{s\Delta}$ 值　　　　　　　　μm

| 精度等级 | 模数 m /mm | 传动中心距 a/mm | | | | | | | | | |
|---|---|---|---|---|---|---|---|---|---|---|---|
| | | >50~80 | >80~120 | >120~180 | >180~250 | >250~315 | >315~400 | >400~500 | >500~630 | >630~800 | >800~1000 |
| 5 | ≥1~3.5 | 28 | 32 | 36 | 40 | 45 | 48 | 51 | 56 | 63 | 71 |
| | >3.5~6.3 | 30 | 36 | 38 | 40 | 45 | 50 | 63 | 58 | 65 | 75 |
| | >6.3~10 | — | 38 | 40 | 45 | 48 | 50 | 56 | 60 | 68 | 75 |
| | >10~16 | — | — | 45 | 48 | 50 | 56 | 60 | 65 | 71 | 80 |
| 6 | ≥1~3.5 | 32 | 36 | 40 | 45 | 48 | 50 | 56 | 60 | 65 | 75 |
| | >3.5~6.3 | 38 | 40 | 45 | 48 | 50 | 56 | 60 | 63 | 70 | 75 |
| | >6.3~10 | 45 | 48 | 50 | 52 | 56 | 60 | 63 | 68 | 75 | 80 |
| | >10~16 | — | 58 | 60 | 63 | 65 | 68 | 71 | 75 | 80 | 85 |
| | >16~25 | — | — | 75 | 78 | 80 | 85 | 85 | 90 | 95 | 100 |
| 7 | ≥1~3.5 | 50 | 56 | 60 | 71 | 75 | 80 | 85 | 95 | 105 | 120 |
| | >3.5~6.3 | 58 | 63 | 68 | 75 | 80 | 85 | 90 | 100 | 110 | 125 |
| | >6.3~10 | 65 | 71 | 75 | 80 | 85 | 90 | 95 | 105 | 115 | 130 |
| | >10~16 | — | 80 | 85 | 90 | 95 | 100 | 105 | 110 | 125 | 135 |
| | >16~25 | — | — | 115 | 120 | 120 | 125 | 130 | 135 | 145 | 155 |

（续表）

| 精度等级 | 模数 m /mm | 传动中心距 a/mm | | | | | | | | | |
|---|---|---|---|---|---|---|---|---|---|---|---|
| | | >50 ~80 | >80 ~120 | >120 ~180 | >180 ~250 | >250 ~315 | >315 ~400 | >400 ~500 | >500 ~630 | >630 ~800 | >800 ~1000 |
| 8 | ≥1~3.5 | 58 | 63 | 68 | 75 | 80 | 85 | 90 | 100 | 110 | 125 |
| | >3.5~6.3 | 75 | 78 | 80 | 85 | 90 | 95 | 100 | 110 | 120 | 130 |
| | >6.3~10 | 90 | 90 | 95 | 100 | 100 | 105 | 110 | 120 | 130 | 140 |
| | >10~16 | — | 110 | 115 | 115 | 120 | 125 | 130 | 135 | 140 | 155 |
| | >16~25 | — | — | 150 | 155 | 155 | 160 | 160 | 170 | 175 | 180 |
| 9 | ≥1~3.5 | 90 | 95 | 100 | 110 | 120 | 130 | 140 | 155 | 170 | 190 |
| | >3.5~6.3 | 100 | 105 | 110 | 120 | 130 | 140 | 150 | 160 | 180 | 200 |
| | >6.3~10 | 120 | 125 | 130 | 140 | 145 | 155 | 160 | 170 | 190 | 210 |
| | >10~16 | — | 160 | 165 | 170 | 180 | 185 | 190 | 200 | 220 | 230 |
| | >16~25 | — | — | 215 | 220 | 225 | 230 | 235 | 245 | 255 | 270 |

注：精度等级按蜗杆第Ⅱ公差组确定。

（2）齿厚公差计算蜗杆、蜗轮的齿厚公差计算见表 6-16。

表 6-16 中，$E_{ss1}$ 为蜗杆齿厚上偏差；$E_{si1}$ 为蜗杆齿厚下偏差；$E_{s\Delta}$ 为蜗杆齿厚上偏差中的误差补偿部分，可查表 6-15；$T_{s1}$ 为蜗杆齿厚公差，可查表 6-17；$T_{s2}$ 为蜗轮齿厚公差，可查表 6-18。

**表 6-16　蜗杆和蜗轮的齿厚公差 $F_{s1}$ 值**　　　　μm

| | 蜗杆 | 蜗轮 |
|---|---|---|
| 上偏差 | $E_{ss1}=-\left(\dfrac{j_{n\min}}{\cos\alpha_n}+E_{s\Delta}\right)$ | $E_{ss2}=0$ |
| 下偏差 | $E_{si1}=E_{ss1}-T_{s1}$ | $E_{si2}=-T_{s2}$ |

**表 6-17　蜗杆齿厚公差 $T_{s1}$ 值**　　　　μm

| 模数 m /mm | 精度等级 | | | | | |
|---|---|---|---|---|---|---|
| | 4 | 5 | 6 | 7 | 8 | 9 |
| ≥1~3.5 | 25 | 30 | 36 | 45 | 53 | 67 |
| >3.5~6.3 | 32 | 38 | 45 | 56 | 71 | 90 |
| >6.3~10 | 40 | 48 | 60 | 71 | 90 | 110 |
| >10~16 | 50 | 60 | 80 | 95 | 120 | 150 |
| >16~25 | — | 85 | 110 | 130 | 160 | 200 |

**表 6-18　蜗轮齿厚公差 $T_{s2}$ 值**　　　　μm

| 分度圆直径 $d_2$ /mm | 模数 m /mm | 精度等级 | | | | |
|---|---|---|---|---|---|---|
| | | 5 | 6 | 7 | 8 | 9 |
| ≤125 | ≥1~3.5 | 56 | 71 | 90 | 110 | 130 |
| | >3.5~6.3 | 63 | 85 | 110 | 130 | 160 |
| | >6.3~10 | 67 | 90 | 120 | 140 | 170 |
| >125~400 | ≥1~3.5 | 60 | 80 | 100 | 120 | 140 |
| | >3.5~6.3 | 67 | 90 | 120 | 140 | 170 |
| | >6.3~10 | 71 | 100 | 130 | 160 | 190 |
| | >10~16 | 80 | 110 | 140 | 170 | 210 |
| | >16~25 | — | 130 | 170 | 210 | 260 |
| >400~800 | ≥1~3.5 | 63 | 85 | 110 | 130 | 160 |
| | >3.5~6.3 | 67 | 90 | 120 | 140 | 170 |
| | >6.3~10 | 71 | 100 | 130 | 160 | 190 |
| | >10~16 | 85 | 120 | 160 | 190 | 230 |
| | >16~25 | — | 140 | 190 | 230 | 290 |
| >800~1600 | ≥1~3.5 | 67 | 90 | 120 | 140 | 170 |
| | >3.5~6.3 | 71 | 100 | 130 | 160 | 190 |
| | >6.3~10 | 80 | 110 | 140 | 170 | 210 |
| | >10~16 | 85 | 120 | 160 | 190 | 230 |
| | >16~25 | — | 140 | 190 | 230 | 290 |

注：1. 精度等级按蜗轮第Ⅱ公差组确定；
　　2. 在最小法向侧隙能保证的条件下，$T_{s2}$ 公差带允许采用对称分布。

（3）侧隙标注　对蜗杆、蜗轮不要求互换的传动或中心距可调的传动，可用法向侧隙 $j_{nmin}$ 和 $j_{nmax}$。$j_{nmin}$ 可查表 6-14；$j_{nmax}$ 由蜗杆、蜗轮的相应的齿厚公差确定。

3）精度等级的标注

（1）蜗杆的精度标注　在蜗杆零件工作图上，若蜗杆检验的项目精度相同，齿厚极限偏差为标准值，则标注精度等级、侧隙种类代号和标准号，如蜗杆 5fGB10089—1988；若蜗杆齿厚极限偏差取非标准值，如 $E_{ss1} = -0.07$ mm、$E_{si1} = -0.18$ mm，则标注为：蜗杆 $5\begin{pmatrix} -0.07 \\ -0.18 \end{pmatrix}$ GB10089—1988。

（2）蜗轮的精度标注　在蜗轮零件工作图上，若蜗轮第 I 公差组精度为 5 级，II、III公差组精度均为 6 级，齿厚极限偏差为标准值，相配的侧隙种类为 $f$，则标注为：蜗轮 5−6−6f GB10089—1988；若蜗轮的齿厚极限偏差取非标准值，如 $E_{ss2} = +0.10$ mm、$E_{si2} = -0.10$ mm，则标注为：蜗轮 5−6−6(±0.10)GB10089—1988；若蜗轮三个公差组的精度均选为 7 级，相配的侧隙种类为 $c$，则标注为：7c GB10089—1988；若蜗轮齿厚无公差要求，则标注为：蜗轮 5−6−6 GB10089—1988。

# 6.4　箱体类零件工作图的设计

铸造箱体通常设计成剖分式，由箱座及箱盖组成，因此箱体工作图应按箱座、箱盖两个零件分别绘制。箱座、箱盖的外形及结构均比较复杂。为了正确、完整地表达各部分的结构形状及尺寸，通常除采用三个主要视图外，还应根据结构、形状的需要，增加一些必要的局部剖视图及局部放大图，具体设计可参考第 7 章的有关图例。

# 6.5　零件工作图的尺寸标注

零件工作图绘制出来以后，合理标注尺寸也是课程设计要求学生掌握的主要内容之一。要在认真分析设计要求和零件的制造工艺要求的基础上，正确选择尺寸基准面，做到尺寸齐全，标注合理，尽可能地避免加工时再进行任何计算，做到三个"不"，即不遗漏，不重复，更不能有差错。零件的结构尺寸从装配图中得到并与装配图一致，不得任意更改，以防发生矛盾。但当装配图中零件的结构从制造和装配的可能性与合理性角度考虑，认为不十分合适时，也可在保持零件工作性能的前提下，修改零件的结构，但是在修改零件结构的同时，也要对装配图进行相应的改动。对装配图中未曾标明的一些细小结构，如退刀槽、圆角、倒角和铸件壁厚的过渡尺寸等，在零件工作图中都应完整、正确地绘制出来。另外，有一些尺寸不应从装配图上推定，而应以设计计算为准，如齿轮的齿顶圆直径等。零件工作图上的自由尺寸应加以圆整。下面分别以轴、齿轮、蜗轮蜗杆和箱体等的尺寸标注进行具体分析。

## 1. 轴零件工作图的尺寸标注

由于轴类零件大多都是回转体，因此主要是标注直径和轴向长度尺寸。标注尺寸时应特别注意有配合关系的部分。当各轴段直径有几段相同时，都应逐一标注，不得省略。即使是圆角和倒角，也应标注无遗，或者在技术要求中说明。标注长度尺寸时首先应选取好基准面，并尽量使尺寸的标注反映加工工艺要求，不允许出现封闭的尺寸链，避免给机械加工造成困难。图6-1 所示的是轴类零件长度尺寸的标注示例，图中 ⊢② 为主要基准面，⊢① 为辅助基准面。注意图中键槽位置的标注方法。

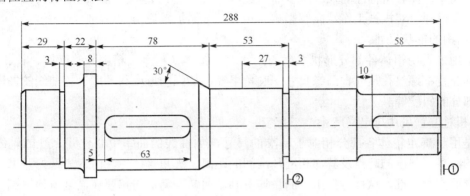

图 6-1 轴的长度尺寸标注

### 2. 齿轮零件工作图的尺寸标注

齿轮零件工作图上需要标注的尺寸数据，一般包括尺寸、表格列出的数据、其他数据等。

一般尺寸包括齿顶圆直径及其公差、分度圆直径、齿宽、孔（或轴）径及其公差等，以上尺寸的公差可从表 6-19 中查得。

表 6-19　圆柱齿轮轮坯公差

| 齿轮精度等级 | | 5 | 6 | 7 | 8 | 9 | 10 |
|---|---|---|---|---|---|---|---|
| 孔 | 尺寸公差 形状公差 | IT5 | IT6 | | IT7 | | IT8 |
| 轴 | 尺寸公差 形状公差 | IT5 | | | IT6 | | IT7 |
| 齿顶圆直径 | | IT7 | | IT8 | | | IT9 |

注：当精度等级不同时，按最高的精度等级确定轮坯公差值；当顶圆作测量基准时，必须考虑齿轮的径向跳动；当顶圆不作测量基准时，其尺寸公差按 IT11 给定，但不大于 0.1 mm。

为了保证齿轮加工的精度和有关参数的测量，标注尺寸时要考虑到基准面，并规定基准面的尺寸和几何公差。齿轮的轴孔和端面既是工艺基准，也是测量和安装的基准。对于齿轮轴，一般都是以齿轮的中心线作为径向尺寸基准，只有当零件刚度较低或齿轮轴较长时才以轴颈作为基准。

用表格列出的数据栏，称为啮合参数表，啮合参数表应放置在图纸的右上角，尺寸如图 6-2 所示。参数表中除必须标出齿轮的基本参数和精度要求外，检测项目可以根据需要增减，按功能要求从 GB/T10095.1—2001 或 GB/T10095.2—2001 中选取。

### 3. 蜗轮、蜗杆零件工作图的尺寸标注

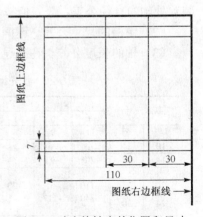

图 6-2　啮合特性表的位置和尺寸

蜗轮零件工作图上尺寸标注的方法及要求与齿轮类似，但对于组合式蜗轮的组件图，还应该标注出齿圈和轮芯之间的配合尺寸及配合形式；圆柱蜗杆零件工作图上的尺寸标注与齿轮轴相似，可参考齿轮轴零件工作图的标注方法。

### 4．箱体零件工作图的尺寸标注

箱体尺寸繁多，既要求在零件工作图上标出其制造（铸造、切削加工）及测量和检验所需的全部尺寸，而且所标注的尺寸应多而不乱，一目了然。下面从结构的形状尺寸、相对位置尺寸与定位尺寸、对机械工作性能有影响的尺寸等方面加以说明。

1）结构的形状尺寸

这是用来表明箱体各部分形状大小的尺寸。如箱体（箱座、箱盖）的壁厚、长、宽、高、孔径及其深度、螺纹孔尺寸、凸缘尺寸、圆角半径、加强肋厚度与高度、各曲线的曲率半径、各倾斜部分的斜度等。

2）相对位置尺寸与定位尺寸

这是用于确定箱体各部分相对于基准的尺寸，如曲线的曲率中心位置、孔的轴线与相应基准间的距离、斜度的起点及其与相应基准间的距离、夹角等。标注时应先选好基准，最好以加工基准面作为基准，这样对加工、测量均有利。通常，箱盖与箱座在高度方向以剖分面（或底面）为基准，长度方向以轴承座孔的中心线为基准，宽度方向以轴承座孔端面为基准。基准选定后，各部分的相对位置尺寸和定位尺寸都从基准面标注。

3）对机械工作性能有影响的尺寸

如传动件的中心距及其偏差，采用嵌入式轴承端盖所需要在箱体上开出的沟槽位置尺寸等。标注时均应考虑检验该尺寸的方便性及可能性。

## 6.6  零件工作图的尺寸公差标注

关于零件工作图的尺寸公差标注，将分别对轴类、齿轮、蜗轮蜗杆及箱体等加以说明。

### 1．轴类零件工作图的尺寸公差标注

轴类零件工作图有以下几处需要标注尺寸公差。

（1）安装传动零件（齿轮、蜗轮、带轮、链轮、联轴器等）、轴承以及其他回转体与密封装置处轴的直径公差。公差值按装配图中选定的配合性质从表 6-20 中查出。

（2）键槽的尺寸公差。键槽的宽度和深度的极限偏差可按键连接标准规定查表 3-8。

（3）轴的长度公差。在减速器中一般不进行尺寸链的计算，不必标注长度公差。

表 6-20　优先配合中轴的极限偏差（基本尺寸大于 10 mm 且至 315 mm）　　μm

| 基本尺寸 | | 公差带 | | | | | | | | | | | |
|---|---|---|---|---|---|---|---|---|---|---|---|---|---|
| | | a | d | f | g | h | | | | k | n | p | s | u |
| 大于 | 至 | 11 | 9 | 8 | 7 | 7 | 8 | 9 | 11 | 7 | 7 | 7 | 7 | 7 |
| 10 | 14 | −95 | −50 | −16 | −6 | 0 | 0 | 0 | 0 | +12 | +23 | +29 | +39 | +44 |
| 14 | 18 | −205 | −93 | −34 | −17 | −11 | −18 | −43 | −110 | +1 | +12 | +18 | +28 | +33 |
| 18 | 24 | −110 | −65 | −20 | −7 | 0 | 0 | 0 | 0 | +15 | +28 | +35 | +48 | +54 / +41 |
| 24 | 30 | −240 | −117 | −41 | −20 | −13 | −21 | −52 | −130 | +2 | +15 | +22 | +35 | +61 / +48 |
| 30 | 40 | −120 / −280 | −80 | −25 | −9 | 0 | 0 | 0 | 0 | +18 | +33 | +42 | +59 | +76 / +60 |
| 40 | 50 | −130 / −290 | −142 | −50 | −25 | −16 | −25 | −62 | −160 | +2 | +17 | +26 | +43 | +86 / +70 |
| 50 | 65 | −140 / −330 | −100 | −30 | −10 | 0 | 0 | 0 | 0 | +21 | +39 | +51 | +72 / +53 | +106 / +87 |
| 65 | 80 | −150 / −340 | −174 | −60 | −29 | −19 | −30 | −74 | −190 | +2 | +20 | +32 | +78 / +59 | +121 / +102 |

（续表）

| 基本尺寸 大于 | 至 | a 11 | d 9 | f 8 | g 7 | h 7 | h 8 | h 9 | h 11 | k 7 | n 7 | p 7 | s 7 | u 7 |
|---|---|---|---|---|---|---|---|---|---|---|---|---|---|---|
| 80 | 100 | −170 / −390 | −120 / −207 | −36 / −71 | −12 / −34 | 0 / −22 | 0 / −35 | 0 / −87 | 0 / −220 | +25 / +3 | +45 / +23 | +59 / +37 | +93 / +71 | +146 / +124 |
| 100 | 120 | −180 / −400 | | | | | | | | | | | +101 / +79 | +166 / +144 |
| 120 | 140 | −200 / −450 | −145 / −245 | −43 / −83 | −14 / −39 | 0 / −25 | 0 / −40 | 0 / −100 | 0 / −250 | +28 / +3 | +52 / +27 | +68 / +43 | +117 / +92 | +195 / +170 |
| 140 | 160 | −210 / −460 | | | | | | | | | | | +125 / +100 | +215 / +190 |
| 160 | 180 | −230 / −480 | | | | | | | | | | | +133 / +108 | +235 / +210 |
| 180 | 200 | −240 / −530 | −170 / −285 | −50 / −96 | −15 / −44 | 0 / −29 | 0 / −46 | 0 / −115 | 0 / −290 | +33 / +4 | +60 / +31 | +79 / +50 | +151 / +122 | +265 / +236 |
| 200 | 225 | −260 / −550 | | | | | | | | | | | +159 / +130 | +287 / +258 |
| 225 | 250 | −280 / −570 | | | | | | | | | | | +169 / +140 | +313 / +284 |
| 250 | 280 | −300 / −620 | −190 / −320 | −56 / −108 | −17 / −49 | 0 / −32 | 0 / −52 | 0 / −130 | 0 / −320 | +36 / +4 | +66 / +34 | +88 / +56 | +190 / +158 | +347 / +315 |
| 280 | 315 | −330 / −650 | | | | | | | | | | | +202 / +170 | +382 / +350 |

表 6-21　优先配合中孔的极限偏差（基本尺寸大于 10 mm 且至 315 mm）　　μm

| 基本尺寸 大于 | 至 | C 11 | D 9 | F 8 | G 7 | H 7 | H 8 | H 9 | H 11 | K 7 | N 7 | P 7 | S 7 | U 7 |
|---|---|---|---|---|---|---|---|---|---|---|---|---|---|---|
| 10 | 14 | +205 / +95 | +93 / +50 | +43 / +16 | +24 / +6 | +18 / 0 | +27 / 0 | +43 / 0 | +110 / 0 | +6 / −12 | −5 / −23 | −11 / −29 | −21 / −39 | −26 / −44 |
| 14 | 18 | | | | | | | | | | | | | |
| 18 | 24 | +240 / +110 | +117 / +65 | +53 / +20 | +28 / +7 | +21 / 0 | +33 / 0 | +52 / 0 | +130 / 0 | +6 / −15 | −7 / −28 | −14 / −35 | −27 / −48 | −33 / −54 |
| 24 | 30 | | | | | | | | | | | | | −40 / −61 |
| 30 | 40 | +280 / +120 | +142 / +80 | +64 / +25 | +34 / +9 | +25 / 0 | +39 / 0 | +62 / 0 | +160 / 0 | +7 / −18 | −8 / −33 | −17 / −42 | −34 / −59 | −51 / −76 |
| 40 | 50 | +290 / +130 | | | | | | | | | | | | −61 / −86 |
| 50 | 65 | +330 / +140 | +174 / +100 | +76 / +30 | +40 / +10 | +30 / 0 | +46 / 0 | +74 / 0 | +190 / 0 | +9 / −21 | −9 / −39 | −21 / −51 | −42 / −72 | −76 / −106 |
| 65 | 80 | +340 / +150 | | | | | | | | | | | −42 / −72 | −91 / −121 |
| 80 | 100 | +390 / +170 | +207 / +120 | +90 / +36 | +47 / +12 | +35 / 0 | +54 / 0 | +87 / 0 | +220 / 0 | +10 / −25 | −10 / −45 | −24 / −59 | −58 / −93 | −111 / −146 |
| 100 | 120 | +400 / +180 | | | | | | | | | | | −66 / −101 | −131 / −166 |
| 120 | 140 | +450 / +200 | +245 / +145 | +106 / +43 | +54 / +14 | +40 / 0 | +63 / 0 | +100 / 0 | +250 / 0 | +12 / −28 | −12 / −52 | −28 / −68 | −77 / −117 | −155 / −195 |
| 140 | 160 | +460 / +210 | | | | | | | | | | | −85 / −125 | −175 / −215 |
| 160 | 180 | +480 / +230 | | | | | | | | | | | −93 / −133 | −195 / −235 |
| 180 | 200 | +530 / +240 | +285 / +170 | +122 / +50 | +61 / +15 | +46 / 0 | +72 / 0 | +115 / 0 | +290 / 0 | +13 / −33 | −14 / −60 | −33 / −79 | −105 / −151 | −219 / −265 |
| 200 | 225 | +550 / +260 | | | | | | | | | | | −113 / −159 | −241 / −287 |
| 225 | 250 | +570 / +280 | | | | | | | | | | | −123 / −169 | −267 / −313 |
| 250 | 280 | +620 / +300 | +320 / +190 | +137 / +56 | +69 / +17 | +52 / 0 | +81 / 0 | +130 / 0 | +320 / 0 | +16 / −36 | −14 / −66 | −36 / −88 | −138 / −190 | −295 / −347 |
| 280 | 315 | +650 / +330 | | | | | | | | | | | −150 / −202 | −330 / −382 |

## 2. 齿轮、蜗轮蜗杆类零件工作图的尺寸公差标注

1）齿轮零件工作图上应注明的尺寸数据

齿轮零件工作图上需要标注的尺寸数据包括一般尺寸、表格列出的数据、其他数据等。一般尺寸包括顶圆直径及其公差、分度圆直径、齿宽、孔径及其公差。上述尺寸的公差可查表 6-19、表 6.21。

2）蜗轮蜗杆类零件工作图上应注明的尺寸数据

蜗轮工作图上的尺寸标注、尺寸公差及几何公差的标注与齿轮基本相同。考虑到蜗轮的特点，还应该标注蜗轮外径及公差、蜗轮基准面径向和端面跳动公差、蜗轮中间平面与基准面的距离及其公差。以上尺寸的公差可查表 6-22～表 6-24，表中圆柱蜗杆、蜗轮精度摘自 GB10089—1988。

表 6-22　蜗杆、蜗轮齿坯尺寸和形状公差

| 取公差组中最高精度等级 | | 6 | 7 | 8 | 9 |
|---|---|---|---|---|---|
| 孔 | 尺寸公差<br>形状公差 | IT6<br>IT5 | IT7<br>IT6 | | IT8<br>IT7 |
| 轴 | 尺寸公差<br>形状公差 | IT5<br>IT4 | IT6<br>IT5 | | IT7<br>IT6 |
| 齿顶圆直径公差 | | IT8 | | | IT9 |

注：当齿顶圆不作测量齿厚基准时，尺寸公差按 IT11，但不大于 0.1 mm。

表 6-23　蜗杆、蜗轮齿坯基准面径向和端面跳动

| 基准直径<br>/mm | 取公差组中最高精度等级 | | |
|---|---|---|---|
| | 5～6 | 7～8 | 9～10 |
| ≤31.5 | 4 | 7 | 10 |
| >31.5～63 | 6 | 10 | 16 |
| >63～125 | 8.5 | 14 | 22 |
| >125～400 | 11 | 18 | 28 |
| >400～800 | 14 | 22 | 36 |

表 6-24　中心距极限偏差（$\pm f_a$）的 $f_a$ 值　　　　μm

| 传动中心距 a<br>/mm | 精度等级 | | | | |
|---|---|---|---|---|---|
| | 5 | 6 | 7 | 8 | 9 |
| ≤30 | 17 | | 26 | | 42 |
| >30～50 | 20 | | 31 | | 50 |
| >50～80 | 23 | | 37 | | 60 |
| >80～120 | 27 | | 44 | | 70 |
| >120～180 | 32 | | 50 | | 80 |
| >180～250 | 36 | | 58 | | 92 |
| >250～315 | 40 | | 65 | | 105 |
| >315～400 | 45 | | 70 | | 115 |
| >400～500 | 50 | | 78 | | 125 |
| >500～630 | 55 | | 87 | | 140 |
| >630～800 | 62 | | 100 | | 160 |
| >800～1000 | 70 | | 115 | | 180 |

## 3. 箱座与箱盖零件工作图的尺寸公差标注

箱座与箱盖零件工作图上应标注的尺寸公差可参照第 7 章的相关图例并查表 6-25 进行标注。

表 6-25　箱座与箱盖的尺寸公差

| 名称 | 尺寸公差值 | |
|---|---|---|
| 箱座高度 H | h11 | |
| 两轴承座孔外端面之间的距离 L | 有尺寸链要求时 | （1/2）IT11 |
| | 无尺寸链要求时 | H14 |
| 箱体轴承座孔中心距偏差 $\Delta A_0$ | $\Delta A_0 = (0.7 \sim 0.8) f_a$（$f_a$ 见表 6-4） | |

# 6.7 零件工作图的几何公差标注

几何公差是评定零件质量的重要指标之一，应正确选择其等级及相应数值。配合尺寸及有较高精度要求的尺寸，如轴孔配合尺寸、键联接配合尺寸、箱体孔中心距等均应标注尺寸的极限偏差，并根据不同要求标注零件的几何公差，自由尺寸的公差一般可不标注。现分为轴类、齿轮、蜗轮蜗杆及箱体等类型，分别说明零件工作图的几何公差标注。

### 1. 轴类零件几何公差标注

1）轴几何公差项目

在轴的零件工作图上，应标注必要的几何公差，以保证减速器的装配质量及工作性能。表 6-26 中列出了轴上应标注的几何公差项目及其对工作性能的影响，供设计时参考。

表 6-26 轴的几何公差推荐项目（摘自 GB/T1181—1996）

| 内容 | 项目 | 符号 | 精度等级 | 对工作性能影响 |
|---|---|---|---|---|
| 形状公差 | 与传动零件相配合直径的圆度 | ○ | 7～8 | 影响传动零件与轴配合的松紧及对中性 |
| | 与传动零件相配合直径的圆柱度 | | | |
| | 与轴承相配合直径的圆柱度 | ⌀ | 见表 6-30 | 影响轴承与轴配合的松紧及对中性 |
| 位置公差 | 齿轮的定位端面相对轴心线的端面圆跳动 | ↗ | 6～8 | 影响齿轮和轴承的定位及其受载的均匀性 |
| | 轴承的定位端面相对轴心线的端面圆跳动 | | 见表 6-29 | |
| | 与传动零件相配合的直径相对于轴心线的径向圆跳动 | ↗ | 6～8 | 影响传动零件的运转同心度 |
| | 与轴承相配合的直径相对于轴心线的径向圆跳动 | ↗ | 5～6 | 影响轴和轴承的运转同心度 |
| | 键槽侧面相对轴中心线的对称度（要求不高时不注） | = | 7～9 | 影响键受载的均匀性及装拆的难易程度 |

2）几何公差值

根据传动精度和工作条件等，可估算出配合表面的圆柱度、配合表面的径向圆跳动、轴肩的端面圆跳动等的几何公差值。

（1）配合表面的圆柱度 与滚动轴承或齿轮等配合的表面，其圆柱度公差约为轴径公差的 1/2；与联轴器和带轮等配合的表面，其圆柱度公差约为轴径公差的(0.6～0.7)倍。

（2）配合表面的径向圆跳动 轴与齿轮、蜗轮轮毂的配合部位相对于滚动轴承配合部位的径向圆跳动可按表 6-27 确定；轴与联轴器、带轮的配合部位相对滚动轴承配合部位的径向圆跳动可按表 6-28 确定；轴与两滚动轴承的配合部位的径向圆跳动，对于球轴承为 IT6，对于滚子轴承为 IT5；轴与橡胶油封部位的径向圆跳动可按轴的转速确定：轴转速 $n \leqslant 500$ r/min 时取 0.1 mm；轴转速 $n > 500 \sim 1000$ r/min 时取 0.07 mm；轴转速 $n > 1000 \sim 1500$ r/min 时取 0.05 mm；$n > 1500 \sim 3000$ r/min 时取 0.02 mm。

表 6-27 轴与齿轮、蜗轮配合部位的径向圆跳动

| 齿轮（蜗轮等）精度等级 | | 6 | 7、8 | 9 |
|---|---|---|---|---|
| 轴在安装轮毂部位的径向圆跳动 | 圆柱齿轮和圆锥齿轮 | 2IT3 | 2IT4 | 2IT5 |
| | 蜗杆、蜗轮 | — | 2IT5 | 2IT6 |

表 6-28　轴与联轴器、带轮配合部位的径向圆跳动

| 转速/(r/min) | 300 | 600 | 1000 | 1500 | 3000 |
|---|---|---|---|---|---|
| 径向圆跳动度/mm | 0.08 | 0.04 | 0.024 | 0.016 | 0.008 |

（3）轴肩的端面圆跳动　与滚动轴承端面接触的轴肩：对于球轴承约取(1～2)IT5，对于滚子轴承约取(1～2)IT4；与齿轮、蜗轮轮毂端面接触的轴肩：当轮毂宽度 $l$ 与配合直径 $d$ 的比值 $l/d < 0.8$ 时，可按表 6-29 确定端面圆跳动；当比值 $l/d \geq 0.8$ 时，可不标注端面圆跳动。

表 6-29　轴与齿轮、蜗轮轮毂端面接触处的轴肩端面圆跳动

| 齿轮（蜗轮等）精度等级 | 6 | 7,8 | 9 |
|---|---|---|---|
| 轴肩的端面圆跳动 | 2IT3 | 2IT4 | 2IT5 |

（4）平键键槽两侧面相对于轴中心线的对称度　对称度公差约为轴槽宽度公差的 2 倍。

按以上推荐确定的几何公差值，应圆整至表 6-30 和表 6-31 中相近的标准公差值，也可以根据选定的轴面精度等级由表 6-30 和表 6-31 直接查取。

表 6-30　圆度、圆柱度公差（摘自 GB/T1182—1996）　　　　μm

主参数 $d(D)$ 图例

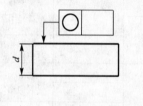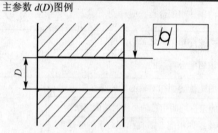

| 精度等级 | 主参数 $d(D)$/mm | | | | | | | | | | | | 应用举例 |
|---|---|---|---|---|---|---|---|---|---|---|---|---|---|
| | >3～6 | >6～10 | >10～18 | >18～30 | >30～50 | >50～80 | >80～120 | >120～180 | >180～250 | >250～315 | >315～400 | >400～500 | |
| 5<br>6 | 1.5<br>2.5 | 1.5<br>2.5 | 2<br>3 | 2.5<br>4 | 2.5<br>4 | 3<br>5 | 4<br>6 | 5<br>8 | 7<br>10 | 8<br>12 | 9<br>13 | 10<br>15 | 安装/P6、/P0 级滚动轴承的配合面，中等压力下的液压装置工作面（包括泵、压缩机的活塞和气缸），风动绞车曲轴，通用减速器轴颈，一般机床主轴 |
| 7<br>8 | 4<br>5 | 4<br>6 | 5<br>8 | 6<br>9 | 7<br>11 | 8<br>13 | 10<br>15 | 12<br>18 | 14<br>20 | 16<br>23 | 18<br>25 | 20<br>27 | 发动机的涨圈和活塞销及连杆中装衬套的孔等；千斤顶或压力油缸活塞，水泵及减速器轴颈，液压传动系统的分配机构，拖拉机气缸体，炼胶机冷铸轧辊 |
| 9<br>10<br>11<br>12 | 8<br>12<br>18<br>30 | 9<br>15<br>18<br>27 | 11<br>18<br>21<br>33 | 13<br>21<br>25<br>39 | 16<br>25<br>30<br>46 | 19<br>30<br>35<br>54 | 22<br>35<br>40<br>63 | 25<br>40<br>46<br>72 | 29<br>46<br>52<br>81 | 32<br>52<br>57<br>89 | 36<br>57<br>63<br>97 | 40<br>63<br>97 | 起重机、卷扬机用的滑动轴承，带软密封的低压泵的活塞和气缸，通用机械杠杆与拉杆，拖拉机的活塞环与套筒孔 |
| | | 36 | 43 | 52 | 62 | 74 | 87 | 100 | 115 | 130 | 140 | 155 | |

## 2．齿轮类零件几何公差标注

轮坯的几何公差对齿轮类零件的传动精度影响很大，通常是根据其精度等级确定公差值。一般需标注的项目有：齿顶圆的径向圆跳动和基准端面对轴线的端面圆跳动、键槽两侧面对孔

心线的对称度、轴孔的圆度和圆柱度等。以上各项几何公差值可查表 6-30～表 6-32，这些几何公差对齿轮工作性能的影响如表 6-33 所示。

表 6-31　同轴度、对称度、圆跳动和全跳动公差　　　　　　　　　μm

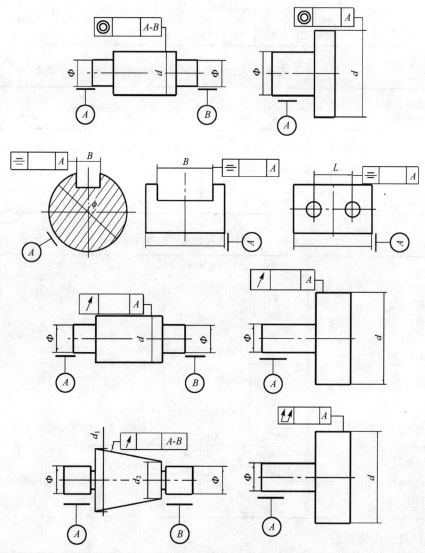

主参数 $d$（$D$），$B$，$L$ 图例
当被测要素为圆锥面时，取 $d = (d_1+d_2)/2$

| 精度等级 | 主参数 $d$，（$D$），$L$，$B$/mm | | | | | | | | | | | 应用举例（参考） |
|---|---|---|---|---|---|---|---|---|---|---|---|---|
| | >3 ~6 | >6 ~10 | >10 ~18 | >18 ~30 | >30 ~50 | >50 ~120 | >120 ~250 | >250 ~500 | >500 ~800 | >800 ~1250 | >1250 ~2000 | |
| 5 | 3 | 4 | 5 | 6 | 8 | 10 | 12 | 15 | 20 | 25 | 30 | 6 和 7 级精度齿轮轴的配合面，较高精度的快速轴，汽车发动机曲轴和分配轴的支承轴颈，角高精度机床的轴套 |
| 6 | 5 | 6 | 8 | 10 | 12 | 15 | 20 | 25 | 30 | 40 | 50 | |
| 7 | 8 | 10 | 12 | 15 | 20 | 25 | 30 | 40 | 50 | 60 | 80 | 8 和 9 级精度齿轮轴的配合面，拖拉机发动机分配轴轴颈，普通精度高速轴（1000 r/min 以下），长度在 1 m 以下的主传动轴，起重运输机的鼓轮配合孔和导轮的滚动面 |
| 8 | 12 | 15 | 20 | 25 | 30 | 40 | 50 | 60 | 80 | 100 | 120 | |

（续表）

| 精度等级 | 主参数 $d$, $(D)$, $L$, $B$/mm | | | | | | | | | | | 应用举例（参考） |
|---|---|---|---|---|---|---|---|---|---|---|---|---|
| | >3<br>~6 | >6<br>~10 | >10<br>~18 | >18<br>~30 | >30<br>~50 | >50<br>~120 | >120<br>~250 | >250<br>~500 | >500<br>~800 | >800<br>~1250 | >1250<br>~2000 | |
| 9<br>10 | 25<br>50 | 30<br>60 | 40<br>80 | 50<br>100 | 60<br>120 | 80<br>150 | 100<br>200 | 120<br>250 | 150<br>300 | 200<br>400 | 250<br>500 | 10 和 11 级精度齿轮轴的配合面，发动机气缸套配合面，水泵叶轮离心泵泵件，摩托车活塞，自行车中轴 |
| 11<br>12 | 80<br>150 | 100<br>200 | 120<br>250 | 150<br>300 | 200<br>400 | 250<br>500 | 300<br>600 | 400<br>800 | 500<br>1000 | 600<br>1200 | 800<br>1500 | 用于无特殊要求的场合，一般按尺寸按公差等级 IT12 制造零件 |

表 6-32　齿坯基准面径向和端面跳动公差　　　　　　　μm

| 分度圆直径<br>/mm | 精度等级 | | |
|---|---|---|---|
| | 5、6 | 7、8 | 9、10 |
| ≤125 | 11 | 18 | 28 |
| >125~400 | 14 | 22 | 36 |
| >400~800 | 20 | 32 | 50 |
| >800~1600 | 28 | 45 | 71 |

表 6-33　轮坯的几何公差推荐项目及影响

| 项目 | 符号 | 精度等级 | 对工作性能影响 |
|---|---|---|---|
| 圆柱齿轮以顶圆作为测量基准时齿顶圆的径向圆跳动<br>锥齿轮的齿顶圆锥的径向圆跳动<br>蜗轮外圆的径向圆跳动<br>蜗杆外圆的径向圆跳动<br><br>基准端面对轴线的端面圆跳动 | ↗ | 按齿轮、蜗轮精度等级确定 | 影响齿厚的测量精度，并在切齿时产生相应的齿圈径向跳动误差，导致传动件的加工中心与使用中心不一致，引起分齿不均。同时会使轴心线与机床的垂直导轨不平行而引起齿向误差 |
| 键槽两侧面对孔心线的对称度 | ═ | 7~9 | 影响键两侧受载的均匀性 |
| 轴孔的圆度<br><br>轴孔的圆柱度 | ○<br><br>⌭ | 7~8 | 影响传动零件与轴配合的松紧及对中性 |

## 3. 箱体几何公差标注

箱座与箱盖上应标注的几何公差可参考表 6-34。

表 6-34　箱座与箱盖的几何公差

| 名称 | 几何公差 | |
|---|---|---|
| 箱体接触面的平面度 | 底面 | 100 mm 长度上不大于 0.05 mm |
| | 剖分面 | 100 mm 长度上不大于 0.02 mm |
| | 轴承座孔外端面 | 100 mm 长度上不大于 0.03 mm |
| 基准平面的平行度 | 100 mm 长度上不大于 0.05 mm | |

（续表）

| 名称 | 几何公差 |
|---|---|
| 基准平面的垂直度 | 100 mm 长度上不大于 0.05 mm |
| 轴承座孔轴线与底面的平行度 | h11 |
| 箱体高度 $L$ 内，轴承座孔的轴线<br>在两个相互垂直面内的平行度 | $f_x^1 \leqslant f_x$ 且 $f_x^1$ 应小于 $f_a$；$f_y^1 \leqslant f_y$<br>（注：箱体上轴孔的轴线平行度借用齿轮副轴线平行度公差<br>$f_x = F_\beta$；$f_y = F_\beta/2$，$F_\beta$ 查表 6-2） |
| 轴承座孔（基准孔）轴线对端面的垂直度 | 普通级球轴承 0.08～0.1<br>普通级滚子轴承 0.03～0.04 |
| 两轴承座孔的同轴度 | 非调心球轴承 IT6<br>非调心滚子轴承 IT5 |
| 轴承座孔圆柱度 | 直接安装滚动轴承时，取 0.3 倍尺寸公差<br>其余情况时，取 0.4 倍尺寸公差 |

# 6.8 零件工作图的粗糙度标注

零件的所有表面都应注明表面粗糙度值，以便于制订加工工艺。在保证正常工作的条件下应尽量选用数值较大者，以便于加工。如果较多的表面具有相同的表面粗糙度数值，可集中标注在图纸的右上角，并加"其余"字样。现分别以轴类、齿轮、蜗轮蜗杆及箱体等说明零件工作图的粗糙度标注。

### 1. 轴表面粗糙度标注

轴的各个表面都要加工，与轴承相配合表面及轴肩端面粗糙度可参考表 6-35 进行选择；其他表面粗糙度数值可按表 6-36 推荐的数值进行选择。

表 6-35 配合面的表面粗糙度值

| 轴或轴承座直径<br>/mm | | 轴或外壳孔配合表面直径公差等级 | | | | | | | | |
|---|---|---|---|---|---|---|---|---|---|---|
| | | IT7 | | | IT6 | | | IT5 | | |
| | | 表面粗糙度等级/μm | | | | | | | | |
| 超过 | 到 | $Rz$ | $Ra$ | | $Rz$ | $Ra$ | | $Rz$ | $Ra$ | |
| | | | 磨 | 车 | | 磨 | 车 | | 磨 | 车 |
| | 80 | 10 | 1.6 | 3.2 | 6.3 | 0.8 | 1.6 | 4 | 0.4 | 0.8 |
| 80 | 500 | 16 | 1.6 | 3.2 | 10 | 1.6 | 3.2 | 6.3 | 0.8 | 1.6 |
| 端面 | | 25 | 3.2 | 6.3 | 25 | 3.2 | 6.3 | 10 | 1.6 | 3.2 |

注：与/P0/P6(/P6x)级公差轴承配合的轴，其公差等级一般为 IT6，外壳孔一般为 IT7。

表 6-36 轴加工表面粗糙度 $Ra$ 推荐数值

| 加工表面 | 表面粗糙度 $Ra$ 值/μm |
|---|---|
| 与传动件及联轴器等轮毂相配合表面 | 3.2，1.6，0.8，0.4 |
| 与 G、E 级滚动轴承相配合的表面 | 见表 6-35 |

（续表）

| 加工表面 | 表面粗糙度 $Ra$ 值/μm | | |
|---|---|---|---|
| 与传动件及联轴器相配合的轴肩表面 | 6.3，3.2，1.6 | | |
| 与滚动轴承相配合的轴肩表面 | 见表 6-35 | | |
| 平键键槽 | 工作面：6.3，3.2，1.6；非工作面：12.5，6.3 | | |
| 与轴承密封装置相接触的表面 | 毡封油圈 | 橡胶油封 | 间隙及迷宫式 |
| | 与轴接触处的圆周速度/(m/s) | | 6.3，3.2，1.6 |
| | ≤3 ／ >3～5 ／ >5～10 | | |
| | 3.2，1.6，0.8 ／ 1.6，0.8，0.4 ／ 0.8，0.4，0.2 | | |
| 螺纹牙工作面 | 0.8（精密精度螺纹），1.6（中等精度螺纹） | | |
| 其他表面 | 6.3～3.2（工作面），12.5～6.3（非工作面） | | |

### 2. 齿轮表面粗糙度

新国标中规定的齿轮精度等级与齿面粗糙度间没有直接的关系，但齿轮类零件的所有表面都应标明表面粗糙度，表 6-37 中推荐了 4～9 级精度时齿轮齿面粗糙度 $Ra$ 的参考值，供设计时选用。其他表面的粗糙度要求可参看轴表面粗糙度的荐用值表 6-36。

表 6-37　齿轮轮齿表面粗糙度 $Ra$ 推荐值

| 齿轮精度等级 | 4 | | 5 | | 6 | |
|---|---|---|---|---|---|---|
| 齿面 | 硬齿面 | 软齿面 | 硬齿面 | 软齿面 | 硬齿面 | 软齿面 |
| 齿面粗糙度 $Ra$/μm | ≤0.4 | ≤0.8 | ≤1.6 | ≤0.8 | ≤1.6 | |
| 齿轮精度等级 | 7 | | 8 | | 9 | |
| 齿面 | 硬齿面 | 软齿面 | 硬齿面 | 软齿面 | 硬齿面 | 软齿面 |
| 齿面粗糙度 $Ra$/μm | ≤0.8 | ≤3.2 | ≤6.3 | ≤3.2 | ≤6.3 | |

### 3. 蜗杆与蜗轮表面粗糙度标注

蜗杆与蜗轮的各个主要表面都应标注出粗糙度数值，其轮齿表面的粗糙度要求从表 6-38 中选取，对不需要切削加工的铸锻表面也应标明相应的粗糙度代号，或集中标注在图纸的右上角。

表 6-38　蜗杆蜗轮的表面粗糙度 $Ra$ 值　　　　　　　　　　μm

| 精度等级 | 齿面 | | 顶圆 | |
|---|---|---|---|---|
| | 蜗杆 | 蜗轮 | 蜗杆 | 蜗轮 |
| 7 | 1.6、0.8 | 1.6、0.8 | 3.2、1.6 | 6.3、3.2 |
| 8 | 3.2、1.6 | 3.2、1.6 | 3.2、1.6 | 6.3、3.2 |
| 9 | 6.3、3.2 | 6.3、3.2 | 6.3、3.2 | 12.5、6.3 |

标注蜗杆、蜗轮零件工作图表面粗糙度值还可参见第 7 章相关图例。

### 4. 箱体表面粗糙度的标注

箱座与箱盖各加工表面荐用的表面粗糙度值参见表 6-39。

表 6-39　箱座、箱盖加工表面荐用的表面粗糙度值　　　　　μm

| 加工表面 | 粗糙度 Ra 值 | 加工表面 | 粗糙度 Ra 值 |
|---|---|---|---|
| 剖分面 | 3.2～1.6 | 轴承端盖及套杯的其他配合面 | 6.3～1.6 |
| 轴承座孔 | 1.6～0.8 | 油沟及检视孔连接面 | 12.5～6.3 |
| 轴承座凸缘外端面 | 3.2～1.6 | 箱座底面 | 12.5～6.3 |
| 螺栓孔、螺栓或螺钉沉头座 | 12.5～6.3 | 圆锥销孔 | 1.6～0.8 |

# 6.9　零件工作图的标题栏

零件工作图的标题栏应注明图号，零件的名称、材料及件数，绘图比例尺等内容。零件工作图标题栏的格式如附录中图 A-2、图 A-3 所示，也可参照第 7 章的相关图例。

# 6.10　零件工作图的技术要求标注

### 1．轴的技术要求

（1）对材料的机械性能和化学成分的要求，允许的代用材料等；
（2）对材料表面机械性能的要求，如热处理方法要求达到的硬度、渗碳层深度及淬火深度等；
（3）对机械加工的要求，如是否保留中心孔，需要与其他零件配合加工的结构应加以说明；
（4）对图中未注明的圆角、倒角的说明，个别部位修饰加工要求、较长轴的毛坯校直等。

### 2．齿轮、蜗杆与蜗轮工作图中的技术要求

（1）对铸件、锻件的要求，如时效处理；
（2）对材料表面性能要求，如热处理方法、热处理后硬度、渗碳深度及淬火深度等；
（3）对未注明倒角、圆角的说明；
蜗杆与蜗轮工作图中的技术要求内容与齿轮工作图类似。

### 3．箱体技术要求

（1）铸件应进行清砂及时效处理；
（2）铸件不得有裂纹，结合面及轴承孔内表面应无蜂窝状缩孔，单个缩孔深度不得大于 3 mm，直径不得大于 5 mm，其位置距外缘不得超过 15 mm，全部缩孔面积应小于总面积的 5%；
（3）轴承孔端面的缺陷尺寸不得大于加工表面的 15%，深度不得大于 2 mm，位置应在轴承盖的螺钉孔外面；

（4）视孔盖的支承面缺陷深度不得大于 1 mm，宽度不得大于支承面的 1/3，总面积不大于加工面的 5%；

（5）剖分面上的定位销孔加工时，应将箱盖、箱座合起来进行配钻、配铰；

（6）箱座和箱盖的轴承座孔应合起来，插入定位销后进行镗孔；

（7）几何公差中不能用符号表示的要求，如轴承座孔轴线间的平行度、偏斜度等；

（8）铸件的圆角及拔模斜度。

以上要求不必全部列出，可视具体情况列出其中重要项目即可。

# 第7章

## 机械设计课程设计参考图例

图 7-1　单级圆柱齿轮减速器外形图

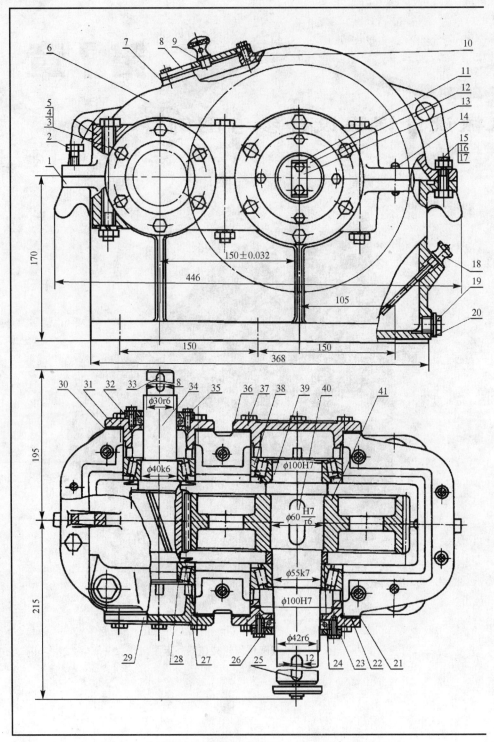

图 7-2　单级圆柱齿轮减速器装配图（凸缘式轴承端盖）

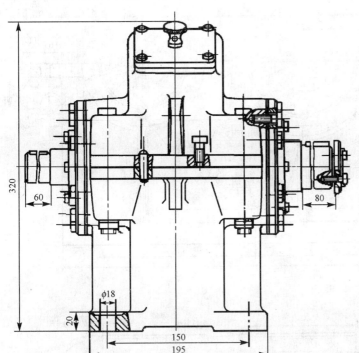

技术条件

1. 装配前，全部零件用煤油清洗，箱体内不许有杂物存在。在内壁涂两次不被机油浸蚀的涂料

2. 用涂色法检验斑点。齿高接触斑点不小于40%；齿长接触斑点不小于50%。必要时可用研磨或刮后研磨，以便改善接触情况

3. 调整轴承时所留轴向间隙如下：$\phi40$为$0.05\sim0.1$；$\phi55$为$0.08\sim0.15$

4. 装配时，剖分面不允许使用任何填料，可涂以密封油漆或水玻璃。试转时，应检查剖分面各接触面及密封处，均不准漏油

5. 箱座内选用SH0357—1992中的50号润滑油，装至规定高度

6. 表面涂灰色油漆

技术特性

| 输入功率 | 5.5 kW | 高速轴转速 | 720 r/min | 传动比 | 4.16 |
|---|---|---|---|---|---|

| 序号 | 名称 | 数量 | 材料 | 标准 | 备注 | | 序号 | 名称 | 数量 | 材料 | 标准 | 备注 |
|---|---|---|---|---|---|---|---|---|---|---|---|---|
| 41 | 大齿轮 | 1 | 45 | | | | 19 | 六角螺塞M18×1.5 | 1 | Q235A | JB/ZQ4450—1997 | |
| 40 | 键18×50 | 1 | Q275A | GB/T1096—2003 | | | 18 | 油标M12 | 1 | Q235A | JB/T1161—1989 | |
| 39 | 轴 | 1 | 45 | | | | 17 | 垫圈10 | 2 | 65Mn | GB/T93—1987 | |
| 38 | 轴承30211 | 2 | | GB/T297—1994 | | | 16 | 螺母M10 | 2 | Q235A | GB/T6170—2000 | |
| 37 | 螺栓M8×25 | 24 | Q235A | GB/T5782—2000 | | | 15 | 螺栓M10×35 | 4 | Q235A | GB/T5782—2000 | |
| 36 | 轴承端盖 | 1 | HT200 | | | | 14 | 销A8×30 | 2 | 35 | GB/T117—2000 | |
| 35 | J型油封35×60×12 | 1 | 耐油橡胶 | HG4—338—1996 | | | 13 | 垫圈6 | 1 | 65Mn | GB/T93—1987 | |
| 34 | 齿轮轴 | 1 | 45 | | | | 12 | 轴端挡圈 | 1 | Q235A | GB/T892—1986 | |
| 33 | 键8×50 | 1 | Q275A | GB/T1096—2003 | | | 11 | 螺栓M6×25 | 2 | Q235A | GB/T5782—2000 | |
| 32 | 密封盖板 | 1 | Q235A | | | | 10 | 螺栓M6×20 | 4 | Q235A | GB/T5782—2000 | |
| 31 | 轴承端盖 | 1 | HT200 | | | | 9 | 通气器 | 1 | Q235A | | |
| 30 | 调整垫片 | 2 | 08F | | 成组 | | 8 | 视孔盖 | 1 | Q215A | | |
| 29 | 轴承端盖 | 1 | HT200 | | | | 7 | 垫片 | 1 | 石棉橡胶纸 | | |
| 28 | 轴承30208 | 2 | | GB/T297—1994 | | | 6 | 箱盖 | 1 | HT200 | | |
| 27 | 挡油环 | 2 | Q215A | | | | 5 | 垫圈12 | 6 | 65Mn | GB/193—1987 | |
| 26 | J型油封50×72×12 | 1 | 耐油橡胶 | HG4—338—1996 | | | 4 | 螺母M12 | 6 | Q235A | GB/T6170—2000 | |
| 25 | 键12×56 | 1 | Q275A | GB/T1096—2003 | | | 3 | 螺栓M12×100 | 6 | Q235A | GB/T5782—2000 | |
| 24 | 定距环 | 1 | Q235A | | | | 2 | 起盖螺钉M10×30 | 1 | Q235A | GB/T5782—2000 | |
| 23 | 密封盖板 | 1 | Q235A | | | | 1 | 箱座 | 1 | HT200 | | |
| 22 | 轴承端盖 | 1 | HT200 | | | | 序号 | 名称 | 数量 | 材料 | 标准 | 备注 |
| 21 | 调整垫片 | 2组 | 08F | | | | 单级圆柱齿轮减速器 | | | 比例 | 图号 | |
| 20 | 油圈25×18 | 1 | 工业用革 | ZB70—1962 | | | | | | 数量 | 重量 | |
| 序号 | 名 称 | 数量 | 材料 | 标 准 | 备注 | | 设计 绘图 审阅 | | | | | |

图 7-2　单级圆柱齿轮减速器装配图（凸缘式轴承端盖）（续）

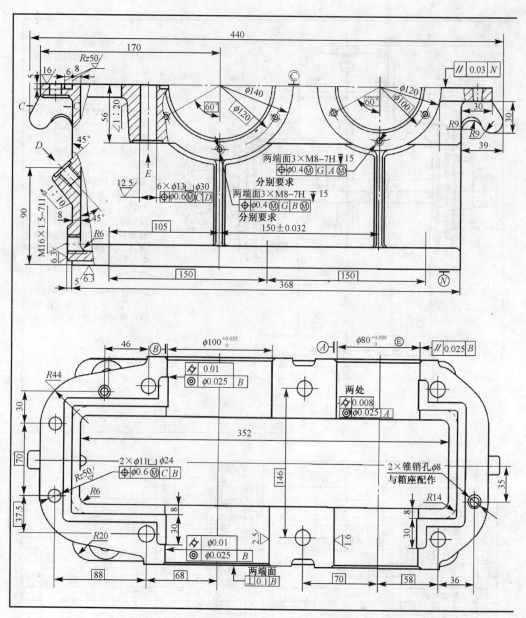

图 7-3　减速器箱座零件工作图

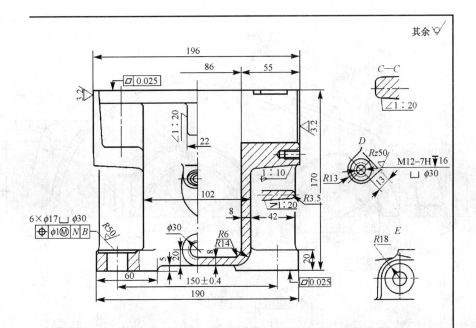

技术要求

1. 箱座铸成后，应清理铸件，并进行时效处理；
2. 箱盖和箱座合箱后，边缘应平齐，相互错位每边不大于2；
3. 检查与箱盖结合面间的密封性，用0.05塞尺塞入深度不得大于剖分面宽度的三分之一，用涂色检查接触面积达到每平方厘米面积内不小于一个斑点；
4. 与箱盖连接后，打上定位销进行镗孔，接合面处禁放任何衬垫；
5. 宽度196组合后加工；
6. 未注明的铸造圆角为R3～R5；
7. 未注倒角为C2，其表面粗糙度为Ra=12.5 μm；
8. 箱座不得漏油。

| 箱座 | 比例 | | 图号 | |
|---|---|---|---|---|
| | 数量 | | 材料 | HT200 |
| 设计 | | | | |
| 绘图 | | | | |
| 审阅 | | | | |

图 7-3　减速器箱座零件工作图（续）

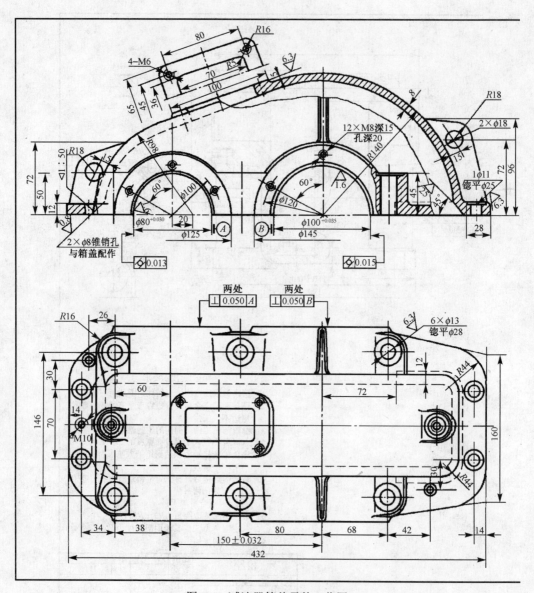

图 7-4　减速器箱盖零件工作图

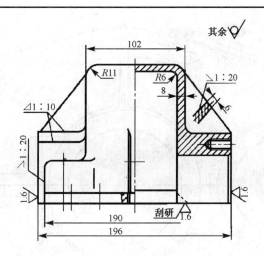

技术要求

1. 铸件应清砂、去毛刺，进行时效处理。
2. 分箱面应用0.05 mm塞尺检验，插入深度不应超过接合面宽度的1/3；用涂色法检验时，每平方厘米应不少于一个接触斑点。
3. 与箱体合箱后，分箱面边缘应对齐，每边错位不大于2 mm。
4. 未注明铸造圆角为$R5 \sim R10$，未注明倒角为$C2$。
5. 与箱体组装后配作定位销孔，打入定位销后镗轴承座孔。
6. $\phi 80^{+0.030}$与$\phi 100^{+0.035}$轴承座孔的轴心线在水平面内的平行度公差$f_x \leqslant 0.05$ mm；在垂直面内的平行度公差$f_y \leqslant 0.025$ mm。

| 箱盖 | 比例 | | 图号 | |
|---|---|---|---|---|
| | 数量 | | 材料 | HT200 |
| 设计 | | | | |
| 绘图 | | | | |
| 审阅 | | | | |

图 7-4　减速器箱盖零件工作图（续）

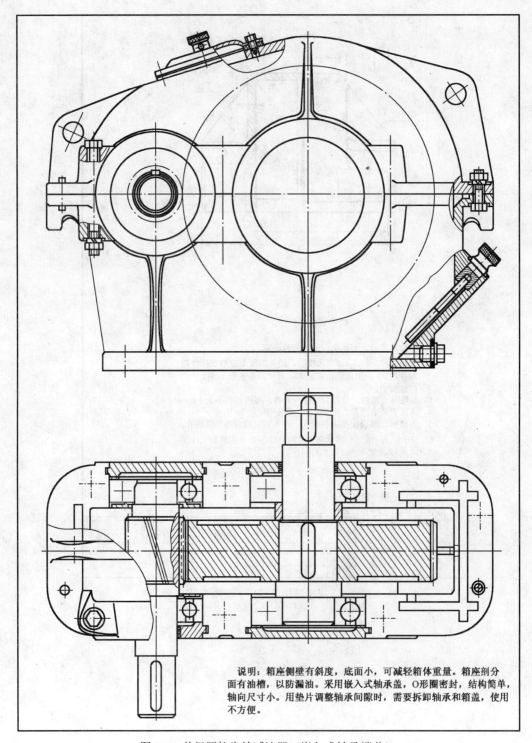

说明：箱座侧壁有斜度，底面小，可减轻箱体重量。箱座剖分面有油槽，以防漏油。采用嵌入式轴承盖，O形圈密封，结构简单，轴向尺寸小。用垫片调整轴承间隙时，需要拆卸轴承和箱盖，使用不方便。

图 7-5　单级圆柱齿轮减速器（嵌入式轴承端盖）

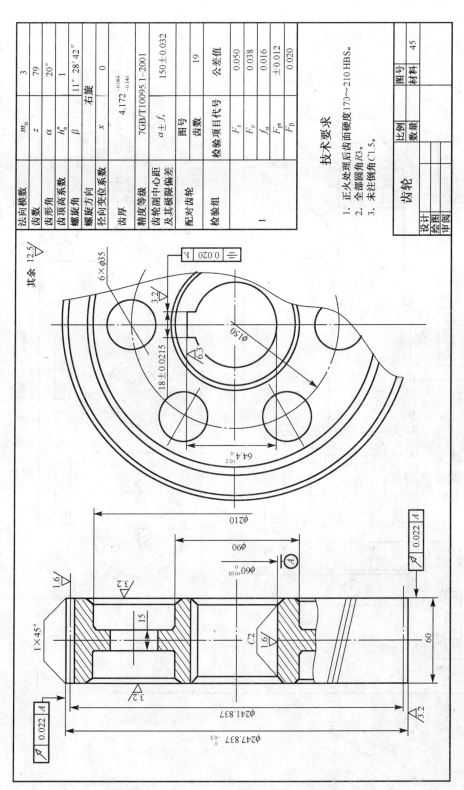

图 7-6　斜齿圆柱齿轮零件工作图

| 法向模数 | $m_\mathrm{n}$ | | 3 |
| 齿数 | $z$ | | 79 |
| 齿形角 | $\alpha$ | | 20° |
| 齿顶高系数 | $h_\mathrm{a}^*$ | | 1 |
| 螺旋角 | $\beta$ | | 11°28′42″ |
| 螺旋方向 | | | 右旋 |
| 径向变位系数 | $x$ | | 0 |
| 齿厚 | | | $4.172_{-0.140}^{-0.064}$ |
| 精度等级 | | 7GB/T10095.1—2001 | |
| 齿轮副中心距及其极限偏差 | $a \pm f_a$ | | 150±0.032 |
| 配对齿轮 | 图号 | | |
| | 齿数 | | 19 |
| 检验组 I | 检验项目代号 | | 公差值 |
| | $F_\mathrm{r}$ | | 0.050 |
| | $F_\mathrm{p}$ | | 0.038 |
| | $f_\alpha$ | | 0.016 |
| | $F_\mathrm{pt}$ | | ±0.012 |
| | $F_\beta$ | | 0.020 |

技术要求
1. 正火处理后齿面硬度170～210 HBS。
2. 全部圆角R3。
3. 未注倒角C1.5。

齿轮　图号　材料 45

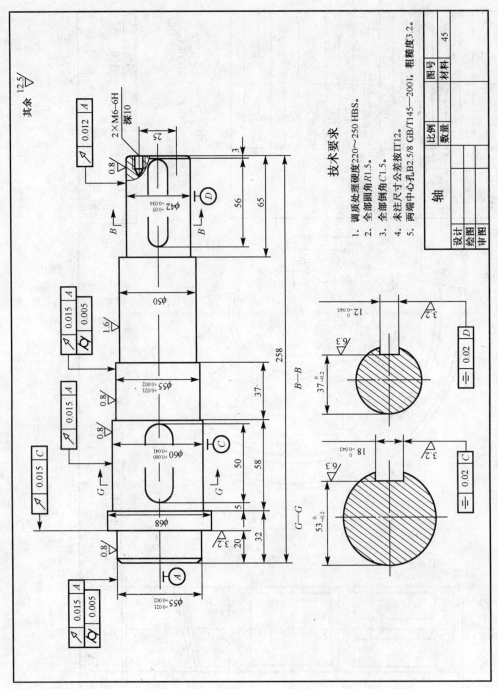

图 7-7 轴零件工作图

| 法向模数 | $m_\mathrm{n}$ | 3 |
| 齿数 | $z$ | 19 |
| 齿形角 | $\alpha$ | 20° |
| 齿顶高系数 | $h_\mathrm{a}^*$ | 1 |
| 螺旋角 | $\beta$ | 11°28′42″ |
| 螺旋方向 | | 左旋 |
| 径向变位系数 | $x$ | 0 |
| 齿厚 | | $4.172_{-0.140}^{-0.084}$ |
| 精度等级 | 7GB/T10095.1—2001 | |
| 齿轮副中心距<br>及其极限偏差 | $\alpha \pm f_\alpha$ | $150 \pm 0.032$ |
| 配对齿轮 | 图号 | |
| | 齿数 | 79 |
| 检验组 | 检验项目代号 | 公差值 |
| | $F_\mathrm{r}$ | 0.030 |
| | $F_\mathrm{p}$ | 0.038 |
| I | $f_\alpha$ | 0.016 |
| | $F_\mathrm{pt}$ | $\pm 0.012$ |
| | $f_\beta$ | 0.020 |

**技术要求**

1. 调质后齿面硬度220～250 HBS。
2. 其余圆角角R2。
3. 全部倒角C1.5。
4. 未注尺寸公差按IT12。
5. 两端中心孔B3.15/10 GB/T145—2001，粗糙度3.2。

| 齿轮轴 | | 比例 | | 图号 | |
| | | 数量 | | 材料 | 45 |
| 设计 | | | | | |
| 绘图 | | | | | |
| 审阅 | | | | | |

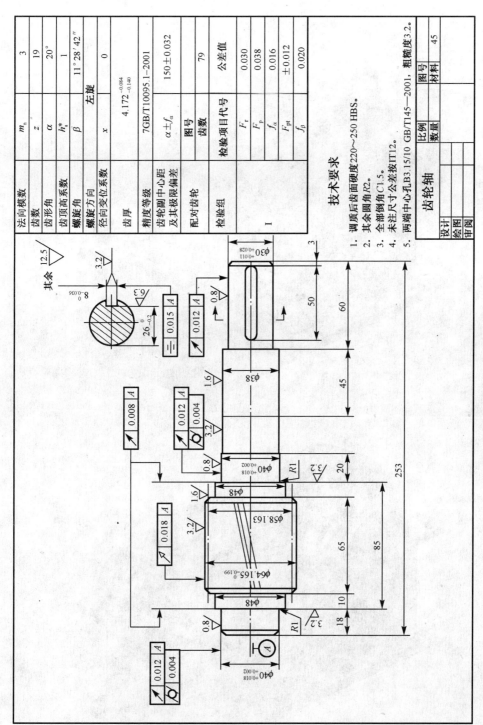

图 7-8　齿轮轴零件工作图

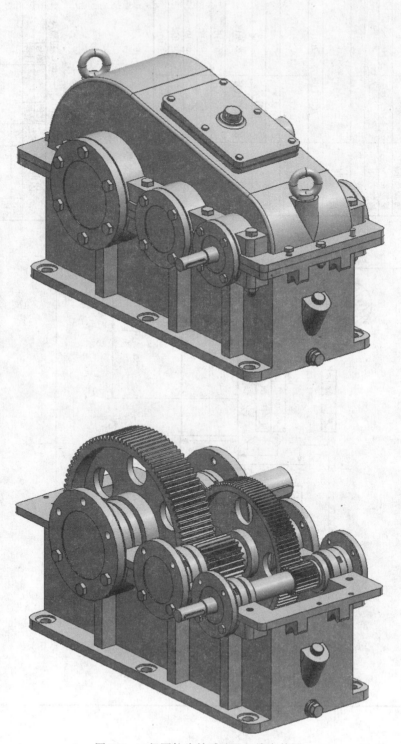

图 7-9　二级圆柱齿轮减速器三维实体图

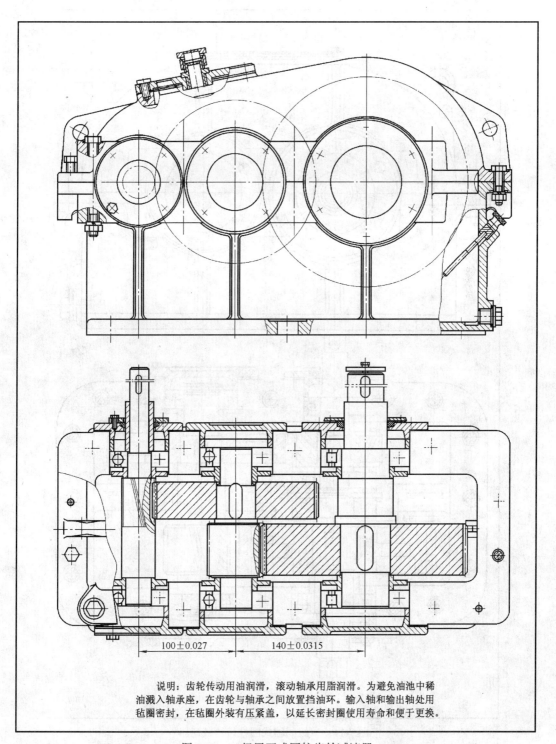

100±0.027　　140±0.0315

说明：齿轮传动用油润滑，滚动轴承用脂润滑。为避免油池中稀
油溅入轴承座，在齿轮与轴承之间放置挡油环。输入轴和输出轴处用
毡圈密封，在毡圈外装有压紧盖，以延长密封圈使用寿命和便于更换。

图 7-10　二级展开式圆柱齿轮减速器

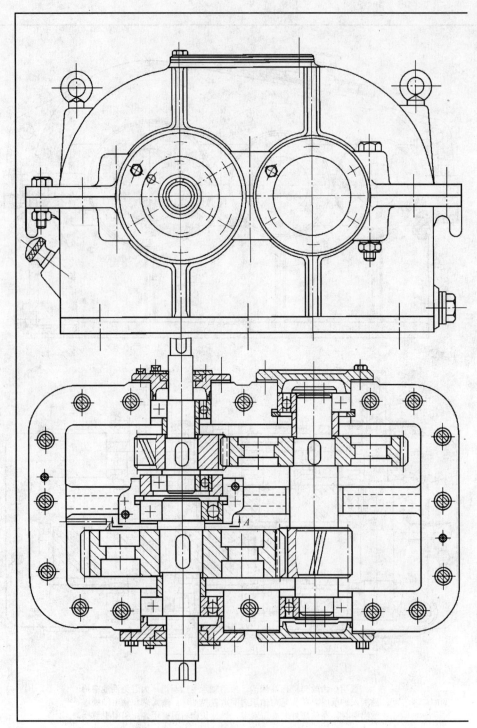

图 7-11　二级同轴式圆柱齿轮减速器

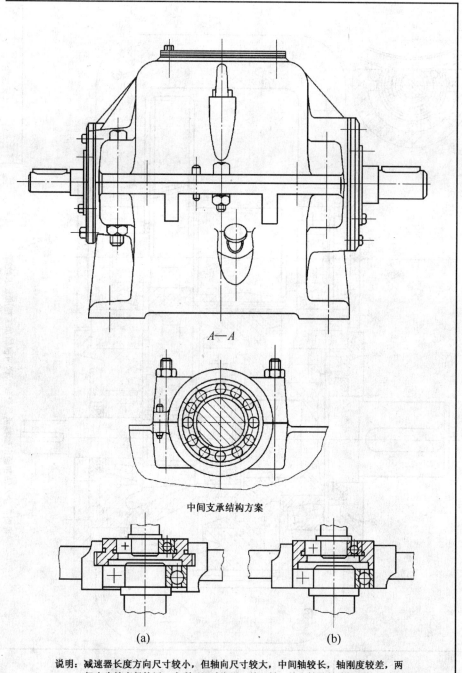

$A$—$A$

中间支承结构方案

(a)　　　　　　　　　　　(b)

说明：减速器长度方向尺寸较小，但轴向尺寸较大，中间轴较长，轴刚度较差，两
　　　级大齿轮直径接近，有利于浸油润滑。输入轴、输出轴的轴线要保持重合，
　　　孔加工的同轴度精度要求较高。

图 7-11　二级同轴式圆柱齿轮减速器（续）

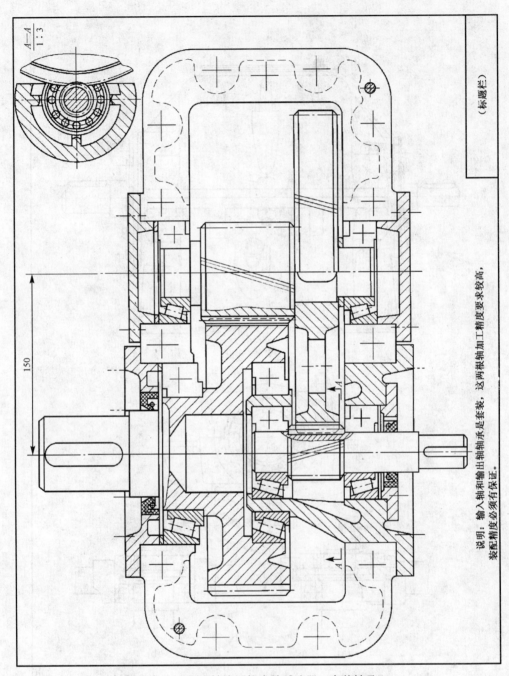

说明：输入轴和输出轴轴承是套装，这两根制轴和轴承精度要求较高，装配精度必须有保证。

图 7-12 二级同轴式圆柱齿轮减速器（套装轴承）

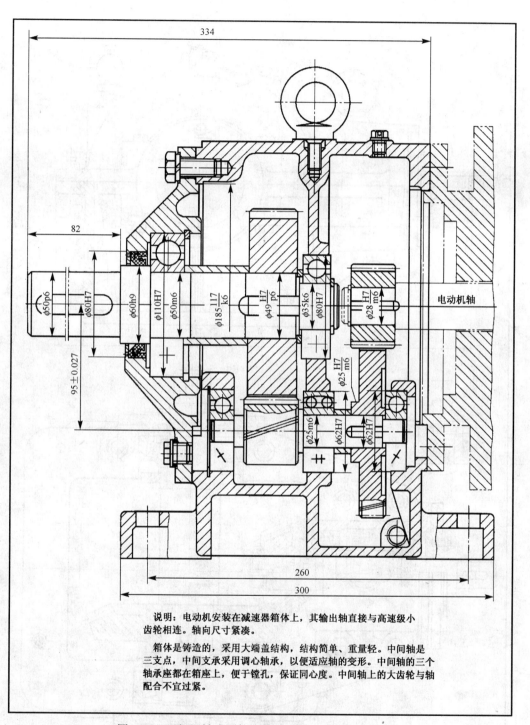

说明：电动机安装在减速器箱体上，其输出轴直接与高速级小
齿轮相连。轴向尺寸紧凑。

箱体是铸造的，采用大端盖结构，结构简单、重量轻。中间轴是
三支点，中间支承采用调心轴承，以便适应轴的变形。中间轴的三个
轴承座都在箱座上，便于镗孔，保证同心度。中间轴上的大齿轮与轴
配合不宜过紧。

图 7-13　二级同轴式圆柱齿轮减速器（电动机减速器）

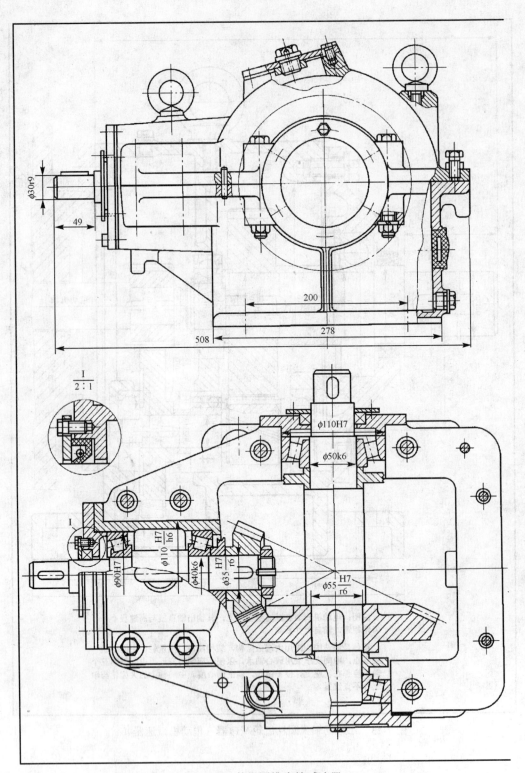

图 7-14　单级圆锥齿轮减速器

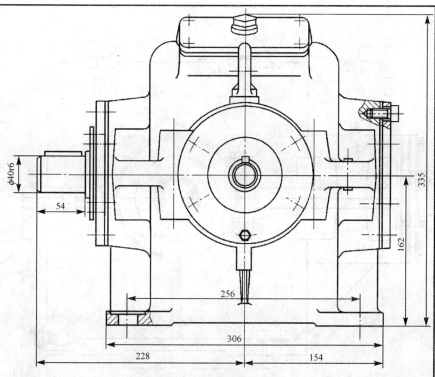

技术参数表

1．功率4.5 kW；2．高速轴转速：420 r/min；3．传动比：2：1。

技术要求

1．装配前，所有零件进行清洗，箱体内壁涂耐油油漆。
2．啮合侧隙之大小用铅丝来检验，保证侧隙不小于
　0.17 mm，所用铅丝直径不得大于最小侧隙的2倍。
3．用涂色法检验齿面接触斑点，按齿高和齿长接触斑点
　都不少于50%。
4．调整轴承轴向间隙，高速轴为0.04～0.07 mm，低速轴为
　0.05～0.1 mm。
5．减速器剖分面、各接触面及密封处均不许漏油，剖分面
　允许涂密封胶或水玻璃。
6．减速器内装50号工业齿轮油至规定高度。
7．减速器表面涂灰色油漆。

（标题栏）

图 7-14　单级圆锥齿轮减速器（续）

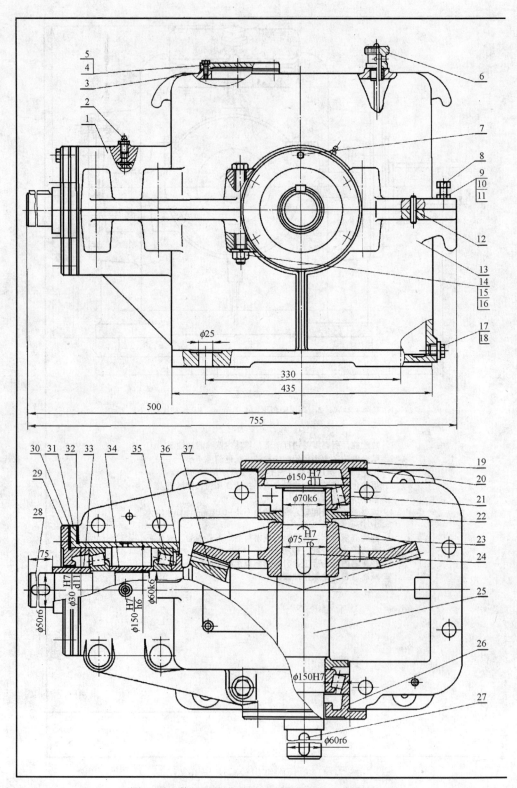

图 7-15　单级圆锥齿轮减速器装配图（套装轴承）

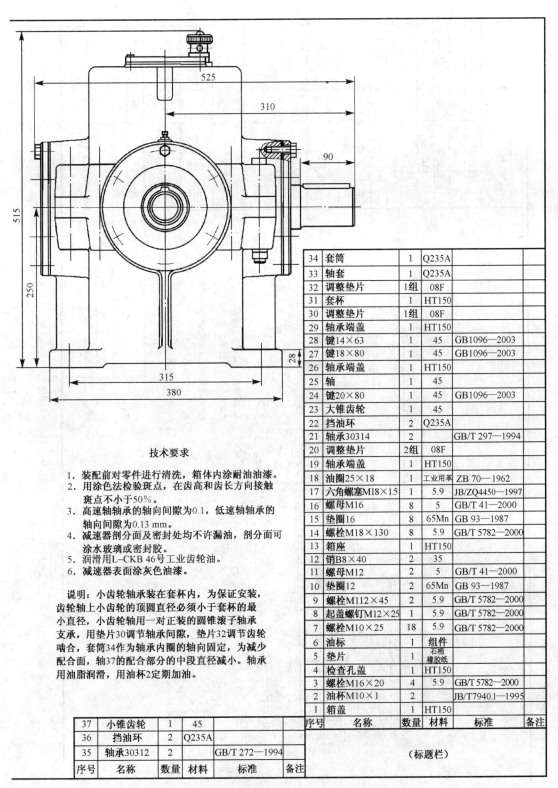

**技术要求**

1. 装配前对零件进行清洗，箱体内涂耐油油漆。
2. 用涂色法检验斑点，在齿高和齿长方向接触斑点不小于50%。
3. 高速轴轴承的轴向间隙为0.1，低速轴轴承的轴向间隙为0.13 mm。
4. 减速器剖分面及密封处均不许漏油，剖分面可涂水玻璃或密封胶。
5. 润滑用L-CKB 46号工业齿轮油。
6. 减速器表面涂灰色油漆。

说明：小齿轮轴承装在套杯内，为保证安装，齿轮轴上小齿轮的顶圆直径必须小于套杯的最小直径，小齿轮轴用一对正装的圆锥滚子轴承支承，用垫片30调节轴承间隙，垫片32调节齿轮啮合，套筒34作为轴承内圈的轴向固定，为减少配合面，轴37的配合部分的中段直径减小。轴承用油脂润滑，用油杯2定期加油。

| 34 | 套筒 | 1 | Q235A | |
|---|---|---|---|---|
| 33 | 轴套 | 1 | Q235A | |
| 32 | 调整垫片 | 1组 | 08F | |
| 31 | 套杯 | 1 | HT150 | |
| 30 | 调整垫片 | 1组 | 08F | |
| 29 | 轴承端盖 | 1 | HT150 | |
| 28 | 键14×63 | 1 | 45 | GB1096—2003 |
| 27 | 键18×80 | 1 | 45 | GB1096—2003 |
| 26 | 轴承端盖 | 1 | HT150 | |
| 25 | 轴 | 1 | 45 | |
| 24 | 键20×80 | 1 | 45 | GB1096—2003 |
| 23 | 大锥齿轮 | 1 | 45 | |
| 22 | 挡油环 | 2 | Q235A | |
| 21 | 轴承30314 | 2 | | GB/T 297—1994 |
| 20 | 调整垫片 | 2组 | 08F | |
| 19 | 轴承端盖 | 1 | HT150 | |
| 18 | 油圈25×18 | 1 | 工业用革 | ZB 70—1962 |
| 17 | 六角螺塞M18×1.5 | 1 | 5.9 | JB/ZQ4450—1997 |
| 16 | 螺母M16 | 8 | 5 | GB/T 41—2000 |
| 15 | 垫圈16 | 8 | 65Mn | GB 93—1987 |
| 14 | 螺栓M18×130 | 8 | 5.9 | GB/T 5782—2000 |
| 13 | 箱座 | 1 | HT150 | |
| 12 | 销B8×40 | 2 | 35 | |
| 11 | 螺母M12 | 2 | 5 | GB/T 41—2000 |
| 10 | 垫圈12 | 2 | 65Mn | GB 93—1987 |
| 9 | 螺栓M112×45 | 2 | 5.9 | GB/T 5782—2000 |
| 8 | 起盖螺钉M12×25 | 1 | 5.9 | GB/T 5782—2000 |
| 7 | 螺栓M10×25 | 18 | 5.9 | GB/T 5782—2000 |
| 6 | 油标 | 1 | 组件 | |
| 5 | 垫片 | 1 | 石棉橡胶纸 | |
| 4 | 检查孔盖 | 1 | HT150 | |
| 3 | 螺栓M16×20 | 4 | 5.9 | GB/T 5782—2000 |
| 2 | 油杯M10×1 | 2 | | JB/T7940.1—1995 |
| 1 | 箱盖 | 1 | HT150 | |
| 序号 | 名称 | 数量 | 材料 | 标准 | 备注 |

（标题栏）

| 37 | 小锥齿轮 | 1 | 45 | | |
|---|---|---|---|---|---|
| 36 | 挡油环 | 2 | Q235A | | |
| 35 | 轴承30312 | 2 | | GB/T 272—1994 | |
| 序号 | 名称 | 数量 | 材料 | 标准 | 备注 |

图 7-15　单级圆锥齿轮减速器装配图（套装轴承）（续）

| 模数 | $m$ | 4 |
|---|---|---|
| 齿数 | $z_1$ | 25 |
| 齿形角 | $\alpha$ | 20° |
| 分度圆直径 | $d_1$ | 100 |
| 分锥角 | $\delta$ | 18°26′6″ |
| 根锥角 | $\delta_f$ | 16°42′ |
| 锥距 | $R$ | 158.114 |
| 齿全高 | $h$ | 8.8 |
| 轴交角 | $\Sigma$ | 90° |
| 精度等级 | | 8b GB 11365—1989 |
| 配对齿轮 图号 | | — |
| 齿数 | $z_2$ | 75 |
| 公差组 | 检验项目 | 公差值 |
| I | $F_p$ | 0.063 |
| II | $F_{pt}$ | ±0.020 |
| III 接触斑点 | 齿高 | 不少于55% |
| | 齿长 | 不少于50% |
| 测量 | 齿厚 $s$ | $5.088^{-0.084}_{-0.184}$ |
| | 齿高 $h_a$ | 3.165 |

| 锥齿轮轴 | | |
|---|---|---|
| 比例 | 图号 | |
| 数量 | 材料 | 45 |
| 机械设计课程设计 | （学校与班级名称） | |
| 设计 | （日期） | |
| 制图 | （日期） | |
| 审核 | （日期） | |

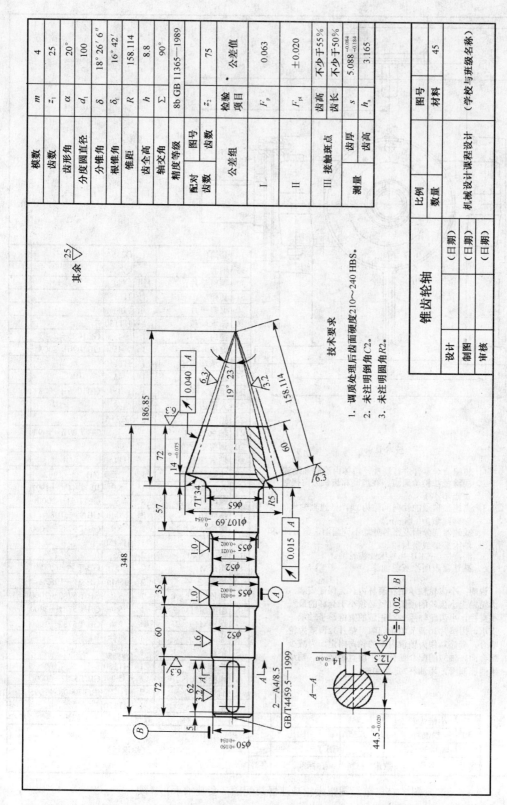

其余 25▽

技术要求
1. 调质处理后齿面硬度210~240 HBS。
2. 未注明倒角C2。
3. 未注明圆角R2。

图 7-16　锥齿轮轴零件工作图

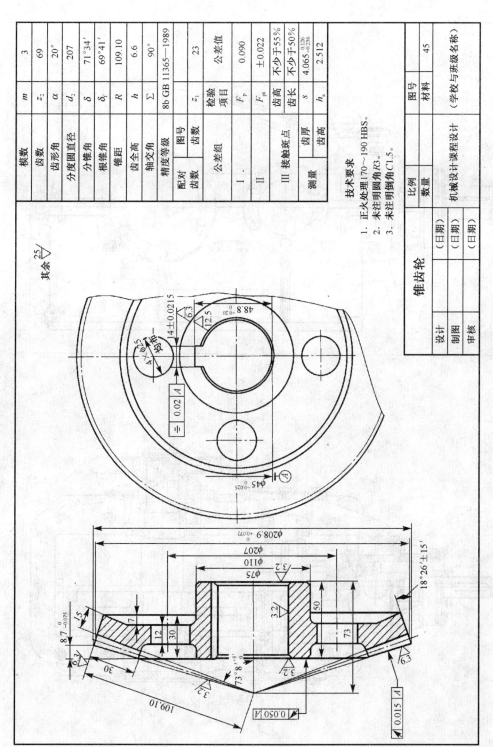

| 模数 | $m$ | 3 |
|---|---|---|
| 齿数 | $z_2$ | 69 |
| 齿形角 | $\alpha$ | 20° |
| 分度圆直径 | $d_2$ | 207 |
| 分锥角 | $\delta$ | 71°34′ |
| 根锥角 | $\delta_f$ | 69°41′ |
| 锥距 | $R$ | 109.10 |
| 齿全高 | $h$ | 6.6 |
| 轴交角 | $\Sigma$ | 90° |
| 精度等级 | | 8b GB 11365—1989 |
| 配对齿轮 | 图号 | |
| | 齿数 | $z_1$ | 23 |
| 公差组 | 检验项目 | 公差值 |
| Ⅰ | $F_p$ | 0.090 |
| Ⅱ | $F_{pt}$ | ±0.022 |
| Ⅲ 接触斑点 | 齿高 | 不少于55% |
| | 齿长 | 不少于50% |
| 测量 | 齿厚 | $s$ | $4.065^{-0.126}_{-0.256}$ |
| | 齿高 | $h_a$ | 2.512 |

技术要求
1. 正火处理170～190 HBS。
2. 未注明圆角R3。
3. 未注明倒角C1.5。

| | | 锥齿轮 | | 图号 | | 45 |
|---|---|---|---|---|---|---|
| | | | | 材料 | | |
| | | | 机械设计课程设计 | 比例 | | （学校与班级名称） |
| | | | | 数量 | | |
| 设计 | | （日期） | | | | |
| 制图 | | （日期） | | | | |
| 审核 | | （日期） | | | | |

其余 $\sqrt{25}$

$\phi 45^{0}_{-0.025}$

$48.8^{+0.20}_{0}$

$14±0.0215$

$6.3$  $12.5$

$\angle$ $0.02$ $A$

$4×\phi 25$ 均布

$A$

$\phi 208.9^{0}_{+0.072}$
$\phi 207$
$\phi 110$
$\phi 75$
$3.2$
$3.2$
$50$
$73$
$18°26′15″$
$15^{0}_{-0.075}$
$8.7^{0}_{-0.075}$
$6.3$
$30$
$7$
$12$
$30$
$3.2$
$73°8′$
$3.2$
$109.10$
$\angle$ $0.050$ $A$
$\oslash$ $0.015$ $A$
$6.3$

图 7-17　直齿圆锥齿轮零件工作图

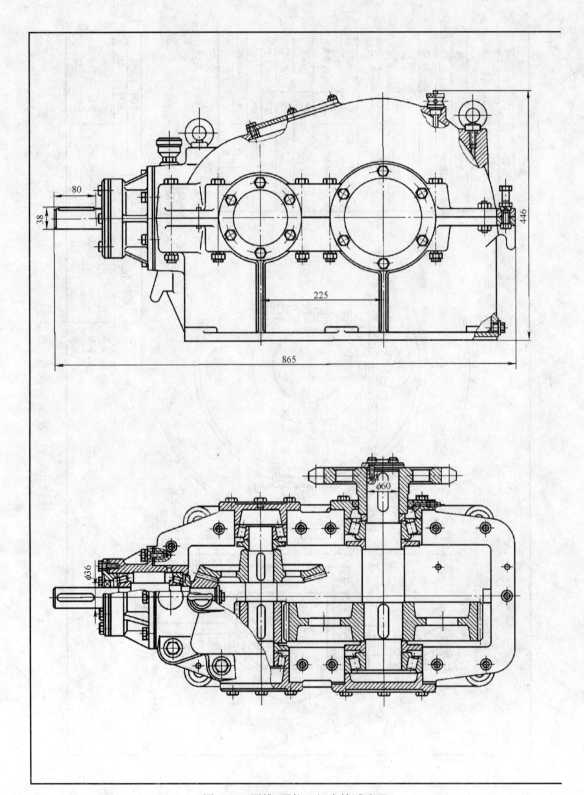

图 7-18　圆锥-圆柱二级齿轮减速器

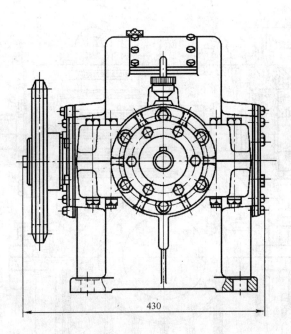

430

（标题栏）

图 7-18　圆锥-圆柱二级齿轮减速器（续）

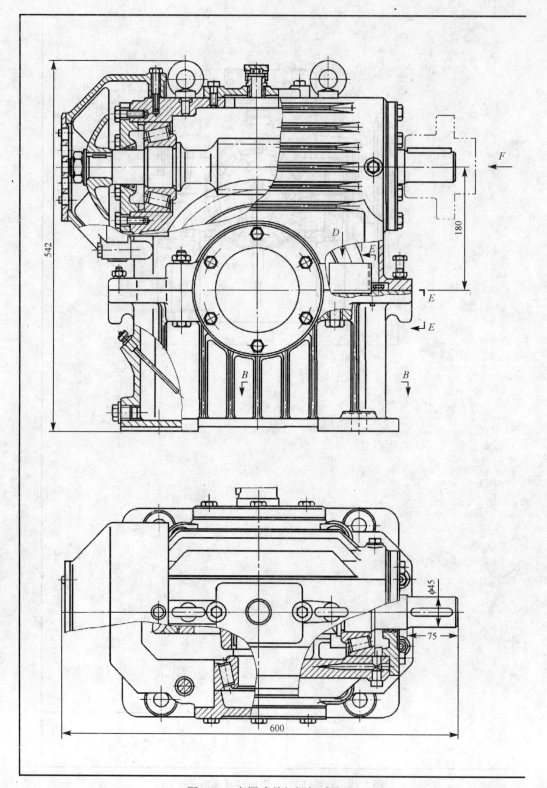

图 7-19　上置式单级蜗杆减速器

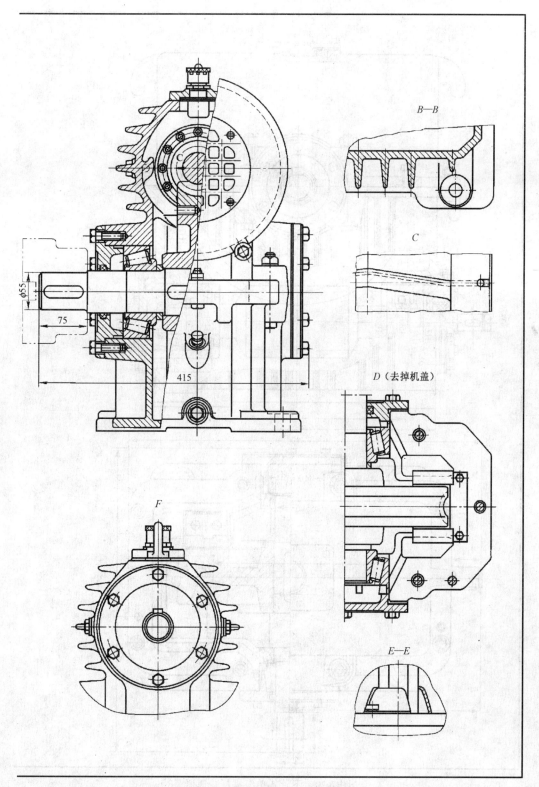

图 7-19　上置式单级蜗杆减速器（续）

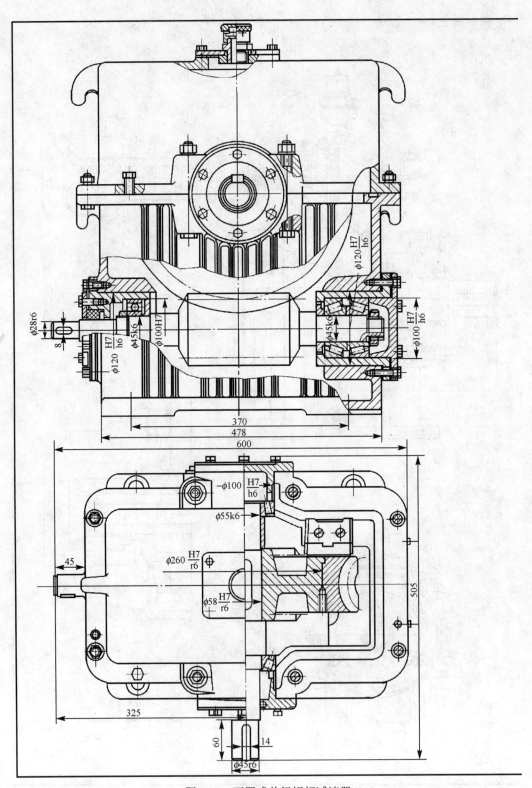

图 7-20　下置式单级蜗杆减速器

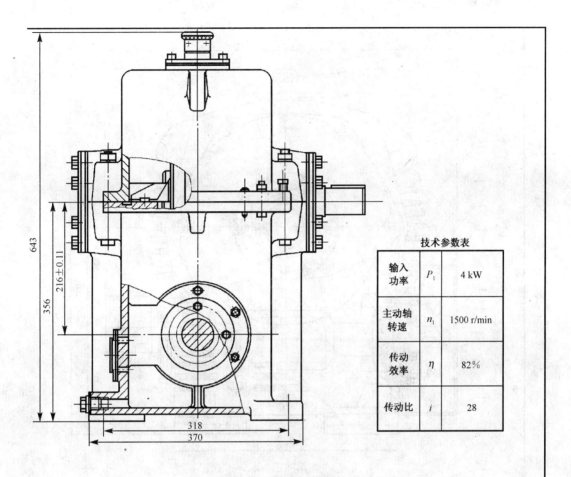

**技术参数表**

| 输入功率 | $P_1$ | 4 kW |
|---|---|---|
| 主动轴转速 | $n_1$ | 1500 r/min |
| 传动效率 | $\eta$ | 82% |
| 传动比 | $i$ | 28 |

**技术要求**

1. 装配前所有零件均用煤油清洗，滚动轴承用汽油清洗；
2. 各配合处、密封处、螺钉连接处用润滑脂润滑；
3. 保证啮合侧隙不小于0.19 mm；
4. 接触斑点按齿高不得小于50%，按齿长不得小于50%；
5. 蜗杆轴承的轴向间隙为0.04～0.07 mm，蜗轮轴承的轴向间隙为0.05～0.01 mm；
6. 箱内装SH0094—1991蜗轮蜗杆油680号至规定高度；
7. 未加工外表面涂灰色油漆，内表面涂红色耐油漆。

(标题栏)

图 7-20　下置式单级蜗杆减速器（续）

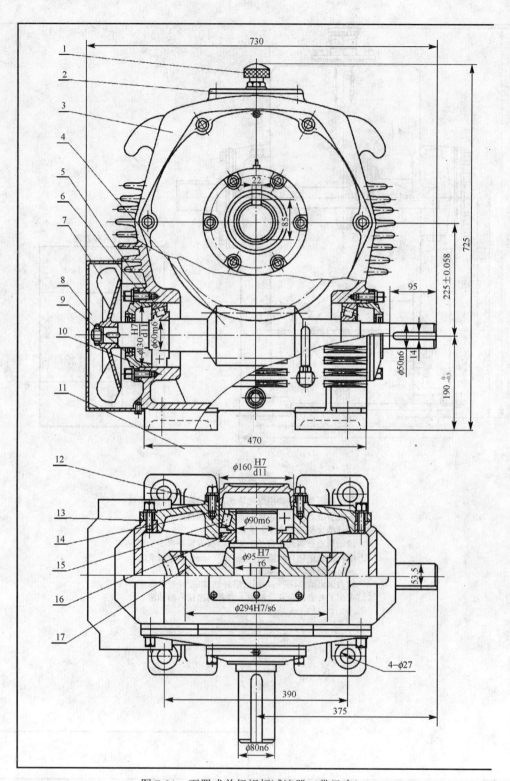

图 7-21　下置式单级蜗杆减速器（带风扇）

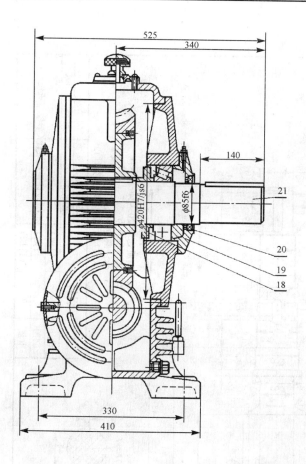

技术参数

| 传动功率 | 15 kW |
|---|---|
| 输入转速 | 970 r/min |
| 传动比 | 10 |
| 模数 | 12 |
| 蜗杆头数 | 3 |
| 蜗轮齿数 | 30 |
| 导程角 | 20°33′22″ |

### 技术要求

1. 蜗杆轴承轴向间隙为0.1~0.15 mm，蜗轮轴承轴向间隙为0.05~0.1 mm；
2. 蜗杆副最小极限法向侧隙为0.072 mm；
3. 空载时，传动接触点按齿高不小于55%，按齿长不小于50%；
4. 润滑油选用 SH/T 0094—1991蜗轮蜗杆油680号；
5. 空运转实验在额定转速下正反向运转1 h，要求各连接件、紧固件不松动，密封处、结合处不渗油，运转平稳，无冲击，温升正常，齿面接触斑点合格；
6. 负载性能试验按有关标准要求进行。

说明：明细表中列出主要零件。

| 序号 | 名称 | 数量 | 材料 | 标准 | 备注 |
|---|---|---|---|---|---|
| 21 | 输出轴 | 1 | 40Cr | | |
| 20 | 密封圈 | 1 | | GB/T13871—1992 | B8.5×110 |
| 19 | 透盖 | 1 | HT200 | | |
| 18 | 挡油环 | 1 | Q235A | | |
| 17 | 蜗轮 | 1 | | | 组合件 |
| 16 | 挡油环 | 1 | Q235A | | |
| 15 | 轴承32218 | 2 | | GB/T297—1994 | |
| 14 | 大端盖 | 2 | HT200 | | |
| 13 | 调整垫片 | 2 | 08F | | |
| 12 | 调整垫片 | 2 | 08F | | |
| 11 | 端盖 | 1 | HT200 | | |
| 10 | 透盖 | 1 | HT200 | | |
| 9 | 密封圈 | 2 | | GB/T13871—1992 | B55×80 |
| 8 | 风扇罩 | 1 | | | 焊接件 |
| 7 | 风扇 | 1 | HT200 | | |
| 6 | 调整垫片 | 2 | 08F | | |
| 5 | 轴承30312 | 2 | | GB/T297—1994 | |
| 4 | 蜗杆 | 1 | 40Cr | | |
| 3 | 箱体 | 1 | HT200 | | |
| 2 | 视孔盖 | 1 | HT200 | | |
| 1 | 通气罩 | 1 | | | 组合件 |
| 序号 | 名称 | 数量 | 材料 | 标准 | 备注 |

| 单级蜗杆减速器 | | 比例 | | 图号 | |
|---|---|---|---|---|---|
| | | 数量 | | 重量 | |
| 设计 | | | | | |
| 绘图 | | | | | |
| 审阅 | | | | | |

图 7-21　下置式单级蜗杆减速器（带风扇）（续）

| 蜗杆类型 | | ZA | 精度等级 | 7级 | GB/T 10089—1988 |
|---|---|---|---|---|---|
| 蜗杆头数 | $z_1$ | 2 | 齿槽径向跳动公差 | $f_r$ | 0.018 |
| 轴向模数 | $m$ | 8 | 轴向齿距累积公差 | $f_{p\times L}$ | 0.045 |
| 轴截面齿形角 | $\alpha$ | 20° | 轴向齿距极限偏差 | $\pm f_{px}$ | ±0.025 |
| 变位系数 | $x_1$ | 0 | 螺旋线公差 | $f_{h1}$ | 0.050 |
| 分度圆柱导程角 | $\gamma$ | 14°15′0″ | 齿形公差 | $f_{f1}$ | 0.040 |
| 螺旋线方向 | | 右 | 相啮合蜗轮图号 | | 19-30 |

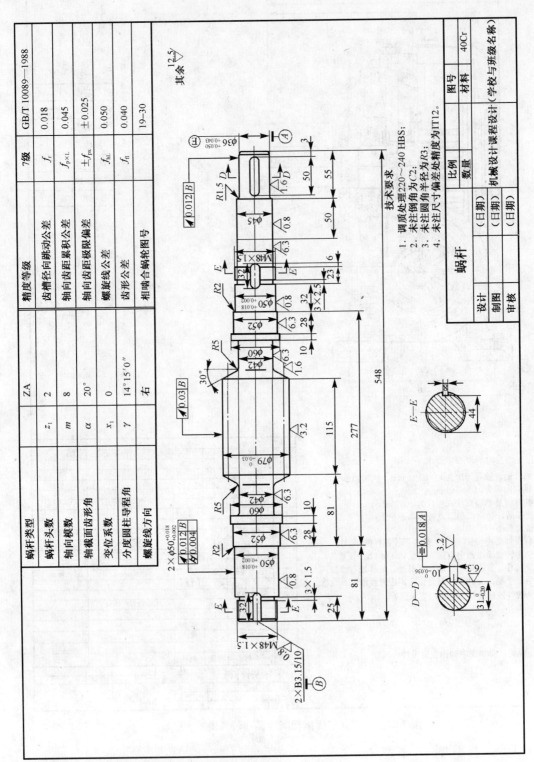

其余 $\sqrt{12.5}$

技术要求
1. 调质处理220～240 HBS;
2. 未注倒角为C2;
3. 未注圆角半径为R3;
4. 未注尺寸偏差处精度为IT12。

| 蜗杆 | | | 图号 | |
|---|---|---|---|---|
| | | | 数量 | 材料 40Cr |
| | | | 比例 | |
| 设计 | （日期） | | 机械设计课程设计（学校与班级名称） | |
| 制图 | （日期） | | | |
| 审核 | （日期） | | | |

图 7-22 蜗杆轴零件工作图

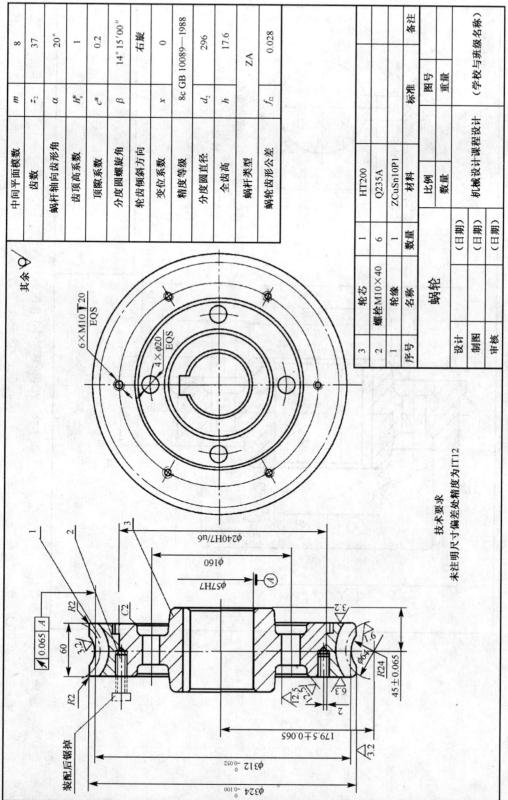

| 中间平面模数 | $m$ | 8 |
|---|---|---|
| 齿数 | $z_2$ | 37 |
| 蜗杆轴向齿形角 | $\alpha$ | 20° |
| 齿顶高系数 | $h_a^*$ | 1 |
| 顶隙系数 | $c^*$ | 0.2 |
| 分度圆螺旋角 | $\beta$ | 14°15′00″ |
| 轮齿倾斜方向 | | 右旋 |
| 变位系数 | $x$ | 0 |
| 精度等级 | | 8c GB 10089—1988 |
| 分度圆直径 | $d_2$ | 296 |
| 全齿高 | $h$ | 17.6 |
| 蜗杆类型 | | ZA |
| 蜗轮齿形公差 | $f_{r2}$ | 0.028 |

| 序号 | 名称 | 数量 | 材料 | 备注 |
|---|---|---|---|---|
| 3 | 轮芯 | 1 | HT200 | |
| 2 | 螺栓M10×40 | 6 | Q235A | |
| 1 | 轮缘 | 1 | ZCuSn10P1 | |

蜗轮

| | 比例 | | （图号） |
|---|---|---|---|
| | 数量 | | 重量 |
| 设计 | （日期） | | |
| 制图 | （日期） | 机械设计课程设计 | （学校与班级名称） |
| 审核 | （日期） | | |

技术要求

未注明尺寸偏差处精度为IT12

图 7-23　蜗轮部件工作图

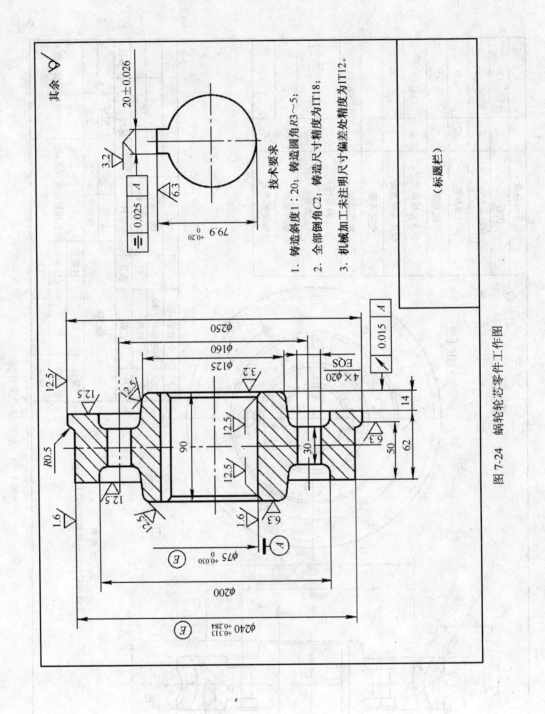

图 7-24  蜗轮轮芯零件工作图

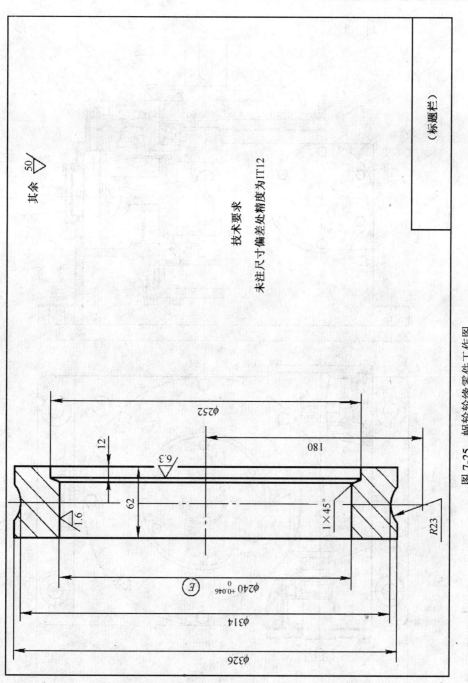

图 7-25 蜗轮轮缘零件工作图

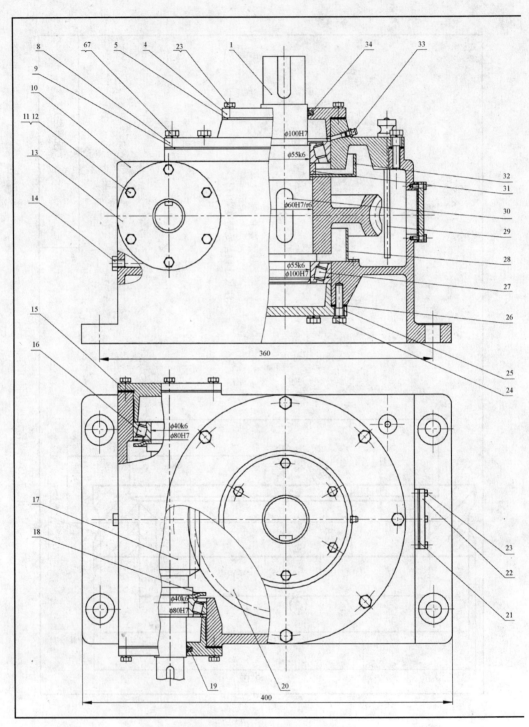

图 7-26　立轴式二级蜗杆减速器

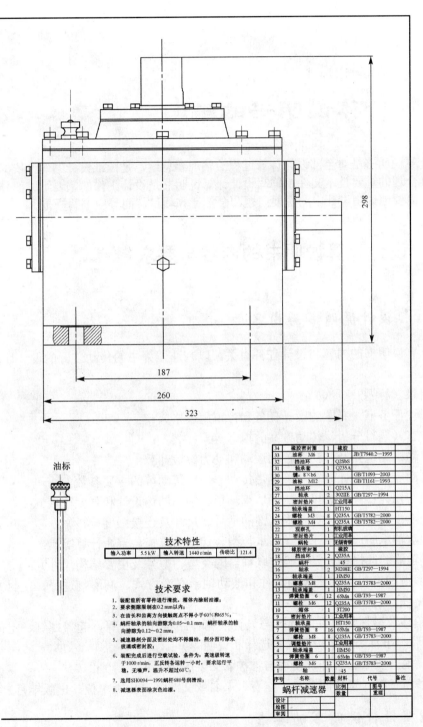

油标

### 技术特性

| 输入功率 | 5.5 kW | 输入转速 | 1440 r/min | 传动比 | 121.4 |
|---|---|---|---|---|---|

### 技术要求

1. 装配前所有零件进行清洗，箱体内涂耐油漆；
2. 要求侧隙限制在0.2 mm以内；
3. 在齿长和齿高方向接触斑点不得小于60%和65%；
4. 蜗杆轴承的轴向游隙为0.05~0.1 mm；蜗杆轴的轴向游隙为0.12~0.2 mm；
5. 减速器剖分面及密封处均不得漏油，剖分面可涂水玻璃或密封胶；
6. 装配完成后进行空载试验，条件为：高速级转速于1000 r/min，正反转各运转一小时，要求运行平稳，无噪声，温升不超过60℃；
7. 选用SH0094—1991蜗杆680号润滑油；
8. 减速器表面涂灰色油漆。

| 34 | 橡胶密封圈 | 1 | 橡胶 | |  |
|---|---|---|---|---|---|
| 33 | 油杆 M6 | 1 | | JB/T7940.2—1995 | |
| 32 | 挡油环 | 1 | Q2SbS | | |
| 31 | 轴承盖 | 1 | Q235A | | |
| 30 | 键 8×b6 | 1 | | GB/T1093—2003 | |
| 29 | 油标 M12 | 1 | | GB/T1161—1993 | |
| 28 | 挡油环 | 1 | Q215A | | |
| 27 | 轴承 | 2 | 302IIE | GB/T297—1994 | |
| 26 | 密封垫片 | 1 | 工业用革 | | |
| 25 | 轴承端盖 | 1 | HT150 | | |
| 24 | 螺栓 M3 | 8 | Q235A | GB/T5782—2000 | |
| 23 | 螺栓 M4 | 4 | Q235A | GB/T5782—2000 | |
| 22 | 观察孔 | 1 | 有机玻璃 | | |
| 21 | 密封垫片 | 1 | 工业用革 | | |
| 20 | 蜗轮 | 1 | 无锡青铜 | | |
| 19 | 橡胶密封圈 | 1 | 橡胶 | | |
| 18 | 挡油环 | 1 | Q235A | | |
| 17 | 蜗杆 | 1 | 45 | | |
| 16 | 轴承 | 2 | 30208E | GB/T297—1994 | |
| 15 | 轴承盖 | 1 | HM50 | | |
| 14 | 螺塞 M8 | 1 | Q235A | GB/T5783—2000 | |
| 13 | 轴承盖 | 1 | HM50 | | |
| 12 | 弹簧垫圈 6 | 12 | 65Mn | GB/T93—1987 | |
| 11 | 螺栓 M6 | 12 | Q235A | GB/T5783—2000 | |
| 10 | 箱体 | 1 | 3T200 | | |
| 9 | 密封垫片 | 1 | 工业用革 | | |
| 8 | 轴承盖 | 1 | HT150 | | |
| 7 | 弹簧垫圈 8 | 16 | 65Mn | GB/T93—1987 | |
| 6 | 螺栓 M8 | 8 | Q235A | GB/T5783—2000 | |
| 5 | 调整垫片 | 2 | 工业用革 | | |
| 4 | 轴承端盖 | 1 | HM50 | | |
| 3 | 弹簧垫圈 6 | 6 | 65Mn | GB/T93—1987 | |
| 2 | 螺栓 M6 | 12 | Q235A | GB/T5783—2000 | |
| 1 | 轴 | 1 | 45 | | |
| 序号 | 名称 | 数量 | 材料 | 代号 | 备注 |

| 蜗杆减速器 | | 比例 | | 图号 | |
|---|---|---|---|---|---|
| | | 数量 | | 重理 | |
| 设计 | | | | | |
| 绘图 | | | | | |
| 审阅 | | | | | |

## 图 7-26　立轴式二级蜗杆减速器（续）

# 第8章

## 设计计算说明书的编写

设计计算说明书是对全部设计计算过程的整理和总结，是图纸设计的理论依据，也是审核设计是否正确合理的重要技术文件。编写设计计算说明书是设计工作的重要组成部分。设计说明书应当准确、简要地说明设计中的主要问题和全部计算项目，而且应书写规范。

## 8.1 设计计算说明书的内容与要求

### 8.1.1 设计说明书的内容

设计计算说明书的内容和设计任务有关。以减速器为主的传动装置的设计计算说明书主要包括以下内容。

（1）目录（标题及页次）；

（2）设计任务书（布置的设计任务和评审用表格）；

（3）前言（题目分析、传动方案的拟订等）；

（4）电动机的选择及传动装置的运动和动力参数计算；

（5）传动零件的设计计算（确定带传动、齿轮传动等的主要参数）；

（6）轴的设计计算及校核（初步估算轴径、轴的结构设计和强度校核）；

（7）键连接的选择和计算（确定键的型号、尺寸及连接强度校核）；

（8）滚动轴承的选择和计算（轴承类型、代号的选择，寿命计算等）；

（9）联轴器的选择和计算（确定联轴器的类型、型号及主要结构尺寸）；

（10）润滑和密封的选择（传动件和滚动轴承润滑方式、润滑剂选择，密封方式、密封件的选择等）；

（11）箱体及减速器附件的选择与设计（箱体结构尺寸计算，起盖螺钉、定位销、油标、放油塞、吊环、吊耳等的结构形式的选择和说明等）；

（12）其他（安装、拆卸、使用与维护的必要的技术说明等）；

（13）参考资料（资料的编号、作者、书名或文章名、出版单位、出版年月）。

### 8.1.2 设计说明书的要求

设计说明书应准确、简要地说明设计中所考虑的主要问题和全部计算项目。要求计算正确，论述清楚，文字简练，书写整洁，并要注意以下几点。

按照设计过程编写，对每一个自成单元的内容，都应有大小标题，使其醒目突出。

　　计算部分内容的书写，应列出计算公式，确定相关数据，代入相关参数，略去计算过程，直接得出计算结果，注意标明单位。对所引用的重要的计算公式和数据要标明来源。对计算结果应有简要的结论，如"满足强度要求"、"在规定范围内"等。

　　为了清楚地说明设计计算内容，应有必要的简图，如传动方案简图、轴的结构简图、受力图、弯矩图、转矩图等。

　　在传动方案简图中，对齿轮、轴等零件应统一编号，在计算中所使用的参量符号和脚注，应前后一致且单位统一。

　　设计计算说明书统一用 A4 纸书写，标出页次，左边留有装订边，写好封面，装订成册。正文部分页面布局如图8-1所示。

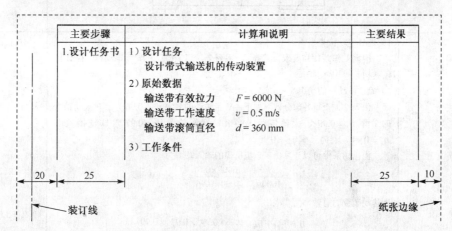

图 8-1　设计计算说明书正文部分页面布局

## 8.2　设计计算说明书的书写格式举例

以下是设计计算说明书正文部分书写格式示例。

| 主要步骤 | 计算和说明 | 主要结果 |
|---|---|---|
| 1. 设计任务书 | 1）设计任务<br>　　设计带式输送机的传动装置<br>2）原始数据<br>　　输送带有效拉力　　$F = 6000\ \text{N}$<br>　　输送带工作速度　　$v = 0.5\ \text{m/s}$<br>　　输送带滚筒直径　　$d = 360\ \text{mm}$<br>3）工作条件<br>　　减速器设计寿命为 10 年（每年 300 个工作日），两班制工作，空载启动，载荷平稳，常温下连续（单向）运转，工作环境多尘；三相交流电机驱动，电压为 380 / 220 V。 | |
| 2. 拟订传动系统的方案 | ……<br>……<br>　　带式输送机传动系统方案如下图所示，采用二级展开式直齿圆柱齿轮减速器。 | |

| 主要步骤 | 计算和说明 | 主要结果 |
|---|---|---|
| 2. 拟订传动系统的方案 | | |
| 3. 选择电动机 | 1）选择电动机类型<br><br>根据工作条件和要求，选择 Y 系列全封闭笼型三相异步电动机，卧式封闭结构。<br><br>2）确定电动机的功率<br><br>由表 2-2 查得各部分效率如下：V 带传动的效率 $\eta_1 = 0.96$ ，一对滚动轴承的效率 $\eta_2 = 0.99$ ，齿轮传动（8 级精度）效率 $\eta_3 = 0.97$ ，联轴器效率 $\eta_4 = 0.99$ ，卷筒效率 $\eta_w = 0.96$ 。<br><br>由已知条件可以计算出工作机所需的输入功率为<br><br>$$P_r = \frac{Fv}{1000\eta_w} = \frac{6000 \times 0.5}{1000 \times 0.96} = 3.125 \text{ kW}$$<br><br>则传动装置的总效率为<br><br>$$\eta = \eta_1 \eta_2^3 \eta_3^2 \eta_4 = 0.96 \times 0.99^3 \times 0.97^2 \times 0.99$$<br>$$= 0.868$$<br><br>工作机所需电动机功率为<br><br>$$P_d = \frac{P_r}{\eta} = \frac{3.125}{0.868} = 3.6 \text{ kW}$$<br><br>3）电动机的转速<br><br>输送机型号为 Y112M—4，则滚筒轴的工作转速为<br><br>$$n_r = \frac{60000v}{\pi d} = \frac{60000 \times 0.5}{3.14 \times 360} = 26.54 \text{ r/min}$$<br><br>考虑到整个传动系统为三级减速，总传动比可适当取大一些，选同步转速 $n_0 = 1500 \text{ r/min}$ 的电动机为宜。<br><br>4）电动机型号的选择<br><br>根据工作条件：工作机所需电动机功率 $P_d = 3.6 \text{ kW}$ ，电动机的同步转速 $n_0 = 1500 \text{ r/min}$ ，工作环境多尘、单向运转、两班制连续工作等，由表 2-3 选用型号为 Y112M—4。其主要性能数据如下：<br><br>电动机额定功率 $P_{ed} = 4 \text{ kW}$<br>电动机满载转速 $n_d = 1440 \text{ r/min}$<br>电动机外伸轴轴径 $D = 28 \text{ mm}$<br>电动机外伸轴长度 $E = 60 \text{ mm}$ | $P_r = 3.125 \text{ kW}$<br><br>$P_d = 3.6 \text{ kW}$<br><br><br><br><br><br><br><br><br><br><br><br>电机型号：<br>Y112M—4 |
| 4. 分配传动比 | 带式输送机传动系统的总传动比为<br><br>$$\frac{n_d}{n_r} = \frac{1440}{26.54} = 54.26$$<br><br>由表 2-13 查取带传动的传动比为 $i_0 = 4$ ，可得两级圆柱齿轮减速器的总传动比为<br><br>$$i = i_1 i_2 = \frac{n_d}{4 \times n_r} = \frac{1440}{4 \times 26.54} = 13.565$$ | |

（续表）

| 主要步骤 | 计算和说明 | 主要结果 |
|---|---|---|
| 4. 分配传动比 | 考虑两级齿轮润滑问题，两级大齿轮应有相近的浸油深度。两级齿轮减速器高速级传动比与低速级传动比的比值取 1.3，则高速级传动比为<br><br>$$i_1 = \sqrt{1.3i} = \sqrt{1.3 \times 13.565} = 4.20$$<br><br>$$i_2 = 13.565 / 4.20 = 3.23$$ | $i_1 = 4.20$<br><br>$i_2 = 3.23$ |
| 5. 计算传动系统的运动和动力参数 | 传动系统各轴的转速、功率和转矩计算如下：<br>0 轴（电动机轴）：<br><br>$$n_d = 1440 \text{ r/min}$$<br><br>$$P_0 = P_d = 3.6 \text{ kW}$$<br><br>$$T_0 = 9550 \frac{P_0}{n_d} = 9550 \frac{3.6}{1440} = 23.87 \text{ N·m}$$<br><br>1 轴（减速器高速轴）：<br><br>$$n_1 = \frac{n_d}{i_0} = \frac{1440}{4} = 360 \text{ r/min}$$<br><br>$$P_1 = P_0 \eta_1 = 3.6 \times 0.96 = 3.46 \text{ kW}$$<br><br>$$T_1 = T_0 i_0 \eta_1 = 23.87 \times 4 \times 0.96 = 91.68 \text{ N·m}$$<br><br>2 轴（减速器中间轴）：<br><br>$$n_2 = \frac{n_1}{i_1} = \frac{360}{4.20} = 85.71 \text{ r/min}$$<br><br>$$P_2 = P_1 \eta_2 = 3.46 \times 0.99 \times 0.97 = 3.32 \text{ kW}$$<br><br>$$T_2 = T_1 i_1 \eta_2 = 92.70 \times 4.20 \times 0.99 \times 0.97 = 369.77 \text{ N·m}$$<br><br>3 轴（减速器低速轴）：<br>　　　　……<br><br>上述计算结果汇总如下：<br>　　　　……<br>　　　　…… | |
| 6. 设计计算减速器传动零件 | 1）高速级直齿圆柱齿轮传动的设计计算<br>（1）选择齿轮材料、热处理方法、齿数及齿宽系数 $\varphi_d$<br>　　考虑到该减速器的功率不大，故小齿轮选用 45 号钢调质处理，齿轮齿面硬度 260 HBS；大齿轮选用 45 号钢正火处理，齿面硬度 200 HBS，初选 8 级精度。小齿轮齿数 $z_1 = 25$，大齿轮齿数 $z_2 = uz_1 = 4.2 \times 25 = 105$，按软齿面非对称安装查表 6.5，取齿宽系数 $\varphi_d = 1.0$。<br>（2）按齿面接触强度条件计算 $d_1$<br>　　由式(6-11)，$d_{1t} \geqslant 2.32 \sqrt[3]{\dfrac{KT_1}{\varphi_d} \cdot \dfrac{u \pm 1}{u} \left( \dfrac{Z_E}{[\sigma_H]} \right)^2}$<br>　　已知 $T_1 = 91.68 \text{ N·m}$，齿轮比 $u = i_{12} = 4.2$，初取载荷系数 $K_t = 1.5$，由表 6-3 查得弹性系数 $Z_E = 189.8 \sqrt{\text{MPa}}$。<br>　　按齿面硬度查图 6-8，得齿轮接触疲劳极限为<br><br>$$\sigma_{Hlim1} = 600 \text{ MPa}$$<br><br>$$\sigma_{Hlim2} = 560 \text{ MPa}$$<br><br>应力循环次数为<br><br>$$N_1 = 60 n_1 j L_h = 60 \times 1 \times 10 \times 300 \times 16 = 1.04 \times 10^9$$<br><br>$$N_2 = N_1 / u = 2.48 \times 10^8$$<br><br>查图 6-6，得接触疲劳寿命系数为 | 小齿轮：45 号钢调质，齿面硬度为 260HBS<br>大齿轮：45 号钢正火，齿面硬度为 200HBS<br><br>$K_t = 1.5$ |

（续表）

| 主要步骤 | 计算和说明 | 主要结果 |
|---|---|---|
| 6. 设计计算减速器传动零件 | $K_{HN1} = 0.9$，$K_{HN2} = 0.95$<br>取安全系数 $S_H = 1$，确定许用应力为<br>$$[\sigma_{H1}] = K_{HN1}\sigma_{Hlim1} / S_H = 0.9 \times 600 = 540 \text{ MPa}$$<br>$$[\sigma_{H2}] = K_{HN2}\sigma_{Hlim2} / S_H = 0.95 \times 560 = 532 \text{ MPa}$$<br>取 $[\sigma_H] = [\sigma_{H2}]$，则<br>$$d_{1t} \geq 2.32\sqrt[3]{\frac{1.5 \times 91.68 \times 10^3}{1} \cdot \frac{4.2+1}{4.2}\left(\frac{189.8}{532}\right)^2}$$<br>$= 64.7 \text{ mm}$<br>校正分度圆直径。<br>······<br>（3）计算齿轮传动的几何尺寸<br>······<br>（4）校核齿根弯曲疲劳强度<br>······<br>（5）齿轮结构设计<br>······<br>2）低速级直齿圆柱齿轮传动的设计计算<br>······ | $[\sigma_{H1}] = 540 \text{ MPa}$<br>$[\sigma_{H2}] = 532 \text{ MPa}$<br><br><br>$d_{1t} = 63.05 \text{ mm}$<br>······ |
| 7. 轴的设计 | 1）轴的材料选择和最小直径估算<br>　　根据工作条件，初选 45 号钢，调质处理。按扭转强度条件进行最小直径估算，即<br>$$d_{\min} = C\sqrt[3]{\frac{P}{n}}$$<br>　$C$ 由表 11-3 确定<br>　高速轴：······<br>　中间轴：······<br>　低速轴：······<br>2）轴的结构设计<br>（1）高速轴轴系结构如图×所示。<br>　　各段轴直径的确定<br>　　······<br>　　各段轴长度的确定<br>　　······<br>（2）中间轴轴系结构如图×所示。<br>　　······<br>（3）中间轴轴系结构如图×所示。<br>　　······<br>3）轴的校核<br>　　······ | |
| 8. 键的选择与校核 | ······ | |
| 9. 滚动轴承的选择与校核 | ······ | |
| 10. 联轴器的选择与校核 | ······ | |
| 11. 箱体及其附件设计 | ······ | |
| 12. 润滑、密封的设计 | ······ | |

参考文献

[1] 徐锦康.机械设计.北京：高等教育出版社，2004.

[2] ······

······

设计总结

······

······

# 第9章

## 课程设计总结和答辩

总结与答辩是课程设计的最后环节，是对整个设计过程的回顾和必要的检查。学生在完成全部图纸及设计说明书后，回顾设计的全过程，发现从方案分析、强度计算、结构设计等方面存在的问题，明确所作设计的优缺点，通过总结使设计能力进一步得到提高。同时，通过答辩，指导教师也可检查学生掌握知识的情况，正确评价学生的设计成果。

# 9.1  课程设计总结

完成设计后，应及时做好以下两方面的工作。

### 1. 整理工作

（1）按要求完成规定的设计任务，按 A4 幅面折叠图纸，先横向后纵向折叠，亦可反之，如图9-1所示；

（2）装订说明书和叠好的图纸；

（3）制作封面，写上班级、姓名、学号、指导教师、题目等。

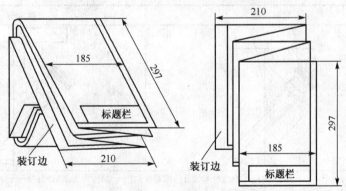

图 9-1  图纸折叠方法

### 2. 做好总结

认真回顾有关设计过程及设计内容，进一步把还不懂的、不甚懂的或尚未考虑到的问题弄懂、弄透，以便取得更大的收获，充分做好答辩前的准备工作。总结时应注意对设计内容进行深入的分析：总体方案的确定、受力的分析、材料的选择、工作能力的计算、零件及机构的主要参数和尺寸的确定、结构设计、设计资料和标准的运用、零件的加工工艺和使用维护等。对所设计的机械装置应全面分析其优缺点，提出改进意见。

## 9.2　课程设计答辩

机械设计课程设计答辩是课程设计的最后一个环节，其目的是检查学生实际掌握设计知识情况及评价学生设计成果。

课程设计答辩工作由指导教师负责组织，每个学生单独进行。答辩中所提问题一般以课程设计所涉及的设计方法、步骤、图纸和计算说明书的内容为限，教师可就方案制订、总体设计、理论计算、参数确定、结构设计、材料工艺、尺寸公差、润滑密封、使用维护、标准运用及工程制图等方面提出质疑，由学生来回答。通过课程设计答辩，使学生能够发现自己在设计过程和图纸绘制中存在的或未曾考虑到的问题，并使问题得以解决，从而取得更大收获。

机械设计课程设计的成绩，以设计图纸、设计计算说明书和在答辩中回答问题的情况为依据，并参考在课程设计过程中的表现进行综合评定。

## 9.3　减速器装配图中常见错误示例分析

在装配图的设计过程中，每完成一步都应仔细检查。减速器装配图应清晰并准确地表达减速器整体结构、所有零件的形状、相关零件间配合或连接性质及减速器的工作原理。减速器装配图是减速器装配、调试、维护等的技术依据，还应表示出减速器各零件的装配和拆卸的可能性、次序及减速器的调整和使用方法。

在减速器装配图的绘制过程中，常常会出现一些结构设计上的错误或不合理的地方，表 9-1～表 9-5 中以正误对比的方式列出了一些常见的错误及错误说明，供设计时参考。

表 9-1　减速器箱体及附件设计常见错误示例

| 序号 | 错误示图 | 正确示图 |
|---|---|---|
| 1 | 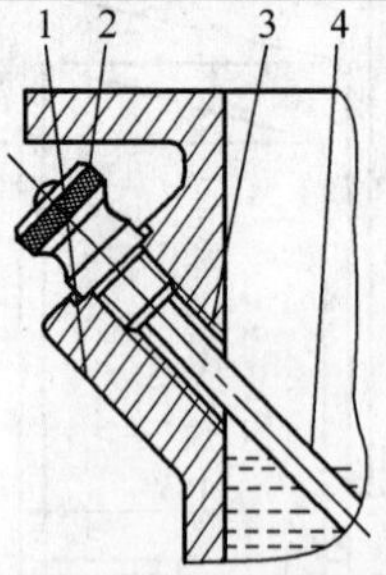 | 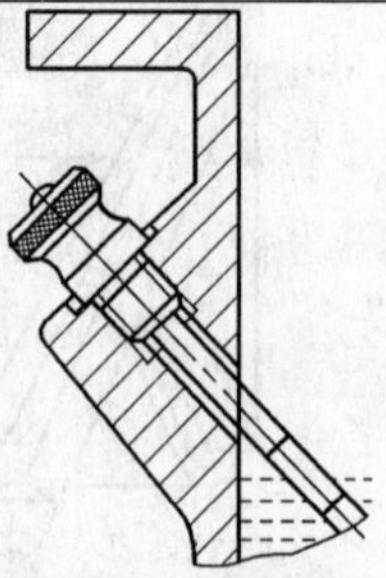 |
| | 错误与更正：1——安放油标尺的凸台未设置拔模斜度；2——油标尺无法装卸；3——螺纹孔螺纹部分太长；4——油标尺上应有最高、最低油面刻度。 | |
| 2 | 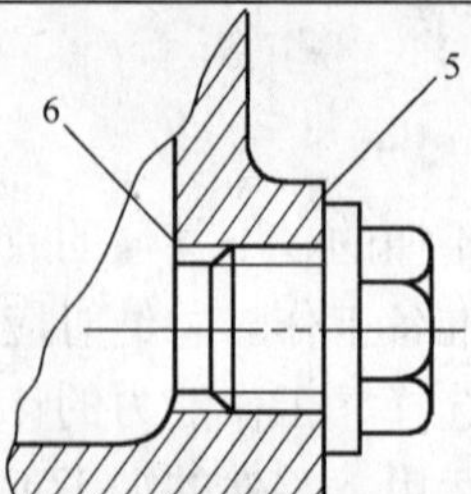 | 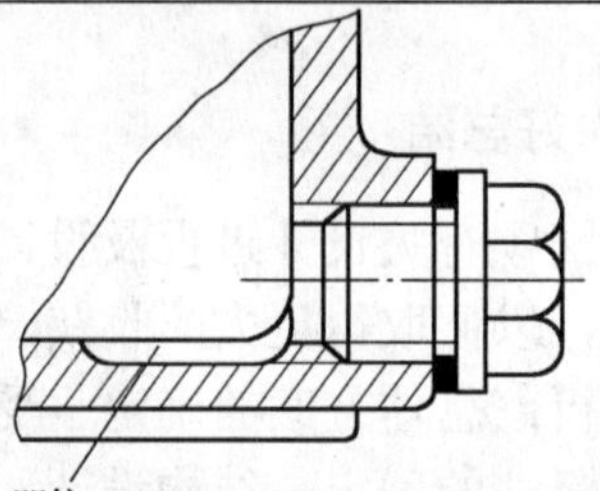 凹坑 |
| | 错误与更正：5——油塞与箱体接触处缺少密封件；6——放油孔的位置偏高，油箱内的润滑油及沉淀物放不干净。 | |

（续表）

| 序号 | 错误示图 | 正确示图 |
|---|---|---|
| 3 | 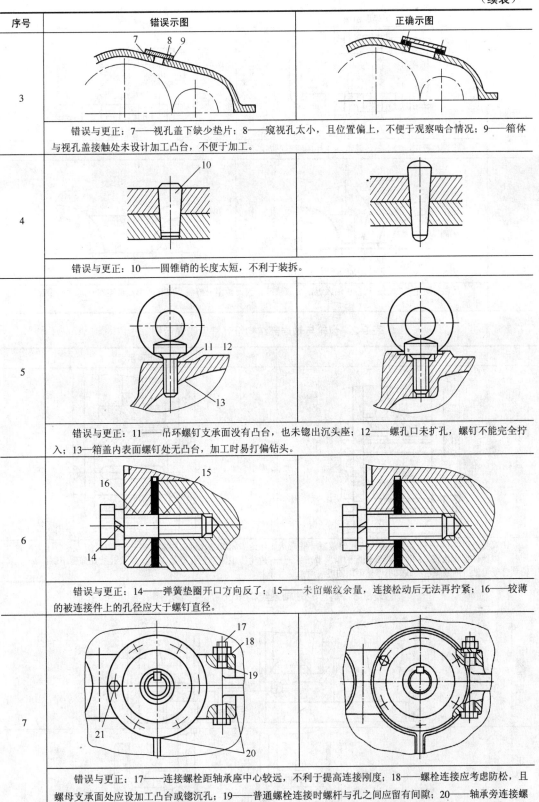 | |

　　错误与更正：7——视孔盖下缺少垫片；8——窥视孔太小，且位置偏上，不便于观察啮合情况；9——箱体与视孔盖接触处未设计加工凸台，不便于加工。

| 4 | | |

　　错误与更正：10——圆锥销的长度太短，不利于装拆。

| 5 | | |

　　错误与更正：11——吊环螺钉支承面没有凸台，也未锪出沉头座；12——螺孔口未扩孔，螺钉不能完全拧入；13——箱盖内表面螺钉处无凸台，加工时易打偏钻头。

| 6 | | |

　　错误与更正：14——弹簧垫圈开口方向反了；15——未留螺纹余量，连接松动后无法再拧紧；16——较薄的被连接件上的孔径应大于螺钉直径。

| 7 | | |

　　错误与更正：17——连接螺栓距轴承座中心较远，不利于提高连接刚度；18——螺栓连接应考虑防松，且螺母支承面处应加工凸台或锪沉孔；19——普通螺栓连接时螺杆与孔之间应留有间隙；20——轴承旁连接螺栓的凸台、轴承座外圆壁面及加强肋设计应考虑拔模斜度；21——轴承盖固定螺钉不能布置在剖分面上。

（续表）

| 序号 | 错误示图 | 正确示图 |
|---|---|---|
| 8 | 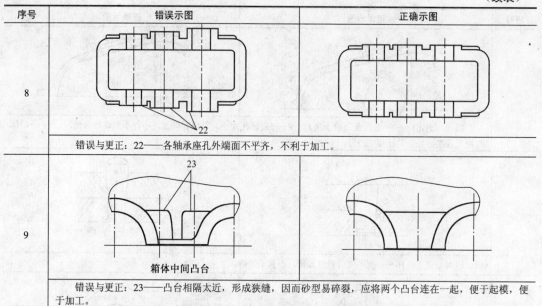 22 | |

错误与更正：22——各轴承座孔外端面不平齐，不利于加工。

| | | |
|---|---|---|
| 9 | 23<br>箱体中间凸台 | |

错误与更正：23——凸台相隔太近，形成狭缝，因而砂型易碎裂，应将两个凸台连在一起，便于起模，便于加工。

表9-2　齿轮与轴局部结构设计常见错误示例

| 错误示图 | 正确示图 |
|---|---|
| 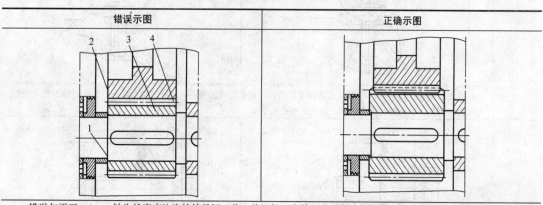 | |

错误与更正：1——轴头长度应比齿轮轮毂短一些，从而保证齿轮可靠地轴向固定；2——小齿轮的齿宽应比大齿轮大一些，以保证啮合齿宽，同时可降低装配的精度要求；3——齿轮齿根圆到轴孔壁厚太薄，导致键槽处强度不够；4——齿轮啮合处可见齿顶应画粗实线，不可见齿顶的虚线可画也可不画。

表9-3　斜齿轮轴轴系结构设计常见错误示例

| | |
|---|---|
| 错误示图 | 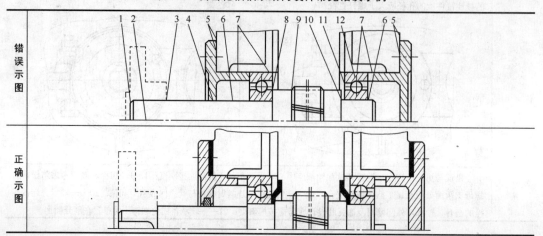 1 2　3 4　5 6 7　8 9 10 11　12　7　6 5 |
| 正确示图 | |

（续表）

| 错误与更正 | 1——支承半联轴器的轴伸长度应比半联轴器宽度短些；2——半联轴器没有周向定位，应加键连接；3——半联轴器右侧没有轴向定位，轴在此处应有台阶；4——轴承透盖应与轴留有间隙，且应加装密封件；5——无调整垫圈，无法调整轴承游隙；箱体与轴承端盖接合处应制出凸台；6——装拆轴承不方便，且精加工面过长，左端轴承左侧轴应有台阶，与右端轴承配合的轴过长；7——油沟开设不合理，轴承端盖应开槽，确保油沟中的油进入轴承；8——定位轴肩过高，影响轴承拆卸；9——齿根圆小于轴肩，影响齿轮加工；10——右端轴承左侧没有轴向定位；11——应加装挡油盘，防止齿轮啮合挤出的稀油直接喷入轴承；12——右端角接触轴承装反了，应和左端轴承外圈窄边相对。 |
|---|---|

### 表 9-4　蜗杆轴轴系结构设计常见错误示例

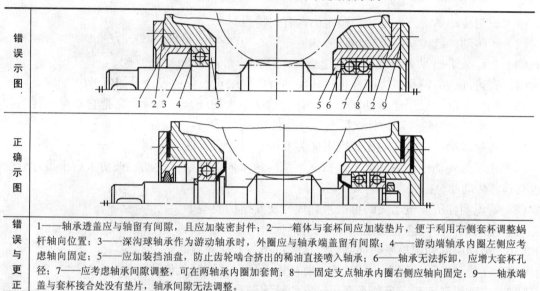

| 错误与更正 | 1——轴承透盖应与轴留有间隙，且应加装密封件；2——箱体与套杯间应加装垫片，便于利用右侧套杯调整蜗杆轴向位置；3——深沟球轴承作为游动轴承时，外圈应与轴承端盖留有间隙；4——游动端轴承内圈左侧应考虑轴向固定；5——应加装挡油盘，防止齿轮啮合挤出的稀油直接喷入轴承；6——轴承无法拆卸，应增大套杯孔径；7——应考虑轴承间隙调整，可在两轴承内圈加套筒；8——固定支点轴承内圈右侧应轴向固定；9——轴承端盖与套杯接合处没有垫片，轴承间隙无法调整。 |
|---|---|

### 表 9-5　锥齿轮轴轴系结构设计常见错误示例

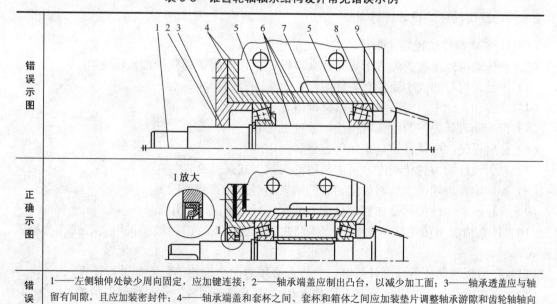

| 错误与更正 | 1——左侧轴伸处缺少周向固定，应加键连接；2——轴承端盖应制出凸台，以减少加工面；3——轴承透盖应与轴留有间隙，且应加装密封件；4——轴承端盖和套杯之间、套杯和箱体之间应加装垫片调整轴承游隙和齿轮轴向位置；5——左端轴承内圈右侧、右端轴承内圈左侧应考虑加套筒，以保证轴向固定；6——轴、套杯精加工面太长；7——润滑油无法进入轴承；8——轴承无法拆卸，套杯右端凸肩高度应减小并符合轴承标准；9——锥齿轮齿顶圆直径大于套杯孔径，轴承装拆很不方便。 |
|---|---|

# 9.4　答辩参考题

下面是按设计顺序列出的思考题，以提醒和启发设计者在设计过程中应该注意的问题和设计思路，它除了可提供准备答辩之用外，还可以作为设计各阶段引导思考、深入理解的途径。

## 1. 传动方案分析及传动参数计算

（1）说明传动系统方案是如何确定的，有何特点？

（2）带传动、链传动、齿轮传动应如何布置？为什么？

（3）为什么常把 V 带传动置于高速级？而链传动布置在低速级？

（4）直齿圆柱齿轮和斜齿圆柱齿轮传动各有何优缺点？你的设计是如何考虑的？

（5）蜗杆传动一般用于传动比较大、传动功率不大的场合，为什么常把它布置在传动装置的高速级？而开式齿轮传动为什么要布置在低速级？

（6）各种传动机构的传动比范围大概为多少？为什么有这种限制？

（7）在多级传动中，为什么一般情况下从高速级向低速级其传动比按前大后小进行分配？但也有推荐传动比分配是前小后大，各有何优缺点？

（8）请说明你所选电动机的标准系列代号及其结构类型？

（9）电动机同步转速选取过高和过低有何利弊？

（10）电动机的额定功率如何确定？过大过小各有何问题？

（11）在传动参数计算中，各轴的计算转矩为什么要按输入值计算？

（12）电动机选定后，为什么要记录它的输出轴直径、伸出端长度及中心高？

（13）传动比计算产生偏差为什么不易避免？从总体上应如何控制？

## 2. 传动及传动件的设计计算

（1）试述 V 带传动较其他带传动的优点是什么？

（2）带传动可能出现的失效形式是什么？设计中你采用了哪些措施来避免？

（3）小带轮直径的大小受什么条件限制？对传动有何影响？

（4）带传动设计中，哪些参数要取标准值？

（5）带传动设计中，为什么常把松边放在上边？

（6）你所设计的带轮在轴端是如何定位和固定的？

（7）你所设计的齿轮传动中，可能出现的失效形式是什么？

（8）如何确定齿轮的齿数和齿宽？它们的大小对传动有何影响？

（9）齿轮的软、硬齿面是如何划分的？分别在什么情况下应用？

（10）什么情况下齿轮应与轴制成一体？在哪些情况下，齿轮结构采用实心式、腹板式、轮辐式？

（11）在齿根弯曲疲劳强度计算时，为什么必须对两个齿轮的强度都进行计算？

（12）你在设计齿轮传动选择载荷系数 $K$ 时考虑了哪些因数？你是如何取值的？

（13）轮齿在满足弯曲强度的条件下，其模数、齿数是如何确定的？是否要标准化、系列化？

（14）在闭式齿轮传动的设计参数和几何尺寸中，哪些应取标准值？哪些应该圆整？哪些必须精确计算？

（15）你设计的齿轮毛坯采用什么方法制造？为什么？

（16）影响齿轮齿面接触疲劳强度的主要几何参数是什么？为什么？影响齿根弯曲疲劳强度的主要几何参数是什么？为什么？

（17）选择小齿轮的齿数应考虑哪些因素？齿数的多少各有何利弊？

（18）你所设计的齿轮精度是如何选取的？盲目选择精度等级会造成什么后果？

（19）齿轮传动为什么要有侧隙？

（20）计算一对齿轮接触应力和弯曲应力时，应按哪个齿轮所承受的转矩进行，为什么？

（21）什么场合选用斜齿圆柱齿轮传动比较合理？

（22）斜齿圆柱齿轮哪个面内的模数为标准值？

（23）一对外啮合斜齿圆柱齿轮啮合，螺旋线方向是相同还是相反？螺旋角 $\beta$ 的大小对传动有何影响？

（24）你在设计斜齿圆柱齿轮时是如何考虑轴向力的？

（25）圆锥齿轮传动的特点是什么？

（26）圆锥齿轮的标准模数是在大端还是在小端？为什么？

（27）锥齿轮或蜗杆传动为什么需要调整轴向位置？如何调整？

（28）蜗杆传动的正确啮合条件是什么？

（29）蜗杆传动以哪个平面内参数和尺寸为标准？

（30）在你的设计中是如何选择蜗杆、蜗轮材料的？

（31）蜗杆减速器中，为什么有时蜗杆上置，有时蜗杆下置？

（32）为什么只有变位蜗轮而没有变位蜗杆？

（33）在蜗杆传动中为什么要引入蜗杆直径系数 $q$？

（34）在蜗杆传动设计中如何选择蜗杆的头数 $z_1$？为什么蜗轮的齿数 $z_2$ 不应小于 28，且最好不大于 80？

（35）为什么蜗杆传动比齿轮传动效率低？蜗杆传动的效率包括几部分？

（36）蜗轮轴上滚动轴承的润滑方式有几种？你所设计的减速器上采用哪种润滑方式？蜗杆轴上的滚动轴承是如何润滑的？

（37）在蜗杆传动中，如何调整使蜗轮与蜗杆中心平面重合？

（38）在蜗杆传动中，蜗轮的转向如何确定？啮合时的受力方向如何确定？

（39）蜗杆传动的散热面积不够时，可采用哪些措施解决散热问题？

### 3．轴的设计计算

（1）你设计的减速器输入轴、输出轴是如何布置的？它们分别外接什么零部件？

（2）轴上各段直径如何确定？为什么要尽可能取标准直径？

（3）轴的各段长度是怎样确定的，外伸段直径如何确定？

（4）试述你设计的轴上零件的轴向与周向定位方法？

（5）在轴的端部和轴肩处为什么要有倒角？

（6）试述你设计的轴上零件的固定、装拆及调整方法？轴的截面尺寸变化及圆角大小对轴有何影响？

（7）为提高轴的刚度，将轴的材料由原选用的 45 号钢改为 40Gr 是否可行？为什么？

（8）在设计中，如何选择轴的材料及热处理方法，其合理性何在？

（9）轴上的退刀槽、砂轮越程槽和圆角的作用是什么？你设计的轴上哪些部位采用了上述结构？

（10）轴调质后，对其强度和刚度有何影响？为提高轴的强度和刚度，你采用了哪些措施？

（11）试述你设计的减速器中低速轴上零件的装拆顺序？

（12）用轴肩定位滚动轴承时，轴肩高度与圆角半径如何确定？

（13）当轴与轴上零件之间用键连接时，若传递转矩较大而键的强度不够，应如何解决？

（14）轴正反转时，对轴和轴承的强度有无影响？

### 4．滚动轴承、键和联轴器的选择与校核

（1）试述你选用的滚动轴承代号的含义？

（2）为什么一般滚动轴承的内圈与轴颈采用基孔制配合；外圈与座孔采用基轴制的配合？

（3）在你的设计中，轴承内外圈的配合基准是什么？为什么这样选取？

（4）你是怎样选滚动轴承类型和尺寸的？

（5）深沟球轴承有无内部间隙？能否调整？哪些轴承有内部间隙？

（6）角接触球轴承或圆锥滚子轴承为什么要成对使用？

（7）对斜齿轮、锥齿轮及蜗杆传动，轴承的选择要考虑哪些因素？

（8）滚动轴承有哪些失效形式？如何验算其寿命？

（9）嵌入式轴承端盖结构如何调整轴承间隙及轴向位置？

（10）圆锥齿轮高速轴采用圆锥滚子轴承时，正装和反装的结构有何区别？

（11）圆锥小齿轮轴的轴承部件中，套杯与轴承座端面之间的调整垫片和端盖与套杯之间的垫片各起什么作用？两者有无区别？

（12）如何选择、确定键的类型和尺寸？

（13）键连接应进行哪些强度核算？若强度不够如何解决？

（14）轴上键的轴向位置与长度应如何确定？

（15）轴与轮毂上的键槽可采用什么加工方法？

（16）你的设计中所选用的联轴器类型是什么？你是根据什么来选择的？

（17）高速级和低速级的联轴器型号为何不同？

（18）初估直径如何与联轴器孔径尺寸、电动机轴尺寸协调一致？

（19）在联轴器的工作能力验算中，为什么要考虑工作情况系数？

### 5．装配图、零件工作图的设计绘制

（1）装配图的作用是什么？在你绘制的装配图上选择了几个视图？几个剖视？

（2）装配图上应标注哪些尺寸？

（3）你是怎样选择轴与轴上齿轮、联轴器及键等的配合的？

（4）轴承旁连接螺栓位置应如何确定？轴承旁箱体凸台高度及外形如何确定？

（5）试述装配图上减速器性能参数、技术条件的主要内容和含义？

（6）根据你的设计，谈谈采用边计算、边绘图和边修改的"三边"设计方法的体会？

（7）零件工作图上有哪些技术要求？

（8）同一轴上的圆角尺寸为何要尽量统一？阶梯轴采用圆角过渡有什么意义？

（9）说明齿轮类零件工作图中啮合特性表的内容？

（10）表面粗糙度对机械零件的使用性能有何影响？

（11）根据你绘制的零件工作图，说明对其几何公差有哪些基本要求？

**6．减速器箱体的结构及附件设计**

（1）减速器箱体采用剖分式有何好处？

（2）减速器箱体常用哪些材料制造？你选用什么材料？为什么？

（3）对铸造箱体，为什么要有铸造圆角及最小壁厚的限制？

（4）减速器轴承座上下方设置的肋板有何作用？

（5）结合你的设计图纸指出箱体有哪些部位需要加工？

（6）减速器上与螺栓和螺母接触的支承面为什么要设计出凸台或沉孔？

（7）决定减速器的中心高度要考虑哪些因素？

（8）吊钩有哪几种形式，布置时应注意什么问题？

（9）是否允许用箱盖上的吊环螺钉或吊耳来起吊整台减速器？为什么？

（10）减速器上的视孔有何用处？应安置在何处为宜？

（11）减速器上通气器有何用处？应安置在何处为宜？

（12）如何确定放油螺塞的位置？它为什么用细牙螺纹或圆锥管螺纹？

（13）为了避免或减少油面波动的干扰，油标应布置在哪个部位？

（14）启盖螺钉的作用是什么？其结构有何特点？

**7．减速器润滑、密封选择及其他**

（1）轴承端盖的主要作用是什么？常用形式有哪几种？各有何优缺点？你设计的属于哪一种？

（2）你设计的齿轮和轴承采用了哪种润滑方式？根据是什么？

（3）单级齿轮传动若用浸油润滑，大齿轮顶圆到油池底的距离至少应为多少？为什么？

（4）在减速器中，为什么有的滚动轴承座孔内侧用挡油环，而有的不用？

（5）当轴承采用油润滑时，如何从结构上考虑供油充分？

（6）在你的设计中，减速器有哪些地方要考虑密封？采用的密封形式是什么？根据是什么？

（7）能否在减速器上下箱体接合面处加垫片等来防止箱内润滑油的泄漏？为什么？

（8）如何测定减速器箱体内的油量？

（9）减速器由哪几部分组成？

（10）设计说明书应包括哪些内容？

（11）设计中为什么要严格执行国家标准、部颁标准和本部门的规范？

（12）定位销设计需要考虑哪些问题？

（13）装配图应标注的尺寸有哪几类？起何作用？

（14）如何选择减速器主要零件的配合与精度？滚动轴承与轴和座孔的配合如何考虑？

（15）你的设计还存在哪些缺陷和不足之处？有何改进建议？

# 第10章

## 机械设计课程设计题目

机械设计课程设计题目的选择应考虑使设计尽可能涵盖机械设计（机械设计基础）课程所学过的基本内容并且能够涉及机械设计的众多其他问题，设计题目应尽可能接近工程实际，同时也要有一定的创新性、综合性。课程设计选题还要根据不同的教学周时和学科培养目标，难易适中。

## 10.1 机械设计课程设计选题原则

机械设计课程设计的选题应当与生产实际紧密联系，应具有代表性和典型性，并能充分反映机械设计课程的基本内容且分量适当。只要满足上述要求的机械装置都可以作为课程设计的题目。

课程设计的题目要灵活多样、不断更新。每个学生一组设计数据，有条件的可结合专业选择实践性较强的题目。选题时应充分估计到学生的知识储备情况，难易适中。由于减速器包括了机械设计课程的大部分零件，具有很强的代表性，因此，目前一般选择减速器作为机械设计课程设计的题目，如一级圆柱齿轮、两级展开式或同轴式圆柱齿轮、两级圆锥-圆柱齿轮、蜗杆蜗轮减速器等。也可以只给出原动机和工作机械，由学生自己选择减速器的类型，要求学生论述传动方案的特点、可行性，与其他方案加以比较。对一些学有余力的同学，可选择一些设计内容包括机械原理和机械设计相关知识、综合性较强的设计题目，如平板搓丝机设计、蛙式打夯机设计等简单机械。

## 10.2 课程设计题目

### 10.2.1 第一类课程设计题目——减速器设计

**题目1 带式输送机传动装置（一级圆柱齿轮减速器）设计**

传动简图如图10-1所示，设计参数见下表。

工作条件：输送机连续工作，单向运转，载荷变化不大，空载启动，每天两班制工作，使用期限10年（每年250个工作日）。输送带速度允许误差为±5%，滚筒效率为0.96。

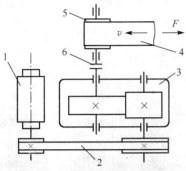

| 方　案 | 输送带拉力 F /N | 输送带速度 v /(m/s) | 滚筒直径 D /mm |
|---|---|---|---|
| 1 | 1500 | 0.90 | 250 |
| 2 | 1550 | 0.95 | 240 |
| 3 | 1600 | 1.0 | 230 |
| 4 | 1650 | 1.05 | 220 |
| 5 | 1700 | 1.15 | 210 |
| 6 | 1750 | 1.20 | 200 |
| 7 | 1800 | 1.25 | 220 |
| 8 | 1900 | 1.30 | 200 |

图 10-1　带式输送机传动简图

1—电动机；2—V 带传动；3—单级圆柱齿轮减速器；
4—输送带；5—滚筒；6—联轴器

## 题目 2　带式输送机传动装置（二级展开式圆柱齿轮减速器）设计

传动简图如图10-2所示，设计参数见下表。

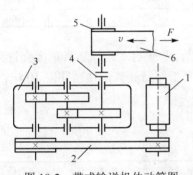

| 方　案 | 工作机输入转矩 T/N·m | 输送带工作速度 v/(m/s) | 滚筒直径 D /mm |
|---|---|---|---|
| 1 | 800 | 1.20 | 360 |
| 2 | 850 | 1.25 | 370 |
| 3 | 900 | 1.30 | 380 |
| 4 | 920 | 1.35 | 390 |
| 5 | 940 | 1.40 | 400 |
| 6 | 880 | 1.45 | 410 |
| 7 | 900 | 1.20 | 360 |
| 8 | 800 | 1.30 | 370 |
| 9 | 850 | 1.35 | 380 |
| 10 | 900 | 1.40 | 390 |

图 10-2　带式输送机传动简图

1—电动机；2—V 带传动；3—二级圆柱齿轮减速器（展开式）；
4—联轴器；5—滚筒；6—输送带

工作条件：输送机连续工作，单向运转，载荷有轻微冲击，空载启动，经常满载，每天两班制工作，每年按 250 个工作日计算，大修年限 5 年。输送带速度允许误差为±5%，滚筒效率为 0.96。

## 题目 3　带式输送机传动装置（二级同轴式圆柱齿轮减速器）设计

传动简图如图10-3所示，设计参数见下表。

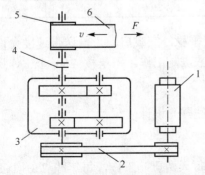

| 方　案 | 输送带拉力 F /N | 滚筒直径 D /mm | 滚筒转速 n/ (r/min) |
|---|---|---|---|
| 1 | 3000 | 320 | 70 |
| 2 | 3100 | 320 | 65 |
| 3 | 3200 | 350 | 70 |
| 4 | 3300 | 350 | 65 |
| 5 | 3400 | 380 | 55 |
| 6 | 3500 | 380 | 65 |
| 7 | 3600 | 400 | 55 |
| 8 | 3700 | 400 | 50 |
| 9 | 3850 | 420 | 45 |
| 10 | 4000 | 420 | 40 |

图 10-3　带式输送机传动简图

1—电动机；2—V 带传动；3—二级圆柱齿轮减速器（同轴式）；
4—联轴器；5—滚筒；6—输送带

工作条件：输送机连续工作，单向运转，载荷有轻微冲击，空载启动，每天三班制工作，每年按 250 个工作日计算，使用期限 5 年。滚筒转速允许误差为 ±5%，滚筒效率为 0.96。

### 题目4　带式输送机传动装置（二级圆锥-圆柱齿轮减速器）设计

传动简图如图10-4所示，设计参数见下表。

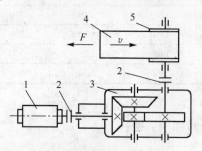

图 10-4　带式输送机传动简图

1—电动机；2—联轴器；3—圆锥-圆柱齿轮减速器；
4—输送带；5—滚筒

| 方　案 | 输送带拉力 $F$ /N | 输送带速 $v$ /(m/s) | 滚筒直径 $D$ /mm |
|---|---|---|---|
| 1 | 2500 | 1.4 | 250 |
| 2 | 2450 | 1.5 | 260 |
| 3 | 2350 | 1.6 | 270 |
| 4 | 2250 | 1.9 | 290 |
| 5 | 2400 | 1.8 | 280 |
| 6 | 2650 | 1.7 | 300 |
| 7 | 2500 | 1.3 | 260 |
| 8 | 2750 | 1.4 | 280 |
| 9 | 2800 | 1.3 | 250 |
| 10 | 2600 | 1.6 | 260 |

工作条件：输送机连续工作，单向运转，载荷较平稳，空载启动，输送带速度允许误差为 ±5%，滚筒效率为 0.96。每天两班制工作，每年按 250 个工作日计算，使用期限 10 年。

### 题目5　带式输送机传动装置（单级蜗杆减速器）设计

传动简图如图10-5所示，设计参数见下表。

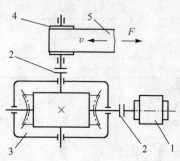

图 10-5　带式输送机传动简图

1—电动机；2—联轴器；3—蜗杆减速器；
4—滚筒；5—输送带

| 方　案 | 输送带拉力 $F$ /N | 输送带速 $v$ /(m/s) | 滚筒直径 $D$ /mm |
|---|---|---|---|
| 1 | 2500 | 1.4 | 350 |
| 2 | 2400 | 1.5 | 360 |
| 3 | 2300 | 1.6 | 370 |
| 4 | 2200 | 1.9 | 390 |
| 5 | 2400 | 1.8 | 380 |
| 6 | 2600 | 1.7 | 400 |
| 7 | 2500 | 1.3 | 360 |
| 8 | 2300 | 1.4 | 380 |
| 9 | 2400 | 1.3 | 350 |
| 10 | 2600 | 1.6 | 360 |

工作条件：输送机连续工作，单向运转，载荷较平稳，空载启动，输送带速度允许误差为 ±5%，滚筒效率为 0.96。减速器小批量生产，每天三班制工作，每年按 250 个工作日计算，使用期限 10 年。

### 题目6　螺旋输送机传动装置（一级圆锥齿轮减速器）设计

传动简图如图 10-6 所示，设计参数见下表。

工作条件：螺旋输送机单向运转，有轻微振动，每天两班制工作，每年按 250 个工作日计算，使用期限 5 年。输送机螺旋轴转速允许误差为 ±5%，传动效率为 0.98。

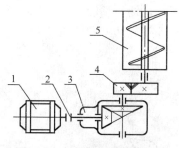

图 10-6　螺旋输送机传动简图

1—电动机；2—联轴器；3—圆锥齿轮减速器；
4—开式齿轮传动；5—螺旋轴

| 方　案 | 螺旋轴功率 $P_w$ /kW | 螺旋轴转速 $n_w$ /(r/min) |
|---|---|---|
| 1 | 3.0 | 50 |
| 2 | 3.4 | 60 |
| 3 | 3.6 | 65 |
| 4 | 3.7 | 70 |
| 5 | 3.8 | 75 |
| 6 | 3.9 | 80 |
| 7 | 4.0 | 85 |
| 8 | 4.0 | 90 |

**题目 7　加热炉推料机传动装置（单级蜗杆减速器）设计**

传动简图如图10-7所示，设计参数见下表。

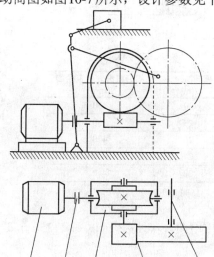

| 方　案 | 大齿轮轴传递功率 $P$ /kW | 大齿轮轴转速 $n$ /(r/min) |
|---|---|---|
| 1 | 1.0 | 34 |
| 2 | 1.1 | 35 |
| 3 | 1.2 | 36 |
| 4 | 1.3 | 37 |
| 5 | 1.4 | 38 |
| 6 | 1.5 | 39 |
| 7 | 1.6 | 40 |
| 8 | 1.7 | 40 |

图 10-7　加热炉推料机传动简图

1—电动机；2—联轴器；3—蜗杆减速器；4—开式齿轮传动；5—输出轴

工作条件：连续单向运转，工作时有轻微振动，使用期 10 年（每年 250 个工作日），小批量生产，单班制工作，输送机大齿轮转速允许误差为±5%。

**题目 8　链式输送机传动装置设计**

传动简图如图10-8 所示，设计参数见下表，要求输送机的驱动链轮主轴垂直布置，卧式电动机轴水平布置，自行选择减速器类型，完成减速装置设计。

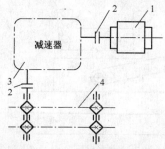

图 10-8　链式输送机传动简图

1—电动机；2—联轴器；3—减速器；4—输送链

| 方　案 | 输送链拉力 $F$/N | 输送链速度 $v$/(m/s) | 链轮齿数 $z$ | 链节距 $P$/mm |
|---|---|---|---|---|
| 1 | 2500 | 0.9 | 9 | 150 |
| 2 | 2600 | 0.8 | 9 | 160 |
| 3 | 2800 | 0.7 | 11 | 170 |
| 4 | 3000 | 0.8 | 13 | 150 |
| 5 | 3200 | 0.65 | 11 | 160 |

工作条件：输送机单向运转，有轻微振动，每天单班制工作，通风情况不良。每年按 250 个工作日计算，使用期限 5 年。输送机工作转速允许误差为 ±5%。

### 题目9 斗式提升机传动装置设计

传动简图如图 10-9 所示，设计参数见下表，要求电动机轴与驱动鼓轮轴平行布置。自行选择减速器类型，完成减速装置设计。

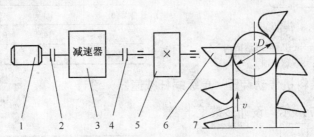

图 10-9 斗式提升机传动简图

1—电动机；2—联轴器；3—减速器；4—联轴器；5—驱动鼓轮；6—运料斗；7—提升带

| 方案 | 生产率 Q /(t/h) | 提升带速度 v /(m/s) | 提升高度 H /(m) | 提升机鼓轮的直径 D /(mm) |
|---|---|---|---|---|
| 1 | 13 | 1.4 | 30 | 350 |
| 2 | 14 | 1.6 | 28 | 350 |
| 3 | 15 | 1.8 | 26 | 400 |
| 4 | 16 | 2.0 | 24 | 400 |
| 5 | 20 | 2.2 | 22 | 450 |

注：1. 提升机用来提升面粉、谷物、水泥等物品；2. 提升机驱动鼓轮所需功率为 $P_w = \dfrac{QH}{367}(1+0.8v)$。

工作条件：连续单向运转，工作时有轻微振动，使用期 8 年，两班制（每年 250 个工作日），转速允许误差为 ±5%。

## 10.2.2 第二类课程设计题目——综合类设计

### 题目10 平板搓丝机传动装置设计

平板搓丝机用于搓制螺纹。传动参考方案简图如图 10-10 所示。电动机 1 通过皮带 2、减速器 3 减速后，驱动偏心轮 4 转动，通过连杆 5 驱动动搓丝板 6 往复运动，与定搓丝板 7 一起完成搓制螺纹的运动。滑块往复运动一次，加工一个工件。

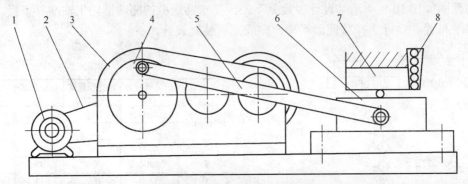

图 10.10 平板搓丝机传动简图

1—电动机；2—带传动；3—减速器；4—偏心轮；5—连杆；6—动搓丝板；7—定搓丝板；8—棒料

平板搓丝机传动设计参数见下表。要求进行搓丝机传动装置总体方案设计和论证，绘制总体设计原理方案图，并且进行主要传动装置的结构设计。

| 方案 | 1 | 2 | 3 | 4 | 5 |
|---|---|---|---|---|---|
| 最大加工直径(mm) | 8 | 10 | 12 | 14 | 16 |
| 最大加工长度(mm) | 140 | 150 | 160 | 180 | 200 |
| 滑块行程(mm) | 290～310 | | 300～320 | | 320～340 |
| 搓丝动力(kN) | 8 | 9 | 10 | 11 | 12 |
| 生产率(件/min) | 40 | 32 | 24 | 22 | 20 |

工作条件：连续单向运转，载荷较平稳，使用期 10 年，两班制（每年 250 个工作日），转速允许误差为±5％。

### 题目 11　蛙式打夯机传动装置设计

蛙式打夯机是一种小型的平地机械，传动参考方案如图 10-11 所示。电动机 6 通过三角皮带两级减速，驱动大皮带轮带动偏心块旋转，产生离心力，由于离心力的方向变化，带动夯头架抬起使打夯机前移，夯头架落下，夯击地面。

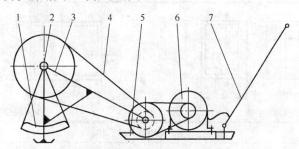

图 10.11　蛙式打夯机传动简图

1—偏心块；2—前轴装置；3—夯头架；4—带传动；5—托盘；6—电动机；7—操作把手

蛙式打夯机传动装置设计参数见下表。要求进行蛙式打夯机传动系统总体方案设计和论证，绘制总体设计原理方案图，并且进行主要传动装置的结构设计。

| 方案 | 1 | 2 | 3 | 4 | 5 |
|---|---|---|---|---|---|
| 夯击次数/(次/min) | 145 | 140 | 135 | 130 | 120 |
| 偏心子重/kg | 18 | 19 | 20 | 21 | 22 |
| 偏心距/mm | 200 | 240 | 260 | 300 | 320 |

工作条件：工作环境相对恶劣，使用期 5 年，每年 200 个工作日，每天工作 8 小时。

# 附 录

## 机械设计课程设计常用标准和规范

### 附录 A 一般标准

#### 附录 A.1 图纸标准

表 A-1 图纸幅面、图样比例

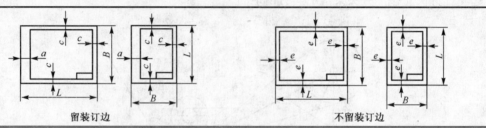

| 留装订边 | 不留装订边 |

图纸幅面（摘自 GB/T14689—2008）

| 基本幅面/mm（第一选择） | | | | | 加长幅面/mm（第二选择） | |
|---|---|---|---|---|---|---|
| 幅面代号 | $B \times L$ | $a$ | $c$ | $e$ | 幅面代号 | $B \times L$ |
| A0 | 841×1189 | | | 20 | A3×3 | 420×891 |
| A1 | 594×841 | | 10 | | A3×4 | 420×1189 |
| A2 | 420×594 | 25 | | | A4×3 | 297×630 |
| A3 | 297×420 | | 5 | 10 | A4×4 | 297×841 |
| A4 | 210×297 | | | | A4×5 | 297×1051 |

图样比例（摘自 GB/T14690—1993）

| 原值比例 | 缩小比例 | | 放大比例 | |
|---|---|---|---|---|
| | 1:2 | 1:2×10^n | 5:1 | 5×10^n:1 |
| | 1:5 | 1:5×10^n | 2:1 | 2×10^n:1 |
| | 1:10 | 1:10×10^n | 10:1 | 10×10^n:1 |
| | 必要时允许选用 | | 必要时允许选用 | |
| 1:1 | 1:1.5 | 1:1.5×10^n | 4:1 | 4×10^n:1 |
| | 1:2.5 | 1:2.5×10^n | 2.5:1 | 2.5×10^n:1 |
| | 1:3 | 1:3×10^n | $n$ 为正整数 | |
| | 1:4 | 1:4×10^n | | |
| | 1:6 | 1:6×10^n | | |

注：加长幅面的图框尺寸按所选用的基本幅面大一号图框尺寸确定，如 A3×4，按 A2 的图框尺寸确定，即 $c=10$（或 $e=10$）。

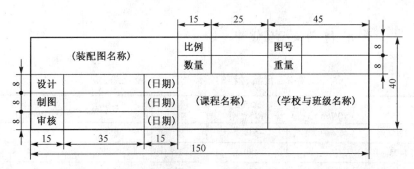

图 A-1 装配图标题栏格式（本课程用，非标准）

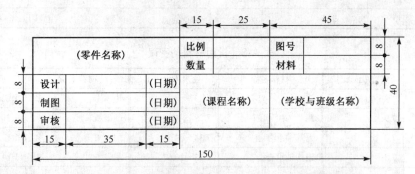

图 A-2 零件图标题栏格式（本课程用，非标准）

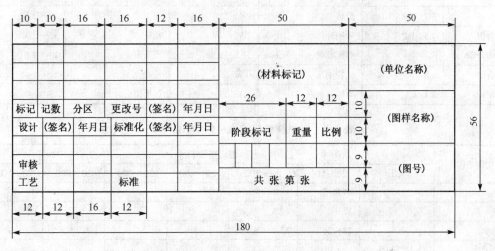

图 A-3 装配图与零件图标题栏标准格式（GB/T10609.1—2008）

| 序号 | 名称 | 数量 | 材料 | 标准 | 备注 |
|---|---|---|---|---|---|
| …… | …… | …… | …… | …… | …… |
| 02 | 滚动轴承7208C | 2 | | GB/T292—1994 | |
| 01 | 箱盖 | 1 | HT200 | | |
| 序号 | 名称 | 数量 | 材料 | 标准 | 备注 |

图 A-4 装配图零件明细表格式（本课程用，非标准）

## 附录 A.2　常用材料的特性参数

### 表 A-2　金属材料的熔点、热导率及比热容

| 材料名称 | 熔点/(℃) | 热导率/(W/m·K) | 比热容/(J/kg·K) | 材料名称 | 熔点/(℃) | 热导率/(W/m·K) | 比热容/(J/kg·K) |
|---|---|---|---|---|---|---|---|
| 灰铸铁 | 1200 | 46.4～92.8 | 544.3 | 铝 | 658 | 203 | 904.3 |
| 铸钢 | 1425 | | 489.9 | 铅 | 327 | 34.8 | 129.8 |
| 低碳钢 | 1400～1500 | 46.4 | 502.4 | 锡 | 232 | 62.6 | 234.5 |
| 青铜 | 995 | 63.8 | 385.2 | 镍 | 1452 | 59.2 | 452.2 |
| 黄铜 | 950 | 92.8 | 393.6 | 锌 | 419 | 110 | 393.6 |

### 表 A-3　常用材料的密度

| 材料名称 | 密度/(g/cm³) | 材料名称 | 密度/(g/cm³) | 材料名称 | 密度/(g/cm³) |
|---|---|---|---|---|---|
| 碳素钢 | 7.8～7.85 | 铅 | 11.37 | 电木 | 1.2 |
| 合金钢 | 7.9 | 锡 | 7.29 | 酚醛板 | 1.3～1.45 |
| 灰铸铁 | 7.0 | 锡基轴承合金 | 7.34～7.75 | 尼龙 6 | 1.13～1.14 |
| 球墨铸铁 | 7.3 | 铅基轴承合金 | 9.33～10.67 | 尼龙 66 | 1.14～1.15 |
| 黄铜 | 8.4～8.85 | 镁合金 | 1.74 | 尼龙 1010 | 1.04～1.06 |
| 紫铜 | 8.9 | 胶木、纤维板 | 1.3～1.4 | 木材 | 0.7～0.9 |
| 锡青铜 | 8.7～8.9 | 玻璃 | 2.4～2.6 | 花岗岩 | 2.6～3 |
| 无锡青铜 | 7.5～8.2 | 硅钢片 | 7.55～7.8 | 砌砖 | 1.9～2.3 |
| 碾压磷青铜 | 8.8 | 有机玻璃 | 1.18～1.19 | 石灰石 | 2.4～2.6 |
| 冷拉青铜 | 8.8 | 矿物油 | 0.92 | 混凝土 | 1.8～2.45 |
| 工业用铝 | 2.7 | 橡胶石棉板 | 1.5～2 | 赛璐珞 | 1.4 |

### 表 A-4　常用材料的线胀系数 $\alpha/(10^{-10}/℃)$

| 材料名称 | 温度范围/(℃) | | | | | | |
|---|---|---|---|---|---|---|---|
| | 20 | 20～100 | 20～200 | 20～400 | 20～600 | 20～800 | 70～1000 |
| 黄铜 | | 17.8 | 18.8 | | | | |
| 青铜 | | 17.6 | 17.9 | | | | |
| 铝合金 | | 22～24 | 23.4～24.8 | | | | |
| 铸铝合金 | 18.44～24.5 | | | | | | |
| 碳钢 | | 10.6～12.2 | 11.3～13 | 12.9～13.9 | 13.4～14.3 | 14.7～15.5 | |
| 铬钢 | | 11.2 | 11.8 | 13 | 13.6 | | |
| 3Cr13 | | 10.2 | 11.1 | 11.9 | 12.3 | 12.8 | |
| 1Cr8Ni9Ti | | 16.6 | 17 | 17.5 | 17.9 | 19 | |
| 镍铬合金 | | 14.5 | | | | | 17.6 |
| 铸铁 | | 8.7～11.1 | 8.5～11.6 | 11.5～12.7 | 12.9～13.2 | | |
| 砖 | 9.5 | | | | | | |
| 水泥、混凝土 | 10～14 | | | | | | |
| 胶木、硬橡胶 | 64～77 | | | | | | |
| 玻璃 | | 4～11.5 | | | | | |
| 有机玻璃 | | 130 | | | | | |

## 表 A-5　黑色金属硬度对照表（摘自 GB/T1172—1999）

| 洛氏/HRC | 布氏/HBS ($F/D^2=30$) | 洛氏/HRC | 布氏/HBS ($F/D^2=30$) | 洛氏/HRC | 布氏/HBS ($F/D^2=30$) | 洛氏/HRC | 布氏/HBS ($F/D^2=30$) |
|---|---|---|---|---|---|---|---|
| 60 | 647 | 49 | 486 | 38 | 350 | 27 | 263 |
| 59 | 639 | 48 | 470 | 37 | 341 | 26 | 257 |
| 58 | 628 | 47 | 455 | 36 | 332 | 25 | 251 |
| 57 | 616 | 46 | 441 | 35 | 323 | 24 | 245 |
| 56 | 601 | 45 | 428 | 34 | 314 | 23 | 240 |
| 55 | 585 | 44 | 415 | 33 | 306 | 22 | 234 |
| 54 | 569 | 43 | 403 | 32 | 298 | 21 | 229 |
| 53 | 552 | 42 | 392 | 31 | 291 | 20 | 224 |
| 52 | 535 | 41 | 381 | 30 | 283 | | |
| 51 | 518 | 40 | 370 | 29 | 276 | | |
| 50 | 502 | 39 | 360 | 28 | 269 | | |

注：表中 $F$ 为试验力，kgf；$D$ 为试验用钢球的直径，mm。

## 表 A-6　常用材料的弹性模量及泊松比

| 材料名称 | 弹性模量 $E$ /GPa | 切变模量 $G$ /GPa | 泊松比 | 材料名称 | 弹性模量 $E$ /GPa | 切变模量 $G$ /GPa | 泊松比 |
|---|---|---|---|---|---|---|---|
| 灰铸铁、白口铸铁 | 115~160 | 45 | 0.23~0.27 | 铸铝青铜 | 105 | 42 | 0.25 |
| 球墨铸铁 | 151~160 | 61 | 0.25~0.29 | 冷拔黄铜 | 91~99 | 35~37 | 0.32~0.42 |
| 铸钢 | 175 | 70~84 | 0.25~0.29 | 轧制纯铜 | 110 | 40 | 0.31~0.34 |
| 碳钢 | 200~220 | 81 | 0.24~0.28 | 硬铝合金 | 71 | 27 | |
| 合金钢 | 210 | 81 | 0.25~0.3 | 轧制锌 | 84 | 32 | 0.27 |
| 轧制锰黄铜 | 110 | 40 | 0.35 | 轧制铝 | 69 | 26~27 | 0.32~0.36 |
| 轧制磷青铜 | 115 | 42 | 0.32~0.35 | 铅 | 17 | 7 | 0.42 |

## 表 A-7　常用材料的滑动摩擦系数（静摩擦）

| 材料名称 | 摩擦系数 $f$ | | 材料名称 | 摩擦系数 $f$ | |
|---|---|---|---|---|---|
| | 有润滑 | 无润滑 | | 有润滑 | 无润滑 |
| 钢-钢 | 0.1~0.12 | 0.15 | 低碳钢-青铜 | | 0.2 |
| 钢-铸铁 | | 0.3 | 铸铁-铸铁 | 0.18 | |
| 钢-青铜 | 0.1~0.15 | 0.15 | 铸铁-皮革 | 0.15 | 0.3~0.5 |

## 表 A-8　常用材料的滑动摩擦系数（动摩擦）

| 材料名称 | 摩擦系数 $f$ | | 材料名称 | 摩擦系数 $f$ | |
|---|---|---|---|---|---|
| | 有润滑 | 无润滑 | | 有润滑 | 无润滑 |
| 钢-钢 | 0.05~0.1 | 0.15 | 铸铁-橡胶 | 0.5 | 0.8 |
| 钢-低碳钢 | 0.1~0.2 | 0.2 | 铸铁-皮革 | 0.15 | 0.6 |
| 钢-铸铁 | 0.05~0.15 | 0.18 | 青铜-酚醛塑料 | | 0.24 |
| 钢-青铜 | 0.1~0.15 | 0.15 | 淬火钢-尼龙9 | 0.023 | 0.43 |
| 钢-纯铝 | 0.02 | 0.17 | 淬火钢-尼龙1010 | 0.0395 | |
| 低碳钢-铸铁 | 0.05~0.15 | 0.18 | 淬火钢-聚甲醛 | 0.016 | 0.46 |
| 低碳钢-青铜 | 0.07~0.15 | 0.18 | 淬火钢-聚碳酸酯 | 0.031 | 0.30 |
| 铸铁-铸铁 | 0.07~0.12 | 0.15 | 粉末冶金-钢 | 0.10 | 0.40 |
| 铸铁-青铜 | 0.07~0.15 | 0.15~0.2 | 粉末冶金-铸铁 | 0.10 | 0.40 |

### 表 A-9 常用机械零件工作面的摩擦系数

| 名称 | | 摩擦系数 $f$ | 名称 | | 摩擦系数 $f$ |
|---|---|---|---|---|---|
| 滑动轴承 | 液体摩擦 | $0.001\sim0.008$ | 滚动轴承 | 深沟球轴承 | $0.002\sim0.004$ |
| | 半液体摩擦 | $0.008\sim0.08$ | | 调心球轴承 | 0.0015 |
| | 半干摩擦 | $0.1\sim0.5$ | | 调心滚子轴承 | 0.004 |
| 密封软填料盒中轴与填料间 | | 0.2 | | 圆柱滚子轴承 | 0.002 |
| 离合器中装有黄铜丝的压制石棉 | | $0.40\sim0.43$ | | 圆锥滚子轴承 | $0.008\sim0.02$ |
| 制动器普通石棉制动带（无润滑） | | $0.35\sim0.46$ | | 角接触球轴承 | $0.003\sim0.005$ |
| | | | | 推力球轴承 | 0.003 |

### 表 A-10 常用材料工作面的滚动摩擦力臂

| 材料组合 | 摩擦力臂/mm | 材料组合 | | 摩擦力臂/mm |
|---|---|---|---|---|
| 低碳钢-低碳钢 | 0.05 | 表面淬火的车轮-表面淬火的钢轨 | 圆柱形车轮 | $0.5\sim0.7$ |
| 淬火钢-淬火钢 | 0.01 | | 圆锥形车轮 | $0.8\sim1$ |
| 铸铁-铸铁 | 0.05 | | | |
| 钢-木材 | $0.3\sim0.4$ | 木材-木材 | | $0.5\sim0.8$ |

### 表 A-11 常用材料极限强度的近似关系

| 材料名称 | | 结构钢 | 铸铁 | 铝合金 |
|---|---|---|---|---|
| 对称应力疲劳极限 | 拉伸疲劳极限 $\sigma_{-1t}$ | $0.3\,\sigma_b$ | $0.225\,\sigma_b$ | $\dfrac{\sigma_b}{6}+73.5\ \text{MPa}$ |
| | 弯曲疲劳极限 $\sigma_{-1}$ | $0.43\,\sigma_b$ | $0.45\,\sigma_b$ | $\dfrac{\sigma_b}{6}+73.5\ \text{MPa}$ |
| | 扭转疲劳极限 $\tau_{-1}$ | $0.25\,\sigma_b$ | $0.36\,\sigma_b$ | $(0.55\sim0.58)\,\sigma_{-1}$ |
| 脉动应力疲劳极限 | 拉伸脉动疲劳极限 $\sigma_{0t}$ | $1.42\,\sigma_{-1t}$ | $1.42\,\sigma_{-1t}$ | $1.5\,\sigma_{-1t}$ |
| | 弯曲脉动疲劳极限 $\sigma_0$ | $1.33\,\sigma_{-1}$ | $1.35\,\sigma_{-1}$ | |
| | 扭转脉动疲劳极限 $\tau_0$ | $1.5\,\tau_{-1}$ | $1.35\,\tau_{-1}$ | |

### 表 A-12 常用热处理工艺及其代号（摘自 GB/T12603—2005）

工艺代号意义，例：513—W

其中，5 为热处理代号；1 为工艺类型代号，整体热处理；3 为工艺名称代号，淬火；W 为冷却介质代号，油。

| 工艺名称 | 代号 | 工艺名称 | 代号 |
|---|---|---|---|
| 退火 | 511 | 表面淬火和回火 | 521 |
| 正火 | 512 | 感应淬火和回火 | 521—04 |
| 淬火 | 513 | 火焰淬火和回火 | 521—05 |
| 水冷淬火 | 513—W | 渗碳 | 531 |
| 油冷淬火 | 513—O | 固体渗碳 | 531—09 |
| 空冷淬火 | 513—A | 盐浴（液体）渗碳 | 531—03 |
| 感应加热淬火 | 513—04 | 气体渗碳 | 531—01 |
| 淬火和回火 | 514 | 碳氮共渗（氰化） | 532 |
| 调质 | 515 | 渗氮 | 533 |

表 A-13　常用热处理方法

| 类型 | 热处理名称 | 说明 | 应用 |
|---|---|---|---|
| 常规热处理 | 退火（焖火） | 退火是将钢件或钢坯加热到适当温度，保温一定时间后缓慢冷却下来（常采用随炉冷却） | 用于消除由于焊接、铸造、锻造等热加工形成的内应力；降低材料硬度，易于切削加工；细化晶粒，改善组织结构，增加材料的韧性 |
| | 正火（常化） | 正火是将钢件或钢坯加热到相变点之上 30～50℃，保温一定时间后在空气中冷却 | 用于处理中低碳钢或渗碳的零件，以细化组织结构，减小内应力，提高韧性，改善切削性能 |
| | 淬火（蘸火） | 淬火是将钢件或钢坯加热到相变点之上某一温度，保温一定时间后在水、油或盐浴中迅速冷却（个别材料需要在空气中冷却），以获得高硬度、高强度 | 用于提高钢的强度和硬度，但韧性和塑性会有所下降 |
| | 回火 | 回火是将淬硬的钢件加热到相变点之下某一温度，保温一定时间后在空气中或油中冷却 | 用于消除淬火后的脆性及内应力，提高钢材的韧性和塑性 |
| | 调质 | 淬火+高温回火 | 用于使钢材具有足够的强度的同时，具有较好的韧性和塑性 |
| | 表面淬火 | 只对钢件表面进行淬火，使其表面具有高强度、高硬度和耐磨性，而芯部保持良好的韧性和塑性 | 常用于处理齿轮的齿面等需要高强度、高耐磨性的零件表面 |
| | 时效 | 将钢件或钢坯加热到 120～130℃之下，长时间保温后随炉或在空气中冷却 | 用于消除淬火产生的微观应力，以避免变形与开裂；消除机械加工的残余应力，以稳定零件的形状与尺寸 |
| 化学热处理 | 渗碳 | 使活性碳元素渗透到零件的表层以提高含碳量，经淬火后提高其强度和硬度；芯部含碳量基本不变，从而保持良好的韧性和塑性 | 增强钢制零件的表面硬度、强度、疲劳极限和耐磨性，适用于中低碳结构钢的中小型零件和承受冲击、重载及耐磨的大型零件 |
| | 渗氮 | 使活性氮元素渗透到零件表层，经淬火后提高其硬度和耐磨性；芯部保持良好的韧性和塑性 | 增强钢制零件的表面硬度、强度、疲劳极限、耐磨性和耐蚀性，适用于铸铁件和结构钢件，如泵轴、排气阀等需要在潮湿、有腐蚀性介质的环境中工作的零件，气缸套、丝杠等需要耐磨的零件 |
| | 碳氮共渗（氰化） | 使活性碳元素和氮元素同时渗透到零件表层，以提高其硬度和耐磨性；芯部保持良好的韧性和塑性 | 增强结构钢、工具钢等材料的强度、硬度、疲劳极限、耐磨性、耐蚀性等，提高刀具的切削性能和使用寿命，适用于硬度、耐磨性要求高的中小型零件、刀具和薄片零件 |

表 A-14　优质碳素结构钢性能参数（摘自 GB/T699—1999）

| 牌号 | 热处理温度/(℃) | | | 力学性能 | | | | 供货状态硬度/HBS | 应用 |
|---|---|---|---|---|---|---|---|---|---|
| | 正火 | 淬火 | 回火 | 抗拉强度 $\sigma_b$/MPa | 屈服强度 $\sigma_s$/MPa | 伸长率 $\delta_5$/(%) | 冲击功 $A_k$/J | | |
| 08F | 930 | | | 295 | 175 | 35 | | 131 | 用于管子、垫片、垫圈等需要塑性好的零件；套筒、支架等芯部强度要求不高的零件 |
| 10 | 930 | | | 335 | 205 | 31 | | 137 | 用于制造焊接件等无回火脆性的零件，以及垫圈、铆钉等零件 |
| 15 | 920 | | | 375 | 225 | 27 | | 143 | 用于螺栓、螺钉、法兰盘、化工储罐、蒸汽锅炉等紧固件、韧性要求高的零件 |
| 20 | 910 | | | 410 | 245 | 25 | | 156 | 用于受应力不大，但韧性要求较高的零件，如杠杆、起重钩；也可用作渗碳件或氰化件 |
| 25 | 900 | 870 | 600 | 450 | 275 | 23 | 71 | 170 | 用于制造受应力不大的热成形加工或机械加工的零件以及焊接件，如轴、螺栓、垫圈、螺母、螺钉等 |
| 35 | 870 | 850 | 600 | 530 | 315 | 20 | 55 | 197 | 用于制造正火或调质处理的零件，如曲轴、杠杆、连杆、垫圈、螺钉、螺母、链轮等 |

（续表）

| 牌号 | 热处理温度/(℃) | | | 力学性能 | | | | 供货状态硬度/HBS | 应用 |
|---|---|---|---|---|---|---|---|---|---|
| | 正火 | 淬火 | 回火 | 抗拉强度 $\sigma_b$ /MPa | 屈服强度 $\sigma_s$ /MPa | 伸长率 $\delta_5$ /(%) | 冲击功 $A_k$/J | | |
| 40 | 860 | 840 | 600 | 570 | 335 | 19 | 47 | 217 | 用于制造轴、活塞杆、原盘、辊子、曲柄销等零件 |
| 45 | 850 | 840 | 600 | 600 | 355 | 16 | 37 | 229 | 用于制造齿轮、链轮、轴、键、轧辊、蒸汽机叶轮、压缩机零件、泵零件等，用途较广 |
| 50 | 830 | 830 | 600 | 630 | 375 | 14 | 31 | 241 | 用于制造齿轮、轴、轧辊、拉杆、圆盘等零件 |
| 55 | 820 | 820 | 600 | 645 | 380 | 13 | | 255 | 用于制造齿轮、连杆、扁簧、轧辊等零件 |
| 60 | 810 | | | 675 | 400 | 12 | | 255 | 用于制造凸轮、轴、轧辊、弹性垫圈、弹簧、离合器、钢丝绳等零件 |
| 20Mn | 910 | | | 450 | 275 | 24 | | 197 | 用于制造凸轮轴、联轴器、铰链、齿轮等零件 |
| 30Mn | 880 | 860 | 600 | 540 | 315 | 20 | 63 | 217 | 用于制造螺栓、螺钉、螺母、杠杆、刹车踏板等零件 |
| 40Mn | 860 | 840 | 600 | 590 | 355 | 17 | 47 | 229 | 用于制造轴、曲轴、连杆、万向联轴器等承受疲劳载荷的零件，以及受重载作用的螺栓、螺钉、螺母等零件 |
| 50Mn | 830 | 830 | 600 | 645 | 390 | 13 | 31 | 255 | 用于制造齿轮、齿轮轴、摩擦盘、凸轮、中小直径的心轴等耐磨性要求高或重载的零件 |
| 60Mn | 810 | | | 695 | 410 | 11 | | 269 | 用于制造弹性要求较高的零件，如弹簧垫圈、弹簧、钟表发条、冷拔钢丝等 |

注：表中所列正火保温时间推荐不少于 30 分钟，空气中冷却；淬火保温时间推荐不少于 30 分钟，水中冷却；回火保温时间推荐不少于 1 小时。

表 A-15　普通碳素结构钢性能参数（摘自 GB/T700—1988）

| 牌号 | | | Q195 | Q215 | Q235 | Q255 | Q275 |
|---|---|---|---|---|---|---|---|
| 屈服极限 $\sigma_s$ /MPa | 钢材尺寸/mm | ≤16 | ≥（195） | ≥215 | ≥235 | ≥255 | ≥275 |
| | | >16～40 | ≥（185） | ≥205 | ≥225 | ≥245 | ≥265 |
| | | >40～60 | | ≥195 | ≥215 | ≥235 | ≥255 |
| | | >60～100 | | ≥185 | ≥205 | ≥225 | ≥245 |
| | | >100～150 | | ≥175 | ≥195 | ≥215 | ≥235 |
| | | >150 | | ≥165 | ≥185 | ≥205 | ≥225 |
| 抗拉强度 $\sigma_b$ /MPa | | | 315～390 | 335～410 | 375～460 | 410～510 | 490～610 |
| 伸长率 $\delta_5$ /(%) | 钢材尺寸/mm | ≤16 | ≥33 | ≥31 | ≥26 | ≥24 | ≥20 |
| | | >16～40 | ≥32 | ≥30 | ≥25 | ≥23 | ≥19 |
| | | >40～60 | | ≥29 | ≥24 | ≥22 | ≥18 |
| | | >60～100 | | ≥28 | ≥23 | ≥21 | ≥17 |
| | | >100～150 | | ≥27 | ≥22 | ≥20 | ≥16 |
| | | >150 | | ≥26 | ≥21 | ≥19 | ≥15 |
| V 型冲击功/J（纵向） | | | | 27 | 27 | 27 | |
| 应用 | | | 塑性好，用于制作焊接管件、拉制线材、轧制薄板、制钉等 | 制作金属结构件、铆钉、螺栓、心轴、凸轮、垫圈、拉杆、渗碳件、焊接件等 | 制作金属结构件、螺栓、螺母、连杆、吊钩、齿轮、气缸、以及焊接件；芯部强度要求不高的渗碳件等 | 轴、销轴、螺母、螺栓、连杆、齿轮、刹车杆等强度要求较高的零件 | |

注：括号内的数值仅供参考。

## 表 A-16 灰铸铁性能参数（摘自 GB/T9439—1988）

| 牌号 | 铸件壁厚 /mm | 抗拉强度 $\sigma_b$ /MPa | 硬度 /HBS | 应用 |
|---|---|---|---|---|
| HT100 | >2.5~10 | ≥130 | 110~166 | 把手、手轮、支架、盖、外壳等零件 |
| | >10~20 | ≥100 | 93~140 | |
| | >20~30 | ≥90 | 87~131 | |
| | >30~50 | ≥8 | 82~122 | |
| HT150 | >2.5~10 | ≥175 | 137~205 | 轴承座、阀壳、管及管路附件、端盖、手轮、机床机座、床身、工作台灯等零件 |
| | >10~20 | ≥145 | 119~179 | |
| | >20~30 | ≥130 | 110~166 | |
| | >30~50 | ≥120 | 141~157 | |
| HT200 | >2.5~10 | ≥220 | 157~236 | 箱体、飞轮、齿轮、气缸、机床床身、中压油缸、液压泵、阀壳等零件 |
| | >10~20 | ≥195 | 148~222 | |
| | >20~30 | ≥170 | 134~200 | |
| | >30~50 | ≥160 | 128~192 | |
| HT250 | >4~10 | ≥270 | 175~262 | 箱体、飞轮、齿轮、气缸、凸轮、轴承座、油缸、液压泵、阀壳等零件 |
| | >10~20 | ≥240 | 164~246 | |
| | >20~30 | ≥220 | 157~236 | |
| | >30~50 | ≥200 | 150~225 | |
| HT300 | >10~20 | ≥290 | 182~272 | 齿轮、凸轮、车床卡盘、高压油缸、液压泵、阀壳、压力机机身、机床床身等零件 |
| | >20~30 | ≥250 | 168~251 | |
| | >30~50 | ≥230 | 161~241 | |
| HT340 | >10~20 | ≥340 | 199~299 | |
| | >20~30 | ≥290 | 182~272 | |
| | >30~50 | ≥260 | 171~257 | |

注：灰铸铁的硬度是根据经验公式计算得到的。当 $\sigma_b$ <196 MPa 时，HBS = RH(44+0.72 $\sigma_b$)；当 $\sigma_b$ ≥196 MPa 时，HBS = RH(100 + 0.438 $\sigma_b$)。式中，HR 为相对硬度（系数），一般取 HR = 0.8~1.2。

## 表 A-17 普通碳素铸钢性能参数（摘自 GB/T11352—1989）

| 牌号 | ZG200—400 | ZG230—450 | ZG270—500 | ZG310—570 | ZG340—640 |
|---|---|---|---|---|---|
| 抗拉强度 $\sigma_b$ /MPa | ≥400 | ≥450 | ≥500 | ≥570 | ≥640 |
| 屈服强度 $\sigma_s$ 或 $\sigma_{0.2}$ /MPa | ≥200 | ≥230 | ≥270 | ≥310 | ≥340 |
| 伸长率 $\delta_5$ /(%) | ≥25 | ≥22 | ≥18 | ≥15 | ≥10 |
| 冲击功 /J | ≥30 | ≥25 | ≥22 | ≥15 | ≥10 |
| 正火与回火硬度 /HBS | | ≥131 | ≥143 | ≥153 | 169~229 |
| 表面淬火硬度 /HRC | | | 40~45 | 40~50 | 45~55 |
| 应用 | 机座、机箱等各种形状的机件。 | 机座、机箱、铁砧台等零件以及管路附件。焊接性能好。 | 飞轮、机架、水压机的压力缸、联轴器、桩锤、蒸汽锤、横梁等零件。焊接性尚可。 | 齿轮、联轴器、气缸、重负荷的机架等各种形状的零件。 | 起重运输机械中的齿轮、联轴器等重要的零件。 |

注：1. 表中硬度非 GB/T11352—1989 内容，仅供参考；

2. 表中力学性能参数测试的环境温度为（20±10）℃；

3. 表中性能参数适用于厚度小于 100 mm 的铸件，当厚度超过 100 mm 时，仅表中规定的 $\sigma_{0.2}$ 屈服强度可用于设计计算。

## 表 A-18 球墨铸铁性能参数（摘自 GB/T1348—1988）

| 牌号 | 抗拉强度 $\sigma_b$ /MPa | 屈服强度 $\sigma_{0.2}$ /MPa | 伸长率 $\delta_5$ /(%) | 硬度 /HBS | 应用 |
|---|---|---|---|---|---|
| QT400—18 | ≥400 | ≥250 | ≥18 | 130~180 | 阀体、阀盖、压缩机气缸、离合器壳、减速器箱体、管路等 |
| QT400—15 | ≥400 | ≥250 | ≥15 | 130~180 | |
| QT450—10 | ≥450 | ≥310 | ≥10 | 160~210 | 车辆轴瓦、凸轮、阀门体、轴承座、减速器箱体、油泵齿轮等 |
| QT500—7 | ≥500 | ≥320 | ≥7 | 170~230 | |
| QT600—3 | ≥600 | 370≥ | ≥3 | 190~270 | 曲轴、齿轮轴、凸轮轴、机床轴、矿车轮、缸套、缸体、连杆、农机零件等 |
| QT700—2 | ≥700 | ≥420 | ≥2 | 225~305 | |
| QT800—2 | ≥800 | ≥480 | ≥2 | 245~335 | |
| QT900—2 | ≥900 | ≥600 | ≥2 | 280~360 | 连杆、凸轮轴、曲轴等零件 |

注：表中牌号系由单铸试块测定的性能。

表 A-19 合金结构钢性能参数（摘自 GB/T3077—1999）

| 牌号 | 热处理温度 | | 力学性能（不小于） | | | | 供货状态硬度/HBS | 应用 |
|---|---|---|---|---|---|---|---|---|
| | 淬火/(℃) | 回火/(℃) | 抗拉强度 $\sigma_b$ /MPa | 屈服强度 $\sigma_s$ /MPa | 伸长率 $\delta_5$ /(%) | 冲击功 $A_k$/J | | |
| 20Mn2 | 850（水）880（油） | 200（水）440（油） | 785 | 590 | 10 | 47 | 187 | 截面较小时与 20Cr 相当，用于制造渗碳齿轮、小轴、钢套、链板等零件。渗碳淬火后硬度可达 HRC56～62 |
| 35Mn2 | 840 | 500 | 835 | 685 | 12 | 55 | 207 | 可制造直径≤15 mm 的冷镦螺栓和小轴；对截面较小的零件，可代替 40Cr。表面淬火后硬度可达 HRC40～50。 |
| 45Mn2 | 840 | 550 | 885 | 735 | 10 | 47 | 217 | 用于制造万向联轴器、连杆、齿轮、蜗杆、曲轴、花键轴、摩擦盘等零件及在较高应力和磨损条件下工作的零件；当直径≤60 mm 时与 40Cr 相当。表面淬火后硬度可达 HRC45～55 |
| 35SiMn | 900 | 570 | 885 | 735 | 15 | 47 | 229 | 多数情况下可代替 40Cr 作调质钢，也可代替 40CrNi，制造小型轴、齿轮等零件，表面淬火后硬度可达 HRC45～55 |
| 42SiMn | 880 | 590 | 885 | 735 | 15 | 47 | 229 | 与 35SiMn 相同，可代替 40Cr、34CrMo 制造大齿圈，多用于制造表面淬火零件。表面淬火后硬度可达 HRC45～55 |
| 20MnV | 880 | 200 | 785 | 590 | 10 | 55 | 187 | 用于制造承受较大载荷的渗碳零件，如齿轮、轴、活塞销、花键轴等。表面淬火后硬度可达 HRC45～55 |
| 40MnB | 850 | 500 | 980 | 785 | 10 | 47 | 207 | 可代替 40Cr 制造重要的调质零件，如轴、齿轮、连杆、螺栓等 |
| 37SiMn2MoV | 870 | 650 | 980 | 835 | 12 | 63 | 269 | 可代替 34CRNiMo 等制造轴、齿轮、蜗杆、曲轴、等高强度重载的零件。表面淬火后硬度可达 HRC50～55 |
| 20CrMnTi | 880 | 200 | 1080 | 850 | 10 | 55 | 217 | 强度高，韧性好，可代替铬镍钢。用于制造渗碳齿轮、凸轮等需耐磨或承受重载或中高速运行的重要零件。渗碳淬火后硬度可达 HRC56～62 |
| 20CrMnMo | 850 | 200 | 1180 | 885 | 10 | 55 | 217 | 用于制造曲轴、齿轮等要求耐磨、高硬度、高韧性的零件。渗碳淬火后硬度可达 HRC56～62 |
| 38CrMoAl | 940 | 640 | 980 | 835 | 14 | 71 | 229 | 用于制造镗杆、齿轮、蜗杆、主轴套环等要求耐磨、耐疲劳、高强度、热处理变形小的零件。渗氮后硬度可达 HV1100 |
| 20Cr | 880 | 200 | 835 | 540 | 10 | 47 | 179 | 用于制造凸轮、蜗杆、活塞销、齿轮等要求耐磨、高强度、高韧性的大尺寸渗碳零件。渗碳淬火后硬度可达 HRC56～62 |
| 40Cr | 850 | 520 | 980 | 785 | 9 | 47 | 207 | 用于制造轴、曲轴、连杆、齿轮、重要的螺栓和螺母等要求耐磨、受交变载荷、中速运行的零件以及大尺寸且要求低温冲击韧性好的轴和齿轮等零件。表面淬火后硬度可达 HRC48～55 |
| 20CrNi | 850 | 460 | 785 | 590 | 10 | 63 | 197 | 相当于 20MnV，渗碳淬火后硬度可达 HRC56～62 |
| 40CrNi | 820 | 500 | 980 | 785 | 10 | 55 | 241 | 用于制造齿轮、轴、花键轴、连杆、链条等要求高强度、高韧性的零件 |
| 40CrNiMoA | 850 | 600 | 980 | 835 | 12 | 78 | 269 | 用于制造机床主轴、转子轴、传动轴等大型、重要的调质零件 |

### 表 A-20　弹簧钢性能参数（摘自 GB/T1222—1984）

| 牌号 | 热处理温度 | | 力学性能（不小于） | | | 供货状态硬度/HBS | 应用 |
|---|---|---|---|---|---|---|---|
| | 淬火/(℃) | 回火/(℃) | 抗拉强度 $\sigma_b$/MPa | 屈服强度 $\sigma_s$/MPa | 伸长率/(%) | | |
| 65 | 840 | 500 | 981 | 785 | 9（$\delta_{10}$） | ≤285 | 调压弹簧、调速弹簧、测力弹簧、柱塞弹簧和一般机械用的圆截面弹簧、方截面弹簧等 |
| 70 | 830 | 480 | 1030 | 834 | 8（$\delta_{10}$） | | |
| 65Mn | 830 | 540 | 981 | 785 | | ≤302 | 小尺寸的圆弹簧、扁弹簧、坐垫弹簧、离合器簧片、刹车弹簧、发条、弹簧环等 |
| 55Si2Mn | 870 | 480 | 1275 | 1177 | 6（$\delta_{10}$） | ≤321 | 气缸安全阀弹簧、止回阀弹簧；250℃以下的耐热弹簧；机车、拖拉机、汽车的减振弹簧 |
| 55Si2MnB | | | | | | | |
| 60Si2Mn | | | | | | | |
| 60Si2MnA | | 440 | 1569 | 1373 | 5（$\delta_{10}$） | | |
| 55CrMnA | 830~860 | 460~510 | 1226 | 1079（$\sigma_{0.2}$） | 9（$\delta_5$） | | 汽车、拖拉机上重载板簧和较大直径的螺旋弹簧 |
| 60CrMnA | | 460~520 | | | | | |
| 60SiMnCrA | 870 | 420 | 1765 | 1569 | 6（$\delta_5$） | | 用于调速器、破碎机、汽轮机等设备上大应力，温度在 300~350℃以下工作的弹簧 |
| 60Si2CrVA | 850 | 410 | 1863 | 1667 | | | |

注：1. 除规定的热处理上下限外，表中热处理温度允许偏差为：淬火±20℃，回火±50℃。
　　2. 表中所列性能适用于截面尺寸≤80 mm 的钢材；对于>80 mm 的钢材，允许其 $\delta_5$ 值比表内规定的数值降低 1 个单位。

### 表 A-21　常用有色金属性能参数

| 牌号 | 代号（名称） | 力学性能（不小于） | | | | 应用 |
|---|---|---|---|---|---|---|
| | | 抗拉强度 $\sigma_b$/MPa | 屈服强度 $\sigma_{0.2}$/MPa | 伸长率 $\delta_5$/(%) | 硬度/HBS | |
| 铸造铜合金（摘自 GB/T1176—1987） | | | | | | |
| ZCuSn5Pb5Zn5 | 5—5—5 锡青铜 | 200（J） | 90（J） | 13 | 590*（J） | 制作轴瓦、衬套、蜗轮、缸套等中速、较大负荷的耐磨耐蚀件 |
| | | 200（S） | 90（S） | | 590*（S） | |
| | | 250（Li） | 100（Li） | | 635*（Li） | |
| | | 250（La） | 100（La） | | 635*（La） | |
| ZCuSn10P1 | 10—1 锡青铜 | 220（S） | 130（S） | 3（S） | 785*（S） | 制作连杆、衬套、轴瓦、蜗轮等在重载和较大滑动速度下工作的耐磨、耐蚀零件 |
| | | 310（J） | 170（J） | 2（J） | 885*（J） | |
| | | 330（Li） | 170（Li） | 4（Li） | 885*（Li） | |
| | | 360（La） | 170（La） | 6（La） | 885（La）* | |
| ZCuSn10Pb5 | 10—5 锡青铜 | 195（S） | | 10 | 685 | 耐酸、耐蚀零件及破碎机的轴衬、轴瓦等零件 |
| | | 245（J） | | | | |
| ZCuPb17Sn4Zn4 | 17—4—4 铅青铜 | 150（S） | | 5（S） | 540（S） | 轴承及一般耐蚀件 |
| | | 175（J） | | 7（J） | 590（J） | |
| ZCuAl10Fe3 | 10—3 铝青铜 | 490（S） | 180（S） | 13（S） | 980*（S） | 蜗轮、轴套、齿轮、螺母等要求高强度、耐磨、耐蚀的零件 |
| | | 540（J） | 200（J） | 15（J） | 1080*（J） | |
| | | 540（Li） | 200（Li） | 15（Li） | 1080*（Li） | |
| | | 540（La） | 200（La） | 15（La） | 1080*（La） | |
| ZCuAl10Fe3Mn2 | 10—3—2 铝青铜 | 490（S） | | 15（S） | 1080 | |
| | | 540（J） | | 20（J） | 1175（J） | |
| ZCuZn38 | 38 黄铜 | 295 | | 30 | 590 | 法兰、阀座、螺母等一般结构件和耐蚀件 |
| | | | | | 685（J） | |
| ZCuZn40Pb2 | 40—2 铅黄铜 | 220（S） | 120 | 15（S） | 785（S） | 轴套、齿轮等一般用途的耐磨、耐蚀零件 |
| | | 280（J） | | 20（J） | 885（J） | |
| ZCuZn38Mn2Pb2 | 38—2—2 锰黄铜 | 245（S） | | 10（S） | 685*（S） | 套筒、衬套、滑块、轴瓦等一般用途的结构件 |
| | | 345（J） | | 18（J） | 785*（J） | |
| ZCuZn16Si4 | 16—4 硅黄铜 | 345（S） | | 15（S） | 885（S） | 水泵、叶轮及在海水中工作的管路配件 |
| | | 390（J） | | 20（J） | 980（J） | |
| 铸造铝合金（摘自 GB/T1173—1995） | | | | | | |
| ZAlSi2 | ZL102 铝硅合金 | 135（RB、KB） | | 4（RB、KB） | 50 | 气缸活塞及受冲击载荷、在高温下工作、形状复杂的薄壁零件 |

（续表）

| 牌号 | 代号（名称） | 力学性能（不小于） | | | | 应用 |
|------|------|------|------|------|------|------|
| | | 抗拉强度 $\sigma_b$ /MPa | 屈服强度 $\sigma_{0.2}$ /MPa | 伸长率 $\delta_5$ /(%) | 硬度 /HBS | |
| ZAlSi2 | ZL102 铝硅合金 | 145（SB、JB） 145～155（J） | | 4（SB、JB） 2～3（J） | 50 | |
| ZAlSi9Mg | ZL104 铝硅合金 | 145（S、J、R、K） 195（J） 225（SB、RB、KB） 235（JB、J） | | 2（S、J、R、K） 1.5（J） 2（SB、RB、KB） 2（JB、J） | 50（S、J、R、K） 65（J） 70（SB、RB、KB） 70（JB、J） | 风机叶片、水冷气缸头等形状复杂的高温静载或冲击载荷作用的大型零件 |
| ZAlMg5Si1 | ZL303 铝镁合金 | 145 | | 1 | 55 | 在高温下工作或要求耐蚀的零件 |
| ZAlZn11Si7 | ZL401 铝锌合金 | 195（S、R、K） 245（J） | | 2（S、R、K） 1.5（J） | 80（S、R、K） 90（J） | 用于形状复杂的大型薄壁零件。铸造性能好，但耐蚀性能差 |
| 铸造轴承合金（摘自 GB/T1174—1992） | | | | | | |
| ZSnSb12Pb10Cu4 | 锡基轴承合金 | | | | 29（J） | 汽轮机、压缩机、发电机、球磨机、机车、发动机等各种机械的滑动轴承衬 |
| ZSnSb11Cu6 | | | | | 27（J） | |
| ZSnSb8Cu4 | | | | | 24（J） | |
| ZPbSb16Sn16Cu2 | 铅基轴承合金 | | | | 30（J） | |
| ZPbSb15Sn10 | | | | | 24（J） | |
| ZPbSb15Sn5 | | | | | 20（J） | |

注：1. 铸造铜合金的布氏硬度中有*号者为参考值；
2. 铸造方法代号：J——金属型铸造；S——砂型铸造；R——熔模铸造；La——连续铸造；Li——离心铸造；K——壳型铸造；B——变质处理。

## 表 A-22  常用工程塑料性能参数

| 材料名称 | 抗拉强度 /MPa | 抗压强度 /MPa | 抗弯强度 /MPa | 伸长率 $\delta_5$ /(%) | 硬度 /HBS | 熔点 /(℃) | 应用 |
|------|------|------|------|------|------|------|------|
| 尼龙6 | 53～77 | 59～88 | 69～98 | 150～250 | 85～114HRR | 215～223 | 耐磨性好，机械强度高，用于制造机械、化工、电气零件，如齿轮、凸轮、轴承、辊轴、泵叶轮、风扇叶片、蜗轮、阀座、输油管道、储油容器、高压密封圈、螺钉、螺母、垫圈等。也可将尼龙粉末喷涂在各种零件表面，以增强耐磨性和密封性能 |
| 尼龙9 | 57～64 | | 79～84 | | | 209～215 | |
| 尼龙66 | 66～82 | 88～118 | 98～108 | 60～200 | 100～118HRR | 265 | |
| 尼龙610 | 46～59 | 69～88 | 69～98 | 100～240 | 90～113HRR | 210～223 | |
| 尼龙1010 | 51～54 | 108 | 81～87 | 100～250 | 7.1HBS | 200～210 | |
| MC尼龙（无填充） | 90 | 105 | 156 | 20 | 21.3HBS | | 强度特别高，用于制造大型齿轮、蜗轮、大型阀门密封面、导轨、导向环、轴套、滚动轴承保持架、导向轧钢机辊道轴瓦、吊车绞盘蜗轮、柴油机燃油泵齿轮、矿山铲掘机轴承、水压机立柱导套等 |
| 聚甲醛（均聚物） | 69 | 125 | 96 | 15 | 17.2HBS | | 具有优越的耐干摩擦性能。用于制造凸轮、齿轮、轴承、滚轮、阀门零件、法兰、垫圈、垫片、泵叶轮、风机叶片、弹簧、管道等 |
| 聚碳酸酯 | 65～69 | 82～86 | 104 | 100 | 9.7～10.4HBS | 220～230 | 尺寸稳定性好，耐冲击性强。用于制造凸轮、蜗轮、齿轮、心轴、蜗杆、轴承、滑轮、铰链、传动链、叶轮、节流阀、各种外壳、汽车化油器部件、螺纹紧固件等 |

### 表 A-23　冷轧钢板和钢带（摘自 GB/T708—1988）　　　　　mm

| 厚度 | 0.20 | 0.25 | 0.30 | 0.35 | 0.40 | 0.45 | 0.55 | 0.60 | 0.65 | 0.70 | 0.75 | 0.80 | 0.90 | 1.0 | 1.1 |
|---|---|---|---|---|---|---|---|---|---|---|---|---|---|---|---|
| | 1.2 | 1.3 | 1.4 | 1.5 | 1.6 | 1.7 | 1.8 | 1.9 | 2.0 | 2.5 | 2.8 | 3.0 | 3.2 | 3.5 | 3.8 |
| | 3.9 | 4.0 | 4.2 | 4.5 | 4.8 | 5.0 | | | | | | | | | |
| 宽度系列 | 600 | 650 | 700 | （710） | 750 | 800 | 850 | 900 | 950 | 1000 | 1100 | 1250 | 1400 | （1420） | |
| | 1500～2000（100 进位） | | | | | | | | | | | | | | |

注：本标准适用于宽度≥600 mm、厚度为 0.2～5 mm 的冷轧钢板和厚度不大于 3 mm 的冷轧钢带。

### 表 A-24　热轧钢板（摘自 GB/T709—1988）　　　　　mm

| 厚度 | 0.50 | 0.55 | 0.60 | 0.65 | 0.70 | 0.75 | 0.80 | 0.90 | 1.0 | 1.2 ～ 1.6（0.1 进位） | 1.8 | 2.0 |
|---|---|---|---|---|---|---|---|---|---|---|---|---|
| | 2.2 | 2.5 | 2.8 | 3.0 | 3.2 | 3.5 | 3.8 | 3.9 | 4.0 | 4.5 | 5.0 | 6　7　8　9 |
| | 10 ～ 22（1 进位）　25　26 ～ 42（2 进位）　45　48　50　52　55 ～ 110（5 进位）　120 | | | | | | | | | | | |
| | 125　130 ～ 160（10 进位）　165　170　180 ～ 200（5 进位） | | | | | | | | | | | |
| 宽度系列 | 600　650　700　710　750 ～ 1000（50 进位）　1250　1400　1420 | | | | | | | | | | | |
| | 1500 ～ 3000（100 进位）　3200 ～ 3800（200 进位） | | | | | | | | | | | |

### 表 A-25　热轧圆钢直径和方钢边长尺寸（摘自 GB/T702—2004）　　　　　mm

| 直径或边长 | 5.5 | 6 | 6.5 | 7 | 8 | 9 | 10 | 11 | 12 | 13 | 14 | 15 | 16 | 17 | 18 |
|---|---|---|---|---|---|---|---|---|---|---|---|---|---|---|---|
| | 19 | 20 | 21 | 22 | 23 | 24 | 25 | 26 | 27 | 28 | 29 | 30 | 31 | 32 | 33 |
| | 34 | 35 | 36 | 38 | 40 | 42 | 45 | 48 | 50 | 53 | 55 | 56 | 58 | 60 | 63 |
| | 65 | 68 | 70 | 75 | 80 | 85 | 90 | 95 | 100 | 105 | 110 | 115 | 120 | 125 | 130 |
| | 140 | 150 | 160 | 170 | 180 | 200 | 210 | 220 | 230 | 240 | 250 | | | | |

| 长度系列 | 普通质量钢 | 4 ～ 10 m（截面尺寸≤25 mm） |
|---|---|---|
| | | 3 ～ 9 m（截面尺寸＞25 mm） |
| | 工具钢 | 1 ～ 6 m（截面尺寸＞75 mm） |
| | 优质及特殊质量钢 | 2 ～ 7 m |

注：本标准适用于直径为 5.5 ～ 250 mm 的热轧圆钢和边长为 5.5 ～ 200 mm 热轧方钢。

### 表 A-26　热轧等边角钢（摘自 GB/T9787—1988）

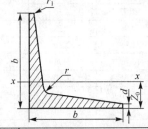

标记示例：

　　碳素结构钢 Q235—A，尺寸为 $b×b×d=100$ mm×100 mm×16 mm 的热轧等边角钢的标记为：

$$热轧等边角钢\frac{100×100×16—GB/T9787—1988}{Q235—A—GB/T700—1988}$$

| 角钢号数 | 尺寸 | | | 截面面积 | 参考数值（x—x） | | 重心距离 $Z_0$ |
|---|---|---|---|---|---|---|---|
| | $b$ | $d$ | $r$ | | $J_x$ | $i_x$ | |
| | mm | mm | mm | cm² | cm⁴ | cm | mm |
| 2 | 20 | 3 | 3.5 | 1.132 | 0.40 | 0.59 | 6.0 |
| | | 4 | | 1.459 | 0.50 | 0.58 | 6.4 |
| 2.5 | 25 | 3 | | 1.432 | 0.82 | 0.76 | 7.3 |
| | | 4 | | 1.859 | 1.03 | 0.74 | 7.6 |
| 3 | 30 | 3 | 4.5 | 1.749 | 1.46 | 0.91 | 8.5 |
| | | 4 | | 2.276 | 1.84 | 0.90 | 8.9 |
| 3.6 | 36 | 3 | | 2.109 | 2.58 | 1.11 | 10.0 |
| | | 4 | | 2.756 | 3.29 | 1.09 | 10.4 |
| | | 5 | | 3.382 | 3.95 | 1.08 | 10.7 |
| 4 | 40 | 3 | 5 | 2.359 | 3.59 | 1.23 | 10.9 |
| | | 4 | | 3.086 | 4.60 | 1.22 | 11.3 |
| | | 5 | | 3.791 | 5.53 | 1.21 | 11.7 |

（续表）

| 角钢号数 | 尺寸 | | | 截面面积 | 参考数值（x—x） | | 重心距离 $Z_0$ |
| | $b$ | $d$ | $r$ | | $J_x$ | $i_x$ | |
| | mm | mm | mm | cm² | cm⁴ | cm | mm |
|---|---|---|---|---|---|---|---|
| 4.5 | 45 | 3 | | 2.659 | 5.17 | 1.40 | 12.2 |
| | | 4 | | 3.486 | 6.65 | 1.38 | 12.6 |
| | | 5 | | 4.292 | 8.04 | 1.37 | 13.0 |
| | | 6 | | 5.076 | 9.33 | 1.36 | 13.3 |
| 5 | 50 | 3 | 5.5 | 2.971 | 7.18 | 1.55 | 13.4 |
| | | 4 | | 3.897 | 9.26 | 1.54 | 13.8 |
| | | 5 | | 4.803 | 11.21 | 1.53 | 14.2 |
| | | 6 | | 5.688 | 13.05 | 1.52 | 14.6 |
| 5.6 | 56 | 3 | 6 | 3.343 | 10.19 | 1.75 | 14.8 |
| | | 4 | | 4.390 | 13.18 | 1.73 | 15.3 |
| | | 5 | | 5.415 | 16.02 | 1.72 | 15.7 |
| | | 8 | | 8.367 | 23.63 | 1.68 | 16.8 |
| 6.3 | 63 | 4 | 7 | 4.978 | 19.03 | 1.96 | 17.0 |
| | | 5 | | 6.143 | 23.17 | 1.94 | 17.4 |
| | | 6 | | 7.288 | 27.12 | 1.93 | 17.8 |
| | | 8 | | 9.515 | 34.46 | 1.90 | 18.5 |
| | | 10 | | 11.657 | 41.09 | 1.88 | 19.3 |
| 7 | 70 | 4 | 8 | 5.570 | 26.39 | 2.18 | 18.6 |
| | | 5 | | 6.875 | 32.21 | 2.16 | 19.1 |
| | | 6 | | 8.160 | 37.77 | 2.15 | 19.5 |
| | | 7 | | 9.424 | 43.09 | 2.14 | 19.9 |
| | | 8 | | 10.667 | 48.17 | 2.12 | 20.3 |
| 7.5 | 75 | 5 | 9 | 7.412 | 39.97 | 2.33 | 20.4 |
| | | 6 | | 8.797 | 46.95 | 2.31 | 20.7 |
| | | 7 | | 10.160 | 53.57 | 2.30 | 21.1 |
| | | 8 | | 11.503 | 59.96 | 2.28 | 21.5 |
| | | 10 | | 14.126 | 71.98 | 2.26 | 22.2 |
| 8 | 80 | 5 | 9 | 7.912 | 48.79 | 2.48 | 21.5 |
| | | 6 | | 9.397 | 57.35 | 2.47 | 21.9 |
| | | 7 | | 10.860 | 65.58 | 2.46 | 22.3 |
| | | 8 | | 12.303 | 73.49 | 2.44 | 22.7 |
| | | 10 | | 15.126 | 88.43 | 2.42 | 23.5 |
| 9 | 90 | 6 | 10 | 10.637 | 82.77 | 2.79 | 24.4 |
| | | 7 | | 12.301 | 94.83 | 2.78 | 24.8 |
| | | 8 | | 13.944 | 106.47 | 2.76 | 25.2 |
| | | 10 | | 17.167 | 128.58 | 2.74 | 25.9 |
| | | 12 | | 20.306 | 149.22 | 2.71 | 26.7 |
| 10 | 100 | 6 | 12 | 11.932 | 114.95 | 3.10 | 26.7 |
| | | 7 | | 13.796 | 131.86 | 3.09 | 27.1 |
| | | 8 | | 15.638 | 148.24 | 3.08 | 27.6 |
| | | 10 | | 19.261 | 179.51 | 3.05 | 28.4 |
| | | 12 | | 22.800 | 208.90 | 3.03 | 29.1 |
| | | 14 | | 26.256 | 236.53 | 3.00 | 29.9 |
| | | 16 | | 29.627 | 262.53 | 2.98 | 30.6 |
| 长度 | 4～12 m（角钢号 2～9），4～19 m（角钢号 10～14） | | | | | | |

注：表中，$J$——惯性矩；$i$——惯性半径；$r_1 = d/3$。

表 A-27 热轧槽钢（摘自 GB/T707—1988）

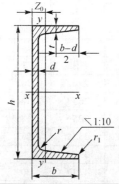

标记示例：

碳素结构钢 Q235—A，尺寸为 $h \times b \times d = 200$ mm$\times 75$ mm$\times 9$ mm 的热轧槽钢的标记为：

热轧槽钢 $\dfrac{200 \times 75 \times 9 — GB/T707—1988}{Q235—A—GB/T700—1988}$

| 型号 | 尺寸 | | | | | | 截面面积 | 参考数值 | | 重心距离 |
| | $h$ | $b$ | $d$ | $t$ | $r$ | $r_1$ | | $w_x$ | $w_y$ | $Z_0$ |
| | mm | mm | mm | mm | mm | mm | cm² | cm³ | cm³ | mm |
|---|---|---|---|---|---|---|---|---|---|---|
| 5 | 50 | 37 | 4.5 | 7.0 | 7.0 | 3.5 | 6.93 | 10.4 | 3.55 | 13.5 |
| 6.3 | 63 | 40 | 4.8 | 7.5 | 7.5 | 3.8 | 8.45 | 16.1 | 4.50 | 13.6 |
| 8 | 80 | 43 | 5.0 | 8.0 | 8.0 | 4.0 | 10.25 | 25.3 | 5.79 | 14.3 |
| 10 | 100 | 48 | 5.3 | 8.0 | 8.5 | 4.2 | 12.75 | 39.7 | 7.80 | 15.2 |
| 12.6 | 126 | 53 | 5.5 | 9.0 | 9.0 | 4.5 | 15.69 | 62.1 | 10.2 | 15.9 |
| 14a | 140 | 58 | 6.0 | 9.5 | 9.5 | 4.8 | 18.52 | 80.5 | 13.0 | 17.1 |
| 14b | 140 | 60 | 8.0 | 9.5 | 9.5 | 4.8 | 21.32 | 87.1 | 14.1 | 16.7 |
| 16a | 160 | 63 | 6.5 | 10.0 | 10.0 | 5.0 | 21.96 | 108 | 16.3 | 18.0 |
| 16 | 160 | 65 | 8.5 | 10.0 | 10.0 | 5.0 | 25.16 | 117 | 17.6 | 17.5 |
| 18a | 180 | 68 | 7.0 | 10.5 | 10.5 | 5.2 | 25.70 | 141 | 20.0 | 18.8 |
| 18 | 180 | 70 | 9.0 | 10.5 | 10.5 | 5.2 | 29.30 | 152 | 21.5 | 18.4 |
| 20a | 200 | 73 | 7.0 | 11.0 | 11.0 | 5.5 | 28.84 | 178 | 24.2 | 20.1 |
| 20 | 200 | 75 | 9.0 | 11.0 | 11.0 | 5.5 | 32.84 | 191 | 25.9 | 19.5 |
| 22a | 220 | 77 | 7.0 | 11.5 | 11.5 | 5.8 | 31.85 | 218 | 28.2 | 21.0 |
| 22 | 220 | 79 | 9.0 | 11.5 | 11.5 | 5.8 | 36.25 | 234 | 30.1 | 20.3 |
| 25a | 250 | 78 | 7.0 | 12.0 | 12.0 | 6.0 | 34.92 | 270 | 30.6 | 27.0 |
| 25b | 250 | 80 | 9.0 | 12.0 | 12.0 | 6.0 | 39.92 | 282 | 32.7 | 19.8 |
| 25c | 250 | 82 | 11.0 | 12.0 | 12.0 | 6.0 | 44.92 | 295 | 35.9 | 19.2 |
| 28a | 280 | 82 | 7.5 | 12.5 | 12.5 | 6.2 | 40.03 | 340 | 35.7 | 21.0 |
| 28b | 280 | 84 | 9.5 | 12.5 | 12.5 | 6.2 | 45.63 | 366 | 37.9 | 20.2 |
| 28c | 280 | 86 | 11.5 | 12.5 | 12.5 | 6.2 | 51.23 | 393 | 40.3 | 19.5 |
| 32a | 320 | 88 | 8.0 | 14.0 | 14.0 | 7.0 | 48.51 | 475 | 46.5 | 22.4 |
| 32b | 320 | 90 | 10.0 | 14.0 | 14.0 | 7.0 | 54.91 | 509 | 49.2 | 21.6 |
| 32c | 320 | 92 | 12.0 | 14.0 | 14.0 | 7.0 | 61.31 | 543 | 52.6 | 20.9 |
| 36a | 360 | 96 | 9.0 | 16.0 | 16.0 | 8.0 | 60.91 | 660 | 63.5 | 24.4 |
| 36b | 360 | 98 | 11.0 | 16.0 | 16.0 | 8.0 | 68.11 | 703 | 66.9 | 23.7 |
| 36c | 360 | 100 | 13.0 | 16.0 | 16.0 | 8.0 | 75.31 | 746 | 70.0 | 23.4 |
| 长度 | 5 ～ 12 m（型号 5 ～ 8），5 ～ 19 m（型号 10 ～ 18），6 ～ 19 m（型号 20 ～ 36） | | | | | | | | | |

注：表中，$w_x$、$w_y$ 分别为截面对 $x$—$x$ 轴和 $y$—$y$ 轴的抗弯截面模量。

表 A-28 热轧工字钢（摘自 GB/T706—1988）

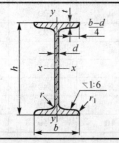

标记示例：

碳素结构钢 Q235—A，尺寸为 $h \times b \times d = 200$ mm$\times 100$ mm$\times 7$ mm 的热轧工字钢的标记为：

热轧工字钢 $\dfrac{200 \times 100 \times 7 — GB/T706—1988}{Q235—A—GB/T700—1988}$

（续表）

| 型号 | 尺寸 | | | | | | 截面面积 | 参考数值 | |
|------|------|------|------|------|------|------|------|------|------|
| | $h$ | $b$ | $d$ | $t$ | $r$ | $r_1$ | | $w_x$ | $w_y$ |
| | mm | mm | mm | mm | mm | mm | cm² | cm³ | cm³ |
| 10 | 100 | 68 | 4.5 | 7.6 | 6.5 | 3.3 | 14.35 | 49.0 | 9.7 |
| 12.6 | 126 | 74 | 5.0 | 8.4 | 7.0 | 3.5 | 18.12 | 77.5 | 12.7 |
| 14 | 140 | 80 | 5.5 | 9.1 | 7.5 | 3.8 | 21.52 | 102 | 16.1 |
| 16 | 160 | 88 | 6.0 | 9.9 | 8.0 | 4.0 | 26.13 | 141 | 21.2 |
| 18 | 180 | 94 | 6.5 | 10.7 | 8.5 | 4.3 | 30.76 | 185 | 26.0 |
| 20a | 200 | 100 | 7.0 | 11.4 | 9.0 | 4.5 | 35.58 | 237 | 31.5 |
| 20b | 200 | 102 | 9.0 | 11.4 | 9.0 | 4.5 | 39.58 | 250 | 33.1 |
| 22a | 220 | 110 | 7.5 | 12.3 | 9.5 | 4.8 | 42.13 | 309 | 40.9 |
| 22b | 220 | 112 | 9.5 | 12.3 | 9.5 | 4.8 | 46.53 | 325 | 42.7 |
| 25a | 250 | 116 | 8.0 | 13.0 | 10.0 | 5.0 | 48.54 | 402 | 48.3 |
| 25b | 250 | 118 | 10.0 | 13.0 | 10.0 | 5.0 | 53.54 | 423 | 52.4 |
| 28a | 280 | 122 | 8.5 | 13.7 | 10.5 | 5.3 | 55.40 | 508 | 56.6 |
| 28b | 280 | 124 | 10.5 | 13.7 | 10.5 | 5.3 | 61.00 | 534 | 61.2 |
| 32a | 320 | 130 | 9.5 | 15.0 | 11.5 | 5.8 | 67.16 | 692 | 70.8 |
| 32b | 320 | 132 | 11.5 | 15.0 | 11.5 | 5.8 | 73.56 | 726 | 76.0 |
| 32c | 320 | 134 | 13.5 | 15.0 | 11.5 | 5.8 | 79.96 | 760 | 81.2 |
| 36a | 360 | 136 | 10.0 | 15.8 | 12.0 | 6.0 | 76.48 | 875 | 81.2 |
| 36b | 360 | 138 | 12.0 | 15.8 | 12.0 | 6.0 | 83.68 | 919 | 84.3 |
| 36c | 360 | 140 | 14.0 | 15.8 | 12.0 | 6.0 | 90.88 | 962 | 87.4 |
| 40a | 400 | 142 | 10.5 | 16.5 | 12.5 | 6.3 | 86.11 | 1090 | 93.2 |
| 40b | 400 | 144 | 12.5 | 16.5 | 12.5 | 6.3 | 94.11 | 1140 | 96.2 |
| 40c | 400 | 146 | 14.5 | 16.5 | 12.5 | 6.3 | 102.11 | 1190 | 99.6 |
| 45a | 450 | 150 | 11.5 | 18.0 | 13.5 | 6.8 | 102.45 | 1430 | 114 |
| 45b | 450 | 152 | 13.5 | 18.0 | 13.5 | 6.8 | 111.45 | 1500 | 118 |
| 45c | 450 | 154 | 15.5 | 18.0 | 13.5 | 6.8 | 120.45 | 157 | 122 |
| 50a | 500 | 158 | 12.0 | 20.0 | 14.0 | 7.0 | 119.30 | 1860 | 142 |
| 50b | 500 | 160 | 14.0 | 20.0 | 14.0 | 7.0 | 129.30 | 1940 | 146 |
| 50c | 500 | 162 | 16.0 | 20.0 | 14.0 | 7.0 | 139.30 | 2080 | 151 |
| 长度 | 5～19 m（型号 10～18），6～19 m（型号 20～50） | | | | | | | | |

注：表中，$w_x$、$w_y$ 分别为截面对 $x$—$x$ 轴和 $y$—$y$ 轴的抗弯截面模量。

# 附录A.3  标准尺寸与标准工艺结构

## 表 A-29  铸造过渡斜角（摘自 JB/ZQ4254—1986）　　　　　mm

| 壁厚$\delta$ | $K$ | $h$ | $R$ |
|------|------|------|------|
| 10～15 | 3 | 15 | 5 |
| >15～20 | 4 | 20 | 5 |
| >20～25 | 5 | 25 | 5 |
| >25～30 | 6 | 30 | 8 |
| >30～35 | 7 | 35 | 8 |
| >35～40 | 8 | 40 | 10 |
| >40～45 | 9 | 45 | 10 |
| >45～50 | 10 | 50 | 10 |

表 A-30 铸造外圆角（摘自 JB/ZQ4256—1986） mm

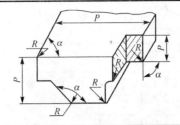

| 表面的最小边尺寸 $P$ | $R$ | | | | | |
|---|---|---|---|---|---|---|
| | 外圆角 $\alpha$ | | | | | |
| | $<50°$ | $51°\sim75°$ | $76°\sim105°$ | $106°\sim135°$ | $136°\sim165°$ | $>165°$ |
| $\leq25$ | 2 | 2 | 2 | 4 | 6 | 8 |
| $>25\sim60$ | 2 | 4 | 4 | 6 | 10 | 16 |
| $>60\sim160$ | 4 | 4 | 6 | 8 | 16 | 25 |
| $>160\sim250$ | 4 | 6 | 8 | 12 | 20 | 30 |
| $>250\sim400$ | 6 | 8 | 10 | 16 | 25 | 40 |
| $>400\sim600$ | 6 | 8 | 12 | 20 | 30 | 50 |

表 A-31 铸造内圆角（摘自 JB/ZQ4255—1986） mm

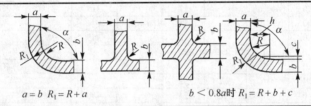

$a=b$ $R_1=R+a$  $b<0.8a$ 时 $R_1=R+b+c$

| $\dfrac{a+b}{2}$ | $R$ | | | | | | | | | | | |
|---|---|---|---|---|---|---|---|---|---|---|---|---|
| | 内圆角 $\alpha$ | | | | | | | | | | | |
| | $<50°$ | | $51°\sim75°$ | | $76°\sim105°$ | | $106°\sim135°$ | | $136°\sim165°$ | | $>165°$ | |
| | 钢 | 铁 | 钢 | 铁 | 钢 | 铁 | 钢 | 铁 | 钢 | 铁 | 钢 | 铁 |
| $\leq8$ | 4 | 4 | 4 | 4 | 6 | 4 | 8 | 6 | 16 | 10 | 20 | 16 |
| $9\sim12$ | 4 | 4 | 4 | 4 | 6 | 6 | 10 | 8 | 16 | 12 | 25 | 20 |
| $13\sim16$ | 4 | 4 | 6 | 4 | 8 | 6 | 12 | 10 | 20 | 16 | 30 | 25 |
| $17\sim20$ | 6 | 4 | 8 | 6 | 10 | 8 | 16 | 12 | 25 | 20 | 40 | 30 |
| $21\sim27$ | 6 | 6 | 10 | 8 | 12 | 10 | 20 | 16 | 30 | 25 | 50 | 40 |

| | $c$ 和 $h$ | | | |
|---|---|---|---|---|
| $b/a$ | $<0.4$ | $0.5\sim0.65$ | $0.66\sim0.8$ | $>0.8$ |
| $c\approx$ | $0.7(a-b)$ | $0.8(a-b)$ | $a-b$ | — |
| $h\approx$ 钢 | $8c$ | | | |
| 铁 | $9c$ | | | |

表 A-32 铸造斜角（摘自 JB/ZQ4257—1986） mm

| 斜度 $b:h$ | 角度 $\beta$ | 使用范围 |
|---|---|---|
| 1:5 | $11°30'$ | $h<25$ mm 的钢铁铸件 |
| 1:10 | $5°30'$ | $h=25\sim500$ mm 的钢铁铸件 |
| 1:20 | $3°$ | |
| 1:50 | $1°$ | $h>500$ mm 的钢铁铸件 |
| 1:100 | $30'$ | 非铁金属铸件 |

注：当设计不同壁厚的铸件时，在转折点处的斜角最大值可增大到 $30°\sim45°$。

表 A-33　标准尺寸（直径、长度、高度等）（摘自 GB/T2822—2005）　　　mm

| R | | | Ra | | | R | | | Ra | | |
|---|---|---|---|---|---|---|---|---|---|---|---|
| R10 | R20 | R40 | Ra10 | Ra20 | Ra40 | R10 | R20 | R40 | Ra10 | Ra20 | Ra40 |
| 2.50 | 2.50 | | 2.5 | 2.5 | | | | 106 | | | 105 |
| | 2.80 | | | 2.8 | | | 112 | 112 | | 110 | 110 |
| 3.15 | 3.15 | | 3.0 | 3.0 | | | | 118 | | | 120 |
| | 3.55 | | | 3.5 | | 125 | 125 | 125 | 125 | 125 | 125 |
| 4.00 | 4.00 | | 4.0 | 4.0 | | | | 132 | | | 130 |
| | 4.50 | | | 4.5 | | | 140 | 140 | | 140 | 140 |
| 5.00 | 5.00 | | 5.0 | 5.0 | | | | 150 | | | 150 |
| | 5.60 | | | 5.5 | | 160 | 160 | 160 | 160 | 160 | 160 |
| 6.30 | 6.30 | | 6.0 | 6.0 | | | | 170 | | | 170 |
| | 7.10 | | | 7.0 | | | 180 | 180 | | 180 | 180 |
| 8.00 | 8.00 | | 8.0 | 8.0 | | | | 190 | | | 190 |
| | 9.00 | | | 9.0 | | 200 | 200 | 200 | 200 | 200 | 200 |
| 10.0 | 10.0 | | 10.0 | 10.0 | | | | 212 | | | 210 |
| | 11.2 | | | 11 | | | 224 | 224 | | 220 | 220 |
| 12.5 | 12.5 | 12.5 | 12 | 12 | 12 | | | 236 | | | 240 |
| | | 13.2 | | | 13 | 250 | 250 | 250 | 250 | 250 | 250 |
| | 14.0 | 14.0 | | 14 | 14 | | | 265 | | | 260 |
| | | 15.0 | | | 15 | | 280 | 280 | | 280 | 280 |
| 16.0 | 16.0 | 16.0 | 16 | 16 | 16 | | | 300 | | | 300 |
| | | 17.0 | | | 17 | 315 | 315 | 315 | 320 | 320 | 320 |
| | 18.0 | 18.0 | | 18 | 18 | | | 335 | | | 340 |
| | | 19.0 | | | 19 | | 355 | 355 | | 360 | 360 |
| 20.0 | 20.0 | 20.0 | 20 | 20 | 20 | | | 375 | | | 380 |
| | | 21.2 | | | 21 | 400 | 400 | 400 | 400 | 400 | 400 |
| | 22.4 | 22.4 | | 22 | 22 | | | 425 | | | 420 |
| | | 23.6 | | | 24 | | 450 | 450 | | 450 | 450 |
| 25.0 | 25.0 | 25.0 | 25 | 25 | 25 | | | 475 | | | 480 |
| | | 26.5 | | | 26 | 500 | 500 | 500 | 500 | 500 | 500 |
| | 28.0 | 28.0 | | 28 | 28 | | | 530 | | | 530 |
| | | 30.0 | | | 30 | | 560 | 560 | | 560 | 560 |
| 31.5 | 31.5 | 31.5 | 32 | 32 | 32 | | | 600 | | | 600 |
| | | 33.5 | | | 34 | 630 | 630 | 630 | 630 | 630 | 630 |
| | 35.5 | 35.5 | | 36 | 36 | | | 670 | | | 670 |
| | | 37.5 | | | 38 | | 710 | 710 | | 710 | 710 |
| 40.0 | 40.0 | 40.0 | 40 | 40 | 40 | | | 750 | | | 750 |
| | | 42.5 | | | 42 | 800 | 800 | 800 | 800 | 800 | 800 |
| | 45.0 | 45.0 | | 45 | 45 | | | 850 | | | 850 |
| | | 47.5 | | | 48 | | 900 | 900 | | 900 | 900 |
| 50.0 | 50.0 | 50.0 | 50 | 50 | 50 | | | 950 | | | 950 |
| | | 53.0 | | | 53 | 1000 | 1000 | 1000 | 1000 | 1000 | 1000 |
| | 56.0 | 56.0 | | 56 | 56 | | | 1060 | | | |
| | | 60.0 | | | 60 | | 1120 | 1120 | | | |
| 63.0 | 63.0 | 63.0 | 63 | 63 | 63 | | | 1180 | | | |
| | | 67.0 | | | 67 | 1250 | 1250 | 1250 | | | |
| | 71.0 | 71.0 | | 71 | 71 | | | 1320 | | | |
| | | 75.0 | | | 75 | | 1400 | 1400 | | | |
| 80.0 | 80.0 | 80.0 | 80 | 80 | 80 | | | 1500 | | | |
| | | 85.0 | | | 85 | 1600 | 1600 | 1600 | | | |
| | 90.0 | 90.0 | | 90 | 90 | | | 1700 | | | |
| | | 95.0 | | | 95 | | 1800 | 1800 | | | |
| 100 | 100 | 100 | 100 | 100 | 100 | | | 1900 | | | |

注：1．选择尺寸时应优先选择 R 系列；同一系列中应按照 10、20、40 的顺序选择子序列；若尺寸需要圆整，可在 Ra 系列中选择；2．本标准适用于有互换性或系列化要求的主要尺寸，其他结构尺寸也应尽可能采用；3．本标准不适用于由主要尺寸导出的因变量尺寸、工艺上工序间的尺寸、已有专用标准规定的尺寸。

# 附录 B　螺纹及螺纹紧固件

## 附录 B.1　螺纹

表 B-1　螺纹的主要类型、特点和应用

| 螺纹类型 | | 代号 | 特点和应用 |
|---|---|---|---|
| 连接螺纹 | 普通螺纹 GB/T192—2003 | M | 牙型为三角形，牙型角 $\alpha = 60°$，当量摩擦角大，易自锁，牙根厚，强度高。同一公称直径按螺距大小分粗牙和细牙，一般连接用粗牙，细牙螺纹的螺距小，升角小，自锁性好，但不耐磨。细牙螺纹多用于薄壁零件和微调装置，以及受冲击载荷、振动和变载荷的连接中 |
| | 非螺纹密封的管螺纹 55°非密封管螺纹 GB/T7307—2001 | G | 牙型角 $\alpha = 55°$，内外螺纹的牙顶和牙底为圆角。螺纹副本身不密封。主要用于管子、管接头、旋塞、阀门接口等连接。当需要密封时，内外螺纹牙间需要缠生料带（聚四氟乙烯带）、麻丝等密封填料 |
| | 用螺纹密封的管螺纹 55°密封管螺纹 GB/T7306—2000 | R | 牙型角 $\alpha = 55°$，内外螺纹的牙顶和牙底为圆角。外螺纹为圆锥外螺纹，内螺纹有圆锥内螺纹或圆柱内螺纹，可以组成锥-锥配合或柱-锥配合的密封螺纹连接。螺纹副本身具有密封性。实际使用时，为确保密封性能应在螺纹副间加入一定的密封填料，如生料带、麻丝等 |
| | 圆锥管螺纹 60°密封管螺纹 GB/T12716—2002 | NPT | 牙型角 $\alpha = 60°$，牙顶和牙底是平的。外螺纹为圆锥外螺纹，内螺纹有圆锥内螺纹或圆柱内螺纹，可以组成锥-锥配合或柱-锥配合的密封螺纹连接。用于一般用途的管螺纹密封及机械密封连接 |
| 传动螺纹 | 梯形螺纹 GB/T5796—2005 | Tr | 牙型为等腰梯形，牙型角 $\alpha = 30°$，牙根强度高，对中性好，工艺性好，螺纹副的小径和大径处有相等的间隙。与矩形螺纹相比效率略低，是常用的传动螺纹，用开合螺母可调整间隙 |
| | 锯齿形螺纹 GB/T13576—1992 | B | 牙型为不等腰梯形，牙型角 $\alpha = 33°$（承载面的斜角为 3°，非承载面斜角为 30°）。具有效率高、牙根强度高、对中性好的优点。用于单向受力较大的螺纹连接或传力螺纹（如螺旋压力机）、起重机的吊钩等 |
| | 矩形螺纹 | | 牙型为矩形，牙型角 $\alpha = 0°$。其传动效率较其他螺纹高，但牙根强度弱，螺旋副磨损后，间隙难以修复和补偿，使传动精度降低。为了便于铣、磨削加工，可制成 10°的牙型角用于传力和传导螺旋 |

## 1. 普通螺纹

表 B-2　普通螺纹螺距及基本尺寸（摘自 GB/T193—2003、196—2003）　　mm

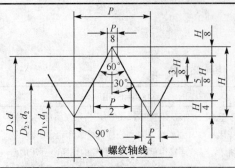

图中，$D$——内螺纹大径，$d$——外螺纹大径，
$D_2$——内螺纹中径，$d_2$——外螺纹中径，
$D_1$——内螺纹小径，$d_1$——外螺纹小径，
$P$——螺距，$H$——原始三角形高度
$$H=\frac{\sqrt{3}}{2}P=0.866P$$

| 公称直径 $D$, $d$ 第一系列 | 第二系列 | 螺距 $P$ | 中径 $D_2$ 或 $d_2$ | 小径 $D_1$ 或 $d_1$ |
|---|---|---|---|---|
| 3 | | **0.5** | 2.675 | 2.459 |
| 3 | | 0.35 | 2.773 | 2.621 |
| | 3.5 | **0.6** | 3.110 | 2.850 |
| | 3.5 | 0.35 | 3.273 | 3.121 |
| 4 | | **0.7** | 3.545 | 3.242 |
| 4 | | 0.5 | 3.675 | 3.459 |
| | 4.5 | **0.75** | 4.013 | 3.688 |
| | 4.5 | 0.5 | 4.175 | 3.959 |
| 5 | | **0.8** | 4.480 | 4.134 |
| 5 | | 0.5 | 4.675 | 4.459 |
| 6 | | **1** | 5.350 | 4.917 |
| 6 | | 0.75 | 5.513 | 5.188 |
| 8 | | **1.25** | 7.188 | 6.647 |
| 8 | | 1 | 7.350 | 6.917 |
| 8 | | 0.75 | 7.513 | 7.188 |
| 10 | | **1.5** | 9.026 | 8.376 |
| 10 | | 1.25 | 9.188 | 8.647 |
| 10 | | 1 | 9.350 | 8.917 |
| 10 | | 0.75 | 9.513 | 9.188 |
| 12 | | **1.75** | 10.863 | 10.106 |
| 12 | | 1.5 | 11.026 | 10.376 |
| 12 | | 1.25 | 11.188 | 10.647 |
| 12 | | 1 | 11.350 | 10.917 |
| | 14 | **2** | 12.701 | 11.835 |
| | 14 | 1.5 | 13.026 | 12.376 |
| | 14 | 1 | 13.350 | 12.917 |
| 16 | | **2** | 14.701 | 13.835 |
| 16 | | 1.5 | 15.026 | 14.376 |
| 16 | | 1 | 15.350 | 14.917 |
| | 18 | **2.5** | 16.376 | 15.294 |
| | 18 | 2 | 16.701 | 15.835 |
| | 18 | 1.5 | 17.026 | 16.376 |
| | 18 | 1 | 17.350 | 16.917 |
| 20 | | **2.5** | 18.376 | 17.294 |
| 20 | | 2 | 18.701 | 17.835 |
| 20 | | 1.5 | 19.026 | 18.376 |
| 20 | | 1 | 19.350 | 18.917 |

| 公称直径 $D$, $d$ 第一系列 | 第二系列 | 螺距 $P$ | 中径 $D_2$ 或 $d_2$ | 小径 $D_1$ 或 $d_1$ |
|---|---|---|---|---|
| | 22 | **2.5** | 20.376 | 19.294 |
| | 22 | 2 | 20.701 | 19.835 |
| | 22 | 1.5 | 21.026 | 20.376 |
| | 22 | 1 | 21.350 | 20.917 |
| 24 | | **3** | 22.051 | 20.752 |
| 24 | | 2 | 22.701 | 21.835 |
| 24 | | 1.5 | 23.026 | 22.376 |
| 24 | | 1 | 23.350 | 22.917 |
| 27 | | **3** | 25.051 | 23.752 |
| 27 | | 2 | 25.701 | 24.835 |
| 27 | | 1.5 | 26.026 | 25.376 |
| 27 | | 1 | 26.350 | 25.917 |
| 30 | | **3.5** | 27.727 | 26.211 |
| 30 | | 3 | 28.051 | 26.752 |
| 30 | | 2 | 28.701 | 27.835 |
| 30 | | 1.5 | 29.026 | 28.376 |
| 30 | | 1 | 29.350 | 28.917 |
| 36 | | **4** | 33.402 | 31.670 |
| 36 | | 3 | 34.051 | 32.752 |
| 36 | | 2 | 34.701 | 33.835 |
| 36 | | 1.5 | 35.026 | 34.376 |
| 42 | | **4.5** | 39.077 | 37.129 |
| 42 | | 3 | 40.051 | 38.752 |
| 42 | | 2 | 40.701 | 39.835 |
| 42 | | 1.5 | 41.026 | 40.376 |
| 48 | | **5** | 44.752 | 42.587 |
| 48 | | 4 | 45.402 | 43.670 |
| 48 | | 3 | 46.051 | 44.752 |
| 48 | | 2 | 46.701 | 45.835 |
| 48 | | 1.5 | 47.026 | 46.376 |
| | 50 | **3** | 48.051 | 46.752 |
| | 50 | 2 | 48.701 | 47.835 |
| | 50 | 1.5 | 49.026 | 48.376 |
| 52 | | **5** | 48.752 | 46.587 |
| 52 | | 4 | 49.402 | 47.670 |
| 52 | | 3 | 50.051 | 48.752 |
| 52 | | 2 | 50.701 | 49.835 |
| 52 | | 1.5 | 51.026 | 50.376 |

注：1. "螺距 $P$" 栏中第一个数值（黑体字）为粗牙螺距，其余为细牙螺距；

　　2. 优先选用第一系列，其次选用第二系列，第三系列（表中未标出）尽可能不用。

表 B-3　普通螺纹的旋合长度（摘自 GB/T197—2003）　　　　mm

| 基本大径 D、d > | ≤ | 螺距 P | 旋合长度 S (≤) | N | L (>) |
|---|---|---|---|---|---|
| 0.99 | 1.4 | 0.2 | 0.5 | | 1.4 |
| | | 0.25 | 0.6 | | 1.7 |
| | | 0.3 | 0.7 | | 2 |
| 1.4 | 2.8 | 0.2 | 0.5 | | 1.5 |
| | | 0.25 | 0.6 | | 1.9 |
| | | 0.35 | 0.8 | | 2.6 |
| | | 0.4 | 1 | | 3 |
| | | 0.45 | 1.3 | | 3.8 |
| 2.8 | 5.6 | 0.35 | 1 | | 3 |
| | | 0.5 | 1.5 | | 4.5 |
| | | 0.6 | 1.7 | | 5 |
| | | 0.7 | 2 | | 6 |
| | | 0.75 | 2.2 | | 6.7 |
| | | 0.8 | 2.5 | | 7.5 |
| 5.6 | 11.2 | 0.75 | 2.4 | | 7.1 |
| | | 1 | 3 | | 9 |
| | | 1.25 | 4 | | 12 |
| | | 1.5 | 5 | | 15 |
| 11.2 | 22.4 | 1 | 3.8 | | 11 |
| | | 1.25 | 4.5 | | 13 |
| | | 1.5 | 5.6 | | 16 |
| | | 1.75 | 6 | | 18 |
| | | 2 | 8 | | 24 |
| | | 2.5 | 10 | | 30 |
| 22.4 | 45 | 1 | 4 | | 12 |
| | | 1.5 | 6.3 | | 19 |
| | | 2 | 8.5 | | 25 |
| | | 3 | 12 | | 36 |
| | | 3.5 | 15 | | 45 |
| | | 4 | 18 | | 53 |
| | | 4.5 | 21 | | 63 |
| 45 | 90 | 1.5 | 7.5 | | 22 |
| | | 2 | 9.5 | | 28 |
| | | 3 | 15 | | 45 |
| | | 4 | 19 | | 56 |
| | | 5 | 24 | | 71 |
| | | 5.5 | 28 | | 85 |
| | | 6 | 32 | | 95 |
| 90 | 180 | 2 | 12 | | 36 |
| | | 3 | 18 | | 53 |
| | | 4 | 24 | | 71 |
| | | 6 | 36 | | 106 |
| | | 8 | 45 | | 132 |
| 180 | 355 | 3 | 20 | | 60 |
| | | 4 | 26 | | 80 |
| | | 6 | 40 | | 118 |
| | | 8 | 50 | | 150 |

注：螺纹的旋合长度影响螺纹的公差等级，标准旋合长度分为短、中、长三组，分别用 $S$、$N$、$L$ 表示。

## 2. 梯形螺纹

表 B-4　梯形螺纹设计牙型尺寸（摘自 GB/T5796.1—2005）　　　　mm

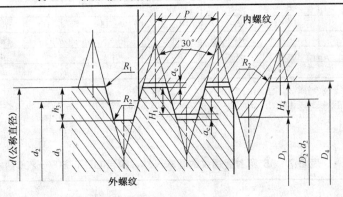

标记示例：

公称直径 $d = 40$ mm、螺距 $P = 7$ mm、精度等级为 7H 的右旋梯形内螺纹的标记：

Tr40×7−7H

公称直径 $d = 40$ mm、导程 $s = 14$ mm、螺距 $P = 7$ mm、精度等级为 7e 的多线左旋梯形外螺纹的标记：

Tr40×14($P$7)LH−7e

公称直径 $d = 40$ mm、螺距 $P = 7$ mm、内螺纹精度等级为 7H、外螺纹精度等级为 7e 的梯形螺旋副标记：

Tr40×7−7H／7e

（续表）

| 螺距 $P$ | 1.5 | 2 | 3 | 4 | 5 | 6 | 7 | 8 | 9 | 10 | 12 |
|---|---|---|---|---|---|---|---|---|---|---|---|
| $a_c$ | 0.15 | 0.25 | | | | 0.5 | | | | | |
| $H_4=h_3$ | 0.9 | 1.25 | 1.75 | 2.25 | 2.75 | 3.5 | 4 | 4.5 | 5 | 5.5 | 6.5 |
| $R_{1max}$ | 0.075 | 0.125 | | | | 0.25 | | | | | |
| $R_{2max}$ | 0.15 | 0.25 | | | | 0.5 | | | | | |
| 螺距 $P$ | 14 | 16 | 18 | 20 | 22 | 24 | 28 | 32 | 36 | 40 | 44 |
| $a_c$ | | | | | | 1 | | | | | |
| $H_4=h_3$ | 8 | 9 | 10 | 11 | 12 | 13 | 15 | 17 | 19 | 21 | 23 |
| $R_{1max}$ | | | | | | 0.5 | | | | | |
| $R_{2max}$ | | | | | | 1 | | | | | |

### 表 B-5　梯形螺纹直径与螺距系列（摘自 GB/T5796.2—2005）　　mm

| 公称直径 | 第一系列 | 8 | | 10 | | 12 | | 16 | | 20 | | 24 | 28 |
|---|---|---|---|---|---|---|---|---|---|---|---|---|---|
| | 第二系列 | | 9 | | 11 | | 14 | | 18 | | 22 | | |
| 螺　距 | | 1.5 | 1.5, 2 | | 2, 3 | | | 2, 4 | | | 3, 5, 8 | | |
| 公称直径 | 第一系列 | | 32 | | 36 | | 40 | | 44 | | | 48 | |
| | 第二系列 | 30 | | 34 | | 38 | | 42 | | 46 | | | 50 |
| 螺　距 | | 3, 6, 10 | | 3, 7, 10 | | | 3, 7, 12 | | | 3, 8, 12 | | | |
| 公称直径 | 第一系列 | 52 | | 60 | | 70 | | 80 | | 90 | | | |
| | 第二系列 | | 55 | | 65 | | 75 | | 85 | | 95 | | |
| 螺　距 | | 3, 8, 12 | | 3, ,9, 14 | | 4, 10, 16 | | | 4, 12, ,18 | | | | |
| 公称直径 | 第一系列 | 100 | | 120 | | 140 | | 160 | 170 | | | 190 | |
| | 第二系列 | | 110 | | 130 | | 150 | | | 180 | | | |
| 螺　距 | | 4, 12, ,20 | | 6, 4, 22 | | 6, 4, 24 | | 6, 16, 28 | | 8, 18, 28 | | 8, 18, 32 | |

### 表 B-6　梯形螺纹基本尺寸（摘自 GB/T5796.3—2005）　　mm

| 螺距 $P$ | 1.5 | 2 | 3 | 4 | 5 | 6 | 7 |
|---|---|---|---|---|---|---|---|
| 外螺纹小径 $d_3$ | $d-1.8$ | $d-2.5$ | $d-3.5$ | $d-4.5$ | $d-5.5$ | $d-7$ | $d-8$ |
| 内、外螺纹中径 $D_2$、$d_2$ | $d-0.75$ | $d-1$ | $d-1.5$ | $d-2$ | $d-2.5$ | $d-3$ | $d-3.5$ |
| 外螺纹大径 $D_4$ | $d+0.3$ | $d+0.5$ | | | | $d+1$ | $d+1$ |
| 内螺纹小径 $D_1$ | $d-1.5$ | $d-2$ | $d-3$ | $d-4$ | $d-5$ | $d-6$ | $d-7$ |
| 螺距 $P$ | 8 | 9 | 10 | 12 | 14 | 16 | 18 |
| 外螺纹小径 $d_3$ | $d-9$ | $d-10$ | $d-11$ | $d-13$ | $d-16$ | $d-18$ | $d-20$ |
| 内、外螺纹中径 $D_2$、$d_2$ | $d-4$ | $d-4.5$ | $d-5$ | $d-6$ | $d-7$ | $d-8$ | $d-9$ |
| 外螺纹大径 $D_4$ | $d+1$ | $d+1$ | $d+1$ | $d+1$ | $d+2$ | $d+2$ | $d+2$ |
| 内螺纹小径 $D_1$ | $d-8$ | $d-9$ | $d-10$ | $d-12$ | $d-14$ | $d-16$ | $d-18$ |

注：1. $d$ 为公称直径（即外螺纹大径）；

2. 表中所列数值是按下式计算的：$d_3=d-2h_3$；$D_2$、$d_2=d-0.5P$；$D_4=d+2a_c$；$D_1=d-P$。

## 3. 密封管螺纹

### 表 B-7　55°密封管螺纹的基本尺寸（摘自 GB/T7307—2001）　　mm

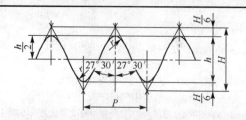

标记示例：

尺寸代号为 1/2、右旋、非螺纹密封的管螺纹的标记：G1/2

（续表）

| 尺寸代号 | 25.4 mm 内的牙数 $n$ | 螺距 $P$ | 牙高 $h$ | 圆弧半径 $r\approx$ | 基面上的基本直径 | | | 基准距离 | 外螺纹的有效螺纹长度 |
|---|---|---|---|---|---|---|---|---|---|
| | | | | | 大径（基准直径）$d=D$ | 中径 $d_2=D_2$ | 小径 $d_1=D_1$ | | |
| 1/16 | 28 | 0.907 | 0.581 | 0.125 | 7.723 | 7.142 | 6.561 | 4.0 | 6.5 |
| 1/8 | | | | | 9.728 | 9.147 | 8.566 | | |
| 1/4 | 19 | 1.337 | 0.856 | 0.184 | 13.157 | 12.301 | 11.445 | 6.0 | 9.7 |
| 3/8 | | | | | 16.662 | 15.806 | 14.950 | 6.4 | 10.1 |
| 1/2 | 14 | 1.814 | 1.162 | 0.249 | 20.955 | 19.793 | 18.631 | 8.2 | 13.2 |
| 3/4 | | | | | 26.441 | 25.279 | 24.117 | 9.5 | 14.5 |
| 1 | | | | | 33.249 | 31.770 | 30.291 | 10.4 | 16.8 |
| 1 1/4 | | | | | 41.910 | 40.431 | 38.952 | 12.7 | 19.1 |
| 1 1/2 | | | | | 47.803 | 46.324 | 44.845 | | |
| 2 | 11 | 2.309 | 1.479 | 0.317 | 59.614 | 58.135 | 56.656 | 15.9 | 23.4 |
| 2 1/2 | | | | | 75.184 | 73.705 | 72.226 | 17.5 | 26.7 |
| 3 | | | | | 87.884 | 86.405 | 84.926 | 20.6 | 29.8 |
| 4 | | | | | 113.030 | 111.551 | 110.072 | 25.4 | 35.8 |
| 5 | | | | | 138.430 | 136.951 | 135.472 | 28.6 | 40.1 |
| 6 | | | | | 163.830 | 162.351 | 160.872 | | |

注：1. 螺纹的中径（$D_2$、$d_2$）和小径（$D_1$、$d_1$）按下列公式计算：$d_2=D_2=d-0.640327P$，$d_1=D_1=d-1.280654P$；

2. 55°密封管螺纹有两种连接形式：圆锥内螺纹与圆锥外螺纹形成"锥/锥"配合，圆柱内螺纹与圆锥外螺纹形成"柱/锥"配合。

## 附录 B.2　螺纹零件的结构要素

表 B-8　普通螺纹收尾、肩距、退刀槽、倒角（摘自 GB/T3—1997）　　　mm

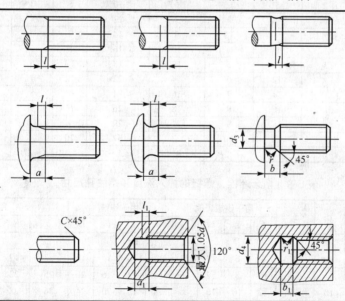

| 螺距 $P$ | 粗牙螺纹大径 $d$ | 螺纹收尾 $l$（不大于） | | 肩距 $a$（不大于） | | | 退刀槽 | | | |
|---|---|---|---|---|---|---|---|---|---|---|
| | | 一般 | 短的 | 一般 | 长的 | 短的 | $b$ max | $b_1$ min | $r\approx$ | $d_3$ |
| 0.5 | 3 | 1.25 | 0.7 | 1.5 | 2 | 1 | 1.5 | 0.8 | 0.2 | $d-0.8$ |
| 0.6 | 3.5 | 1.5 | 0.75 | 1.8 | 2.4 | 1.2 | 1.8 | 0.9 | 0.4 | $d-1$ |
| 0.7 | 4 | 1.75 | 0.9 | 2.1 | 2.8 | 1.4 | 2.1 | 1.1 | 0.4 | $d-1.1$ |
| 0.75 | 4.5 | 1.9 | 1 | 2.25 | 3 | 1.5 | 2.25 | 1.2 | 0.4 | $d-1.2$ |
| 0.8 | 5 | 2 | 1 | 2.4 | 3.2 | 1.6 | 2.4 | 1.3 | 0.4 | $d-1.3$ |

外螺纹（表中行上方标注）

(续表)

| 螺距 P | 粗牙螺纹大径 d | 螺纹收尾 l (不大于) | | 肩距 a (不大于) | | | 退刀槽 | | | |
|---|---|---|---|---|---|---|---|---|---|---|
| | | 一般 | 短的 | 一般 | 长的 | 短的 | $b$ max | $b_1$ min | $r \approx$ | $d_3$ |
| | | | | | 外螺纹 | | | | | |
| 1 | 6.7 | 2.5 | 1.25 | 3 | 4 | 2 | 3 | 1.6 | 0.6 | $d-1.6$ |
| 1.25 | 8 | 3.2 | 1.6 | 4 | 5 | 2.5 | 3.75 | 2 | 0.6 | $d-2$ |
| 1.5 | 10 | 3.8 | 1.9 | 4.5 | 6 | 3 | 4.5 | 2.5 | 0.8 | $d-2.3$ |
| 1.75 | 12 | 4.3 | 2.2 | 5.3 | 7 | 3.5 | 5.25 | 3 | 1 | $d-2.6$ |
| 2 | 14,16 | 5 | 2.5 | 6 | 8 | 4 | 6 | 3.4 | 1 | $d-3$ |
| 2.5 | 18,20,22 | 6.3 | 3.2 | 7.5 | 10 | 5 | 7.5 | 4.4 | 1.2 | $d-3.6$ |
| 3 | 24,27 | 7.5 | 3.8 | 9 | 12 | 6 | 9 | 5.2 | 1.6 | $d-4.4$ |
| 3.5 | 30,33 | 9 | 4.5 | 10.5 | 14 | 7 | 10.5 | 6.2 | 1.6 | $d-5$ |
| 4 | 36,39 | 10 | 5 | 12 | 16 | 8 | 12 | 7 | 2 | $d-5.7$ |
| 4.5 | 42,45 | 11 | 5.5 | 13.5 | 18 | 9 | 13.5 | 8 | 2.5 | $d-6.4$ |
| 5 | 48,52 | 12.5 | 6.3 | 15 | 20 | 10 | 15 | 9 | 2.5 | $d-7$ |
| 参考值 | | $\approx 2.5P$ | $\approx 1.25P$ | $\approx 3P$ | $\approx 4P$ | $\approx 2P$ | $\approx 3P$ | — | — | — |

内螺纹

| 螺距 P | 粗牙螺纹大径 d | 倒角(参考) $C$ | 螺纹收尾 l (不大于) | | 肩距 $a_1$ | | 退刀槽 | | | |
|---|---|---|---|---|---|---|---|---|---|---|
| | | | 一般 | 短的 | 一般 | 长的 | $b_1$ 一般 | $b_1$ 短的 | $r_1$ | $d_4$ |
| 0.5 | 3 | 0.5 | 2 | 1 | 3 | 4 | 2 | 1 | 0.2 | |
| 0.6 | 3.5 | | 2.4 | 1.2 | 3.2 | 4.8 | 2.4 | 1.2 | 0.3 | |
| 0.7 | 4 | 0.6 | 2.8 | 1.4 | 3.5 | 5.6 | 2.8 | 1.4 | 0.4 | $d+0.3$ |
| 0.75 | 4.5 | | 3 | 1.5 | 3.8 | 6 | 3 | 1.3 | 0.4 | |
| 0.8 | 5 | 0.8 | 3.2 | 1.6 | 4 | 6.4 | 3.2 | 1.6 | 0.4 | |
| 1 | 6.7 | 1 | 4 | 2 | 5 | 8 | 4 | 2.5 | 0.5 | |
| 1.25 | 8 | 1.2 | 5 | 2.5 | 6 | 10 | 5 | 3 | 0.6 | |
| 1.5 | 10 | 1.5 | 6 | 3 | 7 | 12 | 6 | 4 | 0.8 | |
| 1.75 | 12 | 2 | 7 | 3.5 | 9 | 14 | 7 | | 0.9 | $d+0.5$ |
| 2 | 14,16 | | 8 | 4 | 10 | 16 | 8 | 5 | 1 | |
| 2.5 | 18,20,22 | 2.5 | 10 | 5 | 12 | 18 | 10 | 6 | 1.2 | |
| 3 | 24,27 | 3 | 12 | 6 | 14 | 22 | 12 | 7 | 1.5 | |
| 3.5 | 30,33 | | 14 | 7 | 16 | 24 | 14 | 8 | 1.8 | |
| 4 | 36,39 | 4 | 16 | 8 | 18 | 26 | 16 | 9 | 2 | $d+0.5$ |
| 4.5 | 42,45 | | 18 | 9 | 21 | 29 | 1 | 10 | 2.2 | |
| 5 | 48,52 | 5 | 20 | 10 | 23 | 32 | 20 | 11 | 2.5 | |
| 参考值 | | — | $\approx 4P$ | $\approx 2P$ | $\approx 5\sim 6P$ | $\approx 6.5\sim 8P$ | $\approx 4P$ | $\approx 2P$ | $\approx 0.5P$ | — |

表 B-9　粗牙螺栓、螺钉的拧入深度和螺纹孔尺寸

| $d$ | $d_0$ | 用于钢或青铜 | | | | 用于铸铁 | | | | 用于铝 | | | |
|---|---|---|---|---|---|---|---|---|---|---|---|---|---|
| | | $h$ | $L$ | $L_1$ | $L_2$ | $h$ | $L$ | $L_1$ | $L_2$ | $h$ | $L$ | $L_1$ | $L_2$ |
| | | | | | | mm | | | | | | | |
| 6 | 5 | 8 | 6 | 10 | 12 | 12 | 10 | 14 | 16 | 22 | 19 | 24 | 29 |
| 8 | 6.8 | 10 | 8 | 12 | 16 | 15 | 12 | 16 | 20 | 25 | 22 | 26 | 30 |
| 10 | 8.5 | 12 | 10 | 16 | 20 | 18 | 15 | 20 | 24 | 36 | 28 | 34 | 38 |
| 12 | 10.2 | 15 | 12 | 18 | 22 | 22 | 18 | 24 | 28 | 38 | 32 | 38 | 42 |
| 16 | 14 | 20 | 16 | 24 | 28 | 26 | 22 | 30 | 34 | 50 | 42 | 50 | 54 |
| 20 | 17.5 | 24 | 20 | 30 | 35 | 32 | 28 | 38 | 44 | 60 | 52 | 62 | 68 |
| 24 | 21 | 30 | 24 | 36 | 42 | 42 | 35 | 48 | 54 | 75 | 65 | 78 | 84 |
| 30 | 26.5 | 36 | 30 | 44 | 52 | 48 | 42 | 56 | 62 | 90 | 80 | 94 | 102 |
| 36 | 32 | 42 | 36 | 52 | 60 | 55 | 50 | 66 | 74 | 105 | 90 | 106 | 114 |

注：h 为内螺纹通孔长度；L 为双头螺柱或螺钉拧入深度

### 表B-10　紧固件通孔及沉孔尺寸

（摘自 GB/T5277—1985、GB/T152.2—1988、152.3—1988、152.4—1988） mm

| 螺纹规格 | 螺栓和螺钉通孔直径 $d_0$ | | | 沉头螺钉及半沉头螺钉的沉孔 | | | | 内六角圆柱头螺钉的圆柱头沉孔 | | | | 六角头螺栓和六角螺母的沉孔 | | | |
|---|---|---|---|---|---|---|---|---|---|---|---|---|---|---|---|
| | | $d_0$ | | | | | | | | | | | | | |
| $d$ | 精装配 | 中等装配 | 粗装配 | $\alpha$ | $d_1$ | $d_2$ | $t \approx$ | $d_1$ | $d_2$ | $d_3$ | $t$ | $d_1$ | $d_2$ | $d_3$ | $t$ |
| M3 | 3.2 | 3.4 | 3.6 | | 3.4 | 6.4 | 1.6 | 3.4 | 6.0 | | | 3.4 | 3.4 | 9 | |
| M4 | 4.3 | 4.5 | 4.8 | | 4.5 | 9.6 | 2.7 | 4.5 | 8.0 | | | 4.6 | 4.5 | 10 | |
| M5 | 5.3 | 5.5 | 5.8 | | 5.5 | 10.6 | 2.7 | 5.5 | 10.0 | | | 5.7 | 5.5 | 11 | |
| M6 | 6.4 | 6.6 | 7 | | 6.6 | 12.8 | 3.3 | 6.6 | 11.0 | | | 6.8 | 6.6 | 13 | |
| M8 | 8.4 | 9 | 10 | | 9 | 17.6 | 4.6 | 9.0 | 15.0 | | | 9.0 | 9.0 | 18 | |
| M10 | 10.5 | 11 | 12 | | 11 | 20.3 | 5.0 | 11.0 | 18.0 | | | 11.0 | 11.0 | 22 | |
| M12 | 13 | 13.5 | 14.5 | | 13.5 | 24.4 | 6.0 | 13.5 | 20.0 | 16 | 13.0 | 13.5 | 26 | 16 | |
| M14 | 15 | 15.5 | 16.5 | $90°\,^{-2°}_{-4°}$ | 15.5 | 28.4 | 7.0 | 15.5 | 24.0 | 18 | 15.0 | 13.5 | 30 | 18 | |
| M16 | 17 | 17.5 | 18.5 | | 17.5 | 32.4 | 8.0 | 17.5 | 26.0 | 20 | 17.5 | 17.5 | 33 | 20 | |
| M18 | 19 | 20 | 21 | | — | — | | — | — | — | — | 20.0 | 36 | 22 | |
| M20 | 21 | 22 | 24 | | 22 | 40.4 | 10.0 | 22.0 | 33.0 | | 21.5 | 22.0 | 40 | 24 | |
| M22 | 23 | 24 | 26 | | — | — | | — | — | | | 24 | 43 | 26 | |
| M24 | 25 | 26 | 28 | | — | — | | 26.0 | 40.0 | 28 | 25.5 | 26 | 48 | 28 | |
| M27 | 28 | 30 | 32 | | — | — | | — | — | | | 30 | 53 | 33 | |
| M30 | 31 | 33 | 35 | | | | | 33.0 | 48.0 | 36 | 32.0 | 33 | 61 | 36 | |
| M36 | 37 | 39 | 42 | | | | | 39.0 | 57.0 | 42 | 38.0 | 39 | 71 | 42 | |

只要能制出与通孔轴线垂直的圆平面即可

### 表B-11　扳手空间（摘自 JB/ZQ 4005—1997） mm

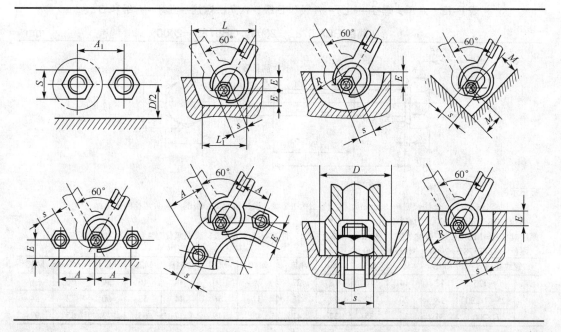

（续表）

| 螺纹直径 $d$ | $S$ | $A$ | $A_1$ | $E$ | $M$ | $L$ | $L_1$ | $R$ | $D$ |
|---|---|---|---|---|---|---|---|---|---|
| 6 | 10 | 26 | 18 | 8 | 15 | 46 | 38 | 20 | 24 |
| 8 | 13 | 32 | 24 | 11 | 18 | 55 | 44 | 25 | 28 |
| 10 | 16 | 38 | 28 | 13 | 22 | 62 | 50 | 30 | 30 |
| 12 | 18 | 42 | — | 14 | 24 | 70 | 55 | 32 | — |
| 14 | 21 | 48 | 36 | 15 | 26 | 80 | 65 | 36 | 40 |
| 16 | 24 | 55 | 38 | 16 | 30 | 85 | 70 | 42 | 45 |
| 18 | 27 | 62 | 45 | 19 | 32 | 95 | 75 | 46 | 52 |
| 20 | 30 | 68 | 48 | 20 | 35 | 105 | 85 | 50 | 56 |
| 22 | 34 | 76 | 55 | 24 | 40 | 120 | 95 | 58 | 60 |
| 24 | 36 | 80 | 58 | 24 | 42 | 125 | 100 | 60 | 70 |
| 27 | 41 | 90 | 65 | 26 | 46 | 135 | 110 | 65 | 76 |
| 30 | 46 | 100 | 72 | 30 | 50 | 155 | 125 | 75 | 82 |
| 33 | 50 | 108 | 76 | 32 | 55 | 165 | 130 | 80 | 88 |
| 36 | 55 | 118 | 85 | 36 | 60 | 180 | 145 | 88 | 95 |
| 39 | 60 | 125 | 90 | 38 | 65 | 190 | 155 | 92 | 100 |
| 42 | 65 | 135 | 96 | 42 | 70 | 205 | 165 | 100 | 106 |
| 45 | 70 | 145 | 105 | 45 | 75 | 220 | 175 | 105 | 112 |
| 48 | 75 | 160 | 115 | 48 | 80 | 235 | 185 | 115 | 126 |
| 52 | 80 | 170 | 120 | 48 | 84 | 245 | 195 | 125 | 132 |
| 56 | 85 | 180 | 126 | 52 | 90 | 260 | 205 | 130 | 138 |
| 60 | 90 | 185 | 134 | 58 | 95 | 275 | 215 | 135 | 145 |
| 64 | 95 | 195 | 140 | 58 | 100 | 285 | 225 | 140 | 152 |

# 附录 B.3　螺纹紧固件

## 1. 螺栓与螺柱标准

### 表 B-12　六角头螺栓—粗牙—A 级和 B 级、六角头螺栓—细牙—A 级和 B 级

（摘自 GB/T5782—2000、GB5785—2000）　　　　mm

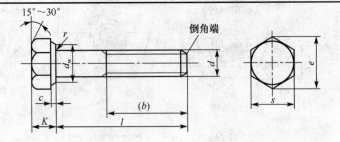

标记示例：

螺纹规格 $d$＝M12、公称长度 $l$＝80 mm、性能等级为 8.8 级、表面氧化、A 级的六角头螺栓的标记：

螺栓　GB/T5782—2000　M12×80

螺纹规格 $d$＝M12×1.5、公称长度 $l$＝80 mm、细牙螺纹、性能等级为 8.8 级、表面氧化、A 级的六角头螺栓的标记：

螺栓　GB/T5785—2000　M12×1.5×80

| 螺纹规格 $d$ | | M3 | M4 | M5 | M6 | M8 | M10 | M12 | M16 | M20 | M24 | M30 | M36 |
|---|---|---|---|---|---|---|---|---|---|---|---|---|---|
| $b$ | $l$≤125 | 12 | 14 | 16 | 18 | 22 | 26 | 30 | 38 | 46 | 54 | 66 | — |
| | 125<$l$≤200 | 18 | 20 | 22 | 24 | 28 | 32 | 36 | 44 | 52 | 60 | 72 | 84 |
| | $l$>200 | 31 | 33 | 35 | 37 | 41 | 45 | 49 | 57 | 65 | 73 | 85 | 97 |

（续表）

| 螺纹规格 d | | | M3 | M4 | M5 | M6 | M8 | M10 | M12 | M16 | M20 | M24 | M30 | M36 |
|---|---|---|---|---|---|---|---|---|---|---|---|---|---|---|
| c | max | | 0.4 | | 0.5 | | 0.6 | | | | 0.8 | | | |
| | min | | 0.15 | | | | | | | | 0.2 | | | |
| $d_w$ | min | A | 4.57 | 5.88 | 6.88 | 8.88 | 11.63 | 14.63 | 16.63 | 22.49 | 28.19 | 33.61 | — | — |
| | | B | 4.45 | 5.74 | 6.74 | 8.74 | 11.47 | 14.47 | 16.47 | 22 | 27.7 | 32.25 | 42.75 | 51.11 |
| $e$ | min | A | 6.01 | 7.66 | 8.79 | 11.05 | 14.38 | 17.77 | 20.03 | 26.75 | 33.53 | 39.98 | — | — |
| | | B | 5.88 | 7.50 | 8.63 | 10.89 | 14.20 | 17.59 | 19.85 | 26.17 | 32.95 | 39.55 | 50.85 | 60.79 |
| $k$ 公称 | | | 2 | 2.8 | 3.5 | 4 | 5.3 | 6.4 | 7.5 | 10 | 12.5 | 15 | 18.7 | 22.5 |
| $r$ | min | | 0.1 | 0.2 | 0.25 | | 0.4 | | | 0.6 | 0.8 | | | 1 |
| $s$ 公称 | | | 5.5 | 7 | 8 | 10 | 13 | 16 | 18 | 24 | 30 | 36 | 46 | 55 |
| 公称长度 l 的范围 | | | 20~30 | 25~40 | 25~50 | 30~60 | 40~80 | 45~100 | 50~120 | 65~160 | 80~200 | 90~240 | 110~300 | 140~360 |
| 公称长度 l 的系列 | | | 20~70（5 进位）、80~160（10 进位）、180~360（20 进位） | | | | | | | | | | | |

注：1. A、B 为产品精度等级。A 级用于 d ≤ 1.6～24 mm 和 l ≤ 10d 或 l ≤ 15 mm（按较小值）的螺栓；B 级用于 d > 24 mm 和 l > 10d 或 l ≤ 150 mm（按较小值）的螺栓；

2. C 级产品详见六角头螺栓—C 级（GB/T5780—2000）；

3. 本表所列为部分优选螺纹规格，其他还有：M1.6、M2、M2.5、M42、M48、M56、M64；

4. 公称长度还有 12、16、380、400、460、480、500，本表未摘录。

### 表 B-13　六角头螺栓—全螺纹—A 级和 B 级　（摘自 GB/T5783—2000）　mm

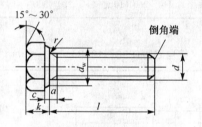

标记示例：

　　螺纹规格 d = M12、公称长度 l = 80 mm、性能等级为 8.8 级、表面氧化、全螺纹 A 级的六角头螺栓的标记：

　　螺栓 GB/T5783—2000　M12×80

| 螺纹规格 d | | | M3 | M4 | M5 | M6 | M8 | M10 | M12 | M16 | M20 | M24 | M30 | M36 |
|---|---|---|---|---|---|---|---|---|---|---|---|---|---|---|
| a | max | | 1.5 | 2.1 | 2.4 | 3 | 3.75 | 4.5 | 5.25 | 6 | 7.5 | 9 | 10.5 | 12 |
| c | max | | 0.4 | | 0.5 | | 0.6 | | | | 0.8 | | | |
| | min | | 0.15 | | | | | | | | 0.2 | | | |
| $d_w$ | min | A | 4.57 | 5.88 | 6.88 | 8.88 | 11.63 | 14.63 | 16.63 | 22.49 | 28.19 | 33.61 | 42.7 | 51.1 |
| | | B | 4.45 | 5.74 | 6.74 | 8.74 | 11.47 | 14.47 | 16.47 | 22 | 27.7 | 33.25 | 42.7 | 51.1 |
| $e$ | min | A | 6.07 | 7.66 | 8.79 | 11.05 | 14.38 | 17.77 | 20.03 | 26.75 | 33.53 | 39.98 | 50.85 | 60.79 |
| | | B | 5.88 | 7.50 | 8.63 | 10.89 | 14.20 | 17.59 | 19.85 | 26.17 | 32.95 | 39.55 | 50.85 | 60.79 |
| $k$ 公称 | | | 2 | 2.8 | 3.5 | 4 | 5.3 | 6.4 | 7.5 | 10 | 12.5 | 15 | 18.7 | 22.5 |
| $r$ | min | | 0.1 | 0.2 | 0.25 | | 0.4 | | | 0.6 | 0.8 | | | 1 |
| $s$ | max | | 5.5 | 7 | 8 | 10 | 13 | 16 | 18 | 24 | 30 | 36 | 46 | 55 |
| | min | A | 5.32 | 6.78 | 7.78 | 9.78 | 12.73 | 15.73 | 17.73 | 23.67 | 29.67 | 35.38 | 45 | 53.8 |
| | | B | — | — | 7.64 | 9.64 | 12.57 | 15.57 | 17.57 | 23.16 | 29.16 | 35 | 45 | 53.8 |
| 公称长度 l 的范围 | | A | 6~30 | 8~40 | 10~50 | 12~60 | 16~80 | 20~100 | 25~120 | 30~140 | 40~140 | 50~140 | | |
| | | B | | | | | | | | 140~200 | 140~200 | 140~200 | 60~200 | 70~200 |
| 公称长度 l 的系列 | | | 6、8、10、12、16、20~70（5 位进）、80~160（10 位进）、180、200 | | | | | | | | | | | |

注：本表所列为部分螺纹优选规格，其他还有 M1.6、M2、M2.5、M42、M48、M56、M64

表 B-14　六角头铰制孔用螺栓—A 级和 B 级（摘自 GB/T27—1988）　　　mm

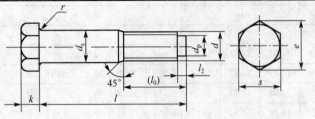

标记示例：
螺纹规格 $d$ = M10 、 $d_s$ 按本表规定，公称长度
$l$ = 60 mm 、性能等级为 8.8 级、表面氧化处理、
A 级的六角头铰制孔用螺栓的标记：

　　螺栓 GB/T 27 — 1988　M10×60

当 $d_s$ 按 m6 制造时：

　　螺栓 GB/T27 — 1988　M10×m6×60

| 螺纹规格 $d$ | | M6 | M8 | M10 | M12 | (M14) | M16 | (M18) | M20 | (M22) | M24 | (M27) | M30 | M36 |
|---|---|---|---|---|---|---|---|---|---|---|---|---|---|---|
| $d_s$ (h9) | max | 7.00 | 9.00 | 11.00 | 13.00 | 15.00 | 17.00 | 19.00 | 21.00 | 23.00 | 25.00 | 28.00 | 32.00 | 38.00 |
| | min | 6.964 | 8.964 | 10.957 | 12.957 | 14.957 | 16.957 | 18.948 | 20.948 | 22.948 | 24.948 | 27.948 | 31.938 | 37.938 |
| $s_{max}$ | | 10 | 13 | 16 | 18 | 21 | 24 | 27 | 30 | 34 | 36 | 41 | 46 | 55 |
| $k$ | | 4 | 5 | 6 | 7 | 8 | 9 | 10 | 11 | 12 | 13 | 15 | 17 | 20 |
| $d_p$ | | 4 | 5.5 | 7 | 8.5 | 10 | 12 | 13 | 15 | 17 | 18 | 21 | 23 | 28 |
| $r_{min}$ | | 0.25 | 0.4 | | | 0.6 | | | 0.8 | | | | 1 | |
| $l_2$ | | 1.5 | | 2 | | | 3 | | | 4 | | | 5 | 6 |
| $e_{min}$ | A | 11.05 | 14.38 | 17.77 | 20.03 | 23.35 | 26.75 | 30.14 | 33.53 | 37.72 | 39.98 | — | — | — |
| | B | 10.89 | 14.20 | 17.59 | 19.85 | 22.78 | 26.17 | 29.56 | 32.95 | 37.29 | 39.55 | 45.20 | 50.85 | 60.79 |
| 公称长度 $l$ 的范围 | | 25~65 | 25~80 | 30~120 | 35~180 | 40~180 | 45~200 | 50~200 | 55~200 | 60~200 | 65~200 | 75~200 | 80~230 | 90~300 |
| $l_0$ | | 12 | 15 | 18 | 22 | 25 | 28 | 30 | 32 | 35 | 38 | 42 | 50 | 55 |
| 公称长度 $l$ 的系列 | | 25，（28），30，（32），35，（38），40~100（5 进位）　110~260（10 进位），280，300 | | | | | | | | | | | | |

注：括号内规格及 $l$ = 55 mm 和 65 mm 的尺寸尽量不用。

表 B-15　双头螺柱（$b_m$ = 1.25$d$）（摘自 GB/T898—1988）　　　mm

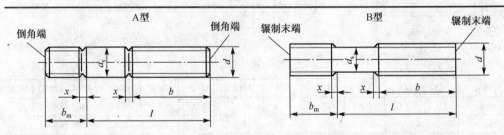

末端按 GB/T 2—2001 规定：$d_{s\,max}$ = $d$（A 型）；$d_s$ ≈ 螺纹中经（B 型）；$x_{max}$ = 1.5$p$

标记示例：
两端均为粗牙普通螺纹，$d$ = 10 mm、$l$ = 50 mm、性能等级为 4.8 级、不经表面处理，B 型、$b_m$ = 1.25$d$ 的双头螺柱的标记为

　　螺柱 GB/T 898—1988　M10×50

旋入机体一端为粗牙普通螺纹，旋螺母一端为螺距 $p$ = 1 mm 的细牙普通螺纹，$d$ = 10 mm、$l$ = 50 mm、性能等级为 4.8 级、不经表面处理，A 型、$b_m$ = 1.25$d$ 的双头螺柱的标记为

　　螺柱 GB/T 898—1988　AM10—M10×1×50

旋入机体一端为过渡配合螺纹的第一种配合，旋螺母一端为粗牙普通螺纹，$d$ = 10 mm、$l$ = 50 mm、性能等级为 8.8 级，镀锌纯化，B 型、$b_m$ = 1.25$d$ 的双头螺柱标记为

　　螺柱 GB/T 898—1988　GM10—M10×50—8.8—Zn·D

| 螺纹规格 $d$ | 公称尺寸 $b_m$ | $d_s$ | | 公称尺寸 $\dfrac{l}{b}$ | | | 螺纹规格 $d$ | 公称尺寸 $b_m$ | $d_s$ | | 公称尺寸 $\dfrac{l}{b}$ | |
|---|---|---|---|---|---|---|---|---|---|---|---|---|
| M5 | 6 | max | 5 | $\dfrac{16\sim22}{10}$ | ， | $\dfrac{26\sim50}{16}$ | M20 | 25 | max | 20 | $\dfrac{35\sim40}{25}$ | ，$\dfrac{45\sim65}{35}$ |
| | | min | 4.7 | | | | | | | | | |
| M6 | 8 | max | 6 | $\dfrac{20\sim22}{10}$ | ，$\dfrac{25\sim30}{14}$ | ，$\dfrac{32\sim75}{18}$ | | | min | 19.48 | $\dfrac{70\sim120}{46}$ | ，$\dfrac{130\sim200}{52}$ |
| | | min | 48 | | | | | | | | | |

（续表）

| 螺纹规格 $d$ | 公称尺寸 $b_m$ | $d_s$ | | 公称尺寸 $\dfrac{l}{b}$ | | | 螺纹规格 $d$ | 公称尺寸 $b_m$ | $d_s$ | | 公称尺寸 $\dfrac{l}{b}$ | |
|---|---|---|---|---|---|---|---|---|---|---|---|---|
| M8 | 10 | max | 8 | $\dfrac{20\sim22}{12}$ , | $\dfrac{30\sim38}{16}$ , | $\dfrac{32\sim90}{22}$ | (M22) | 28 | max | 22 | $\dfrac{40\sim45}{30}$ , | $\dfrac{50\sim70}{40}$ , |
| | | min | 7.64 | | | | | | min | 21.48 | $\dfrac{75\sim120}{50}$ , | $\dfrac{130\sim200}{56}$ |
| M10 | 12 | max | 10 | $\dfrac{25\sim28}{14}$ , | $\dfrac{30\sim38}{16}$ , | | M24 | 30 | max | 24 | $\dfrac{45\sim50}{30}$ , | $\dfrac{55\sim75}{45}$ |
| | | min | 9.64 | $\dfrac{40\sim120}{26}$ , | $\dfrac{130}{32}$ | | | | min | 23.48 | $\dfrac{80\sim120}{54}$ , | $\dfrac{130\sim200}{60}$ |
| M12 | 15 | max | 12 | $\dfrac{25\sim30}{16}$ , | $\dfrac{32\sim40}{20}$ , | | (M27) | 35 | max | 27 | $\dfrac{50\sim60}{35}$ , | $\dfrac{65\sim85}{50}$ |
| | | min | 11.57 | $\dfrac{45\sim120}{30}$ , | $\dfrac{130\sim180}{36}$ | | | | min | 26.48 | $\dfrac{90\sim120}{60}$ , | $\dfrac{130\sim200}{66}$ |
| (M14) | 18 | max | 14 | $\dfrac{30\sim35}{18}$ , | $\dfrac{38\sim45}{50}$ , $\dfrac{50\sim120}{34}$ , $\dfrac{130\sim180}{40}$ | | M30 | 38 | max | 30 | $\dfrac{60\sim65}{40}$ , $\dfrac{70\sim90}{50}$ , $\dfrac{95\sim120}{66}$ , $\dfrac{130\sim200}{72}$ , $\dfrac{210\sim250}{85}$ | |
| | | min | 13.57 | | | | | | min | 29.48 | | |
| M16 | 20 | max | 16 | $\dfrac{30\sim38}{20}$ , | $\dfrac{40\sim55}{30}$ , $\dfrac{60\sim120}{38}$ , $\dfrac{130\sim200}{44}$ | | M36 | 45 | max | 36 | $\dfrac{65\sim75}{45}$ , $\dfrac{80\sim110}{60}$ , $\dfrac{120}{78}$ | |
| | | min | 15.57 | | | | | | | | | |
| (M18) | 22 | max | 18 | $\dfrac{35\sim40}{22}$ , | $\dfrac{45\sim60}{35}$ , $\dfrac{65\sim120}{42}$ , $\dfrac{130\sim200}{48}$ | | | | max | 35.38 | $\dfrac{130\sim200}{84}$ , | $\dfrac{210\sim300}{97}$ |
| | | min | 17.57 | | | | | | | | | |

| 公称长度 $l$ 的系列* | 16、（18）、20、（22）、25、（28）、30、（32）、35、（38）、40～100（5 进位）、100～260（10 进位）、280、300 |
|---|---|

注：1. 尽可能不采用括号内的规格；2. 公称长度 $l$ 的范围为商品规格；3. 当 $b-b_m \leqslant 5$ mm 时，旋螺母一端应制成倒圆端；
　　4. 允许采用细牙螺纹和过渡配合螺纹。

## 2. 螺钉标准

### 表 B-16　内六角圆柱头螺钉（摘自 GB/T70.1—2000）　　　mm

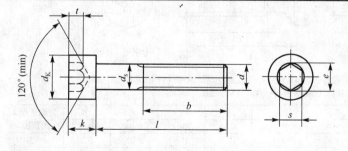

标记示例：
　　螺纹规格 $d=$ M8、公称长度 $l=20$ mm、性能等级为 8.8 级、表面氧化的 A 级内六角圆柱头螺栓的标记为
　　螺栓 GB/T70.1—2000　M8×20

| 螺纹规定 $d$ | M5 | M6 | M8 | M10 | M12 | M16 | M20 | M24 | M30 | M36 |
|---|---|---|---|---|---|---|---|---|---|---|
| $b$（参考） | 22 | 24 | 28 | 32 | 36 | 44 | 52 | 60 | 72 | 84 |
| $d_k$（max） | 8.5 | 10 | 13 | 16 | 18 | 24 | 30 | 36 | 45 | 54 |
| $e$（min） | 4.58 | 5.72 | 6.86 | 9.15 | 11.43 | 16 | 19.44 | 21.73 | 25.15 | 30.85 |
| $k$（max） | 5 | 6 | 8 | 10 | 12 | 16 | 20 | 24 | 30 | 36 |
| $s$（公称） | 4 | 5 | 6 | 8 | 10 | 14 | 17 | 19 | 22 | 27 |

（续表）

| 螺 纹 规 定 $d$ | M5 | M6 | M8 | M10 | M12 | M16 | M20 | M24 | M30 | M36 |
|---|---|---|---|---|---|---|---|---|---|---|
| $t$（min） | 2.5 | 3 | 4 | 5 | 6 | 8 | 10 | 12 | 15.5 | 19 |
| 公称长度 $l$的范围 | 8～50 | 10～60 | 12～80 | 16～100 | 20～120 | 25～160 | 30～200 | 40～200 | 45～200 | 55～200 |
| 制成全螺纹 时 $l \leqslant$ | 25 | 30 | 35 | 40 | 45 | 55 | 65 | 80 | 90 | 110 |
| 公称长度 $l$的系列 | 8, 10, 12,（14）, 16, 20～50（5进位），（55），60，（65），70～160（10进位），180, 200 ||||||||||

注：1. 另有螺纹规格 M1.6、M2、M2.5、M3、M4、（M14）、M42、M48、M56、M64；2. 括号内规格尽可能不采用；3. $e_{min} = 1.14 s_{min}$。

表 B-17　十字槽盘头螺钉（摘自 GB/T818—2000）　　　mm

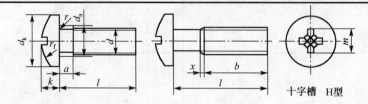

十字槽　H型

标记示例：

螺纹规格 $d$ =M5、公称长度 $l$=20mm、性能等级为 4.8 级、不经表面处理的十字槽盘头螺钉标记为

螺钉 GB/T818—2000　M5×20

| 螺纹规格 $d$ | 螺距 $P$ | $a$ | $b$ | $d_a$ | $d_k$ | | $k$ | | $r$ | $r_f$ | $x$ | $m$ | $l$的范围 |
|---|---|---|---|---|---|---|---|---|---|---|---|---|---|
| | | max | min | max | max | min | max | min | min | ≈ | max | 参考 | |
| M3 | 0.5 | 1 | 25 | 6.0 | 5.6 | 5.3 | 2.4 | 2.26 | 0.1 | 5 | 1.25 | 3.0 | 4～30 |
| M4 | 0.7 | 1.4 | 38 | 4.7 | 8 | 7.64 | 3.1 | 2.92 | 0.2 | 6.5 | 1.75 | 4.4 | 5～40 |
| M5 | 0.8 | 1.6 | 38 | 5.7 | 9.5 | 9.14 | 3.7 | 3.52 | 0.2 | 8 | 2 | 4.9 | 6～45 |
| M6 | 1 | 2 | 38 | 6.8 | 12 | 11.57 | 4.6 | 4.30 | 0.25 | 10 | 2.5 | 6.9 | 8～60 |
| M8 | 1.25 | 2.5 | 38 | 9.2 | 16 | 15.75 | 6 | 5.70 | 0.4 | 13 | 3.2 | 9.0 | 10～60 |
| M10 | 1.5 | 3 | 38 | 11.2 | 20 | 19.48 | 7.5 | 7.14 | 0.4 | 16 | 3.8 | 10.1 | 12～60 |
| 公称长度 $l$的系列 | 4,5,6,8,10,12,（14）,16,20～60（5进位） |||||||||||||

注：1. 公称长度 $l$ 中带括号的数据尽可能不采用；2. $d \leqslant$ M3，$l \leqslant$ 30 mm 或 $d$ >M4，$l \leqslant$ 40 mm 时制出全螺纹（$b=l-a$）；3. 公称长度 $l$的范围为商品规格范围；4. 另还有 M1.6、M2、M2.5、M3.5 螺纹规格，其中 M3.5 螺纹规格，尽可能不采用。

表 B-18　十字槽沉头螺钉（摘自 GB/T819.1—2000）　　　mm

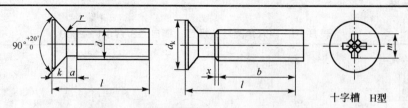

十字槽　H型

标记示例：

螺纹规格 $d$ =M5、公称长度 $l$ = 20 mm 、性能等级为 4.8 级、不经表面处理的 A 级十字槽沉头螺钉的标记为

螺钉：GB/T819.1—2000　M5×20

| 螺纹规格 $d$ | 螺距 $P$ | $a$ | $b$ | $d_k$ | | $k$ | $r$ | $x$ | $m$ | 公称长度 $l$ 的范围 |
|---|---|---|---|---|---|---|---|---|---|---|
| | | max | min | max | min | max | max | max | 参考 | |
| M3 | 0.5 | 1 | 25 | 5.5 | 5.2 | 1.65 | 0.8 | 1.25 | 3.2 | 4～30 |
| M4 | 0.7 | 1.4 | 38 | 8.4 | 8 | 2.7 | 1 | 1.75 | 4.6 | 5～40 |
| M5 | 0.8 | 1.6 | 38 | 9.3 | 8.9 | 2.7 | 1.3 | 2 | 5.2 | 6～50 |
| M6 | 1 | 2 | 38 | 11.3 | 10.9 | 3.3 | 1.5 | 2.5 | 6.8 | 8～60 |
| M8 | 1.25 | 2.5 | 38 | 15.8 | 15.4 | 4.65 | 2 | 3.2 | 8.9 | 10～60 |
| M10 | 1.5 | 3 | 38 | 18.3 | 17.8 | 5 | 2.5 | 3.8 | 10 | 12～60 |
| 公称长度 $l$的系列 | 4,5,6,8,10,12,（14）,16,20～60（5进位） |||||||||||

注：1. 公称长度 $l$ 中带括号的数据尽可能不采用；2. $d \leqslant$ M3，$l \leqslant$ 30 mm 或 $d$ > M4，$l \leqslant$ 40 mm 时制出全螺纹 $[b=l-(k+a)]$；3. 公称长度 $l$ 的范围为商品规格范围；4. 另还有 M1.6、M2、M2.5、M3.5 螺纹规格，其中 M3.5 螺纹规格，尽可能不采用；5. 将钢 8.8 级、不锈钢和有色金属螺钉列入 GB/T819.2—1997。

表 B-19 开槽锥端紧定螺钉、开槽平端紧定螺钉、开槽长圆柱端紧定螺钉

（摘自 GB/T71—1985、GB/T73—1985、GB/T75—1985） mm

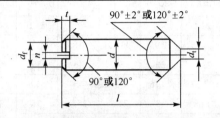

开槽锥端紧定螺钉（GB/T71—1985）

开槽平端紧定螺钉（GB/T73—1985）

$d_1 \approx$ 螺纹小径

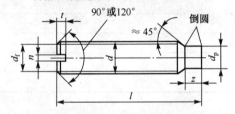

开槽长圆柱端紧定螺钉（GB/T75—1985）

标记示例：

螺纹规格 $d$ = M5、公称长度 $l$ = 12 mm、性能等级为 14H 级、表面氧化的开槽锥端紧定螺钉、开槽平端紧定螺钉和开槽长圆柱端紧定螺钉：

螺钉 GB/T 71—1985 M5×12

螺钉 GB/T 73—1985 M5×12

螺钉 GB/T 75—1985 M5×12

| 螺纹规格 $d$ | | M1.2 | M1.6 | M2 | M2.5 | M3 | M4 | M5 | M6 | M8 | M10 | M12 |
|---|---|---|---|---|---|---|---|---|---|---|---|---|
| 螺距 $P$ | | 0.25 | 0.35 | 0.4 | 0.45 | 0.5 | 0.7 | 0.8 | 1 | 1.25 | 1.5 | 1.75 |
| $d_{pmax}$ | | 0.6 | 0.8 | 1 | 1.5 | 2 | 2.5 | 3.5 | 4 | 5.5 | 7 | 8.5 |
| $d_{tmax}$ | | 0.12 | 0.16 | 0.2 | 0.25 | 0.3 | 0.4 | 0.5 | 1.5 | 2 | 2.5 | 3 |
| $n$ | | 0.2 | 0.25 | 0.25 | 0.4 | 0.4 | 0.6 | 0.8 | 1 | 1.2 | 1.6 | 2 |
| $t_{max}$ | | 0.52 | 0.74 | 0.84 | 0.95 | 1.05 | 1.42 | 1.63 | 2 | 2.5 | 3 | 3.6 |
| $z_{max}$ | | — | 1.05 | 1.25 | 1.5 | 1.75 | 2.25 | 2.75 | 3.25 | 4.3 | 5.3 | 6.3 |
| 公称长度 $l$ 的范围 | GB/T71—1985 | 2～6 | 2～8 | 3～10 | 3～12 | 4～16 | 6～20 | 8～25 | 8～30 | 10～40 | 12～50 | 14～60 |
| | GB/T73—1985 | 2～6 | 2～8 | 2～10 | 2.5～12 | 3～16 | 4～20 | 5～25 | 6～30 | 8～40 | 10～50 | 12～60 |
| | GB/T75—1985 | — | 2.5～8 | 3～10 | 4～12 | 5～16 | 6～20 | 8～25 | 8～30 | 10～40 | 12～50 | 14～60 |
| 公称长度 $l$ 的系列 | | 2、2.5、3、4、5、6、8、10、12、（14）、16、20、25、30、35、40、45、50、（55）、60 | | | | | | | | | | |

注：括号内规格尽量不采用。

## 3. 六角螺母和圆螺母

表 B-20 A 级和 B 级粗牙、细牙 I 型六角螺母

（摘自 GB/T6170-2000、GB/T6171—2000） mm

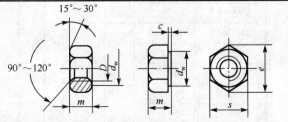

标记示例：

螺纹规格 $D$ = M12、性能等级为 10 级、不经表面处理、A 级的 I 型六角螺母的标记为

螺母 GB/T6170—2000 M12

螺纹规格 $D$ = M12、性能等级为 04 级、不经表面处理、A 级的六角薄螺母的标记为

螺母 GB/T6172.1—2000 M12

| 螺纹规格 | M5 | M6 | M8 | M10 | M12 | M16 | M20 | M24 | M30 | M36 | M42 |
|---|---|---|---|---|---|---|---|---|---|---|---|
| 螺纹规格 $D \times P$ | | | M8×1 | M10×1 | M12×1.5 | M16×1.5 | M20×2 | M24×2 | M30×2 | M36×3 | M42×3 |
| $c$（max） | 0.5 | | | 0.6 | | | | 0.8 | | | 1 |

（续表）

| 螺纹规格 | M5 | M6 | M8 | M10 | M12 | M16 | M20 | M24 | M30 | M36 | M42 |
|---|---|---|---|---|---|---|---|---|---|---|---|
| 螺纹规格 $D \times P$ | | | M8×1 | M10×1 | M12×1.5 | M16×1.5 | M20×2 | M24×2 | M30×2 | M36×3 | M42×3 |
| $d_w$（min） | 6.9 | 8.9 | 11.6 | 14.6 | 16.6 | 22.5 | 27.7 | 33.2 | 42.7 | 51.1 | 60.6 |
| $e$（min） | 8.79 | 11.05 | 14.38 | 17.77 | 20.03 | 26.75 | 32.95 | 39.55 | 50.85 | 60.79 | 72.02 |
| $s$（max） | 8 | 10 | 13 | 16 | 18 | 24 | 30 | 36 | 46 | 55 | 65 |
| $s$（min） | 7.78 | 9.78 | 12.73 | 15.73 | 17.73 | 23.67 | 29.16 | 35 | 45 | 53.8 | 63.1 |
| $m$（max） | 4.7 | 5.2 | 6.8 | 8.4 | 10.8 | 14.8 | 18 | 21.5 | 25.6 | 31 | 34 |

| 性能等级 | 钢 | 6，8，10 | | | | | | | | | | 按协议 |
|---|---|---|---|---|---|---|---|---|---|---|---|---|
| | 不锈钢 | A2-70、A4-70 | | | | | | | | | | 按协议 |
| | 有色金属 | CU2、CU3、AL4 | | | | | | | | | | |
| 表面处理 | 钢 | （1）不经处理　（2）镀锌钝化　（3）氧化 | | | | | | | | | | |
| | 不锈钢 | 简单处理 | | | | | | | | | | |
| | 有色金属 | 简单处理 | | | | | | | | | | |

## 表 B-21　圆螺母（摘自 GB/T 812—2000）　　　　mm

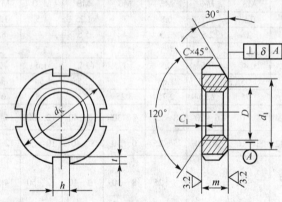

$D \leqslant M100 \times 2$，槽数 $n = 4$

$D \geqslant M105 \times 2$，槽数 $n = 6$

标记示例：

螺纹规格 $D \times P = M16 \times 1.5$ mm、材料 45 号钢、槽或全部热处理后硬度为 35～45 HRC、表面氧化的圆螺母的标记为

螺母　GB/T 812—2000　M16×1.5

| 螺纹规格 $D \times P$ | $d_k$ | $d_1$ | $m$ | $h$ min | $t$ min | $c$ | $C_1$ | 螺纹规格 $D \times P$ | $d_k$ | $d_1$ | $m$ | $h$ min | $t$ min | $c$ | $C_1$ |
|---|---|---|---|---|---|---|---|---|---|---|---|---|---|---|---|
| M10×1 | 22 | 16 | | 4 | 2 | 0.5 | | M35×1.5* | 52 | 43 | | | | | 1 |
| M12×1.25 | 25 | 19 | | | | | | M36×1.5 | 55 | 46 | | | | | |
| M14×1.5 | 28 | 20 | 8 | | | | | M39×1.5 | 58 | 49 | 10 | 6 | 3 | | |
| M16×1.5 | 30 | 22 | | | | | | M40×1.5* | 58 | 49 | | | | | |
| M18×1.5 | 32 | 24 | | | | | | M43×1.5 | 62 | 53 | | | | | |
| M20×1.5 | 35 | 27 | | | | | 0.5 | M45×1.5 | 68 | 59 | | | | 0.5 | |
| M22×1.5 | 38 | 30 | | 5 | 2.5 | | | M48×1.5 | 72 | 61 | | | | | |
| M24×1.5 | 42 | 34 | | | | 1 | | M50×1.5* | 72 | 61 | | | | 1.5 | |
| M25×1.5 | 42 | 34 | 10 | | | | | M52×1.5 | 78 | 67 | | | | | |
| M27×1.5 | 45 | 37 | | | | | | M55×2* | 78 | 67 | 12 | 8 | 3.5 | | |
| M30×1.5 | 48 | 40 | | | | | | M56×2 | 85 | 74 | | | | | |
| M33×1.5 | 52 | 43 | | 6 | 3 | | | M60×2 | 90 | 79 | | | | | 1 |

注：1. 表中带"*"者仅用于滚动轴承锁紧装置；2. 材料：45 号钢。

## 4．平垫圈、弹簧垫圈和止动垫圈

表 B-22　小垫圈、平垫圈（摘自 GB/T848、97.1、97.2—2002）　　mm

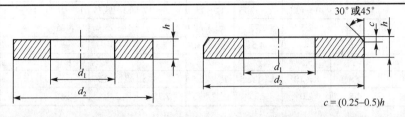

$c = (0.25\text{-}0.5)h$

小垫圈—A 级（GB/T848—2002）、平垫圈—A 级（GB/T97.1—2002）、平垫圈—倒角型—A 级（GB/T97.2—2002）

标记示例：

小系列（或标准系列）、公称尺寸 $d = 8$ mm、性能等级为 140HV 级、不经表面处理的小垫圈（或平垫圈，或倒角型平垫圈）的标记为

垫圈 GB/T848（或 GB/T97.1 或 GB/T97.2）—2002　8

| 公称尺寸（螺纹规格 $d$） | | 3 | 4 | 5 | 6 | 8 | 10 | 12 | 16 | 20 | 24 | 30 | 36 |
|---|---|---|---|---|---|---|---|---|---|---|---|---|---|
| 内径 $d_1$（min） | GB/T848、GB/T97.1 | 3.2 | 4.3 | 5.3 | 6.4 | 8.4 | 10.5 | 13 | 17 | 21 | 25 | 31 | 37 |
| | GB/T97.2 | — | — | | | | | | | | | | |
| 外径 $d_2$ | GB/T848 | 6 | 8 | 9 | 11 | 15 | 18 | 20 | 28 | 34 | 39 | 50 | 60 |
| | GB/T97.1 | 7 | 9 | 10 | 12 | 16 | 20 | 24 | 30 | 37 | 44 | 56 | 66 |
| | GB/T97.2 | — | — | | | | | | | | | | |
| 厚度 $h$ | GB/T848 | 0.5 | 0.5 | 1 | 1.6 | 1.6 | 1.6 | 2 | 2.5 | 3 | 4 | 4 | 5 |
| | GB/T97.1 | | 0.8 | | | | 2 | 2.5 | 3 | 3 | 4 | 4 | 5 |
| | GB/T97.2 | — | — | | | | | | | | | | |

注：公称尺寸 $d \leqslant 4$ 的各尺寸不适用于 GB/T 97.2—2002。

表 B-23　弹簧垫圈（摘自 GB/T93、859—1987）　　mm

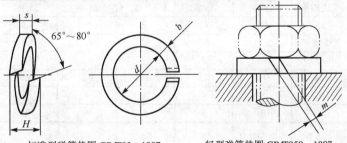

标准型弹簧垫圈 GB/T93—1987　　　　轻型弹簧垫圈 GB/T859—1987

标记示例：

规格为 16 mm、材料为 65Mn、表面氧化的标准型（或轻型）弹簧垫圈的标记为

垫圈 GB/T93（或 GB/T859）—1987　16

| 规格（螺纹大径） | | 3 | 4 | 5 | 6 | 8 | 10 | 12 | (14) | 16 |
|---|---|---|---|---|---|---|---|---|---|---|
| GB/T93—1987 | $s$ ($b$) | 0.8 | 1.1 | 1.3 | 1.6 | 2.1 | 2.6 | 3.1 | 3.6 | 4.1 |
| | $H$ | 1.6~2 | 2.2~2.75 | 2.6~3.25 | 3.2~4 | 4.2~5.25 | 5.2~6.5 | 6.2~7.75 | 7.2~9 | 8.2~10.15 |
| | $m \leqslant$ | 0.4 | 0.55 | 0.65 | 0.8 | 1.05 | 1.3 | 1.55 | 1.8 | 2.05 |
| GB/T859—1987 | $s$ | 0.6 | 0.8 | 1.1 | 1.3 | 1.6 | 2 | 2.5 | 3 | 3.2 |
| | $b$ | 1 | 1.2 | 1.5 | 2 | 2.5 | 3 | 3.5 | 4 | 4.5 |
| | $H$ | 1.2~1.5 | 1.6~2 | 2.2~2.75 | 2.6~3.25 | 3.2~4 | 4~5 | 5~6.25 | 6~7.5 | 6.4~8 |
| | $m \leqslant$ | 0.3 | 0.4 | 0.55 | 0.65 | 0.8 | 1.0 | 1.25 | 1.5 | 1.6 |

（续表）

| 规格（螺纹大径） | | (18) | 20 | (22) | 24 | (27) | 30 | (33) | 36 |
|---|---|---|---|---|---|---|---|---|---|
| GB/T93—1987 | $s(b)$ | 4.5 | 5.0 | 5.5 | 6.0 | 6.8 | 7.5 | 8.5 | 9 |
| | $H$ | 9~11.25 | 10~12.5 | 11~13.75 | 12~15 | 13.6~17 | 15~18.75 | 17~21.25 | 18~22.5 |
| | $m\leqslant$ | 2.25 | 2.5 | 2.75 | 3 | 3.4 | 3.75 | 4.25 | 4.5 |
| GB/T859—1987 | $s$ | 3.6 | 4 | 4.5 | 5 | 5.5 | 6 | — | — |
| | $b$ | 5 | 5.5 | 6 | 7 | 8 | 9 | — | — |
| | $H$ | 7.2~9 | 8~10 | 9~11.25 | 10~12.5 | 11~13.75 | 12~15 | — | — |
| | $m\leqslant$ | 1.8 | 2.0 | 2.25 | 2.5 | 2.75 | 3.0 | — | — |

注：尽可能不采用括号内的规格。

## 表 B-24　外舌止动垫圈（摘自 GB/T856—1988）　　　　mm

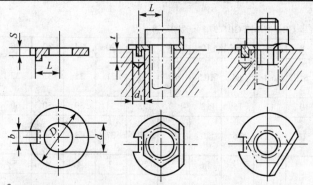

标记示例：

规格为 10 mm、材料为 Q235、经退火、不经表面处理的外舌止动垫圈的标记为

垫圈 GB/T856—1988　10

| 规格（螺纹大径） | | 3 | 4 | 5 | 6 | 8 | 10 | 12 | (14) |
|---|---|---|---|---|---|---|---|---|---|
| $d$ | max | 3.5 | 4.5 | 5.6 | 6.76 | 8.76 | 10.93 | 13.43 | 15.43 |
| | min | 3.2 | 4.2 | 5.3 | 6.4 | 8.4 | 10.5 | 13 | 15 |
| $D$ | max | 12 | 14 | 17 | 19 | 22 | 26 | 32 | 32 |
| | min | 11.57 | 13.57 | 16.57 | 18.48 | 21.48 | 25.48 | 31.38 | 31.38 |
| $b$ | max | 2.5 | 2.5 | 3.5 | 3.5 | 3.5 | 4.5 | 4.5 | 4.5 |
| | min | 2.25 | 2.25 | 3.2 | 3.2 | 3.2 | 4.2 | 4.2 | 4.2 |
| $L$ | | 4.5 | 5.5 | 7 | 7.5 | 8.5 | 10 | 12 | 12 |
| $S$ | | 0.4 | 0.4 | 0.5 | 0.5 | 0.5 | 0.5 | 1 | 1 |
| $d_1$ | | 3 | 3 | 4 | 4 | 4 | 5 | 5 | 5 |
| $t$ | | 3 | 3 | 4 | 4 | 4 | 5 | 6 | 6 |
| 规格（螺纹大径） | | 16 | (18) | 20 | (22) | 24 | (27) | 30 | 36 |
| $d$ | max | 17.43 | 19.52 | 21.52 | 23.52 | 25.52 | 28.52 | 31.62 | 37.62 |
| | min | 17 | 19 | 21 | 23 | 25 | 28 | 31 | 37 |
| $D$ | max | 40 | 45 | 45 | 50 | 50 | 58 | 63 | 75 |
| | min | 39.38 | 44.38 | 44.38 | 49.38 | 49.38 | 57.26 | 62.26 | 74.26 |
| $b$ | max | 5.5 | 6 | 6 | 7 | 7 | 8 | 8 | 11 |
| | min | 5.2 | 5.7 | 5.7 | 6.64 | 6.64 | 7.64 | 7.64 | 10.57 |
| $L$ | | 15 | 18 | 18 | 20 | 20 | 23 | 25 | 31 |
| $S$ | | 1 | 1 | 1 | 1 | 1 | 1.5 | 1.5 | 1.5 |
| $d_1$ | | 6 | 7 | 7 | 8 | 8 | 9 | 9 | 12 |
| $t$ | | 6 | 7 | 7 | 7 | 7 | 10 | 1010 | 10 |

注：尽可能不采用括号内的规格。

表 B-25　圆螺母用止动垫圈（摘自 GB/T858—1988）　　mm

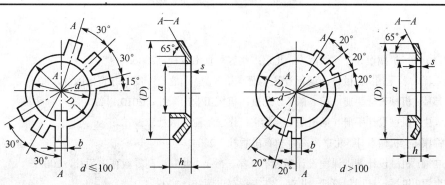

标记示例：

规格为 16 mm、材料为 Q235—A、经退火、表面氧化的圆螺母用止动垫圈的标记为

垫圈 GB/T858—1988　16

| 规格<br>（螺纹大径） | $d$ | $D$ | $D_1$ | $a$ | $b$ | $h$ | $s$ | 规格<br>（螺纹大径） | $d$ | $D$ | $D_1$ | $a$ | $b$ | $h$ | $s$ |
|---|---|---|---|---|---|---|---|---|---|---|---|---|---|---|---|
| 10 | 10.5 | 25 | 16 | 8 | | | | 65① | 66 | 100 | 84 | 62 | 7.7 | | |
| 12 | 12.5 | 28 | 19 | 9 | 3.8 | 3 | | 68 | 69 | 105 | 88 | 65 | | 6 | |
| 14 | 14.5 | 32 | 20 | 11 | | | | 72 | 73 | 110 | 93 | 69 | 9.6 | | |
| 16 | 16.5 | 34 | 22 | 13 | | | | 75① | 76 | | | 71 | | | 1.5 |
| 18 | 18.5 | 35 | 24 | 15 | | | | 76 | 77 | 115 | 98 | 72 | | | |
| 20 | 20.5 | 38 | 27 | 17 | | | 1 | 80 | 81 | 120 | 103 | 76 | | | |
| 22 | 22.5 | 42 | 30 | 19 | 4.8 | 4 | | 85 | 86 | 125 | 108 | 81 | | | |
| 24 | 24.5 | 45 | 34 | 21 | | | | 90 | 91 | 130 | 112 | 86 | | | |
| 25① | 25.5 | | | 22 | | | | 95 | 96 | 135 | 117 | 91 | | | |
| 27 | 27.5 | 48 | 37 | 24 | | | | 100 | 101 | 140 | 122 | 96 | 11.6 | 7 | |
| 30 | 30.5 | 52 | 40 | 27 | | | | 105 | 106 | 145 | 127 | 101 | | | |
| 33 | 33.5 | 56 | 43 | 30 | | | | 110 | 111 | 156 | 135 | 106 | | | |
| 35① | 35.5 | | | 32 | | | | 115 | 116 | 160 | 140 | 111 | | | 2 |
| 36 | 36.5 | 60 | 46 | 33 | 5.7 | 5 | | 120 | 121 | 166 | 145 | 116 | | | |
| 39 | 39.5 | 62 | 49 | 36 | | | | 125 | 126 | 170 | 150 | 121 | 13.5 | | |
| 40① | 40.5 | | | 37 | | | | 130 | 131 | 176 | 155 | 126 | | | |
| 42 | 42.5 | 66 | 53 | 39 | | | | 140 | 141 | 186 | 165 | 136 | | | |
| 45 | 45.5 | 72 | 59 | 42 | | | 1.5 | 150 | 151 | 206 | 180 | 146 | | | |
| 48 | 48.5 | 76 | 61 | 45 | | | | 160 | 161 | 216 | 190 | 156 | | | |
| 50① | 50.5 | 76 | 61 | 47 | | | | 170 | 171 | 226 | 200 | 166 | | | |
| 52 | 52.5 | 82 | 67 | 49 | 7.7 | | | 180 | 181 | 236 | 210 | 176 | 15.5 | 8 | 2.5 |
| 55① | | | | 52 | | 6 | | 190 | 191 | 246 | 220 | 186 | | | |
| 56 | 35.5 | 90 | 74 | 53 | | | | 200 | 201 | 256 | 230 | 196 | | | |
| 60 | 36.5 | 94 | 79 | 57 | | | | | | | | | | | |

注：①仅用于滚动轴承锁紧装置。

# 参 考 文 献

[1] 濮良贵等. 机械设计（第八版）. 北京：高等教育出版社，2006.

[2] 吴宗泽，罗圣国. 机械设计课程设计手册（第3版）. 北京：高等教育出版社，2006.

[3] 闻邦椿. 机械设计手册（第5版）. 北京：机械工业出版社，2010.

[4] 成大先. 机械设计手册（第五版）. 北京：化学工业出版社，2010.

[5] 徐锦康等. 机械设计. 北京：高等教育出版社，2004.

[6] 陈立德. 机械设计基础课程设计指导书（第三版）. 北京：高等教育出版社，2007.

[7] 李育锡. 机械设计课程设计. 北京：高等教育出版社，2008.

[8] 金清肃. 机械设计课程设计. 武汉：华中科技大学出版社，2007.

[9] 林春光. 机械设计课程设计（第二版）. 四川：四川大学出版社，2008.

[10] 许瑛. 机械设计课程设计. 北京：北京大学出版社，2008.

[11] 韩晓娟. 机械设计课程设计指导手册. 北京：中国标准出版社，2008.

[12] 银金光，王洪. 机械设计课程设计. 北京：北京林业出版社，2006.

[13] 任金泉. 机械设计课程设计. 西安：西安交通大学出版社，2008.

[14] 杨恩霞，刘贺平. 机械设计课程设计. 哈尔滨：哈尔滨工程大学出版社，2009.

[15] 孔凌嘉. 简明机械设计手册. 北京：北京理工大学出版社，2008.

[16] 王海梅，苏德胜. 机械设计课程设计简明指导. 北京：化学工业出版社，2009.

[17] 陈立德. 机械设计基础课程设计. 北京：高等教育出版社，2006.

[18] 骆素君. 机械设计课程设计实例与禁忌. 北京：化学工业出版社，2009.

# 读者服务表

尊敬的读者：

感谢您采用我们出版的教材，您的支持与信任是我们持续上升的动力。为了使您能更透彻地了解相关领域及教材信息，更好地享受后续的服务，我社将根据您填写的表格，继续提供如下服务：

1. 免费提供本教材配套的所有教学资源；
2. 免费提供本教材修订版样书及后续配套教学资源；
3. 提供新教材出版信息，并给确认后的新书申请者免费寄送样书；
4. 提供相关领域教育信息、会议信息及其他社会活动信息。

| 基本信息 | | | | | |
|---|---|---|---|---|---|
| 姓名 | | 性别 | | 年龄 | |
| 职称 | | 学历 | | 职务 | |
| 学校 | | 院系（所） | | 教研室 | |
| 通信地址 | | | | 邮政编码 | |
| 手机 | | 办公电话 | | 住宅电话 | |
| E-mail | | | | QQ 号码 | |

| 教学信息 | | | |
|---|---|---|---|
| 您所在院系的年级学生总人数 | | | |
| | 课程 1 | 课程 2 | 课程 3 |
| 课程名称 | | | |
| 讲授年限 | | | |
| 类　型 | | | |
| 层　次 | | | |
| 学生人数 | | | |
| 目前教材 | | | |
| 作　者 | | | |
| 出 版 社 | | | |
| 教材满意度 | | | |

| 书评 |
|---|
| 结构（章节）意见 |
| 例题意见 |
| 习题意见 |
| 实训/实验意见 |

| 您正在编写或有意向编写教材吗？希望能与您有合作的机会！ | | |
|---|---|---|
| 状　态 | 方向/题目/书名 | 出 版 社 |
| 正在写/准备中/有讲义/已出版 | | |

与我们联系的方式有以下三种：

1. 发 Email 至 yuy@phei.com.cn，领取电子版表格；
2. 打电话至出版社编辑 010-88254556（余义）；
3. 填写该纸质表格，邮寄至"北京市万寿路 173 信箱，余 义 收，100036"

我们将在收到您信息后一周内给您回复。电子工业出版社愿与所有热爱教育的人一起，共同学习，共同进步！

# 反侵权盗版声明

电子工业出版社依法对本作品享有专有出版权。任何未经权利人书面许可，复制、销售或通过信息网络传播本作品的行为；歪曲、篡改、剽窃本作品的行为，均违反《中华人民共和国著作权法》，其行为人应承担相应的民事责任和行政责任，构成犯罪的，将被依法追究刑事责任。

为了维护市场秩序，保护权利人的合法权益，我社将依法查处和打击侵权盗版的单位和个人。欢迎社会各界人士积极举报侵权盗版行为，本社将奖励举报有功人员，并保证举报人的信息不被泄露。

举报电话：（010）88254396；（010）88258888

传　　真：（010）88254397

E-mail　：dbqq@phei.com.cn

通信地址：北京市万寿路 173 信箱

　　　　　电子工业出版社总编办公室

邮　　编：100036